오모리 후지노
OMORI FUJINO

일러스트 야스다 스즈히토
YASUDA SUZUHITO

김인 옮김

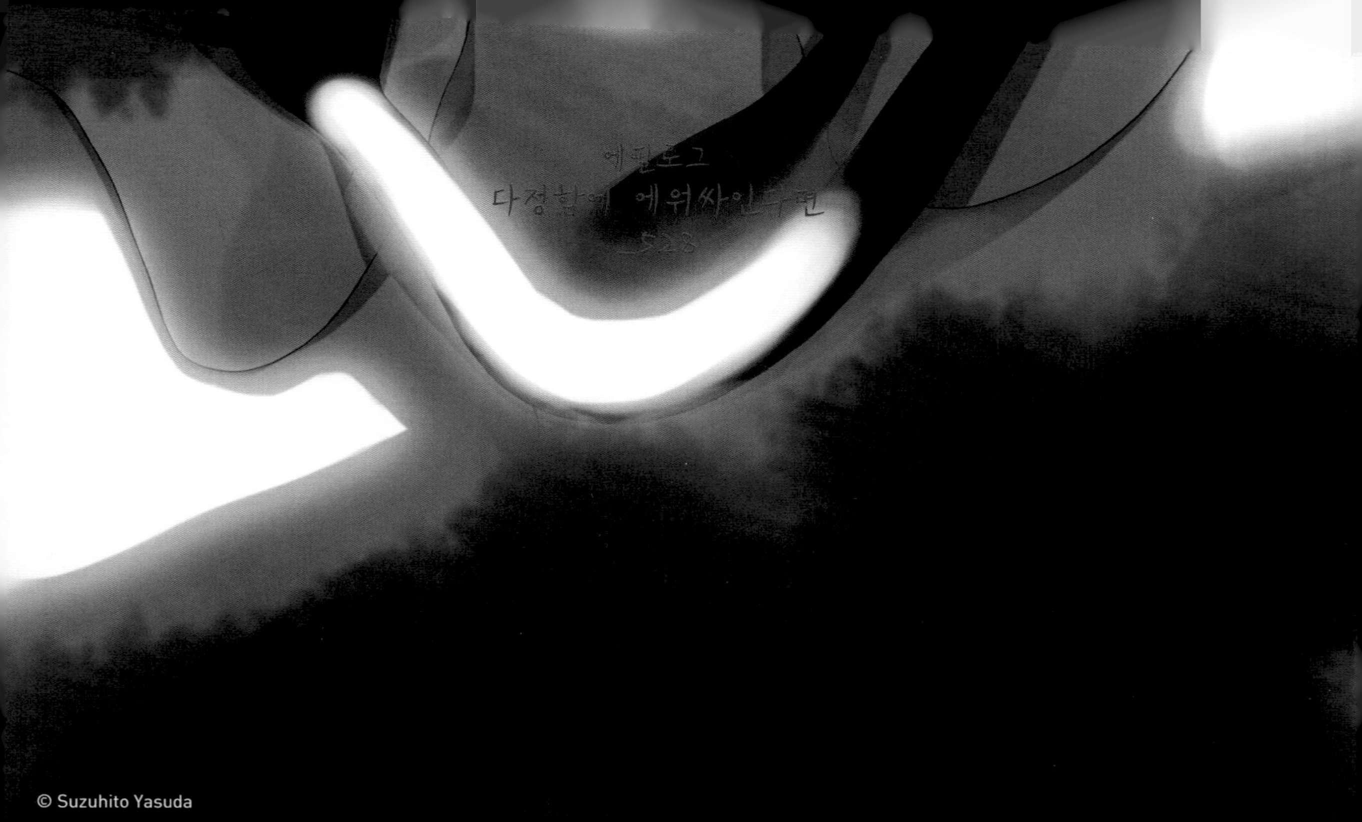
에필로그
다정함에 에워싸인 단편
528

프롤로그
신은 무자비한 음도의 왕 _5
1장
순풍에 돛 단 듯? _19
2장
달려라 크라넬 _65
3장
고독한 토끼의 근심 _165
4장
유곽×춘몽 _221
5장
살생석 _271
6장
영웅갈망 _351
7장
가디스 워 _473

던전에서 만남을 추구하면 안 되는 걸까 7

오모리 후지노 지음 | 야스다 스즈히토 일러스트 | 김완 옮김

헤파이스토스 HEPHAISTOS

오라리오에서 으뜸가는 스미스 기술력을 자랑하는 【헤파이스토스 파밀리아】의 주신.
헤스티아와는 천계 시절부터 질긴 인연으로 맺어진 사이.

로키 LOKI

오라리오 최대 파벌인 【로키 파밀리아】의 주신. 의문의 가짜 관서 사투리를 쓴다.
권속인 아이즈를 아낀다.

베이트 로가 BETE LOGA

늑대 수인 웨어울프. '풍요의 여주인'에서 벨을 비웃었지만, 얼마 전 미노타우로스와 싸우는 모습을 보며 인식을 달리 한다. 【로키 파밀리아】 소속.

리베리아 리요스 알브 RIVERIA LJOS ALF

오라리오에서도 손꼽히는 실력을 자랑하는 로키 파밀리아의 부단장. 종족은 하이엘프. 【로키 파밀리아】 소속.

핀 디무나 FINN DEIMNE

로키 파밀리아 단장. 머리가 비상하다.
【로키 파밀리아】 소속.

프레이야 FREYA

【프레이야 파밀리아】의 주신.
신들 중에서도 손꼽히는 미모를 가진 '미의 여신'.

오탈 OTTARL

【프레이야 파밀리아】에 속한 초 실력파 모험자.

시르 플로버 SYR FLOVER

주점 【풍요의 여주인】의 점원.
우연한 만남으로 벨과 친해졌다.

미아흐 MIACH

【미아흐 파밀리아】의 주신.
주로 포션 같은 회복계 아이템을 판매한다.

나자 에리스이스 NAZA ERSUISU

【미아흐 파밀리아】의 유일한 단원.
미아흐에게 접근하는 여성들에게 질투심을 불태운다.

헤르메스 HERMES

【헤르메스 파밀리아】의 주신. 파벌들 사이에서 중립을 표방하는 여리여리한 남신. 기민하고 빈틈이 없다. 누군가의 명령으로 벨을 감시하도록 부탁을 받은 것 같은데……?

아스피알안드로메다 ASUFI AL ANDROMEDA

수많은 매직 아이템을 개발하는 아이템 메이커.
【헤르메스 파밀리아】 소속.

타케미카즈치 TAKEMIKAZUCHI

【타케미카즈치 파밀리아】의 주신.

오우카 OUKA

【타케미카즈치 파밀리아】 단장.

치구사 CHIGUSA

【타케미카즈치 파밀리아】 소속 단원.

하루히메 HARUHIME

벨과 환락가에서 마주친 극동 출신 여우수인, 르나르. 【이슈타르 파밀리아】 소속.

이슈타르 ISHTAR

'밤의 거리'인 환락가를 좌지우지하는 【이슈타르 파밀리아】의 주신.

아이샤 벨카 AISHA BELKA

【이슈타르 파밀리아】 소속 아마조네스.
대담하며 색을 밝힌다.

헤스티아

HESTIA

인간과 아인을 넘어선 초월존재인, 천계에서 내려온 신. 벨이 속한 【헤스티아 파밀리아】의 주신. 벨이 정말 좋아!

벨 크라넬

BELL CRANEL

본 작품의 주인공. 할아버지의 가르침 때문에 던전에서 멋진 헤로인과 만날 날을 꿈꾸는 신출내기 모험자.
【헤스티아 파밀리아】 소속.

릴리루카 아데

LILIRUCA ARDE

'서포터'로 벨의 파티에 들어온 소인족 파룸 소녀. 보기보다 힘이 장사.
【헤스티아 파밀리아】 소속.

아이즈 발렌슈타인

AIS WALLENSTEIN

아름다움과 강함을 겸비한 오라리오 최강의 여성모험자. 별명은 【검희】. 벨에게는 동경의 존재. 현재 Lv.6.
【로키 파밀리아】 소속.

미코토

YAMATO MIKOTO

극동 출신 휴먼. 한번 미끼로 삼았던 벨에게 용서를 받은 데에 은혜를 느끼고 있다.
【헤스티아 파밀리아】 소속.

벨프 크로조

WELF CROZZO

벨의 파티에 들어온 스미스 청년. 벨의 장비 《깡총이 Mk-II》의 제작자.
【헤스티아 파밀리아】 소속.

에이나 튤

EINA TULLE

던전을 운영하고 관리하는 '길드' 소속 접수원. 벨과 함께 모험자 장비를 구입하는 등 공사 양면에서 도와준다.

류 리온

RYU LION

엘프. 원래는 뛰어난 모험자였다. 현재는 주점 '풍요의 여주인'에서 점원으로 일한다.

미궁도시 오라리오――통칭 '던전'이라 불리는 장대한 지하미궁을 보유한 거대도시. 모험자가 되려는 소년 벨 크라넬은 이 도시에서 여신 헤스티아와 만나 【헤스티아 파밀리아】의 일원이 된다. 그리고 얼마 전의 '워 게임'이라는 격전을 거쳐 던전 탐색 동료인 서포터 릴리, 스미스 벨프, 그리고 미코토도 같은 파밀리아로 참가해 마침내 신생 【헤스티아 파밀리아】가 시동했다. 한편으로는 동경하는 【검희】 아이즈 발렌슈타인과는 여전히 엇갈리기만 할 뿐인데…… 과연 이번에는?

커버 그림, 본문 일러스트 | **야스다 스즈히토**

프롤로그 신은 무자비한 음도(淫都)의 왕

Suzuhito Yasuda

눅눅한 공기가 감도는 바위굴 속에서 희미한 인광이 주위에 일렁거리는 그림자를 드리웠다.

어렴풋한 빛을 받아 지면에는 몬스터의 그림자가 드리워진다. 화염을 토하는 헬하운드가 으르렁거리며 코를 킁킁거리고, 흰 털을 가진 외뿔토끼 알미라지의 무리는 귀여운 얼굴을 두리번거리다가 이따금 긴 귀를 쫑긋 세웠다. 날카로운 후각과 청각으로, 이 미궁에 발을 들여놓는 유별나고도 용감한 침입자들의 거동을 찾으려 한다.

무수한 길이 교차하는 동굴과도 같은 미로를 따라, 사냥감을 찾는 몬스터들이 배회한다.

그런 가운데 후미진 통로 안에서── 까앙, 까앙.

바위를 파고 부수는 소리가 울려 퍼졌다.

"야…… 정말 여기서 채굴할 수 있는 거 맞아?"

"어, 릴리를 의심하세요? 사전조사는 다 마쳤어요. 상급 모험자들은 이 에어리어에서 그 광석을 잔뜩 가지고 돌아갔는걸요!"

소녀가 든 휴대용 마석등의 불빛을 받으며 청년이 매톡(Mattock)으로 암벽을 찍어 깎아낸다.

어스름한 미궁의 한 모퉁이를 비추며 벨프와 릴리는 소곤소곤 이야기를 나누었다.

"벨프 공, 릴리 공…… 아직 멀었는지요?!"

"모, 몬스터가 나올 것 같아서 조마조마해……."

작은 목소리로 대화를 나누는 그런 두 사람에게, 미코토와 벨 또한 속삭여 말을 걸었다.
몸을 숙이고 암벽을 파내는 벨프와 릴리의 곁에서, 벨과 미코토는 자세를 움츠린 채 주변 경계를 맡고 있었다. 물론 몬스터에게 습격당하지 않기 위해서다.
장소는 가늘고 긴 외길 끝의 막다른 곳. 룸이라고 할 정도의 넓이는 아닌 반원형 공간에서 4인 파티는 채굴작업을 하는 중이었다. 길은 하나뿐이므로 몬스터가 밀려들거나 혹은 주위의 벽면에서 몬스터가 태어나기라도 한다면 도망칠 곳이 없다. 좀처럼 작업이 끝날 기미가 보이지 않는 상황에 보초를 선 휴먼 소년과 소녀는 긴장감으로 식은땀을 흘렸다.
벨프와 릴리가 마주한 벽에는 온통 파헤친 흔적이 있었으며 발밑에는 바위 부스러기가 수북했다. 아직까지 '당첨'되지 못해 무익한 말다툼을 반복하는 그들을 무어라 형언할 수 없는 표정으로 살피던 벨은 별 생각 없이 벨프의 발밑에 놓인 예비 곡괭이를 들었다.
모험자의 무장과 같은 소재로 만든, 조금 비싼 금속제 채굴용 공구를 시험 삼아 두세 차례 벽에 꽂아보았다.
그러자 허물어진 벽면에서, 후둑후둑.
"아."
""""아.""""
소리를 내며, 광택을 띤 매끄러운 광석이 지면에 굴러떨어졌다.

"해, 해냈어요! '블러드 오닉스'예요!!"

"잘했다, 벨!"

"역시 벨 공!!"

파티 일동은 환희하며, 벨이 발견한 세 개의 광석을 즉시 수습해 잽싸게 짐을 챙기고 그 자리를 떠났다.

막다른 곳에서 널찍한 정규 루트까지 이동해 벨 일행은 겨우 한숨을 돌렸다.

"의뢰대로 두 개 이상의 '블러드 오닉스'를 입수……. 이제 퀘스트는 끝났네요."

걸어가며, 핏빛과 비슷한 붉은색과 검은색의 줄무늬를 띤 옥수(玉髓), '블러드 오닉스'를 자루에서 꺼내 아름다운 광택에 황홀한 눈빛을 보내는 릴리. 서포터인 그녀를 호위하는 진형을 짜고 미코토와 벨프도 함께 웃음을 나누었다.

이번 퀘스트는 아폴론이 '신의 연회'를 개최하기 전에 에이나에게 직접 받았던 것이다. 의뢰 기한이 다가왔으므로 정리하기 위해 일행은 던전 '중층'인 제13계층에 내려와 있었다.

"또 다른 퀘스트인 '알미라지의 모피'도 조금 전 전투에서 입수했죠……."

"맞아. 양쪽 모두 빨리 끝났는걸. ……파티를 짤 때부터 생각한 건데, 너하고 있으면 드롭 아이템도 그렇고 광석도 그렇고 어째 팍팍 떨어지는 것 같더라, 벨? 운이 좋은 건가?"

"아, 아하하하……."

벨프의 물음에 벨은 헛웃음을 지었다. 약 한 달 전, 랭크업 때 발현한 '행운' 어빌리티의 효과——길드 본부에서 에이나가 말했던 가정——가 머릿속에 떠올랐다. 정말로 랭크 업 전보다 '드롭 아이템'과 마주치는 횟수가 늘어난 것 같기도…….

기억을 되새겨보던 벨은 그때 문득 생각이 났다는 것처럼 중얼거렸다.

"근데 괜찮은 걸까? 퀘스트 기한이 다가온 건 사실이지만…… 홈 이사 일을 방치해두어도."

"언제나 우선순위는 중요한 거예요, 벨 님. 【파밀리아】가 커졌다고 해도 그건 변함이 없어요."

여전히 기분이 좋은 릴리의 목소리에 이어 벨프도 웃음을 지으며 말했다.

"게다가 너도 '워 게임'이 끝난 후로 지금 능력을 얼른 시험해보고 싶었을 거 아냐?"

"으, 응……."

'형님' 같은 벨프가 대도를 어깨에 걸머지며 날카롭게 지적하자 벨은 할 말이 없어 고개를 끄덕일 수밖에 없었다.

'워 게임'이라는 격전을 넘어서며 깊어진 유대, 손에 넣은 힘, 그리고 결성된 파벌.

오늘이 신생 【헤스티아 파밀리아】의 첫 던전 탐색이다.

"——여러분, 옵니다."

전방을 노려보던 미코토의 목소리가 파티 사이에 울려

펴졌다.

말이 떨어지기 무섭게 자세를 잡는 그녀에게 뒤처지지 않고 각자 무기를 드는 일행. 어두운 통로 저편에서 번들번들 빛나는 무수한 안광이 떠올랐다. 이쪽을 향해 달려드는 요란한 발소리. 벨프와 벨이 선봉으로 나섰다.

"정면은 너한테 맡긴다!"

"응!"

대열에서 튀어나가, 열 마리도 넘는 몬스터의 무리에게 달려든다.

화염을 쏘는 헬하운드를 제일 먼저 노리는 두 자루의 나이프와 대도. 고속의 검광이 여러 마리의 몬스터를 한꺼번에 해체하고, 철퇴 같은 대참격이 한층 커다란 개체를 산산이 날려버렸다.

"릴리 공, 창을!"

초전을 개시한 벨과 벨프에 이어 미코토가 흑발을 나부꼈다. 릴리가 재빨리 백팩에서 꺼내 던져준 것은 끄트머리에 날이 달린 단검만 한 금속제 스틱이었다. 서포터에게서 건네받은 그것을 힘차게 옆으로 휘두르자 눈 깜짝할 사이에 늘어나 2M(메들)이 넘는 긴 무기로 바뀌었다.

신축식 실버 랜스. 무신(武神) 타케미카즈치의 권속이었던 미코토는 중견용 무장도 능숙히 구사해 전열 두 사람을 지원했다. 되풀이되는 찌르기가 재빠른 알미라지들을 적확하게 꿰뚫어 재기불능, 혹은 잿더미로 바꿔놓았다. 몬스터들이 궁색하게 벨과 벨프에게 투척한 네이처 웨폰인 돌도끼 '토마호크'도 창을 수평으로 휘둘러 한꺼번에 쳐냈다.

"음~ 릴리는 완전히 필요 없는 애가 돼버렸네요."

후열 위치에서 대기하던 릴리는 1분도 걸리지 않아 적의 무리를 전멸시킨 동료들을 보며 눈을 가늘게 뜨고 웃었다.

유독 뛰어난 능력을 지닌 돌격 특화형 벨, 그런 그와의 연계 플레이가 점점 더 능숙해지는 벨프, 그리고 전열의 공격과 수비를 원활히 지원해주는 중견 미코토. 그녀가 가세함에 따라 벨은 전열 공격수로 자리를 바꾸었으며, 덕분에 파티의 밸런스는 훨씬 좋아졌다. 상급 모험자와 하이스미스로 이루어진 전열과 중견은 매우 강력해 이 층역의 몬스터에게는 절대 뒤지지 않았다.

"13계층에선 이미 무적이에요!"

자신이 나설 기회가 없음을 오히려 기뻐하는 릴리는 몬스터의 시체에 다가가 콧노래를 부르며 서포터의 본업인 전리품 회수에 나서려 했다.

하지만 그때.

굵직한 목소리가 요란하게 울려 퍼지고, 몬스터의 포효가 뒤섞여 들렸다.

"이거 비명 아냐?"

"이쪽으로 다가오고 있습니다…… 서, 설마."

두두두두두두두두! 점점 커지는 소음과 진동에 벨과 미코토가 굳어버렸다.

그리고 이내.

그들의 예상을 배신하지 않고, 통로 저편에서 모험자 파티와 수많은 몬스터가 나타났다.

"릴리네한테 똑바로 다가오는 것 같은데요……?!"

죽을 둥 살 둥 달려오는 모험자들, 그리고 벨 일행을 보며 환희로 일그러지는 핏발 선 눈동자.

"야, 잠깐만! 전에도 이런 일 있지 않았어?!"

"죄송합니다죄송합니다……!!"

무언가를 떠올린 듯한 벨프의 비통한 외침에 미코토가 필사적으로 사과했다.

『너희 【헤스티아 파밀리아】 맞지?! 기뻐해라, 우리의 사냥감을 나눠주마아아!!』

"장난하냐?! 일 없거든?!"

"도, 도망치자아!!"

몬스터를 가져다 붙이는── 통칭 '괴물증정'을 하려는 모험자들에게 벨프는 노성을, 벨은 비명을 터뜨렸다. 서른 마리가 훨씬 넘는 몬스터를 끌고 온 동종업자들에게 벨 일행은 등을 돌리고 도망쳤다.

"누구야, 이 계층에선 이미 무적이라고 한 게?!"

"때와 장소에 따라 다르죠!! 아우, 정말! '마석'도 뭣도 전혀 못 주웠는데……!"

"릴리 공! 어서 백팩을 저에게!!"

"추, 출구가 어디지?!"

대도를 걸머지며 투덜거리는 벨프, 황급히 대형 백팩을 받아드는 미코토, 그리고 탄식하는 비전투원 릴리를 끌어안고 맹렬히 달리는 벨.

흥분한 몬스터의 대군과 모험자들에게 쫓기며.

신생 【헤스티아 파밀리아】는 온 힘을 다해 던전에서 탈출했다.

밤.

어둠에 휩싸여, 반달이 뜬 하늘 아래, 무수한 마석등 불빛이 미궁도시 오라리오를 가득 채웠다.

장엄한 판테온── 길드 본부를 중심으로 융성한 모험자 거리, 쇠와 쇠가 부딪치는 소리가 수없이 들려오는 공업지구, 대극장이며 도박장을 중심으로 우레 같은 박수와 환호성이 울려 퍼지는 번화가. 던전의 은총을 받아 오늘도 번영하는 도시에서는 떠들썩한 소란이 끊일 날이 없다.

번영을 상징하는 것처럼 붐비는 광대한 도시, 그 어떤 한곳에서는.

늘어선 건물 사이에서 온갖 쾌락이 뒤섞인 교성이 새어 나오고 있었다.

때로는 격렬하게, 때로는 은근히 교차하는 그것은 향락을 탐닉하는 남자와 여자의 목소리였다. 흔들리는 불빛에 창문과 벽에 어렴풋이 떠오르는 두 개의 그림자가 침대 위에서 얽혀 있었다.

수많은 정욕을 돈으로 바꿀 수 있는 무수한 창관(娼館).

도시의 어느 장소와도 색채가 다른 '밤의 거리'는 마치 모든 대로나 구역으로부터 분리된 것처럼 불빛을 죽이고 요사스러운 분위기를 풍겼다.

"……빌어먹을."

사람들이 욕망에 빠져드는 창관 거리.

그중에서도 가장 높은 궁전 최상층에 그녀가 있었다.

금과 은으로 만든 서클릿, 귀걸이, 목걸이, 가슴 장식, 팔찌와 발찌.

옷이라 부를 만한 것은 허리띠와 허리감개, 그리고 풍만한 가슴을 가리는 얼마 안 되는 띠밖에 없었다. 생기가 넘치는 팔다리에 잘록한 허리를 비롯해 남자를 유혹하는 갈색 피부를 아낌없이 드러낸 모습은 한 나라를 멸망에 빠뜨린다는 경국지색(傾國之色)의 미녀, 아니, 그마저도 웃도는 신의 미모를 자랑했다. 사실 이성만이 아니라 만인을 포로로 삼는 그녀의 몸에서는 숨이 막힐 듯 달짝지근한 향이 감돌았다.

사방 전체가 탁 트여 시원한 밤바람이 흐르는 어스름한 방에서 그녀는 도시 중앙 방향을 올려다보고 있었다. 마치 원수를 노려보듯.

그녀가 지금 있는 장소는 '밤의 거리' 어느 곳보다도

높다.

하지만 그래도 그녀는 만족할 수 없었다.

왜냐하면 그런 자신을 비웃듯, 도시의 중심에는 하늘을 찌르는 백색 거탑이 우뚝 서 있기 때문이다.

그녀는 거탑 최상층을 노려보았다.

그곳에 지금도 있을, 자신과 같은 '미의 신'── 은발의 여신을 증오하며.

"왜 네가 거기 있지? 왜 내가 아니라 네가 왕 행세를 하는 거야?"

마음에 안 들어. 마음에 안 들어.

그 여자는 제일 높은 곳에서 언제나 자신을 내려다본다.

어중이떠중이 중 하나처럼, 이 땅의 가장 높은 곳에서.

오라리오에서, 아니, 세상에서 가장 아름답다는 칭송을 독차지하고 자신을 내려다보는 것이다.

웃기지 마. 그럴 리가 없어.

아이들의 눈도, 신들의 눈도 모두 옹이구멍이야.

나를 내버려두고 아름다움을 논하다니, 절대 그럴 수는 없어.

저주와도 같은 마음을 품은 그녀── 여신 이슈타르의 미모가 일그러졌다.

"까불지 마, 프레이야……."

비단 커튼을 활짝 열어젖힌 커다란 창문으로 달빛이 스며들어 이슈타르의 옆얼굴을 비추었다.

정말 아니꼽지만, 상대는 명성만이 아니라 【파밀리아】의 힘에서도 이슈타르보다 위였다. 후자에 관해서는 따라갈 수도 없을 정도였다.

미모와 함께 도시 최강 파벌이라는 지위로, 여신은 오라리오의 정점에 군림한다.

마천루 바벨을 노려다보던 이슈타르는 문득 큭큭 웃음소리를 흘렸다.

보는 이들을 '매료'시키는 미의 신이 지은 웃음이었으며, 동시에 시커먼 감정을 품은 여자의 웃음이었다.

——머지않았어.

——머지않아 그곳에서 끌어내려줄게.

이슈타르는 사위스럽게 입술을 틀어 올렸다.

"두고 보라지."

마지막으로 그렇게 중얼거리고, 그녀는 앉아 있던 소파에서 일어났다.

과일 바구니 옆에 놓인 곰방대를 손에 들고 최상층의 방을 나왔다. 입구 앞에서 대기했던 미청년 종자가 물 흐르는 듯한 동작으로 뒤를 따른다. 그와 함께 궁전 안을 내려간다. 깊은 색채 때문에 보라색으로도 보이는 새까만 땋은 머리가 찰랑거린다.

곰방대를 문 입술에서 연기를 토해내며, 이슈타르는 긴 계단을 따라 넓은 홀의 상층 부분으로 나왔다.

하층에 있는 수많은 단원—— 창부(娼婦)들에게 난간에

서 목소리를 높였다.

"자! 손님 맞을 시간이다, 얘들아! 오늘 밤에도 마음껏 사랑을 탐하려무나!!"

사랑스러운 소녀에서 육감적인 여성까지, 아마조네스를 중심으로 한 단원들로부터 높은 고함소리가 울려 퍼졌다. 요염하며 정욕을 자극하는 창부들을 내려다보며 이슈타르는 웃음을 지었다.

여신의 호령과 함께 창부들은 일제히 움직였다. 자신의 몸으로 남자들을 부르고, 유혹하고, 마음에 드는 수컷을 마음껏 긁어모은다. 남자들은 자신이 사냥감이라는 사실을 모른다. 쾌락에 취한 채 많은 금화를, 정보를, 대가를, 그리고 사랑까지도 지불하고 그녀들에게 잡아먹히는 것이다.

퇴폐와 음탕을 상징하던 고대의 도시처럼, 곳곳에서 향락의 연회가 벌어졌다.

"아이샤, 얼른 가자~. 괜찮은 남자 다 뺏기겠어."

"그래. 지금 갈게."

동족에게 대답한 아마조네스 여성은 긴 다리를 달빛에 적시며 노상에서 어떤 곳으로 시선을 돌렸다.

오라리오에서는 보기 드물게 이국의 정서로 넘쳐나는 유곽.

극동 섬나라의 양식을 모방해 붉은 기둥과 붉은 벽으로 지은 여러 채의 기루(妓樓)는 화려하여 보는 이들의 눈길을 붙잡아놓는다. 아마조네스 여성은 불빛 속에 드러난 호화로운 저택 중 하나를 한동안 바라본 후, 연민의 마음을 감추듯 눈을 가늘게 뜨고 긴 흑발과 함께 몸을 돌렸다.

동료들에게 향하는 그녀가 바라보던 곳, 유곽에는 손님들을 끌어들이기 위한 독특한 시설이 늘어서 있다. 격자창을 사이에 두고 대로와 인접한 큰 방에 수많은 창부들이 모여앉아, 길을 오가는 사람들에게 말을 걸거나 혹은 요염하게 웃으며 손짓을 하는 것이다. 극동의 창관에서만 보이는 '하리미세'라 불리는 양식이다.

"……."

교태를 부리는 창부들 중 혼자 구석에 조용히 앉은 소녀가 있었다.

주위의 여성들과는 달리 무릎을 가지런히 모으고 정좌한 채, 입을 벌리지 않고, 그저 그 가련한 용모와 분위기만으로 손님들의 시선을 잡아끈다. 기모노라 불리는 섬나라의 민족의상── 선명한 붉은색 겉옷이 가느다란 몸에 잘 어울렸다.

금색 장발에 옥색 눈, 그리고 머리카락과 같은 색의 꼬리.

긴 짐승 귀를 가진 아름다운 소녀였다.

목에는 까만 목줄을 찬 그녀는 자신을 가두어놓은 이 감옥 아닌 감옥 안에서.

어둠에 떠오른 상현달을 올려다보며 조용히 중얼거렸다.

"앞으로, 일주일……."

제1장
순풍에 돛 단 듯?
zuhito Yasuda

도시는 술렁이고 있었다.

"……한 달?"

"진짜야……?"

모험자들은 길드 본부의 거대 게시판에 나붙은 어떤 양피지를 아연실색 올려다보았다.

"그 자식……!!"

"잠깐만 베이트, 나도 얼른 좀 보여줘어—!!"

어떤 제1급 모험자는 동료가 재촉하거나 말거나 어떤 기사가 적힌 정보지를 구겨버렸다.

"히히히, **진짜**다아~."

그리고 신들은 어떤 모험자의 공식 랭크 업 소식에 요란하게 능글거리며 신 나 떠들어댔다.

워 게임의 흥분이 식지 않은 가운데, 수많은 이들을 들끓게 만드는 정보가 도시 내를 휩쓸었다.

——소요 기간 1개월.

——벨 크라넬 Lv.3 도달.

"——에취?!"

나는 요란하게 재채기를 했다.

그 바람에 두 팔로 끌어안은 나무상자를 떨어뜨릴 뻔했지만 간신히 버텼다. 하지만 이내 두 번째로 호흡의 폭발이 일어났다.

"푸헤취?!"

앞에서 걷던 주신님이 눈을 연신 깜빡이는 나를 돌아보며 말했다.

"왜 그러느냐, 벨. 감기에 걸렸느냐?"

"아뇨, 그런 건……."

나와 마찬가지로 두 팔에 짐을 잔뜩 든 헤스티아 님은 미소를 지었다.

"누가 네 이야기를 하는지도 모르겠구나."

"설마요……."

나는 쓴웃음으로 대답했다.

"그보다도 벨, 좀 보거라!"

오종종종 힘차게 뛰어나가는 주신님의 뒤를 따라, 그때까지 걷고 있던 건물 뒤쪽에서 정면으로 돌아갔다.

그러자 마침내 완성된 새로운 홈의 모습이 우리의 시야 한가득 펼쳐졌다.

"우와……!"

"어떠냐. 오늘부터 우리가 이곳에서 사는 거다!"

아침의 화창한 햇살을 받는 아름다운 정원에 이삿짐을 내려놓고 나는 눈앞의 저택을 빤히 바라보았다.

【아폴론 파밀리아】의 저택을 개장해서——라기보다는 차지해서——완성된 새로운 홈. 주신님의 표현을 빌자면 악취미스럽던 외관은 간소하면서도 품위 있는, 또한 새것

과 다를 바 없는 저택으로 바뀌었다. 3층 건물은 석조이며 넓기도 해, 호화 저택이라고 해도 과장이 아니었다.

정면 현관에는 【헤스티아 파밀리아】를 나타내는 불꽃과 종의 엠블럼을 장식해놓았다.

자랑스럽게 가슴을 펴는 주신님 곁에서 나는 흥분으로 뺨을 붉히고 말았다.

"헤파이스토스에게 너절한 지하실을 떠맡은 후로 용케도 여기까지……!"

염원하던, 그것도 훌륭한 새 주거지에 눈가를 팔로 비비며 감정에 북받쳐 우는 여신님.

——그 교회의 비밀 지하실도 아늑했지만.

나는 쓴웃음을 지으며 주신님과 단둘뿐이었던 생활을 돌이켜보았다.

그야 불편한 점은 얼마든지 있었지만, 무너져버리는 바람에 슬퍼했을 정도로…… 그곳에는 주신님과의 추억과 다정한 시간이 있었다.

'그래도, 뭐…….'

동료가, 가족이 늘어나서.

모두와 함께 생활할 수 있는 넓은 홈을 얻어 나도 역시 기쁜 것 같다. 뒤통수를 긁으며 멋쩍은 웃음을 짓고 있을 때.

"헤스티아. 주문한 대로 다 갖춰놓았다."

"오오, 땡큐~ 고브뉴."

내가 커다란 저택을 감개무량하게 올려다보고 있으려니

개장을 마친 작업복 차림의 기술자들—— 【고브뉴 파밀리아】분들이 우르르 나왔다. 그쪽의 주신님인 고브뉴 님이 헤스티아 님에게 말을 걸고 헤스티아 님은 웃으며 감사를 표했다.

우리는 홈의 수리와 개장을 【고브뉴 파밀리아】에게 맡겼다. 야금과 건축을 관장하는 고브뉴 님이 이끄는 이 파벌은 의뢰가 있으면 건설 작업도 맡는, 도시 내에서도 보기 드문 【파밀리아】다. 많은 스미스를 거느려 일부 모험자에게선 뜨겁게 지지를 받는다고 한다. 초대형 파벌인 【헤파이스토스 파밀리아】에 비해 지명도는 떨어지지만 견실한 무구는 던전을 탐색하는 수많은 상위 파벌이 원할 정도라고 한다. 사실은 릴리도 파룸 전용 핸드 보건(Bow gun) 제작을 의뢰한 적이 있다나.

개장 의뢰를 한 후로 나흘, 그 13계층 퀘스트에서 돌아온 날로부터는 이틀이 지났는데.

멋진 저택의 외견으로도 알 수 있듯 업무가 빠르고 실력도 일류인 그들에게 경탄밖에 할 수 없었다.

잠시 후 돈을 지불할 곳이며 저택의 설명을 마쳤는지, 몸집이 다부져서 어딘가 드워프를 연상케 하는 고브뉴 님은 헤스티아 님 앞에서 몸을 돌렸다. 떠나가면서 어쩐지 나를 빤히 바라보던 남신님은 이내 단원들의 뒤를 따라 돌아갔다.

"역시 고브뉴야. 제대로 해줬나 보구나."

"아, 정말요?"

"음. 너희들이 요청한 대로 저택 안쪽이며 밖에도 여러 가지 방이며 설비를 만들어줬다는구나."

"헤에……."

나는 주신님과 함께 새삼 홈을 올려다보았다.

이사가 끝나면 구경하고 다녀야겠다.

"오오……?!"

두 무릎과 두 손을 바닥에 짚고 엎드려버린 미코토는 온수가 찰랑거리는 욕조를 들여다보고 있었다.

개장을 마친 홈의 3층. 자신의 요망대로 설치된 '목욕탕'의 존재에 그녀는 이사 작업까지 중단해버리고 말았다.

원래 있었던 아폴론 파의 욕실을 이용해 개량된 넓은 욕실이었다. 목욕탕의 도입을 바랐던 미코토에게 맞춰주었는지 열 명은 너끈히 들어갈 만한 대형 욕조는 극동식을 따라 편백나무로 만들었다. 새 목재의 향이 살짝 피어나는 가운데 쏴아 소리를 내며 수도꼭지에서 뜨거운 물이 나온다. 편백나무 욕조를 들여다보며 흥분하던 소녀의 얼굴이 찰랑거리는 온수의 표면에 희미하게 비쳤다.

엎드린 자세 그대로 온수를 응시하던 미코토는 홱 고개를 들었다. 벽에서 천장, 바닥, 기둥이며 들통에 이르기까지 모두가 목조다. ——샤워기가 갖추어진 것은 애교라 봐주어야겠지만.

극동의 풍취가 느껴지는 목욕탕의 인테리어에 미코토는 감동으로 몸을 떨었다.

동시에, 눈앞에서 피어나는 김에—— 가느다란 목을 꼴깍 울렸다.

"으, 으윽……?!"

미코토의 내면에 갈등이 솟았다.

아직 이사 중이다. 다른 곳에서는 벨이나 다른 동료들이 열심히 짐을 나르고 있을 것이다. 이런 곳에서 한눈을 팔 시간은……. 그렇게 생각하며 바닥에 놓아둔 짐으로 눈을 돌렸다.

그러나, 하지만—— 희뿌연 김은 마치 마법처럼 이쪽을 유혹했다.

이제까지 봉인해두었던 욕구에 결국 저항하지 못하고.

"조, 조금만."

미코토는 얄팍한 변명을 입에 담으며 탈의실까지 돌아갔다. 통로에 인접한 출입구에서 고개를 내밀고, 지나가는 사람이 없는지 두리번두리번 확인한 다음 문을 닫았다.

허리띠에 손을 돌리고.

스르륵, 옷깃 스치는 소리가 났다.

참방. 매끄러운 발가락 끝이 수면을 진동시켰다.

가느다란 장딴지, 허벅지가 온수를 가르고, 이내 단숨에 온몸을 담갔다.

"크으으으~~……!!"

어깨까지 잠긴 미코토는 행복의 한숨을 토해냈다.

몸을 끌어안아주는 뜨거운 온수의 감촉. 두 눈을 질끈 감고 온몸을 이완시켰다.

"죄송합니다 타케미카즈치 님, 동료들……!"

목욕을 좋아하는 동향의 가족들에게 사죄하며 미코토는 얼굴에서 긴장을 풀고 황홀한 표정을 지었다.

타케미카즈치나 다른 동료들과 함께 오라리오에 건너온 후로는 검소한 홈에서 생활해야 했으므로 목욕탕 따위는 없었고 그저 샤워만이 가능했다. 물론 참을 수 있었고, 사치를 부릴 마음은 조금도 없었으나…… 지금 이 순간까지 억눌러놓았던 갈망이 폭발해버렸다.

머릿속에 떠오르는 것은 극동에서 곧잘 애용했던 천연 온천.

고향의 정경을 하나하나 그리며 피부를 벚꽃색으로 물들였다.

목욕을 너무나도 좋아하는 미코토는 이 세상 최고의 행복을 탐닉했다.

덧붙이자면, 아직 아침이었다.

"역시 【고브뉴 파밀리아】는 일이 빨라."

저택 뒤뜰 한곳에 세워진 석조 오두막.

문을 열고 입구에 선 벨프의 입에서 자신도 모르게 웃음이 배어났다.

저택의 별채에 세워진 그곳은 '공방'—— 스미스의 성역인 대장간이었다.

【헤파이스토스 파밀리아】에서 주었던 개별 공방에 비하면 좁기는 했지만 설비는 꿀리지 않을 정도로 충실했다. 켜켜이 쌓인 장작, 나무통, 철제 붙박이 선반, 보너스로 지하실까지. 오두막 전체의 강도도 그렇고, 어느 것 하나를 보아도 본격적이었다.

가늘고 긴 굴뚝이 뻗어나간 특제 대형 화로는 트집을 잡을 여지도 없었다.

"같은 스미스 파벌인 만큼 뭘 좀 안다니깐."

입구 위치에서 공방 안을 둘러보고 만족스럽게 고개를 끄덕이는 벨프. 어린아이 같은 생생한 표정을 지으며, 원래 속했던【헤파이스토스 파밀리아】에서 가져온 수많은 개인 물품을 실어나르기 시작했다.

당장 공방을 자신만의 성으로 바꿔나간다.

크고 작은 여러 자루의 망치, 부집게, 모루 등등 스미스의 도구를 공방 곳곳에 배치해나갔다. 이제까지 만들어 팔지 못했던 무기들도 지하실에 걸어놓았으며, 얼마 안 되는 저금으로 사들인 금속 주괴도 이곳에 보관했다. 무기를 비롯해 엄청나게 중량이 나가는 온갖 물건들을 혼자서—

—자신의【스테이터스】로——힘들이지 않고 옮겨버렸다.

마지막으로 벨프는 헤파이스토스에게 받은 해머를 손에 들고 활짝 웃었다.

"여기서…… 다시 시작하겠어."

공방 중심에 서서, 마음가짐을 새로이 다진다.

자신의 대장간을 다시 한 번 둘러본 하이 스미스 청년은 붉은색 해머를 꽉 쥐었다.

"창고 같은 것을 제외해도 남는 방이 스무 개 이상, 지하실에 다락방까지……."

홈의 구조도와 지도를 두 손에 든 릴리는 저택 안을 돌아다니고 있었다.

방을 발견하면 문을 열고 안을 들여다보며 인테리어나 특이사항을 메모해나간다.

저택을 조사, 가 아니라 확인하면 할수록 그녀의 표정은 난감해졌다.

"으음~ 릴리네만 살기에는 너무 넓네요~."

질 좋은 석재로 만들어진 홈은 3층이다. 건물의 넓이는 말할 것도 없고, 앞뜰이며 뒤뜰까지 갖춰진 데다 주위는 철책으로 에워싸였다. 원래 이 저택은【아폴론 파밀리아】—— 100명도 넘는 단원이 생활하던 건물이다. 주신을 포함해도 다섯 명밖에 안 되는【헤스티아 파밀리아】에게는 솔직히 말해 전혀 어울리지 않았다.

"릴리네만 가지고는 도저히 청소나 점검이 어렵겠어요. ……이렇게 되면 메이드를 모집해 고용해버릴까요? 돈은 별로 쓰고 싶지 않지만……."

그렇게 중얼거리며 릴리는 고민했다.

무소속인 채, 혹은 파벌의 비전투원――'은혜'를 받지 않은 임시 구성원――으로 소속시키는 것이다. 점원을 확보하기 위해 상업계【파밀리아】가 곧잘 쓰는 수법이다.

신이면서【헤파이스토스 파밀리아】의 가게에서 아르바이트를 하는 헤스티아도 이에 해당한다.【파밀리아】는 일할 사람을 모집해 도시의 일자리 창출에도 공헌하는 셈이다. 물론 파벌의 기밀 정보와는 떨어진 곳에서 일을 시키는 것은 상식이다.

전문 집사쯤 되면 길드 직원 내지는 하급 모험자 수준의 고급인력이다. 역시 이럴 때는 마석제품 제조 등 오라리오가 자랑하는 도시공업에 종사하지 못하는 여성, 항상 일자리를 찾기 때문에 싼 가격으로도 고용할 수 있는 그녀들에게 의뢰하는 편이――

여기까지 생각한 릴리는 갑자기 걸음을 멈추었다.

"……벨 님이 눈길을 주니까 안 되겠어요."

이성을 보면 금방 얼굴을 붉히는 소년을 위험시한 릴리는 나이 지긋한 메이드라 해도 믿을 수는 없다고 융통성 없는 위기감을 발휘했다.

뇌리에는 풋풋한 미소를 짓는 시르의 모습이 떠올라 붕

붕 고개를 세차게 가로저었다.

"하지만, 으~음, 그치만……."

저택 1층의 복도에서 발을 멈추고 보니 시야에는 손질이 꼭 필요할 것 같은 정원수가 우거진 안뜰이 보였다. 직면한 현실과 소녀의 마음을 저울질하며 릴리는 번민했다.

아무튼 홈 안에서는 단원들이 새로운 환경에 들떠 있었다.

"진짜 훌륭하다아……."

계속 이사 작업에 힘쓰며 저택을 올려다보던 나는 감탄했다.

개장된 외벽이 햇살을 반사해 어쩐지 찬란하게 보였다. 새 주거지에 마음이 들뜬 것을 감안하더라도 좀 편견이 들어간 것 같지만.

'……이대로 홈만이 아니라 【파밀리아】도 커지면 좋겠다.'

홈 안을 이리저리 돌아다니는 릴리나 다른 단원들을 이따금 쳐다보며 혼잣말을 중얼거렸다.

자연스레 웃음을 지으며, 나는 두 손에 든 짐을 어영차 고쳐 들었다.

그리고.

『이게 정말……! 그만 좀……!』

『싫~어~……!!』

"응?"

저택 외벽을 따라 뒤뜰로 돌아가려 했을 때였다.

홈의 부지 바깥쪽, 길에서 무언가 말다툼을 하는 두 소녀를 발견했다.

아니, 저건 말다툼이라기보다…… 한 사람은 홈을 에워싼 철책을 끌어안고, 또 한 사람은 옷을 잡아끌어 떼어내려 하는 상황이다. 전자는 떼를 쓰는 아이처럼 반쯤 울상을 지었으며, 후자는 짜증을 감추지 못하는지 화를 내는 것 같았다.

"어, 근데 저건…… 카산드라 씨랑 다프네 씨?"

눈에 익은 장발과 단발, 그리고 극단적인 성격 차이를 가진 두 사람의 정체가 워 게임에서 싸웠던 소녀들——【아폴론 파밀리아】의 여성단원들임을 알아차렸다.

아무리 그래도 못 본 척할 수는…… 없지.

일단 상자를 내려놓고 종종걸음으로 다가간 나를 우선 다프네 씨가 알아보았다.

"앗……【리틀 루키】."

그녀에게 옷깃을 붙잡혔던 카산드라 씨도 눈꼬리가 늘어진 특징적인 눈을 이쪽으로 돌렸다.

"어…… 저기……."

무슨 일인지 묻고 싶었지만…… 무어라 말해야 좋을지

알 수 없었다. 그녀들의 홈을 빼앗아놓고 들떴던 자신에게 죄책감을 느끼고 말았던 것이다.

주눅이 든 그런 내 심정을 간파했는지 다프네 씨는 어깨를 으쓱했다.

"이긴 건 너희니까 민망하게 생각할 것 없어. 먼저 전쟁을 청한 건 우리였고."

전혀 마음에 두는 기색도 없이 말하는 다프네 씨.

그렇게 말해주니 다행이긴 하지만…… 내가 도저히 부담감을 버리지 못하고 있으려니 다프네 씨가 쓴웃음을 지었다.

"진짜 괜찮다니깐. 우린 원래 강제로 입단당한 거나 마찬가지라 오히려 이렇게 돼 다행이라고 생각해. 다음에야말로 제대로 된 주신님의【파밀리아】에 들어가자고 했지."

여전히 우우 하고 울상을 지으며 철책에 매달리는 카산드라 씨의 옷을 쭉쭉 잡아당기며 다프네 씨는 가볍게 근황을 가르쳐주었다.

듣자하니 지금은 카산드라 씨와 둘이 뭘 하면 좋을지 생각하는 중이라고 한다. 상급 모험자이기도 하니 다른 파벌에서 스카우트 제의도 많이 왔지만 하나같이 수상쩍은 주신들뿐이라 들어가고 싶지 않았다나.

상위 파벌에서는 제안이 오지 않았으므로 욕심을 부릴 수는 없지만 그렇다고 먼저 찾아갈 생각도 없다, 일단 지금은 상식적이고 인격자——가 아니라 신격자인 주신의

【파밀리아】에 들어가고 싶다고 다프네 씨는 덧붙였다.

그러니 원망하지도 않고, 다른 단원들이 원망하는 것도 번지수가 잘못된 거다, 오히려 자신들에게 이겼으니 가슴을 펴라…… 그녀가 그렇게 말해주니 나도 겨우 마음을 고쳐먹을 수 있었다.

까만 철책을 사이에 두고 웃음을 나누었다.

"그런데, 어…… 지금은 뭘 하시는 건가요……?"

겨우 본론으로 들어가자 다프네 씨는 한숨과 함께 단발머리를 찰랑거리며 고개를 가로저었다.

꼬오옥 철책을 끌어안은 카산드라 씨를 내려다보며.

"얘가 말야. 이제까지 쓰던 베개를 잃어버렸대."

"베개요?"

"응. 새걸 사면 되지 않겠냐고 했더니……."

이때 카산드라 씨가 처음으로 입을 열었다.

"그, 그 베개가 아니면 안 돼~. 난 그게 아니면 잠을 못 잔단 말야……."

눈물 섞인 시선과 목소리로, 자신을 잡아당기는 다프네 씨를 바라보며.

어, 그러니까 이건…….

"카산드라 씨는 이 저택에 베개를 놓아두고 가셨단 말이죠?"

저택을 개장할 때 【아폴론 파밀리아】가 놓아두고 간 물건은 전부 내놓았을 텐데, 베개 같은 게 있었던가?

내가 물어보자 카산드라 씨는 철책 너머로 얼굴을 붉히며 조심스레 입을 열었다.

"그게요, 기억은 안 나지만…… 꿈에, 여기 있다고, 나와서……."

"네?"

꾸, 꿈……?

"그러니까아! 그딴 바보 같은 소린 그만 하라고오!!"

"부탁이니 좀 믿어줘어~~~~!"

베개가 여기 있다는 '꿈'을 꾸었다는 말을 서슴없이 하는 카산드라 씨를 다프네 씨가 호되게 나무랐다.

대충 이해가 갔다. 다시 말해 카산드라 씨는 뜬금없는 소리를 하면서 다른 파벌의 홈으로 쳐들어가려 했고, 다프네 씨는 그런 부끄러운 짓은 말려야겠다고 제지한 것이리라. 문자 그대로 꿈같은 이야기를 다프네 씨는 조금도 믿을 수가 없어 화가 난 모양이었다.

아니, 뭐, 나도 '꿈'이 어쩌고 하는 건 솔직히 믿을 마음이 안 들지만…….

눈에 눈물을 머금고 호소하는 카산드라 씨를 보니 역시 가엾다는 생각이 들어버렸다.

"어, 그럼 찾아볼게요. 베개."

"""엥?"""

내가 말하자 다프네 씨와 카산드라 씨가 동시에 몸을 우뚝 멈추었다.

다프네 씨는 아연실색한 표정으로, 카산드라 씨는 눈에 눈물을 머금은 채 어리둥절했다.

"제, 제정신이야……? 꿈이라니깐, 꿈? 애의 망상이라니깐?"

"마, 망상……. 으음, 그래도, 여기 있다고 생각하는 거죠?"

당황하는 다프네 씨에게서 카산드라 씨에게 시선을 돌리자, 굳어버렸던 그녀는 흠칫 몸을 떨더니 몇 번이고 고개를 끄덕였다.

"그럼 찾아볼게요."

나는 베개 찾는 일을 맡았다.

구체적인 장소를 물어보니, 그녀는 더듬거리면서도 꿈에서 보았다는 내용을 들려주었다.

"미, 믿어주는 거예요……?"

최후의 최후에 카산드라 씨는 쭈뼛쭈뼛 그렇게 물었다.

나는 나도 모르게 쓴웃음을 지었다.

"괜찮아요, 믿어요. 잘 찾아볼게요."

그러자—— 카산드라 씨는 감정이 북받쳤는지 눈물로 눈을 촉촉하게 적시며 나를 바라보았다.

"……다녀올게요."

그렁그렁한 시선에 좀 오버가 아닌가 싶어 식은땀을 흘리며 나는 자리를 떴다. 다프네 씨가 말리는 목소리가 들렸지만 괜찮다고 손을 흔들어주었다.

다프네 씨도 참, 그렇게 고집 부릴 필요는 없을 텐데. 꿈에서 봤다고 할 정도니 카산드라 씨도 무의식적으로 기억한 게 아닐까?

……하기야 그 사람에게서는 '꿈'의 내용을 믿고 싶지 않게 되는 마력? 같은 것이 절절히 전해졌지만.

'그건 그렇다 쳐도…… 등이 좀 뜨거워진 것 같은데?'

등——에 새겨진【스테이터스】가 한순간 열기를 띤 기분이 들었다.

뜨거워진 곳을 확인하듯 손가락으로 훑어보았다.

"……'행운'?"

손가락이 닿은 곳이 어빌리티의 슬롯 부근임을 어쩐지 느낄 수 있었다.

거울 너머로 본 적이 있는 등의【히에로글리프】를 떠올리며 뭘까 고개를 갸웃하고.

나는 베개를 찾으러 저택 안으로 뛰어갔다.

"이거 맞나요?"

"——그거예요!!"

저택으로 들어가고 얼마 지나지 않아.

보기 좋게 베개를 발견한 내가 서둘러 돌아오니 카산드라 씨는 환호성을 질렀다.

내가 내민 핑크색 베개를 받아들고 꼬옥 두 팔로 끌어안는다. 눈을 감고 기쁨의 미소를 짓는 그녀의 모습에 나까지 기뻐졌다. 덧붙이자면 베개는 그녀가 꿈에서 보았다는 내용 그대로, 어째서인지 잘 알아보기 힘든 기둥 틈새에 끼어 있었다.

"진짜 있었어……."

마치 강아지처럼 베개에 뺨을 부벼대는 카산드라 씨의 곁에서는 다프네 씨가 믿을 수 없다는 표정을 짓고 있었다.

"저기, 정말로 고맙습니다! 절 믿어주셔서, 정말로, 정말로……!!"

"아, 아뇨, 그렇게까지 인사를 받을 만한 일은……."

베개를 끌어안으며 굽실굽실 고개를 숙이는 카산드라 씨에게 나는 뻣뻣한 웃음을 지을 수밖에 없었다. 반응이 너무 과도하니 몸이 슬쩍 뒤로 젖혀지는 느낌이었다.

홈의 부지를 잠깐 나가 길가에 마주 서서 몇 분 정도 이야기를 나누는 동안 몇 번씩이나 고개를 숙이던 카산드라 씨는, 이윽고 가슴에 끌어안은 베개에 얼굴 절반을 묻었다.

그리고 뺨을 살짝 물들이며, 윗눈질로 나를 바라본다.

무언가 열기가 깃든 시선에 어라 싶어 당황하며 반사적으로 얼굴을 붉히자.

카산드라 씨는 여전히 의심스러운 눈초리를 한 다프네 씨에게 몸을 내밀었다.

베개를 끌어안은 채 살짝 귀엣말을 한다.

"엑…… 진짜? 그래도 돼?"

"응응……!"

놀라며 되묻는 다프네 씨에게 카산드라 씨는 붉어진 얼굴로 고개를 끄덕끄덕했다.

멀거니 서서 그 대화를 듣고 있으려니, 다프네 씨는 탄식하며 날 돌아보았다.

"【리틀 루키】, 오늘은 이만 갈게. ……또 보자. 얘 물건을 찾아줘서 고마워."

그 말을 남기고, 다프네 씨는 등을 돌리고 걸어갔다. 카산드라 씨는 부끄러워하며 나에게 미소를 짓고, 다시 한 번 꾸벅 인사를 했다.

이내 다프네 씨의 뒤를 따라 그녀들은 길에서 사라졌다.

"**또 보자**고……?"

무슨 소리일까 싶어 다프네 씨가 남긴 말에 의문을 품었다.

일단 작업을 마치기 위해 홈으로 돌아가, 안뜰에 놓아두었던 나무상자를 끌어안았다.

조금 전까지 나누던 대화를 떠올리며 나는 저택 부지 안으로 물건을 옮겼다.

2층의 큰 방 앞을 지나갔을 때, 안에 있던 주신님이 나에게 말을 걸었다.

"아, 벨! 그게 끝나면 일단 작업을 마쳐다오!"

"네? 그래도 돼요? 짐은 아직 제대로 정리하지도 않았는데요……."

내 말을 가로막으며 주신님은 콧대를 높이 들며 손짓을 했다.

"후후, 네가 없으면 모양이 안 나거든! 우선 이걸 보거라!!"

넓은 방의 창가에 있던 주신님의 곁으로 다가가니 종이 한 장을 보여주신다.

설명도 없이 내민 그 종이를 받아들고 읽어보니…….

"……『【헤스티아 파밀리아】 입단 희망자 모집! 오너라 아이들아!!』"

코이네 공통어로 적힌 그것은 파벌 입단 희망자를 일제 모집하는 모임에 관한 내용이었다. 불꽃과 종을 그린 엠블럼과 함께 상세한 날짜가 적혀 있다.

그리고 가장 중요한 날짜는…… 오늘이다.

흠칫 놀라며 고개를 들자 주신님은 회심의 미소를 지었다.

"이것과 같은 광고지를 길드 본부 게시판에도, 아줌마에게 부탁해 알바하는 곳에도 붙여놓았지! 거기 적힌 시간까지 앞으로 얼마 남지 않았다……. 입단을 희망하는 아이들이 곧 몰려들 때가 됐다!"

그렇게 말씀하시며 주신님은 창밖으로 시선을 돌렸다.

나도 황급히 창가로 달려가 주신님의 시선을 따라가니——

"세, 세상에……?!"

저택 정면, 철책으로 만들어진 거대한 정문 앞에는.
수많은 종족의 데미휴먼들이 인파가 되어 모여 있었다.

"이봐, 입단 희망자들을 보러 간다는데. 안뜰에 집합해."
잔뜩 쌓아놓은 나무상자를 옮기던 미코토에게 복도를 걷던 벨프가 말을 걸었다. 미코토가 걸음을 멈추고 돌아보니, 그는 무언가를 알아차린 듯 쓴웃음을 지었다.
"너…… 아침 댓바람부터 목욕한 거야?"
"앗, 아니, 이건, 그게……!!"
살짝 피어나는 김, 셔츠 너머로 엿보이는 상기된 피부, 그리고 촉촉하게 젖은 아름다운 흑발. 한눈에 목욕을 마친 차림임을 알 수 있었다. 미코토는 얼굴을 붉혔다.
재빨리 목욕을 마치고 나왔다고는 하지만 본능에 굴해 작업을 내팽개쳤던 추태까지는 감출 수 없다. 평소에는 묶어두었던 머리카락을 내린 그녀는 장난이 탄로 난 아이처럼 몸을 움츠리며 끌어안은 나무상자 뒤로 얼굴을 숨겼다.
그런 소녀의 모습에 벨프의 쓴웃음이 더욱 짙어졌다.
"벨이랑 릴리한테는 비밀로 해줄 테니까 이따가 와."
"이, 이것만 운반하고 금방 가겠습니다!!"
자신의 마음까지 헤아려주는 연상의 스미스에게 미코토는 감사와 수치심에 온 얼굴을 새빨갛게 물들이며 외쳤다.

재빨리 그곳을 떠나 벨프와 헤어졌다.

"우우, 정진이 부족하다는 증거로고……."

부끄러운 나머지 귀까지 달아올라 맹렬히 반성했다.

서둘러 빈 방에 짐을 옮겨놓으려고 미코토는 나무상자를 덜컥덜컥 흔들며 뛰어갔다.

"아차."

위아래로 흔들리던 상자 속에서 종이 한 장이 흘러나왔다. 미코토는 잠시 상자들을 내려놓았다. 툭 소리를 내며 복도 한복판에 떨어진 종이에 다가가 주워든다.

그리고 감촉만으로도 알 수 있는 그 고급 종이에 의아한 표정을 짓고, 내용을 확인했다.

"이건……?"

"꾸, 꿈이 아니지……?"

눈앞의 광경에 목을 꼴깍 울렸다.

정문이 활짝 열리자 저택 앞의 안뜰은 수많은 데미휴먼들로 넘쳐났다.

저택 현관 앞에 있던 나는 그 엄청난 인파에 얼빠진 표정을 지으며 굳어버렸다.

"현실이다, 벨! 이곳에 있는 아이들이 모두 우리 【파밀리아】를 선택해준 게다!!"

아연실색한 내 바로 옆에서 주신님이 여봐란 듯이 팔을 벌렸다.

주신님이 돌린 【헤스티아 파밀리아】의 선전을 보고 들은 사람들이, 오늘, 이렇게나 많이—— 50명은 넘는 입단희망자가 우리 홈에 모인 것이다.

"워 게임에 승리해 일약 유명해졌으니까요. 특히 오라리오에 막 온 신입 모험자들의 눈에는 매력적으로 비쳤을 거예요. 지금 제일 기세가 있는 【파밀리아】라고."

주신님과는 반대쪽에 있던 릴리는 입단희망자가 이렇게까지 쇄도한 이유를 해설해주었다.

'신의 거울'을 통해 온 오라리오에 중계되었던 【아폴론 파밀리아】와의 총력전은 아직도 기억에 생생하다. 격상 파벌을 꺾고 워 게임에서 승리한 것이 이런 데까지 영향을 미쳤다는 뜻이다.

상인이나 여행자의 입으로 도시 밖에도 정보와 소문이 확산되었을 거라고 릴리는 덧붙였다.

눈을 가늘게 뜨고 웃는 릴리의 곁에서 멍청히 서 있던 나는 환희가 얼굴 한가득 퍼져가는 것을 느꼈다.

"마, 마침내 영세 【파밀리아】에서 탈출……!! 주신님, 우리 해냈어요!!"

"그러엄! 【파밀리아】를 발족한 후로 고난의 3개월…… 짧고도 길었다!"

염원하던 밑바닥 파벌에서의 탈출에 나와 주신님은 손

을 맞잡고 좋아했다. 릴리야 쓴웃음을 지었지만 그만큼 우리의 기쁨은 컸다.

교회의 비밀 지하실에서 매일매일 팔다 남은 감자돌이를 둘이서 쓸쓸하게 오물오물 먹던 광경이 주마등처럼 머릿속을 지나갔다—— 아니, 감자돌이는 지금도 먹지만.

아무튼 기뻤다.

주신님이 몇 번이고 권유해도 돌아보지 않았던 우리【파밀리아】에, 지금은 이렇게 많은 사람들이 모여주었다는 것이.

주신님과 손을 맞잡은 채 눈을 글썽거리며 인파를 바라본다.

휴먼은 물론 엘프며 드워프, 수인, 아마조네스, 파룸, 여기에 하프(혼혈 데미휴먼)의 모습까지 보였다. 그야말로 모험자를 지망한다는 분위기가 여실히 드러나는 다부진 남성부터 오라리오에 막 온 여행자 차림의 여성까지, 다양한 차림의 사람들이 담소를 나누고 소란을 부풀리며, 혹은 우리를 흘끔흘끔 바라보며 서 있다.

푸른 하늘에서 햇살이 내리쬐이는 가운데, 나에게는 눈앞의 광경이 매우 눈부시게 비쳤다.

"엇…… 다프네 씨?! 카산드라 씨도?!"

홈 앞뜰에 모인 사람들을 둘러보다 나는 바로 조금 전까지 이야기를 나누던 소녀들을 발견했다. 눈꼬리가 올라가 언뜻 드세 보이는 눈에 단발머리를 한 다프네 씨는 이쪽에 손을 들었고, 장발에 처진 눈을 한 카산드라 씨는 긴

장하며 고개를 꾸벅 숙였다.

둘이 함께 인파 앞쪽까지 나와 다프네 씨가 쓴웃음을 지었다.

“얘가 말이지, 너희【파밀리아】에 들어가고 싶다고 하지 뭐야…….”

놀라움을 감추지 못하는 우리 앞에서 다프네 씨가 곁에 있는 소녀의 머리에 손을 댔다.

부끄러워하며 미소를 짓는 카산드라 씨의 그 모습에 나는 금세 활짝 웃었다.

아까 그 ‘또 보자’가…… 그런 뜻이었구나!

왜 우리【파밀리아】로 결심해주었는지 이유는 모르겠지만 그런 건 상관없을 정도로 기쁘다!!

“고맙습니다!!”

나는 나도 모르게 큰 소리로 외치고 말았다.

베테랑 제3급 모험자까지 입단해주었다는 낭보에 펄쩍 뛰어오를 것 같은 기분이었다.

“많이도 모였네.”

“아, 벨프!”

일단 인파 속으로 돌아간 다프네 씨와 카산드라 씨를 보고 있으려니 저택에서 벨프가 나왔다. 내가 흥분한 어조로 눈앞의 상황을 설명하자 나보다 훨씬 높은 곳에 있는 얼굴에 쓴웃음이 배나왔다.

“그렇게 좋으냐, 단원이 늘어나서?”

"응! 왜냐면 이제 【파밀리아】도 북적거릴 테고, 다들 가족같이……!"

"사람이 많아져도 좋은 일만 생기는 건 아니야. 반대로 갈등 같은 것도 늘어나. 조직으로서도."

벨프는 말을 이으려던 나에게 그렇게 말했다.

많은 단원을 거느린 상위 파벌 【헤파이스토스 파밀리아】에 소속해 온갖 일을 경험했던 벨프의 말에는 설득력이 있었다. 어린아이를 다독이려는 듯한 눈앞의 미소에, 한껏 들떴던 나는 조금 침착함을 되찾았다.

그렇구나……. 【파밀리아】가 커진다는 건 여러 가지 일면이 있구나.

"뭐, 안심하거라 벨프. 이제부터 내가 하나하나 면접을 통해 적성을 볼 테니!"

벨프와의 대화를 듣던 주신님이 옆에서 그렇게 말했다.

"어…… 저, 전부 다 입단시키는 게 아니고요?"

여기 있는 사람들을 전부 받아들일 거라고 생각했던 나는 적잖은 충격을 받았다.

"신에게도 취향이나 관장하는 사상이 있듯, 각 【파밀리아】에는 독자적인 규율과 특색이란 것이 있다. 성미가 맞지 않는 아이들을 입단시켜봤자 서로에게 고통만 되지 않겠느냐, 벨?"

"그건……."

"게다가 말이다. 나는 신이다. 마주하면 아이들이 어떤 인물인지는 거의 한눈에 간파할 수 있지. 신에게는 거짓말을 할 수 없고 말이다. 나쁜 아이는 물론 【파밀리아】의 풍기를 어지럽힐 만한 사람은 모두 돌려보낼 것이다."

주신님의 말씀은 이해가 갔다. 분명 옳은 말씀일 것이다.

극단적으로 말해 남들에게 난폭한 짓만 하는 무뢰배나, 무서운 과거를 가진 범죄자를 입단시켰다간 【파밀리아】에 물의를 빚을 수 있다. 나도 그런 사람들과 잘 해나갈 자신은 별로 없다. 물론 헤스티아 님은 경력이 아니라 본인의 인품으로 판단해주실 거라 생각하지만.

파벌에 필요한 인재인지, 주신님의 색안경에 들지. 이것은 【파밀리아】에 입단하는 데에 있어 중요한 문제다. 오라리오에 처음 왔을 때 수많은 파벌에게 문전박대를 당했던 나도 그 점은 잘 안다고 생각한다. 입단 희망자는 신중하게 판가름해야 한다.

하지만 이렇게 많은 입단 희망자들을 보고 있으면…… 역시 전부 받아주었으면 좋겠다는 마음이 들어버린다.

"……게다가 서포터 군 같은 아이는 엄중하게 단속하지 않을 수 없거든. 이 이상 벨에게 추파를 던지는 도둑고양이를 늘릴 수는……."

"다 들리거든요, 헤스티아 님."

주신님과 릴리가 내게 들리지 않는 목소리로 무어라 소곤거리는 동안 유감스러운 마음을 씻지 못한 나는 뒷머리를 긁었다.

"뭐, 아무튼 이렇게 보고 있으려니…… 데미휴먼도 있지만 역시 벨 님이 단장인 만큼 휴먼이 많은 것 같네요."

그렇다.

주신님의 지명도 있었고, '컨버전'이 아니라 원래부터 있었던 권속이었다는 데에서 사실은【파밀리아】의 단장 자리가 나에게 왔다.

솔직히 그런 막중한 역할을 맡을 수 있을지 불안이 더 컸지만…… 지금만큼은 부끄러움이 앞섰다.

파벌마다 입단 경향이 다르겠지만, 두령이 자신과 같은 종족이면 들어가기 쉽다는【파밀리아】의 법칙은 적잖이 존재한다고 한다. 모양뿐인 단장이기는 해도 이런 나를 보고 입단하려는 사람들이 있다는 건 솔직히 기쁜 일이다.

또한 릴리의 말대로 휴먼 모습이 많은 것 외에도,【헤스티아 파밀리아】가 던전 탐색계【파밀리아】를 표방하는 만큼 모험자 차림을 한 사람들이 눈에 뜨였다. 검이며 창, 방패, 라이트아머에서 헤비아머까지 다양한 장비를 갖춘 모습은 박력이 충분했다. 개중에는 용병을 연상케 하는 풍모를 가진 검사도 있어 동료가 되어준다면 더할 나위 없이 든든할 것 같았다. 백팩을 짊어진 서포터임 직한 사람들도 드문드문 보였다.

다른 파벌에서 온 이적 희망자인지, 아니면 도시 밖에서 거친 일을 하던 무소속 사람들인지는 판별이 가지 않았지만 많은 이들이 미궁 탐색에 의욕을 보인다는 사실을 알 수 있었다.

"그러면 슬슬 면접을 시작해볼까!"

나 같은 사람보다도 훨씬 모험자다운 사람들을 둘러보고 있으려니 주신님이 의기양양하게 입을 열었다. 정면 현관에서 나와 릴리, 벨프와 함께 앞으로 나간다.

인파의 시선이 모여드는 가운데, 주신님은 기회를 보아 입단식 시작을 선언하려 했다.

"헤, 헤스티아 님——?!"

그때, 갑자기 고함소리가 울려 퍼졌다. 우리 네 사람이 뒤를 돌아보자 저택에서 미코토 씨가 꽈앙!! 소리와 함께 현관문을 활짝 열고 황급히 뛰어나왔다.

"무슨 일이냐, 미코토?"

"이, 이, 이삿짐 속에서……!!"

낯빛을 바꾼 그 모습에 주신님이 고개를 갸웃하자 온몸을 떨던 미코토 씨는.

냉정함을 잃어버린 표정으로, 우리와 입단희망자 앞에서, 오른손에 든 종이를 내밀었다.

"2**억 발리스**짜리 대출금 계약서가아————————!!"

그 순간, 시간이 멎었다.

"푸웁?!"

눈앞에 들이민 고급 종이에 헤스티아 님이 뿜었다.

"네?" 릴리는 굳어버리고.

"이, 억?" 벨프는 뻣뻣이 서 있고.

수많은 입단희망자들은 예외 없이 눈을 껌뻑거렸다.

그리고 나는── 얼어붙었다.

비명과 함께 나타난 미코토 씨가 가져온 고급 종이, 그 한복판에서 춤추는 숫자의 나열.

200,000,000── 2억 발리스.

떨리는 눈동자가 0의 개수를 순식간에 헤아렸다. 핏빛으로 기재된 온갖 사항은 틀림없는 진짜 '차용증'. 코이네 공통어와【히에로글리프】양쪽으로 적힌 헤스티아 님의 사인이 현실도피를 용납하지 않았다.

여기에 결정타로, 종이 한쪽 구석에 기재된【헤파이스토스 파밀리아】의 사인을 발견한 순간 모든 소리가 멀어져 갔다.

'설, 마──'

반짝. 지금도 허리에 차고 있는《주신님 나이프》가 빛을 뿜었다.

내 상상을 긍정하듯【Hφαιστος】라는 이름이 새겨진 칠흑색 나이프가 쇳덩어리처럼 무거워졌다.

다음 순간 나는 의식을 놓아버렸다.

"흐, 아──"

"베, 벨 님──?!"

"이거, 장난하는 거지……?"

하늘을 보며 쓰러진 내 옆에서 릴리가 비명을 지르고, 벨프가 뻣뻣한 목소리로 말했다.

그리고 그것이 계기가 된 것처럼, 앞뜰은 눈 깜짝할 사이에 아비규환의 절규에 휩싸였다.

"——돌아가자, 카산드라."

"어, 어, 다프네?"

쏴아아—— 썰물처럼 입단희망자들이 대이동하는 소리.

백일하에 드러난 【파밀리아】의 빚 폭탄에 모두가 우리 앞에서 자취를 감추었다.

이제까지 붐비던 것이 거짓말이었던 것처럼 조용해지고, 홈에는 사람 하나 남지 않은 가운데.

어둠에 잠겨가는 시야 속에서 내가 마지막으로 본 것은.

석상처럼 굳어버린 주신님의 모습이었다.

"이게 어떻게 된 건가요."

설명을 요구하는 릴리의 목소리가 울려 퍼졌다.

홈 1층 안쪽에 있는 넓은 거실. 아직 짐을 다 풀어놓지 않아 나무상자가 난잡하게 놓인 홀에는 소파며 벽에 달린 촛대, 난로가 갖추어져 있었다. 장식이 된 촛대에는 촛불이 아닌 마석등을 밝혀놓고 우리는 방 한복판에 모여 있었다.

끙끙 한심한 신음소리를 내며 나만 드러누워 있는 가운데 릴리, 벨프, 미코토 씨는 둥글게 모여 융단 위에 주저앉아 있었다. 그리고 그 중심에는 주신님.

세 사람에게 에워싸인 헤스티아 님은 매우 민망한 표정이었다.

초침 소리를 울리는 벽시계가 가리키는 시각은 이미 일몰.

불발로 끝난 입단식으로부터 한나절이 지나 이미 창밖은 어스름했다. 밤이 다가오고 있었다.

"뒤처리나 벨 님의 간병 때문에 늦어졌는데, 제대로 들려주세요. 그 계약서에 대해."

"그, 그건 내 개인적인 계약서랄까, 그 뭐냐, 【파밀리아】에 직접 피해가 미치는 건……."

"직접 피해가 없어야 할 그 계약서 덕에 입단희망자는 0이에요. 릴리네도 충격을 받았고요. 권속의 맹세를 나눈 우리에게 설명하는 게 주신님의 의무예요."

모두를 대표해 말을 이어나가는 릴리의 가시 돋친 말에 주신님은 으윽 말문이 막혔다.

냉정함을 잃었다고는 해도 많은 이들 앞에서 빚을 폭로해버린 미코토 씨는 송구스러워하면서도 역시 설명을 기다리고 있었다. 책상다리를 하고 앉은 벨프도 이것만큼은 동감하는지 눈썹을 늘어뜨린 채 주신님이 입을 열기를 기다렸다.

릴리, 벨프, 미코토 씨, 그리고 누운 채 괴로워하며 시선을 이리저리 굴리는 나를 보고 주신님은 체념한 듯 띄엄띄엄 말을 시작했다.

"사실은…… 벨의 나이프를 헤파이스토스에게 만들어달라고 했을 때, 이것저것 있어서……."

주신님이 말씀하신 내용은 아니나 다를까, 내가 가진 《주신님 나이프》에 관한 이야기였다.

절친 신인 헤파이스토스 님께 억지로 부탁해 나이프를 만들어달라고 했던 일.

세상에 한 자루밖에 없는 이 나이프는 아마도 헤파이스토스 님밖에 만들 수 없는 매우 귀중한 아이템이리라는 사실.

그리고 그런 귀중한 무기의 대가로 터무니없는 대출을 계약했다는 사실.

"로고가 들어간 걸 보고 누구 작품인지 전부터 궁금하게 여겼지만…… 설마 그분이 직접 만드셨을 줄이야."

원래 【헤파이스토 파밀리아】 소속이었던 벨프는 이 말을 듣고 한 손으로 눈가를 꾹꾹 누르며 《주신님 나이프》에 대해 신음하듯 말했다. 미코토 씨도 억 단위의 빚을 진 주신님께 마른침만 삼키는 것 같았다. 하급 모험자 때부터 어울리지 않는 나이프를 들고 다녔던 나를 잘 아는 릴리는 대충 눈치채고 있었는지 "역시……"라며 탄식과 함께 중얼거렸다.

설명을 마친 주신님은 몸을 움츠리며 두 손가락을 꼼질

거렸다.

릴리가 고개를 들고 현재의 상황을 설명했다.

"……조금 전 시내에 나가 정찰을 해봤는데요, 이제는 신들이 소문을 온 도시에 퍼뜨려서……【헤스티아 파밀리아】는 빚에 찌든 폭탄【파밀리아】라고, 그렇게 알려졌어요."

미코토 씨가 조심스레 물었다.

"그건, 자칫하면……."

"네. 이젠 입단희망자는 나타나지 않을 거예요."

무자비한 선고였다. 내 눈에서 조용히 눈물이 흐를 것 같았다.

어라? 사람이 다가오려 하지 않는 이 분위기는, 예전하고 전혀 다를 바가 없는 것 같은데……?

"현실적으로…… 2억 발리스는, 위험하지."

"매우 위험하지요."

쥐어짜내는 듯 말한 벨프와 미코토 씨는 곁에 있던 릴리의 눈치를 살폈다.

완전히【파밀리아】의 회계 담당으로 정착해버린 릴리는 무거운 표정으로 입을 열었다.

"배상금은 홈을 개축하느라 거의 다 써버렸어요.【파밀리아】의 자산은 별로 남지 않았어요."

"……."

"여기에다 워 게임에서 이기고, 벨 님이【랭크 업】을 하시면서 파벌 랭크가 단숨에 올라가 E랭크. 따라서 길드에 바칠 세금도 올라갔어요. 1년에 백만 이상 뜯길 각오를 하세요."

"…………."

"다시 말해…… 빚을 갚으려면 지금까지보다도 더 던전에 많이 내려가서 벌이를 늘려야만 해요."

둥글게 둘러앉아 릴리의 말을 듣는 동안 무거운 침묵이 내려앉았다.

이제까지보다 몇 배는 되는 벌이를 얻지 못하면 제대로 된 생활을 할 수도 없어 곤궁에 처할 거라는 현실이 모두의 입을 다물게 만들었다.

침통한 표정을 짓는 그런 세 사람에게 주신님은 벌떡 자리에서 일어났다.

"차, 착각하면 곤란하다! 이건 나의 빚이니 내가 직접 갚을 것이다! 아니, 내가 혼자 갚아야만 하는 거다!!"

계약서를 손에 들고 가슴을 탁 치며, 주신님은 파벌이 아니라 어디까지나 자신의 개인적인 빚임을 역설했다.

"오히려 이 계약서는 벨에 대한 사랑의 깊이를 나타내는 결정!! 누구에게든 넘겨줄 것 같으냐!!"

"빚덩어리가 사랑의 결정이라니 절대 싫어요."

2억이라는 자릿수를 가리키며 외치는 헤스티아 님을 노려보는 릴리.

곤혹스러워하는 벨프와 미코토 씨의 시선은 내버려둔 채 주신님은, "애초에 이것은 헤파이스토스의 책략이고 이렇게까지 비쌀 리는……!" "그 녀석이 날 일하게 만들려고 억지 구실을……!" 하고 중얼중얼 혼잣말을 했다.

잠시 후, 트윈테일과 함께 설레설레 고개를 저은 주신님은 우리를 보며 말했다.

"아무튼 너희가 빚을 짊어질 필요는 없다. 내가 알바를 한다는 건 알고 있겠지? 그 대가는 전부 나이프 대금을 지불하는 데 쓰고 있다. 몇 백 년이 걸리더라도 갚을 거다."

"……."

"빚에 대해 감추었던 것은 분명 잘못했다만…… 약속하마. 너희 권속들에게는 폐를 끼치지 않겠다. 입단 희망자는 오지 않을지도 모르지만……."

송구스러운 태도로 마지막 말을 덧붙이고는, 걱정하지 말라고, 주신님은 단단히 못을 박았다.

권속이 짊어질 필요가 없다는 주신님의 주장에 세 사람은 당황하면서 얼굴을 마주 보았다.

"……하지만."

물에 적신 수건을 이마에서 떼고, 나는 천천히 몸을 일으켰다.

털이 긴 융단 위에 앉아 주신님을 올려다보았다.

"주신님은…… 저를 위해, 빚까지 지면서, 이 나이프를 주신 거잖아요?"

"……."

주신님은 대답하지 않으셨지만 그 침묵은 긍정과 같

았다.

가슴에 아픔이 느껴졌다.

《주신님 나이프》에는 많은 도움을 받았다. 수많은 싸움을 넘어서서 여기 있을 수 있는 것도 이 나이프를 마련해 주신 주신님 덕이다.

주신님에게 무거운 부담을 끼치고, 나는 오늘까지 살아온 것이다.

"……신경 쓰지 말아다오, 벨. 이건 내가 내 마음대로……."

부드럽게 미소를 짓는 주신님의 말을 가로막으며 나는 일어났다.

허리에 찬 나이프를 손으로 매만지고, 주신님을 똑바로 바라본다.

"주신님…… 저는, 둘이서 함께 빚을 갚았으면 해요."

신비한 푸른색이 감도는 눈동자가 크게 뜨였다.

놀라는 주신님에게 나는 얼마 안 되는 어휘를 쥐어짜내, 하지만 열심히 마음을 담아 애원했다.

왜냐면 이 나이프는 분명…… 주신님과 권속의 유대 그 자체일 테니까.

"돕게 해주세요."

"……."

속내를 털어놓는 내게, 주신님은 가만히 서 있는가 싶더니—— 쓴웃음을 지었다.

오른손을 가만히, 묶어놓은 머리카락으로 뻗는다.

"네가 도와준다면 내 체면이 말이 아닌데……."

가느다란 손가락이 매만지는 것은 언젠가 내가 선물했던 머리장식.

푸른 꽃잎 같은 리본이 흔들리고 조그만 은색 종이 짤랑짤랑 맑은 소리를 냈다.

뺨을 살짝 붉히며 머리장식을 매만지던 주신님은 이윽고 훗 웃음을 지으며 결론을 냈다.

"돈은 내가 몇 백 년이 걸려도 반드시 갚을 게다. 그러니 너희는…… 이런 나를 쓰러지지 않도록 지탱해다오."

이번에는 내가 눈을 크게 뜰 차례였다. 주신님은 그런 나를, 비슷한 표정을 짓는 릴리나 다른 단원들을 돌아보았다.

주신님을 지탱한다. 다시 말해 따뜻한 식사나 가족의 단란함, 그리고 이 홈을—— 주신님이 미소를 지을 수 있는 곳을 지켜주었으면 한다. 우리 모두의 힘으로.

헤스티아 님은 그렇게 말씀하신 것이다.

"빚덩어리 신이라 미안하다만…… 그래도 되겠느냐?"

"무, 물론이죠!"

헤실 웃는 주신님에게 나는 몸을 내밀며 고개를 끄덕였다.

자신의 손으로 갚아 종지부를 찍겠다는, 어떻게 보면 좀 완고한, 그러나 우리를 의지해주시는 이분을 지탱하며, 함께 힘을 합쳐나가자고.

눈앞의 맑은 웃음을 보며 나는 마음속으로 맹세했다.

"주신님이 이렇게 말씀하시면 우린 거역할 수 없잖아?"

"후후, 물론입니다."

"나 참. 앞으로는 절대 이런 일 하지 마세요."

일어서서 마주 보는 우리에게 웃음을 흘리며 벨프와 미코토 씨도 일어났다. 릴리도 못을 박으며 뒤를 따라 일어났다.

"괜찮다, 괜찮아!"

릴리에게 웃음을 짓는 주신님 곁에서 나는 멋쩍게 웃으며 주신님의 청을 받아들여준 벨프와 미코토 씨, 릴리에게 감사했다.

그리고 우리는 둥글게 서서, 다시 한 번 앞일을 논의했다.

"그러면 【파밀리아】의 현재 상황과 방침을 확인할게요. 당면 목표는 충분한 생활비를 확보하는 것, 그리고 길드에 낼 세금에 대비해 저축하는 것. 이 이상의 빚을 늘리지 않기 위해 자금 확보는 필수예요."

"앞으로의 파벌 활동도 미궁 탐색이 주류가 되겠군요."

"탐색 효율을 올리기 위해서라도 파벌하고 단원 강화가 급선무겠구만."

"더 이상은 어려울지도 모르겠지만…… 적극적으로 입단 권유를 한다는 뜻이겠죠?"

릴리, 미코토 씨, 벨프, 내가 순서대로 발언하고 정보를 공유했다.

마지막으로 단장이니 마무리를 지으라고 웃으며 벨프가 채근해, 부끄럽게 여기면서도 나는 손을 내밀었다. 주신님도 포함해 모두 손바닥을 맞대고.

“힘내자!”

그렇게 구령을 외쳤다.

『와—!』

우리【파밀리아】의 앞날을 향해 목소리를 한데 모았다.

“좋았어! 그렇게 결정됐으면 오늘은 힘나는 걸 배불리 먹고 내일에 대비하자꾸나! 오늘 밤은 잔치다!!”

“말 떨어지기 무섭게 낭비하지 마세요!! 오늘부터 조금씩이라도 절약할 거예요! 헤스티아 님은 낭비벽이 너무 심해요!”

“어허, 딱딱한 소리 하지 말거라! 뭐 어떠냐, 오늘 하루 정도는!”

“안 된다니깐요!! 이젠 헤스티아 님은 못 믿어요!!【파밀리아】자산은 릴리가 관리할 거예요!!”

꽥꽥 말다툼을 벌이는 주신님과 릴리를 셋이서 다독이고, 결국 오늘 밤은 배불리 먹게 되었다. 주신님에게 못 이긴 우리는 다 같이 고기와 생선을 직접 요리해 홈의 넓은 식당에 모였다.

닭고기를 간단하게 석쇠에 구운 스테이크, 많은 물고기를 호쾌하게 구운 통구이, 쌀을 쓴 극동 요리인 주먹밥, 감자돌이, 그리고 술도 조금.

끙끙 신음하는 릴리에게 쓴웃음을 지으며 미코토 씨가 닭고기를 권하고, 벨프는 술을 마셨으며, 주신님도 김이 모락모락 나는 감자돌이를 입에 머금었다. 릴리와 주신님 사이에 낀 나는 제대로 먹지도 못한 채 좌로 우로 휘둘리기만 했다. 밤이 되어 시내가 완전히 깜깜해진 가운데 창밖에까지 웃음소리와 따뜻한 빛이 새어 나갔다.

할아버지와 살던 나날이 떠올라 조금 눈물이 나올 것 같았다는 말은 아무에게도 하지 못했다.

【파밀리아】.

주신님의 피를 함께 나눈, 분명 또 하나의 가족.

길러준 부모님을 잃고 고아가 되어, 진심으로 가족의 온기를 찾아 헤매다가.

오라리오에 오기를 잘했다고.

이 사람들을 만날 수 있어 다행이라고, 오늘 진심으로 그렇게 생각했다.

뱃살을 잡고 다 함께 웃으며, 요란한 식탁은 밤늦게까지 이어졌다.

【파밀리아】의 조촐한 연회로부터 하룻밤이 지난 이튿날 아침.

아침 일찍 주신님이 알바를 나가신 가운데 우리도 남은 일에 착수했다.

"오늘은 이사를 마쳐야지."

혼자 기세등등하게, 저택 복도를 걸으며 짐을 날랐다.

하루빨리 던전 탐색을 재개하기 위해서라도 오늘 안으로 작업을 마치고 싶었다. 일을 분담해 저택 안팎을 뛰어다니며 우리는 서둘러 짐을 정리했다.

1층의 한곳에 모여 미코토 씨, 벨프와 함께 나무상자에서 짐을 꺼내고 있을 때였다.

문에서 얼굴을 내비친 릴리가 미코토 씨를 불렀다.

"미코토 님~ 손님이에요. 치구사 님이 보자고 하시는데요~?"

"치구사 공이?"

미코토 씨는 자리에서 일어나 방을 나갔다.

치구사 씨는 미코토 씨가 얼마 전까지 속했던【타케미카즈치 파밀리아】의 일원이다. 미코토 씨와 같은 극동 출신이며 소꿉친구라 할 수 있는 사이라고 한다.

창문으로 밖을 보니 정말 치구사 씨가 있었다. 언제나 앞머리로 눈을 가린 그녀는 두 손을 가슴에 모으고 앞뜰을 중심으로 불안하게 우왕좌왕했다. ……뭘까, 조바심을 내는 것 같은데.

미코토 씨가 현관으로 나가자 그녀는 금방 달려와 말을 걸었다.

치구사 씨의 기색에 당황하던 미코토 씨는 대화가 이어지던 가운데.

"——그, 그게 사실입니까?!"

갑자기 놀라 소리를 질렀다.

"……무슨 일이래?"

"글쎄요, 모르겠는데요."

같이 나란히 창가에서 쳐다보던 벨프와 릴리가 의문을 입에 담았다. 당혹한 기색으로, 여기까지는 들리지 않는 대화를 나누던 미코토 씨와 치구사 씨를 보며 나도 고개를 갸웃했다.

이윽고 치구사 씨는 빠른 걸음으로 홈을 떠나고, 미코토 씨도 안으로 돌아왔다.

"미코토 씨, 무슨 일이었어요?"

"아, 아니오, 딱히, 별일은……."

내가 묻자 미코토 씨는 눈을 피하며 재빠르게 대화를 끊어버렸다.

"어, 어서 작업을 하지요."

어딘가 동요하면서 짐을 들고 방을 나가버린다.

새로운 동료의 그 뻣뻣한 태도에 나와 릴리, 벨프는 얼굴을 마주 보았다.

2장 달려라 크라넬

zuhito Yasuda

"오, 오늘은 일찍 잠자리에 들도록 하겠습니다."

홈에서 저녁을 다 먹은 후.

네 사람밖에 없는 거실에서 미코토가 입을 열자마자 한 소리였다.

주신인 헤스티아는 어젯밤 이야기를 나누고 불이 붙었는지 알바 잔업에 힘쓰고 있다. 이제 와서 의욕이 샘솟은 여신은 하루빨리 빚을 갚겠다고 열의를 보였다.

어딘가 공허하게 들리는 소녀의 말을 신경 쓰는 기색도 없이 나머지 세 사람은 잘 자라고 인사를 했다. 아직 저녁 8시도 안 됐다. 그들의 목소리를 등으로 흘려들으며 문을 단단히 닫고, 미코토는 거실을 떠났다.

계단을 올라, 달빛이 창문으로 새어 들어오는 긴 복도를 걸어가, 자신에게 배정된 3층의 방으로 향한다.

그리고 도중에── 소녀는 진로를 바꾸었다.

소리도 없이 2층 복도를 달려 나가 창문으로 뛰어내려, 뒤뜰 구석에 착지한다.

아직 저택 거실의 불빛이 환한 것을 확인한 후, 살금살금 뒷문을 통해 밖으로 나갔다.

한편.

"좋아, 쫓아가자."

"미행은 오랜만이네요~."

"이, 이래도 되나……?"

시내로 향하는 그런 미코토의 모습을 벨프, 릴리, 그리고 벨은 확실히 포착하고 있었다.

미리 저택 문단속을 다 해놓고 거실 불을 켜놓은 채 재빨리 밖으로 나와 대기했던 그들은 몸을 숨겼던 어둠 속에서 빠져나왔다.

무언가를 감춘 것이 분명한 소녀를 추적하기 시작했다.

"시내 쪽에 무언가 마음에 걸리는 것이 있는 눈치였는데…… 제 예상이 맞았는걸요."

"그렇게 창밖을 흘끔흘끔 쳐다보면 모를 수가 없지."

오늘 아침에 치구사와 만난 후로 미코토는 여봐란 듯이 안절부절못하는 태도를 보였다.

하루 종일 좌불안석 몇 번이나 시내를 바라보는 그 모습에 무언가 행동을 보이리라 간파한 벨프와 릴리는 당혹감을 보인 벨까지 끌어들여 언제든 미행을 할 수 있도록 대비해두었던 것이다.

아무리 물어봐도 시치미를 떼는 동료의 수상쩍은 행동을 간과할 수는 없었다.

"재도 너랑 똑같네."

"네?"

"거짓말을 못 한단 말이에요, 벨 님."

거짓말을 못 하는 성실한 소녀는 북적거리는 거리를 따라 나아갔다.

마음이 조급하여 주의가 산만해졌는지 미행도 알아차

리지 못했다. 모퉁이에 숨어서 이동을 거듭한 벨 일행은 홈이 있는 오라리오 남서쪽에서 남쪽으로 향하는 미코토와 일정한 거리를 유지한 채 따라갔다.

잠시 후 남쪽 메인 스트리트── 번화가에 도착했다.

주위의 소음은 이곳에서 최고조에 달한 것 같았다. 대극장이며 카지노, 고급 술집. 크고도 화려한 건물이 줄지어 늘어선 대로는 한껏 맵시를 부린 상인이며 모험자, 나아가서는 신들까지도 뒤섞여 북적거렸다.

그런 활기의 심장부에는 눈길도 주지 않고 미코토는 대로에서 길을 꺾더니 어떤 뒷골목의 가게 앞에 서 있던 소녀와 합류했다.

"저건 치구사 님이네요? 미코토 님하고 둘만 온 걸까요?"

"아, 이동하나 봐……. 여기서 어디로 가려는 걸까?"

조용한 표정으로 서로 고개를 끄덕인 극동 출신 소녀들은 그 자리를 떴다.

건물 뒤에서 고개를 내민 벨 일행은 눈에 힘을 주고 관찰했다. 주위의 데미휴먼들이 의아한 시선으로 쳐다보았지만 아랑곳 않고 미행을 계속했다.

번화가가 점점 멀어지고, 두 소녀는 어스름한 좁은 길을 따라 앞으로 앞으로 나아갔다.

"……어라. 이 방향은, 설마."

미코토와 치구사를 따라가고 있으려니── 벨프가 갑자기 고개를 들었다. 타깃이 향하는 도시 남동쪽 방향을 노려보고 굳은 목소리를 낸다.
청년의 말을 듣고 릴리도 흠칫 몸을 떨었다. 벨만이 뭐가 뭔지 몰라 "응?" 하는 표정을 지었다.
"벨! 넌 여기서 돌아가라!"
"벨 님, 돌아가세요!"
"어, 어? 왜? 왜?"
양쪽에서 똑같은 명령이 날아드는 바람에 벨은 혼란에 빠졌다. 고개를 좌우로 돌리며 갈팡질팡하는 그에게 벨프와 릴리는 목소리에 힘을 주어 말했다.
"됐으니까 우리 말 들어! 너한테는 아직 일러."
"여긴 벨 님이 와도 되는 장소가 아니에요!"
"무슨 말이야, 이제 와서……. 앗, 미코토 씨가 가버리겠어?!"
따돌림을 당할 것 같아 고집을 부리는 벨을 벨프와 릴리는 필사적으로 설득하려 했지만.
그 바람에 길 안쪽으로 나아가는 미코토와 치구사를 놓칠 것 같았다.
"아~ 젠장. 릴리돌이, 포기해라. 쫓아가자."
"우우~~~~~!! 미코토 님, 하필이면 왜 그런 곳으로오……!"
소년을 타이를 생각을 버리고 벨프와 릴리는 벽 뒤에서 달려 나갔다. 릴리는 특히 언짢은 표정을 지으며 미코토를 원망했다. 눈을 껌뻑거리면서 벨도 황급히 그들의 뒤를 따랐다.

술에 취한 모험자가 길가에 나자빠져 있는 가운데 두 소녀의 진로를 추적했다.

"여, 여긴……."

그리고.

길이 탁 트이면서 눈앞에 나타난 광경에 벨은 얼굴을 실룩거렸다.

현재 위치는 도시의 제4구역 중에서도 남동쪽의 메인 스트리트 부근.

지리적으로 인접한 번화가와는 완전히 분위기가 바뀌어, 그곳은 **문란한** 분위기를 띠었다.

건물의 벽이며 기둥에 설치된 핑크색 마석등. 몇 개 안 되는 뿌연 가로등에 비춰진 것은 요염한 붉은 입술이며 생생한 과일의 도안을 그려놓은 간판. 그리고 등이며 허리를 그대로 내놓은 드레스를 빼입은—— 고혹적인 여성들.

아마조네스를 중심으로 휴먼, 수인, 파룸까지 다양한 종족으로 이루어진 그녀들은 길을 가는 남자들을 불러서는 매혹적으로, 혹은 도발적으로 웃음을 지었다. 칠칠치 못하게 콧구멍을 벌름거리는 그들과 한두 마디를 나눈 다음에는 손을 잡고, 혹은 허리를 안긴 채 각자 가게로 모습을 감추었다.

언뜻언뜻 내비치는 풍만한 가슴이며 가느다란 어깨며

허벅지가 시야 곳곳에서 흔들렸다. 어디선가 피어나는 달콤한 향은 향수일까, 아니면 그녀들이 살짝 내비친 땀의 냄새일까.

"저, 저, 저 사람들은……."

벨은 떨리는 손가락을 내밀며 입을 뻐끔거리고 처량한 목소리를 냈다.

어질. 주체할 수 없는 현기증을 느꼈다.

저 색기 넘치는 여성들의 정체는── **창부**임을 전율과 함께 알아차렸다.

완벽한 '밤의 거리'.

다른 구역이나 메인 스트리트와는 경관도 냄새도 모두 다른 '환락가'에 벨은 얼굴을 시뻘겋게 물들였다.

"이래서 벨 님이 오지 않았으면 했던 거라고요……!!"

"여기 냄새는 도저히 적응이 안 돼……."

들뜬 남자 손님들을 가게로 유혹하는 여러 종족의 여자들을 보며 이곳이 '어떤 곳'인지를 깨달은 벨의 옆에서 릴리는 김을 뿜어낼 정도로 화를 내고, 벨프는 얼굴을 찡그리며 팔로 코를 가렸다.

──두 사람의 충고가 이런 뜻이었구나……?!

벨은 뒤늦게 깨달았다.

아직 이른 정도가 아니라 평생 인연이 없을 곳이라고, 비틀거리면서도 발을 뒤로 뺐다.

그러고 보니 헤스티아에게도 '남동쪽 구역에만은 가지

마라'고 전부터 끈덕지게 엄명을 받았던 것 같기도 하고……. 어린 여신의 핏발 선 눈이 뇌리를 스치는 가운데 소년은 모든 것을 깨달아버렸다.

"오라리오에…… 이런 데가, 있었어?"

"이 구역은 대로까지 포함해서 해가 있는 동안에는 문도 창문도 다 닫아버려서 한산해요. 벨 님이 모르시는 것도 당연하죠……."

밤의 거리인 '환락가'는 밤낮이 뒤집혀 낮에는 잠든 것처럼 조용해진다.

당연히 일반인은 살지 않고, 언뜻 보기에는 쇠퇴한 인상밖에 느껴지지 않는다. 금전 문제 때문에 번화가에도 다가가지 못하던 벨이 이 구역의 실태를 몰랐던 것도 무리는 아니었다.

소년을 잘 아는 주위 사람들이 비밀처럼 입을 다물었던 것도 원인 중 하나였다.

뻣뻣이 선 벨을 데리고 벨프와 릴리는 전방에 있는 미코토 일행을 다시 추적하기 시작했다.

"카이오스 사막 문화권에, 해양국 디자라 지방의 건축양식에…… 언제 봐도 잡탕이구만."

"오라리오는 '세계의 중심'이니까요. 창부들도 온 대륙에서 다 온다고 들었어요."

다양한 차림을 한 창부들이 오가는 넓은 도로에는 동방이며 사막 지역을 비롯한, 오라리오 인근에서는 볼 수 없는 외견을 가진 건물들이 밀집해 있었다. 상층 부분이 개방적인 동양풍 저택이 있는가 하면 추운 북방을 연상케 하는 중후한 석조 저택도 있었다. 손님인 남자들이 즐길 수 있도록 차별화——아니, 다양화한 결과이기도 하다고, 릴리가 정말 같잖다는 투로 말했다.

전 세계의 양식을 띤 창관이 펼쳐진, 온갖 이국의 정서로 넘쳐나는 거리.

도시의 어떤 곳보다도 이질적인 환락가에 벨은 다른 세계로 잘못 흘러들어온 것 같은 착각이 들었다.

낯선 이, 낯선 거리, 낯선 취향.

처음으로 보는 '밤의 거리'는 시골뜨기 소년에게는 너무나도 자극이 강렬했다.

"베, 벨프는, 여기 와본 적 있어……?"

벨이 얼굴을 붉히며 묻자 벨프는 이런 데는 취향이 아니라며 진저리난다는 표정을 지었다.

"헤파이스토스 님 밑에 있을 때 동료 놈들한테 끌려온 적은 있지만 이용하진 않았어."

정한한 얼굴을 한 그에게 창부들이 달콤한 웃음과 함께 몰려들었지만 귀찮다는 투로 밀어낸다. 릴리 또한 벨에게 접근하는 여자들을 모조리 위협해 쫓아냈다.

"릴리도 다행히 여기에는 떨어지지 않았고요."

창부들이 활보하는 곳을 둘러보고 얼굴에서 불그레한 기운을 떼어내지 못한 채 벨은 끙끙거렸다.

"우우…… 미코토 씨랑 치구사 씨는 이런 데서 대체 뭘……."

"이런 곳에 젊은 여자 분들이 들어오신 이유라면…… 설마, 돈 때문에 몸을?"

"?!"

추측하는 릴리, 놀라는 벨. 그러나 벨프는 고개를 저으며 앞을 가리켰다.

"아니아니. 그런 애들이 아니지, 걔들은. 봐봐."

그의 시선 너머에선, 두 손을 가슴 높이에서 맞잡은 채 쭈뼛거리는 미코토와 치구사의 모습이 있었다.

벨 못지않게 얼굴을 새빨갛게 물들이고 둘이 몸을 딱 붙인 채 주위를 몇 번이나 둘러본다. 저열한 남성이나 창부들에게 놀림을 받을 때마다 흠칫 어깨를 떤다. 심지어 미코토는 갑자기 몸에 손을 뻗으려 하는 능글거리는 거한이 나타나자.

"이, 이러지 마십시오?!"

두 눈을 질끈 감은 채 반사적으로 손을 내저어 날려버렸다. 상대를 기절시킬 만한 위력으로.

치구사는 이미 반쯤 울상을 짓고 있었다. 마치 미아가 된 쌍둥이 새끼사슴 같은 두 사람에게 릴리는 눈을 가늘게 뜨고, 벨은 식은땀을 흘리며 달관과도 같은 수긍의 표정을 짓고 있었다.

"하기야 지나치게 순진한 미코토 님이나 치구사 님이 그런 일을 하실 리가 없겠지요……. 하지만 그렇다면 왜 이런 환락가에 왔을까요?"

릴리가 의문을 제기하고 있으려니, 미코토와 치구사는 이동을 재개해 남동쪽 메인 스트리트로 나갔다.

환락가는 남동쪽 메인 스트리트 부근의 제3, 제4구역이 중심지다. 이제까지 있던 제4구역에서 대로를 가로질러 맞은편의 제3구역 입구로 사라지려 했다.

"이런, 따라가자."

"으, 응!"

간격을 벌리고 추적하던 세 사람은 놓치지 않겠노라 벨프를 선두로 달려 나갔다.

메인 스트리트에는 더 많은 창부들이 모여 있어 호객행위를 하는 그녀들의 벽을 헤치고 지나가야 했다. 온갖 고생을 해 간신히 인파를 뚫고 제3구역으로 발을 들였다.

제4구역에 비해 더 밝은 길을 따라 한동안 나아가자, 미코토 일행을 금세 발견할 수 있었다.

능글능글 웃는 미장부—— 수많은 남신들이 두 사람을 에워싸고 추파를 던지는 참이었다.

"이런 곳에서 미코토, 아니, 【절絕†영影】 양을 만나게 되다니~!"

"역시 흑발은 좋구만!" "극동소녀 모에!"

"저, 저기, 저, 저희에게는 중요한 사명이……!!"

두 소녀를 벽에 몰아넣고 반원형으로 포위한 채 자기네들과 놀지 않겠냐고 제안하는 신들.

갈팡질팡하는 치구사를 등 뒤로 감싼 미코토 역시 신을 상대로는 강하게 나설 수 없는 모양이었다. 초월존재 데우스데아인 그들에게 무어라 해야 좋을지 말문이 막힌 눈치였다.

그리고 그런 미코토와 치구사의 반응을 즐기듯 신들은 반 장난으로 집적거리고 있었다.

알면서 곤란하게 만드는 유쾌범들에게 벨프와 릴리가 한숨을 쉬었다.

"이보세요. 장난은 그만들 좀 하시죠."

"응?"

다가가 말을 건 벨프를 돌아보는 신들. 미코토와 치구사도 놀란 표정을 지었다.

청년의 뒤에서 쏙 고개를 내민 릴리도 남신들을 올려다보며 입을 열었다.

"이런 데서 한눈팔고 있어도 될까요? 밤은 짧아요."

"어이쿠, 그랬지! 제시카네 가게 서비스 타임이 끝나겠네!"

"난 권속들의 눈을 피해 왔다고. 오늘은 고삐를 벗어버리겠어!"

"소중한 파벌의 자금을 빼돌려 왔단 말이다!" "어, 나도." "저도요." "이 몸도 그렇다네."

""""""하하하하하하!!""""""

홍소를 터뜨리며, 이름 모를 남신들은 떠나갔다. 쾌락주

의자인 신들이 환락가에 출몰하는 일은 일상다반사다. 파벌에 따라서는 폭주하는 주신을 구속해야 한다고 단원들이 울분과 함께 수단을 강구한다나.

폭풍처럼 떠나가는 남신들을 벨프와 릴리는 무어라 형언할 수 없는 표정으로 지켜보았다.

신들에게서 해방된 미코토는 치구사와 함께 당황하면서 목소리를 쥐어짜냈다.

"여, 여기에는 무슨 일로……."

그녀들을 돌아본 릴리는 탄식했다.

"미코토 님의 분위기가 이상해서, 실례인 줄은 알면서도 따라왔어요."

"고락을 함께 할【파밀리아】가 됐으니 숨기고 그러지 말자고."

"우……."

릴리와 벨프의 말에 미코토는 어깨를 움츠렸다.

"저, 저기요, 미코토를 책망하지 마세요……. 전부 저 때문에……."

흔들리는 앞머리 사이로 한쪽 눈을 드러내며 치구사가 앞으로 나왔다. 가느다란 목소리로 말하는 그녀는 송구스러운 듯 눈썹을 늘어뜨리며 미안하다고 사과했다.

벨프는 자신의 붉은 머리를 긁적거리며 경위를 물었다.

미코토와 얼굴을 마주 보며 고개를 끄덕인 치구사는 띄엄띄엄 설명하기 시작했다.

"……사실은요, 저희 고향…… 극동의 친구하고, 비슷한 사람을, 환락가에서 봤다는 말을 들었거든요……."

조금 말이 서툰 그녀를 대신해 미코토가 설명을 이었다. 주눅이 들어 어두워졌던 표정을 다잡고, 사과의 의미까지 담아 솔직히 모든 것을 털어놓았다.

"바로 며칠 전, 치구사 공은 교류가 있는 모험자들로부터 그 이야기를 들었다고 합니다. ……저희와 동향인 그분은, 몇 년쯤 전부터 행방이 묘연해져서……."

소식이 끊어진 친구의 정보를 얻었다는 이야기에 릴리는 고개를 끄덕였다.

"알겠어요. 그 정보의 진위를 확인하기 위해, 치구사 님은 미코토 님에게 상담해 두 분이서 이곳까지 오셨던 거군요."

"예. 동향 사람들 사이의 문제인 데다 확증도 없으니, 여러분을 끌어들일 수도 없어서……. 게, 게다가 장소가 장소인 만큼……."

마지막에는 얼굴을 붉히며 고개를 숙이고 더듬거리며 미코토는 말을 이었다.

오늘 아침 치구사가 홈에 찾아왔을 때 그 사실을 전해들은 미코토는 지금 말한 것처럼 수치심도 한몫해서 벨이나 다른 사람들에게 터놓을 수가 없었을 것이다.

"그 덩치 큰 친구는 어쩌고? 그 친구도 동향이고 오랜 사이잖아. 안 데려온 거야?"

【타케미카즈치 파밀리아】의 단장 오우카도 이름으로 알 수 있듯 극동 출신이다. 미코토나 치구사와는 소꿉친구이며 지금이나 옛날이나 한솥밥을 먹는 사이라고 들었다. 벨프가 그에 대해 언급하자 이번에는 치구사가 얼굴을 붉히며 고개를 숙였다.

"오, 오우카는, 여기에, 데려오고 싶지 않아서………… 오지 않았으면, 해서……."

"저, 치구사 공은 오우카 공을 소꿉친구로서가 아니라, 그 뭐냐…… 이성으로서."

함께 얼굴을 붉힌 미코토가 설명을 덧붙이자 치구사는 귀까지 상기되어서는 더더욱 고개를 숙였다.

그런 거냐고 수긍하는 벨프. 그녀가 오우카나 남자 단원들이 아니라 굳이 다른 파벌이 된 미코토를 의지한 데 대한 의문도 풀렸다. 복잡한 여심을 드러낸 치구사에게 릴리가 음음 동조하듯 고개를 끄덕였다.

"하지만 남에게 전해들은 이야기만 가지고 판단할 수 있나요? 그냥 닮은 사람일 수도……."

"그분은 희귀한 종족이라…… 특징을 들어보니 무시할 수 없는 점이 많았다고 합니다."

릴리의 의문에 미코토가 대답했다. 한데 묶은 흑발을 찰랑거리며, 미코토는 자신의 마음을 주체할 수 없는지 시선을 지면에 떨구었다.

"그녀는 저희와는 다른 고귀한 신분입니다. 그런 분이

이 환락가에 계시다니, 도저히 믿을 수가 없어서…… 이 눈으로 확인해야만 할 것 같아서……."

도저히 견딜 수가 없어 찾으러 왔다고, 겁이 났지만 이 환락가에 찾아온 동기를 설명한다.

한편으로는 이야기를 듣던 벨프는 실룩 한쪽 눈썹을 틀어 올렸다.

고귀한 신분── 귀족.

대장장이 귀족 크로조 가문에서 태어난 그의 반응을 릴리는 곁눈질로 살피면서도 이야기를 일단락 짓고자 말했다.

"사정은 알겠어요. 하지만 너무 부주의했어요. 이 제3구역은 환락가인 동시에 **어떤 파벌**이 좌지우지하는 세력권이기도 해요. 내정을 캐고 다니는 섣부른 짓은 하지 마세요."

설령 사람을 찾는 일이라 해도 트집을 잡힐지 모른다고 주의를 주자 소녀들은 추욱 어깨를 늘어뜨렸다.

반성하는 미코토와 치구사를 쳐다보며 벨프는 입을 열었다.

"일단…… 여기서 벗어나는 게 좋겠어. 같은 곳에 계속 서 있으면 더 오해를 살 테니까."

지금 있는 곳에서 이동할 것을 제안하자 나머지 사람들도 수긍했다.

장소를 바꾸려고 몸을 돌린 벨프는── 그때 문득 깨달았다.

"……야, 벨은 어디 갔어?"
"네?"
벨프의 물음에 주위를 둘러보고 릴리도 깨달았다.
백발 소년의 모습이 어디에서도 보이지 않았다.
"벨 공도 오셨습니까? 조금 전부터 두 분밖에는 없었습니다만……."
"마, 맞아."
미코토의 뒤에서 치구사도 고개를 끄덕였다.
그녀들과 합류하기 전부터 없었다는 사실에 그 자리의 시간이 얼어붙었다.
주위에서 들려오는 환락가의 소음. 굳어버린 네 사람의 사이를 지나가는 창부들의 웃음소리.
벨프는 목소리를 잃고, 릴리는 낯빛이 창백해졌다.
——설마.

"노, 놓쳤다아……!"
길 한복판에 오도카니 선 채 나는 혼자 중얼거렸다.
미코토 씨와 치구사 씨를 따라 메인 스트리트를 가로지를 때였다. "지금부터 서비스 타임!"이라고 선전하는 여성들과 남자 손님들의 파도에 휩쓸려—— 일행에게서 떨어지고 말았던 것이다.

벨프와 릴리의 뒤에 있던 내가 어찌어찌 인파를 돌파하고 보니 그곳은 어딘지도 모를 창관 앞이었다. 인파에 상당히 오래 휩쓸렸는지, 나는 황급히 기억에 있는 길까지 돌아가 동료들의 뒤를 따라가려 했지만…… 보다시피 이렇게.

다른 모퉁이에서 꺾었나?

불안을 꾹 참고 대로에서 벨프와 릴리가 찾아오기를 기다려야 했나?

미로처럼 복잡하게 얽힌 거리 한곳에서 나는 고개를 좌로 우로 몇 번이나 돌렸다.

낯익은 사람은 아무도 없다. 아니, 이곳이 어딘지조차 알 수 없었다.

처마를 맞대고 늘어선 석조 창관, 어둑한 마석등의 빛, 그리고 사방에서 들려오는 여자들의 높은 목소리와——달짝지근한 교성. 【스테이터스】로 강화된 청각은 귀를 기울이지 않아도 건물이나 길거리 한쪽에서 새어 나오는 고혹적인 목소리를 듣고 말았다.

길 한복판에 선 채 낯빛만 어지러이 바뀌었다.

혼자 떨어져 불안해졌는지, 부끄러워 어떻게 될 것 같아서인지, 이제는 감정이 뒤죽박죽이다.

붉으락푸르락 바쁘게 얼굴색을 바꾸며 나는 혼란 일보 직전에 빠졌다.

"아가야~. 길 잃었니?"

"헤읏?!"

갑자기 누가 말을 거는 바람에 몸이 펄쩍 뛰었다.

돌아보니 그곳에는 아름답고 피부가 흰 여성—— 마치 색욕의 포로와도 같은 엘프 창부가 요염하게 미소를 짓고 있었다. 긴 슬릿이 들어간 흰색 드레스에 큰 가슴. 엘프에게 어울리지 않는 요염한 분위기에 할 말을 잃었다.

"괘, 괜찮아요!!"

놀림을 당한 나는 소리를 지르고 그 자리에서 쏜살같이 도망쳤다.

'벨프, 릴리, 미코토 씨이!!'

마음속으로 동료들의 이름을 연호하며 주위의 경치로부터 도망치듯 달려갔다.

막다른 골목 바로 앞에서 꺾자 금세 좁아지는 길. 한밤의 어둠과 동화된 것처럼 깜깜한 뒷골목에는 높다란 창관이 다닥다닥 처마를 맞대고 늘어섰으며, 상층 창가에서는 묘령의 여성 내지는 소녀들이 이쪽을 내려다보고 있다. 나와 동년배로밖에 보이지 않는 수인 여자아이가 창문에서 고개를 내밀고 키스를 보내는 바람에 얼굴을 붉힌 것과 동시에 굴러 넘어질 뻔했다.

'밤의 거리'가 풍기는 분위기에 짓눌려갔다. 입안으로 비명을 지르며 나는 발을 멈추지 못한 채 정처 없이 환락가 안을 무턱대고 달렸다.

"허억, 허억, 헉……?!"

말 그대로 이리저리 헤맨 끝에 마침내 숨이 턱까지 차올랐다. 던전도 아닌데 어이가 없을 정도로 체력을 소진해 발을 멈추고 말았다.

길 한쪽에서 숨을 헐떡거리는 나를, 손님으로 보이는 남자들이 기이한 시선으로 쳐다보았다.

온몸이 달아올라 두 무릎에 두 손을 짚고 서 있던 나는 땀을 닦고 고개를 들었다.

'여, 여긴……?'

주위의 풍경은 돌변했다.

이제까지 있던 창관과는 달리, 마석등이 많아져 밝은 불빛에 에워싸였다.

환락가를 마구잡이로 뛰어다니다 도착한 곳은, 북적거리는 모습이 어딘가 축제를 연상케 하는 구역이었다.

"……극동식 건물?"

붉게 칠한 모양뿐인 문 너머로 이국풍 건축물이 길 양쪽을 메우고 있었다.

붉은 기둥과 붉은 벽으로 이루어진 목조 가옥. 모두 3층 이상의 높이를 자랑했으며 선명한 붉은색이 화려하다. '기와'라 불리는, 오라리오에서는 보기 힘든 건축자재가 지붕이며 문 위에 쓰였다. 눈길 닿는 곳이 모두 같은 양식의 건물뿐이다.

분명…… '유곽'이라고 했지?

이국풍 건물을 올려다보며, 미코토 씨네 출신지이기도

한 섬나라의 정보를 머릿속으로 떠올려보았다. 어딘가 한쪽으로 치우친 지식을 가진 할아버지에게 들은 것일 뿐 제대로 된 교양은 아니었지만, 독특한 구조의 건물들을 보며 나는 대충 감을 잡았다.

포석의 구조가 바뀐 가운데, 할아버지의 기억에 자극을 받는 식으로, 어슬렁어슬렁 무언가에 이끌리듯 발을 옮겼다.

'환락가에는 수많은 나라의 건물이 뒤섞여 있다고는 들었지만…….'

유곽—— 문화가 다른 이 거리는 어쨌든 밝았다. 마석등 이외에도 제등이라 불리는 양초 조명기구가 길 곳곳에 걸려 있고 젊은 남녀가 그 밑을 오갔다. 여성, 아니, 창부들이 입은 저 이상한 옷은 '기모노'라 불리는 극동의 민속의상이겠지.

넓은 길 한복판이며 옆에는 미궁의 어떤 계층에서 발견되는 '아주라'라는 푸른 벚꽃을 심어놓았다. 던전에서 가지고 돌아올 수 있는 이 미궁산 나무는 계절에 상관없이 아름다운 꽃을 피우며 푸른 꽃잎을 포석 위에 뿌렸다. 달빛을 받는 그 푸른 벚꽃이—— 흰색도 핑크색도 아닌 벚꽃의 존재가, 치밀하게 만들어진 이 유곽도 극동의 모방에 불과하다는 사실을 가르쳐주었다.

유곽 내에서도 환상적인 푸른 벚꽃에 감탄하고 있으려니 갑자기 어떤 광경이 눈에 들어왔다.

붉은 칠이 된 창관의 1층. 길 쪽으로 큰 격자창이 난 넓은 방에 수많은 창부들이 앉아 있었다.

기모노로 맵시를 낸 그녀들은 길을 오가는 사람들에게 화사하게 웃으며 말을 걸고 호객행위를 했다. 가게 앞에서 발을 멈춘 남성들은 자신의 취향에 맞는 사람을 고르는지 목조 격자창 너머로 창부들과 한두 마디를 나누고 가게 안으로 들어갔다.

그렇게 격자창 너머에서 손님들을 기다리는 여러 종족의 창부들을, 걸어가면서 신기하게 쳐다보던 나는.

큰 방 안쪽에 있던 한 소녀와 눈이 마주쳤다.

"———"

광택을 띤 금색 머리카락과 옥색 눈동자.

머리카락과 같은 색의 짐승 귀와 크고 긴 꼬리가, 그녀가 수인임을 가르쳐주었다.

귀와 꼬리의 형태로 알 수 있는 짐승의 속성은, 여우.

——르나르.

처음 보는 수인종족.

극동을 비롯한 한정된 지역에밖에 없다는 소수종족이다.

소녀와 어른 여성 사이를 오가는 그녀의 용모는 가련하고 아름다웠다.

선명한 붉은색 기모노를 걸치고, 다른 창부들에게 자리를 양보해주듯 방 한쪽 구석에 앉아 있다. 가녀린 목에는 장식품인지 까만 목걸이…… 아니, 목줄을 차고 있었다.

그 아름다움과 옥색 눈동자를 보고 나는 발을 멈춰버렸다.

마치 밤하늘과 격자창 바깥—— 감옥 밖에 있는 나에게 선망과 동경을 품은 듯한 눈빛.

시선을 마주친 그녀는 입술을 살짝 벌리며, 웃었다.

즐거이 웃음을 짓고 대화를 나누는 창부들과는 다른, 그 덧없는 웃음에 눈을 크게 뜬 채 굳어버렸다.

우는 것처럼도 보이는 아름다운 얼굴에 빼앗겨가는 의식과 시간.

한순간 교차된 시선이 수십 초로 느껴졌다.

"——혹시 벨 아니냐?"

턱. 누군가가 어깨를 두드리는 바람에 몸을 흠칫 떨었다. 갑자기 제정신을 차린 나는 놀라며 뒤를 돌아보았다.

눈앞에 있던 것은 등황색 머리카락과 눈을 가진 남신.

"헤, 헤르메스 님?!"

"하하, 역시 그랬구나."

놀란 반응을 보이는 내게 헤르메스 님이 한바탕 웃었다.

나보다도 키가 큰 남신님은 눈을 활처럼 구부리며 여리여리한 미소를 지었다. 언제나 함께 있던 아스피 씨는 없어, 보아하니 지금은 혼자인 모양이었다.

차림도 평소와는 조금 달라 머리에는 깃털 달린 모자를,

어깨에는 파우치를 걸치고 있다.

"이런 데서 만나다니. 후후, 벨도 그럴 나이가 됐구나."

"억…… 아뇨, 잠깐만요! 제가 여기 있는 건요……!!"

"하리미세를 쳐다보는 것 같던데, 마음에 드는 아이라도 있어?"

무언가 오해를 사는 바람에 얼굴을 붉히며 갈팡질팡했다. 그러거나 말거나 헤르메스 님은 재미있다는 듯 조금 전의 창관 안을 쳐다보았다. 나도 움찔 격자창 안으로 시선을 되돌리자, 그 르나르 소녀는 북적거리는 창부들과 손님들의 모습 너머로 가려져 보이지 않았다.

조금 전의 광경이 눈에서 떨어지질 않아, 헤르메스 님이 '하리미세'라고 부른 격자창 방을 쳐다보고 있으려니 헤르메스 님이 웃으며 말했다.

"뭣하면 내가 고르는 요령을 가르쳐줄까?"

"돼, 됐어요!!"

이 이상 놀림을 받으면 견딜 수 없었으므로 나는 르나르 소녀도 잊고 하리미세에서 눈을 돌렸다.

"어, 저기……헤르메스 님은 무슨 일로 오셨나요? 그리고 그 짐은……?"

"벨, 이런 데서 그런 눈치 없는 질문을 하면 못쓰지?"

모자챙을 내려 얼굴을 슬쩍 가리며 씨익 웃으신다.

……아스피 씨의 눈을 피해 놀러 나온 거라고, 그 등황색 눈을 보며 직감한 나는 식은땀을 흘렸다. 수수께끼의

짐에 대해서는 언급할 수도 없었다.

"내가 여기 있었다는 사실은 부디 비밀로 해다오. 알았지? 약속한 거다."

"네, 네에……."

얼굴을 가까이 하며 못을 박는 헤르메스 님에게 고개를 끄덕일 수밖에 없었다.

그래도…… 이렇게 대화를 나누면서 겨우 머리가 좀 진정이 된 것 같기도.

아는 사람과 만났다는 안도감이 환락가에 짓눌릴 것 같던 고독감을 멀어지게 해주었다. 헤르메스 님과 만나 마음을 놓은 나는 돌아가는 길을 물어보려고 입을 벌렸다.

"그건 그렇다지만 다른 사람도 아닌 벨이 혼자 환락가에 오다니~."

그러나 헤르메스 님은 능글능글 웃음을 지으며 어깨를 척 안았다.

"헤, 헤르메스 님?"

"이런 곳에 흥미진진한 것 같아 나도 기쁜걸. 물론 벨도 비밀로 하고 온 거겠지?"

"그게 아니고요……?! 그러니까 오해래도요, 헤르메스 님?!"

나는 딱히……!!

그런 변명을 가로막으며 헤르메스 님이 말했다.

"부끄러워할 필요 없어. 헤스티아에게는 아무 말도 하지 않을 테니. ──자자, 이건 내가 주는 선물."

쓸데없는 이해력을 발휘하며 헤르메스 님은 파우치를 뒤적거렸다.

멋진 미소와 함께 건네주신 그것은, 작은 병이었다. 체스 말처럼 새긴 투명한 용기 속에서 붉은 용액이 찰랑찰랑 소리를 냈다.

"뭐, 뭔가요, 이게?"

"정력제."

──푸읍?!

나는 요란하게 뿜어버렸다.

"그러면 벨! 피차 즐거운 밤을 보내자꾸나!"

"저기요?! 헤르메스 니임─?!"

밀착했던 어깨를 뗀 헤르메스 님은 시원한 웃음과 함께 선드러진 걸음걸이로 가버렸다.

"피, 필요 없거든요─?!"

약을 한 손에 들고 온 힘을 다해 쫓아갔다.

이런 홍등가에 또 혼자 남겨지다니 도저히 견딜 수 없어! 무엇보다 이렇게 부끄러운 물건을 품에 넣고 다닐 용기는 없다고!! 대체 어쩌란 거야?!

폭탄을 들고 다니는 심경으로 나는 열심히 헤르메스 님을 따라갔다. 익숙한 발걸음으로 쑥쑥 나아가고 길을 꺾는 준민한 남신님을 놓치지 않겠노라 힘껏 뛰었다.

유곽은 이미 뒤로 멀어졌다. 새빨갛게 물든 얼굴로, 약을 돌려주고자 무아지경이 되었다. 그리고 헤르메스 님을 따라 골목길 모퉁이를 돌아 뛰어나갔을 때.

"——윽?!"

맞은편에서 왔던 사람에게 부딪칠 뻔했다.

"어이쿠."

하마터면 정면충돌할 뻔했을 때 나는 지면을 박찼고, 놀라던 상대도 재빠른 몸놀림으로 피해 사고는 어깨를 스치는 정도로 끝났다.

급격한 방향전환을 하는 바람에 앞으로 고꾸라질 뻔한 나는 황급히 돌아보았다.

"죄, 죄송합니다!! 괜찮으세, 요……."

사과가 섞인 내 말은 눈앞의 인물을 보고 꼬리를 말며 사라졌다.

우선 눈길을 빼앗은 것은 아름답고 긴 다리였다.

잘록한 허리의 위치가 매우 높았다. 각선미라는 말은 이런 때 사용하는 것이리라.

의상은 보라색으로 통일되었으며, 우리 주신님에게도 꿀리지 않을 만큼 풍만한 가슴둘레는 짧은 옷으로 가려놓았다. 어깨와 배꼽을 비롯한 다른 부분은 아무것도 걸치지 않았다. 노출도가 높은 상반신에 비해 하반신은 발목까지 닿는 바지와도 같은 옷차림이었으며 아래로 내려갈수록 품이 넉넉해지는 구조였지만…… 천이 얇은지 매끄러운 천 안쪽에서 탄력 있는 허벅지의 선이며 엉덩이의 형태가

© Suzuhito

어렴풋이 비쳐 보였다. 신발은 신지 않아 맨발이었다. 목과 손목은 모험자용 액세서리로 장식하고 있다.

키는 나보다도 크다. 170C(셀티) 이상은 되겠다.

묶지 않은 칠흑의 장발은 엉덩이까지 늘어졌다. 다부진 몸에서는 오랜 단련이 엿보였으며, 갈색 피부에서는 뭇 남성의 시선을 붙들어놓을 매력이 뿜어져 나왔다.

무희 같은 차림을 한── 아마조네스 창부였다.

"……죄, 죄송합니다, 갑자기 튀어나와서. 어, 저기……시, 실례할게요!"

오늘 엇갈려 지나친 창부들 중에서도 가장 아름다운 상대에게서 황급히 눈을 돌렸다.

노출이 심한 의상과 육감적인 몸을 앞에 두고 혀가 잘 돌아가지 않았다. 얼굴 전체가 달아올라, 얼른 헤르메스 님을 쫓아가야겠다고 스스로를 타이르며 그 자리를 떠나려 했다.

"기다려봐."

하지만 부끄러움에 끙끙거리며 내가 도망치기도 전에.

그녀의 손은 내 팔을 붙들었다.

"어?"

"처음 보는 얼굴인걸?"

홱 잡아끌어 내 몸을 강제로 돌리더니, 허리에 두 팔을 감아.

끌어당기더니── 아니, 하반신과 하반신을 밀착시키더

니 내 눈을 빤히 들여다본다.
"……?!"
선 채로 지근거리에서 얼굴을 관찰당했다.
나는 얼굴을 붉힐 수밖에 없었다. 허벅지에 전해지는 상대의 부드러운 다리 감촉이며, 눈앞에 있는 촉촉한 입술, 시선을 내렸다간 즉시 눈에 달려들 가슴의 깊은 계곡.
온몸은 타오르는 듯 뜨거운데도 손발은 얼어붙은 것처럼 움직이질 않았다.
"음~?"
반면 상대는 신경 쓰는 기색도 보이지 않고, 내 허리에서 떼어낸 왼손을 이번에는 내 뺨에 가져다댔다.
얼굴을 약간 위로 들게 하더니, 당장이라도 입술을 빼앗아버릴 것 같은 자세로 내려다본다.
눈을 가늘게 뜨고 내 얼굴을 빤히 들여다보는가 싶더니…… 그녀는 웃었다.
"헤에…… **땡기는** 얼굴인걸."
붉은 혀가—— 낼름, 자신의 입술을 핥는다.
오싹! 나는 강렬한 오한에 사로잡혔다.
"너 이름이 뭐지? 난 아이샤."
"에, 헉, 엑?!"
"오늘 내 하룻밤을 사지 않으련?"
따뜻한 숨결이 뺨과 목덜미를 침범해 졸도할 것 같았다.
몸을 태우는 수치심과 공포가 동시에 발생해 혼란에 빠

졌다.
안 되겠다, 위험해, 떨어져!! 그렇게 고함을 질러대는 본능에 따라 새삼 저항을 시도했지만.
'——빠져나올 수가 없잖아?!'
허리에 감긴 손을 비롯해 상대의 구속을 쉽게 풀어주지 않는다.
Lv.3으로 【랭크 업】한 나를 붙들어놓을 만한 '힘'——【스테이터스】.
상대는 '팔나'를 받은 창부?
"날뛰면 못쓰지."
아이샤라고 이름을 댄 그녀는 한층 강하게 끌어안았다.
억지스러운 수법과 강한 힘, 그리고 미모에서 '여걸'이라는 단어가 떠올랐다.
"오늘은 흉작이네~."
"근데 어디서 풋풋한 남자 냄새가 나는데?"
"아이샤, 그거 누구야~?"
게다가 추가공격을 가하듯 주위에서…… 우글우글.
주위의 길이며 뒷골목에서 수많은 사람들, 아니, 수많은 아마조네스들이 나타났다.
내가 놀라거나 말거나, 미목수려하며 발랄한 그녀들은 이쪽으로 다가왔다.
"지금 여기서 발견했어. 순진하게 생겼지?"
"오랜만이네, 이런 남자는."

"후후, 환락가에 오는 건 처음이니?"
그녀…… 아이샤 씨의 말을 시작으로, 아마도 호객행위를 하러 나온 것으로 보이는 창부들은 입을 모아 나를 가지고 놀았다. 어느샌가 완전히 포위되었다.
모두 같은 아마조네스였으며, 당연히 아이샤 씨와 같거나 그 이상으로 노출도가 높다. 아직까지 끌어안긴 채 시야를 가득 메운 요염한 갈색 피부에 눈앞이 빙글빙글 돌고 의식이 멀어져갔다.
그러던 도중, 아마조네스 하나가 무언가를 깨달은 것처럼 흠칫했다.
"얘, 잠깐만. 이 휴먼…… 혹시【리틀 루키】아냐?"
그 발언에 그녀들은 우뚝 움직임을 멈춘 후 술렁거렸다.
"——흰 머리. 빨간 눈."
"워 게임에서 히아킨토스를 쓰러뜨렸던……."
"Lv.3 기록도 세웠다는 레코드 홀더?"
얼마 전의 워 게임은 하계의 이벤트로 온 오라리오 내에 퍼졌다. 이제까지와는 달리 나나 벨프, 릴리의 얼굴이 팔린 것도 딱히 이상한 일은 아니다…… 하지만.
아마조네스들이 나란히 내 얼굴을 응시하며 중얼거린다.
곁에 있던 아이샤 씨도 눈을 깜빡거리며 빤히 쳐다보았다.
——그리고 **돌변하는 공기**.

조금 전처럼 반쯤 장난 같던 분위기가 싹 날아가고 아마조네스들의 두 눈이 일제히 번들번들 빛을 뿜었다.

목소리가 끊어지고, 모두의 시선이 원의 중심에 있는 나를 꿰뚫었다.

그때까지 느꼈던 값싼 고민 따위 사라지고…… 나는 폭포수 같은 땀을 흘렸다.

뇌리에 떠오른 것은 벌벌 떠는 토끼를 에워싼 대형 육식 짐승의 무리.

호랑이나 사자가 이빨 틈으로 굵은 타액 방울을 뚝뚝 흘리며 입맛을 다신다.

——히익.

망가진 피리 같은 소리가 목에서 새어 나왔다. 얼어붙은 얼굴은 더할 나위 없이 새파랗게 물들었다.

도, 도망쳐야겠다——고 생각했던 다음 순간.

와아아아아!!

그녀들이 나에게 달려들었다.

"강한 남자 대환영!!"

"저기저기, 나 지명해줄래?!"

"그런 꼬맹이보다 내가 더!!"

아마조네스의 파도에 나는 순식간에 휩쓸렸다.

환호성과 함께 사방에서 밀려든 창부들이 어깨를, 팔을, 옷을, 머리를 붙잡고 사방팔방으로 잡아당겨댔다. 수많은 갈색 손이 내 몸을 놓으려 하지 않았다.

'아파아파아파아파앗?!'

나긋나긋하고, 생기 있고, 그러면서도 엄청난 완력을 자랑하는 여전사들의 팔다리 속에서 희롱당했다.

이제 도주는 불가능했다. 사방팔방이 가로막혀 피부와 의상의 색깔 말고는 아무것도 보이지 않았다.

멀어져가는 의식. 비명도 지르지 못한 채 창부들의 몸에 묻혀가고 있으려니——

휘익.

내가 뻗은 팔을 붙들고 강제로 끌어당기는 존재가 있었다.

"——얘는 내가 제일 먼저 점찍은 사냥감이야. 아무에게도 안 줘."

다른 창부들을 밀어내고 아이샤 씨는 질질 끌어낸 나를 커다란 가슴에 끌어안았다. 가슴 계곡에 얼굴을 묻은 내가 얼굴을 붉히는 가운데 사방에서 야유하는 목소리가 울려 퍼졌다.

『우~ 우~!!』

비난의 폭풍을 어디서 개가 짖느냐는 듯 일축해버린 아이샤 씨는 꼴사나운 자세를 한 나를 내려다보더니 따라오라는 양 입가를 틀어 올렸다.

"푸합?!"

나는 온 힘을 다해 아이샤 씨의 가슴에서 탈출해 황급히 거리를 벌렸다.

“그, 그게 아니고요!! 저는, 그게, 이상한 목적이 있어서 온 게 아니라요, 【파밀리아】 동료를 찾으러 왔다가, 길을 잃어서, 그래서……!!”

전혀 미덥지 못한 말을 주워섬겨대며 부디 봐달라고 애원하는 나. 하지만 재빠른 아마조네스 하나가 어느새 등 뒤로 돌아와 내 손에서 어떤 아이템을 홱 강탈했다.

“말은 그렇게 하면서 준비는 철저한걸? 봐봐.”

내 손에서 빠져나간 그 작은 병의 정체는 어떤 신이 떠넘겼던, **정력제**.

‘헤르메스 니이이임~~~~~~~~~~~~~~~~~?!’

속으로 울면서 절규하고 있으려니 마음속의 헤르메스 님은 만면의 미소와 함께 엄지를 척 세웠다.

변명이 통하지 않을 결정적인 아이템이 내 눈앞에 나타났다.

“집요하기는. 자, 어서 와.”

“자, 잠깐, 잠깐만요!”

아이샤 씨가 내 팔짱을 끼고 연행했다.

능글능글 웃는 다른 아마조네스들도 주위를 에워싸더니 집단으로 이동을 시작했다.

헤르메스 님을 따라 유곽에서 멀어진 현재 위치는 사막지역의 문화권 분위기가 짙게 배어 나왔다. 석조 건물은 아도비 벽돌과도 비슷한 석재나 잘라낸 바위를 써서 만든 것이 많았으며, 그런가 싶으면 알라바스타를 이용한 고급

스러운 백색 창관도 있었다. 눈에 들어오는 창부들의 복장은 아이샤 씨나 다른 아마조네스와도 같은 무희풍, 혹은 노출도 많은 옷이 대부분이었다.

"아니에요, 아니거든요?!"

"부디 제 말을 좀!!"

나는 진심으로 울부짖었지만 효과는 없어 그저 허무하게 질질 끌려만 갔다. 아이샤 씨의 손에서 벗어날 수가 없었다.

아까 그녀들의 손에 이리저리 놀아났을 때도 거의 저항하지 못했으니, 스무 명도 넘는 주위의 아마조네스들도 최소한 제3급 모험자 이상의 【스테이터스】를 가졌을 것이다.

돌파가 불가능한 포위망에 절망하고 있으려니, 이윽고 어떤 건물이 보이기 시작했다.

아무리 봐도 주위 일대에서 가장 거대한 창관——이라기보다는 숫제 궁전이었다.

광대한 사막에 우뚝 솟은 왕궁을 방불케 하는 위용. 금색으로 번쩍이는 외장은 그야말로 호화롭다.

원형 앞뜰을 지나 궁전으로 다가가니 정면의 커다란 문 위에는 【파밀리아】의 엠블럼이 보였다.

베일로 얼굴 윗부분을 가린 알몸의 여성…… 창부가 새겨진 휘장.

이곳은 【파밀리아】가 소유한 시설인가? 아니, 그렇다기보다는 홈?

경악하는 동안에도 내 몸은 질질 끌려 활짝 열린 대문을 통해 안으로 들어갔다.

"서, 성……?"

궁전 안은 바깥쪽에 꿀리지 않을 만한 광경이 펼쳐져 있었다.

바벨의 구조와도 비슷한, 아득한 상층까지 이어지는 홀 구조. 각 층에는 손님으로 보이는 남자들과 팔짱을 끼고 어딘가로 안내하는 기품 있는 창부들의 모습이 있었다.

지금 우리가 있는 넓디넓은 현관 홀, 백대리석 공간에는 붉은 융단이 깔렸으며 고급스러운 항아리를 비롯한 장식들이 곳곳에서 눈길을 끌었다.

대형 창관이 뿜어내는 독특한 분위기와 문란한 향에, 마비되었던 긴장감이 되살아났다.

"정말 아무것도 모르는 거야?"

나포된 내 기색을 보고 아이샤 씨가 웃음을 지었다.

"이곳은 우리의 홈, '벨리트 바빌리(여왕의 창관신전)'야."

나를 이끌고 현관 홀을 나아가며 말을 잇는다.

"이 건물만이 아니고 이 일대는 우리의 영역…… 이슈타르 님의 사유지지."

이슈타르, 님……?

【파밀리아】의 사정에는 밝지 못한 나조차도 들어본 적이 있는 여신님의 이름에 흠칫했을 때——

"뭐니, 너희들. 우르르 몰려와서는."

홀의 위층에서 목소리가 들렸다.

귓불이 떨린 순간 고개를 든 나는 혼자 숨을 삼켰다.

정욕을 자극하는 의상을 입은 절세 미녀. 얼마 되지 않는 옷으로 탄력 있는 가슴이나 농염한 허리를 가리고 갈색 피부를 대담하게 아낌없이 드러냈다. 금과 은으로 만든 서클릿, 귀걸이, 목걸이, 가슴장식, 팔찌와 발찌 등 장식품의 광채도 맞물려 여왕이라는 단어를 연상케 할 정도였다.

땋아내린 긴 흑발은 매끄러웠으며 보라색으로도 보이기도 했다.

곰방대를 한손에 든 그녀는 위층의 한곳에서 유유히 이곳을 내려다보았다.

'――'미의 신'.'

한순간에 깨달았다.

자태면 자태, 시선이면 시선. 모든 것이 의식을 뒤흔들 정도로 과도한 매력.

기억에 선명하게 남은 은발 여신, 프레이야 님과는 또 다른 종류의 선정적인, 혹은 마성을 감춘, 숨이 막힐 정도의 미모였다.

"이슈타르 님, 다녀왔어요~."

주위에서 태평한 목소리가 들리는 가운데, 나는 나도 모르게 목을 꼴깍 울렸다.

"그 휴먼은……?"

자수정 같은 눈동자가 무언가를 알아본 것처럼 나에게 움직여 반사적으로 등을 떨었다. 그리고 여신님의 시선이 닿은 순간 아이샤 씨 이외의 아마조네스들이 즉시 반응했다.

"이슈타르 님은 보면 안 돼~!!"

"홀랑 넘어가서 또 빼앗기면 어떡하라고!"

'매료'의 힘을 우려하며 단원들이 일제히 나를 감싸고자 쇄도했다.

"너는 보지 마!"

"흐엑?!"

뒤에서 두 눈을 가리는 바람에 괴성을 질렀다. 앳된 소녀의 목소리에서 여걸들의 모진 고함까지도 울려 퍼지는 가운데 나는 다시 아마조네스들의 손에 이리저리 희롱당했다.

"후후…… 오늘 밤에는 손님을 맞아야 해. 지금은 그런 풋내 나는 아이를 신경 쓸 틈이 없단다."

넝마가 되어가는 나와 아마조네스들을 내려다보며 이슈타르 님은 코웃음을 쳤다.

"탐무즈."

관심 없다는 듯 걷기 시작하며 등 뒤의 청년 종자에게 말을 건다. 미청년 단원을 이끌고 걸으며 갈색 여신님은 머리 위의 복도에서 시선 밖으로 사라졌다.

'여, 역시…… 이곳이 바로 그【이슈타르 파밀리아】의 본거지…….'

머리며 의복이 엉망진창이 된 채 나는 확신을 얻었다.

오라리오에서 미궁 공략의 성과를 올려 조직의 세력 또한 도시에서 손꼽히는 상위 파벌……이었다고 들었다.

예기치 못하게 어처구니없는 곳에 와버렸다고, 이제까지와는 또 다른 의미에서 얼굴에 핏기가 빠져나갔다. 다른 파벌의 본거지에 끌려온 나는 아이샤 씨나 다른 분들에게 두 팔을 붙들린 채 궁전 안을 나아갔다.

1층 현관 홀에는 속이 다 비치는 드레스를 입은 다양한 종족의 아름다운 창부들이 드문드문 걸어다녔다. 내가 일일이 얼굴을 붉히고 있으려니 아이샤 씨는 지배인으로 보이는 여성을 불러서는 무언가를 말한 후 3층으로 갔다.

호화로운 대형 계단을 지나, 바로 눈앞에 나타난 쌍여닫이 떡갈나무 문을 열고는 나를 안으로 밀어넣는다.

"어윽?!"

방 안쪽 구석까지 몰려, 마지막에는 벨벳이 깔린 소파에 처박혔다. 부드러운 감촉에 묻혔다가 황급히 몸을 일으키고 보니, 실내는 어스름했다.

벨벳 의자가 여러 개나 있는 넓은 방이며 사람은 별로 없다. 광원은 다리가 짧은 테이블 위와 벽에 있는 촛대의 불꽃뿐. 피어나는 향기는 값비싼 향수와……

"사향 냄새란다."

익숙하지 않은 향기에 코를 막은 나에게 아이샤 씨가 말하고는 맞은편 소파에 앉았다.

다른 아마조네스들도 난폭하게 의자를 가져와서는 나를 에워싸듯 자리를 잡았다.

우리 외에는 남자 손님으로 보이는 휴먼, 곁에서 술을 따르던 드레스 차림의 소녀가 있음을 확인하고, 나는 이 세련된 공간이 대기실—— 손님들을 접대하는 귀빈실임을 깨달았다.

"빈 방이 없는 것 같으니 여기서 잠깐 기다려. 그야 여기서 시작해도 상관없지만."

그러면서 대담하게 웃는 아이샤 씨. 내 얼굴이 경련하는 것이 느껴졌다. 뭘 '시작'하려는 거냐고는 무서워서 물을 수도 없었다.

"그 다음은 나야."

"아이샤, 나도 맛 좀 볼래."

제멋대로 떠들어대며 아마조네스들이 눈을 가늘게 뜨고 주위에서 암표범 같은 자세로 다가왔다. 등 뒤에서 다가온 가느다란 손가락이 살짝 목덜미를 쓰다듬는 바람에 심장이 덜컥 뛰어 황급히 입을 열었다.

"저, 저는 다른 【파밀리아】인데……! 홈에 함부로 들어오면 안 되겠죠? 그, 그러니까!"

"상관없어. 매일같이 밤마다 모험자들을 여기 데려오는 걸. 강제로."

즉시 아이샤 씨가 받아쳤다. 다른 곳에서 대접을 받는 손님—— 모험자를 슬쩍 곁눈질하며 전혀 신경 쓰지 않는 기색을 보인다. 어떤 의미에서는 적을 자신의 진지로 끌어들인다는 뜻인데도.

"게다가 붙어보겠다면 환영이야. 홈 안이 됐든 침대 위가 됐든, 얼마든지 받아주겠어."

긴 다리를 테이블 위에 척 얹고는 오히려 싸움도 좋다는 양 말한다.

말문이 막힌 나는, 언뜻 보기에는 무방비하며 경호병도 없이 얇은 옷을 걸친 여성들만 있는 이 대형 창관의 실태를 이해하고 말았다.

눈앞과 주위에 있는 그녀들은 한부(悍婦), 여걸, 여장부.

실력에 자신이 있는 상급 모험자라 해도 맨손으로 때려눕힐 강자들. 그녀들에게 경호병 따위 필요 없다.

'전투창부'—— 어디선가 들어본 적이 있는 그 단어가 머릿속에서 깜빡거렸다.

'이슈타르 님께 '은혜'를 받은, 창부 **모험자**…….'

마음속의 동요를 억누르며 정면의 아이샤 씨를 보았다.

대담하고 강인한 아마조네스를 상징하는 듯한 인격. 빈틈없는 몸놀림과 자신감을 보이는 그녀는 아마 단원들 중에서도 중심적인 존재일 것이다. 미모와 강인한 몸을 겸비한 이 사람이 이 자리에서 가장 발언력이 있을 게 분명했다.

나는 벌떡벌떡 뛰는 심장을 열심히 가라앉히려 노력하며 용기를 쥐어짜내, 물었다.

"어, 어떻게 하면, 저를 돌려보내주실 건가요……?"

창관 같은 곳은 애초에 너무 이세계라 관심조차 두지도 않았던 데다, 한술 더 떠 다른 파벌의 홈에 납치당한 상태인지라 나는 처량할 정도로 겁을 먹어버렸다. 이공간, 애먼 장소, 두려움. 긴장과 혼란이 범벅이 되어 난 울상을 지으며 애원했다.

"……."

내 애원에 아이샤 씨가 머리카락을 이리저리 매만지는가 싶더니.

급사를 맡은 창부가 아마조네스들 너머로 내 눈앞에 있는 테이블에 잔을 놓았다.

내가 흠칫 놀라는 동안 아이샤 씨는 그 비싸 보이는 술을 훌쩍 손으로 들어선 단숨에 들이켰다.

"이슈타르 님 슬하에서 고급 창관이라는 이름을 내걸고는 있지만 말이야…… 거드름을 피울 생각은 전혀 없어. 우리 아마조네스들은."

유리잔을 손으로 빙글빙글 돌리며, 질문을 무시한 지리멸렬한 대답을 한다.

내가 어리둥절해하고 있으려니 아이샤 씨는 눈을 가늘게 뜨고 씨익 웃었다.

"홈에서 알지도 못하는 놈을 얌전히 기다리다니, 우리는 그런 짓 못해. 강한 수컷은 스스로 찾지."

"엑."

뻣뻣하게 굳어버린 내 귀에 그녀들이 몸을 내밀며 속삭였다.

"아마조네스의 습성 모르니? 남자를 납치해다가…… **먹어버리는 거야**. 다짜고짜."

그 말에 온몸의 땀샘이 왈칵 열렸다.

아마조네스.

일반적인 이미지는 실력주의이면서 호전적. 지역에 따라서는 다양한 고유의 무술을 지녔다고도 한다.

휴먼과 가장 가까운 체형, 신체구조를 가졌으면서 '아이는 여자아이밖에 태어나지 않는다'는 성질이 있는, 5개 데미휴먼 종족 중에서도 상당히 특수한 종족이다. 아마조네스에게서 태어난 아이는 예외 없이 아마조네스가 되고 혼혈은 존재하지 않는다.

다시 말해 자식을 낳기 위해서는 반드시 다른 종족의 남성에게 협조를 받아야 한다. 그러나 이름만 협조일 뿐, 아마조네스는 남자를 납치해 **마지막 한 방울까지 먹어치운다**……. 자손 번영을 위해 '고대'로부터 내려온 사나운 그녀들의 습성은 신들이 강림한 현대에도 적잖은 피해를 가져왔다고 들었다. 시골 마을에서는 소년이나 청년, 기혼자가 끌려가 폐인이 되어 돌아왔다는 이야기가 그럴듯하게 떠돌 정도로.

마치 피에 굶주린 짐승처럼, 자신이 마음에 든 남자를 찾아내 잡아가는 여인들의 종족.

그것이 아마조네스다.

요컨대 나는 그야말로 '잡혀온 것'이었다. 그녀들은 처음부터 나의 호소에 귀를 기울일 마음이 없었다.

"포기해."

굳어버린 나에게 아이샤 씨가 결정타 같은 한마디를 던졌다.

바로 근처에 있던 주위의 아마조네스들도 야수 같은 웃음을 짓고 있었다.

——유린당한다.

어둠의 늪에 처박힌 나는 얼굴에서 색소란 색소가 모조리 빠져나갔다.

무시무시한 비관이 나를 잠식하는 가운데.

"……?"

갑자기 아이샤 씨가 고개를 들었다.

그 움직임을 보더니 의아한 표정을 지으며 일제히 어떤 방향을 쳐다보는 다른 아마조네스들. 절망에 빠졌던 나도 뒤늦게 그 사실을 깨달았다. 요란한 발소리가 이곳 귀빈실로 다가오는 것이다.

커다란 문을 활짝 열어젖히며 들어온 것은 한 아마조네스였다.

"큰일 났어, 아이샤! 프뤼네가 오고 있어!!"

우리와 놀라는 손님들의 시선을 한 몸에 받은 그녀의 얼굴에는 초조함이 배어 나왔다.

'프뤼네'……?

어딘가 귀여운 이름에 나는 어리둥절할 뿐이었지만 아이야 씨나 다른 아마조네스들은 눈빛을 바꾸더니.

"이쪽으로 와!" "숨어!!"

그런 소리와 함께 나를 소파에서 강제로 일으켰지만——'그것'이 더 먼저 찾아왔다.

굉음과 함께 문짝이 하늘로 날아갔다.

문 앞에 있던 아마조네스와 두꺼운 떡갈나무 문이 날아가는 광경에 나는 눈을 휘둥그렇게 떴다.

"——젊은 남자 냄새가 나네에~~."

커다란 콧구멍을 실룩실룩 움직이며 **그녀**는, 나타났다.

2M이 넘는 거한, 아니, 거녀(巨女). 수렵복 비슷한 검붉은 의상에서 엿보이는 갈색의 짜리몽땅한 팔다리는 비유가 아니라 그야말로 근육덩어리였다. 키가 큰데도 가로로 워낙 굵어 땅딸막하게 보이는 체형이라 팔다리와 몸통의 대비가 어딘가 이상했다.

결정타는 그 넙데데한 얼굴.

흑발 보브커트에 뒤룩뒤룩 움직이는 눈알과 옆으로 찢어진 입은, 이렇게 말하기는 뭣하지만 꼭 두꺼비 같아서——

'모, 몬스터?!'

너무나도 실례되는 소리를 마음속으로 외치며 충격을 받았다. 이때 나는 흰자위를 까뒤집으며 게거품을 무는 할아버지의 환영을 똑똑히 보았다.

"꼐게게게겍! 남자를 잡아 왔다며어, 아이샤아~?"

파괴된 귀빈실 입구에서 거대한 여성── 아마조네스가 안으로 발을 들였다. 개구리처럼 목쉰 웃음소리에 아이샤 씨가 혀를 찼다.

"뭐 하러 왔어, 프뤼네."

"너희가 떼거지로 꼬맹이를 데려왔다고 들어서 관심이 생겼지이~. 나한테도 보여줘어."

그렇게 말하며, 프뤼네라 불린 여성은 어기적어기적 걸어왔다. 테이블과 소파는 마치 존재하지도 않았던 것처럼 밀쳐버리고 똑바로 다가온다.

그리고 아이샤 씨네 뒤에 숨은 나를 발견하고는.

씨익~.

그 거대한 이를 드러내며 무시무시한 웃음을 지었다.

"【헤스티아 파밀리아】의 '토끼'잖아아! 아직 풋내 나는 꼬맹이지마안…… 내 취향이네에!!"

보조개라고 하기에는 너무나도 추악하고 괴이할 정도로 뺨에 수많은 주름을 지었다. 그 웃음에 온몸에 소름이 돋았다.

"꼐게게게게겍!!"

다시 드높이 웃음소리를 터뜨리며 그녀는 눈을 형형히

빛냈다.

"넘어뜨리고 위에 올라타서 그 귀여운 얼굴을 엉망진창으로 만들며언…… 아아, 확 땡길 것 같은데에~."

——까무러칠 뻔했다.

엄청난 오한에 강렬한 기시감. 이 감각은 분명 아폴론 님 때에도 맛본 것 같은데…….

비틀거리는 나를 감추기 위해 등 뒤로 밀어내고 아이샤 씨와 다른 아마조네스들이 앞으로 나섰다.

"맛이라도 보게 해줘, 아이샤아. 금방 돌려준다니까안."

"웃기는 소리 하지 마. 이건 우리가 잡아온 사냥감이야."

프뤼네…… 씨의 요구에 아이샤 씨와 다른 분들은 살기를 띠었다. 다 같이 벌떡 일어나 그녀와 대치한 아마조네스들은 혐오의 표정을 감추려고도 하지 않았다. 한식구일 텐데도, 같은 【파밀리아】라고는 여겨지지 않을 정도로 사이가 험악했다.

무슨 일이 일어나려는 건지 상황을 파악할 수 없었지만…… 그래도 머릿속의 경종만은 끊임없이 울려 퍼졌다.

거구의 여성과 아마조네스들은 5M 정도 되는 간격을 두고 마주 섰다.

"요즘은 나한테 어울리는 수컷이 뚝 끊어져서 지루했단 말이야아. 조금 나눠주면 어때서 그래에?"

"그렇게 계속 얌전히 저택 안에나 틀어박혀 있어. 남자를 얼마나 더 못쓰게 만들려는 거지?"

프뤼네 씨와 대화를 나누는 아이샤 씨의 어조는 싸늘하며 가차 없었다.

"아름다운 것도 죄라니까안. 나 이외의 다른 여자들로는 만족하지 못하게 되다니이……. 이슈타르 님도 괜찮기는 하지마안 내 미모에는 당하지 못하지이."

지, 진심으로 하는 소리다……!!

"너 때문에 모험자들이 홈에 접근하려 들질 않아. 잡아오는 것만도 얼마나 힘든데. 그만 좀 깨달으시지, 두꺼비."

"여자의 질투만큼 추한 것도 없구나아. 나에게 미모로도 힘으로도 미치지 못하는 호박들이이."

아마조네스들의 대화에 오한을 넘어서 몸이 부들부들 떨릴 지경이었지만—— 프뤼네 씨의 존재감은 진짜였다.

【랭크 업】을 거듭하면서 알게 되었다.

눈앞에 있는 상대의 실력을, '그릇'의 윤곽을.

이 자리에 있는 그 누구보다도 프뤼네 씨는 강하다. 아마도 압도적으로.

그야말로 제1급 모험자들에게도 통할 만한 위압감이었다.

프뤼네 씨의 모욕에 아이샤 씨를 비롯한 아마조네스들은 노기를 드러내 일촉즉발의 분위기가 발생했다. 그때까지 움직이지 못하던 손님들을 다른 창부들이 서둘러 피신시켰다.

'어라, 이건 혹시…….'

프뤼네 씨와 아이샤 씨네 일행은 서로를 노려보느라 주위의 광경이 의식 밖으로 멀어진 상태였다. 주목이 사라졌다는 사실을 알아차린 나는 뒤쪽에서 살짝 아마조네스들 틈을 벗어났다.

지, 지금 이 틈에…….

그리고 앞을 본 채 주춤주춤 후퇴했다.

"아~ 다 귀찮아아! 이젠 억지로라도 빼앗을 거야아."

내가 살그머니 떠나가려 했을 때, 느닷없이 불온한 발언이 떨어졌다.

"우리는 아마조네스으! 마음에 든 남자를 발견하면 잡아올 뿐이지이! 그렇지 않아, 아이샤아?!"

"……."

"**우리 식으로** 자웅을 가려보자고오……. 아니면 무서워어?"

깨게게게객 비웃는 거구의 동족에게 아이샤 씨가 내뱉었다.

"……그래, 좋다. 덤벼봐라, 두꺼비."

도발에 넘어간 아이샤 씨, 그리고 아마조네스들은 일제히 뒤로 돌아섰다.

열 걸음 정도 거리를 두고 있었던 나에게 번들거리는 안광의 집중포화가 쏟아졌다.

아마조네스 하나가 입맛을 다셨다.

어마어마한 땀이 쏟아지고, 경종 소리는 한계를 돌파했다.

"먼저 먹는 사람이 임자야!!"

프뤼네 씨의 포효가 시작 신호가 되었다. 그 순간 아마조네스들이 자세를 낮추고, 나도 움직였다.

온 힘을 다해 그녀들에게 등을 돌리고, 온 힘을 다해, 입구와는 반대쪽으로.

아마조네스들의 함성이 등 뒤에서 밀려드는 가운데 창문을 향해 질주했다.

엄청나게 느려진 시간의 흐름, 밀려드는 무수한 발소리, 그리고 창밖에 펼쳐지는 야경.

눈을 크게 뜨며, 바닥을 박차고, 몸으로 창문을 깼다.

나는 궁전 밖을 향해 허공에 몸을 날렸다.

목숨을 건 도주극, 혹은 '사냥'의 시작이었다.

허공을 낙하했다.

본능이 지른 비명에 따라 주저 없이 고층에서 뛰어내려 몸 전체로 밤바람을 갈랐다.

상공에서는 내 뒤를 따라오는 아마조네스들의 기척. 쑥쑥 지면이 다가오는 가운데 쏟아지는 유리 파편과 함께 콰앙! 포석 위에 착지했다.

즉시 뛰어나갔다.

"거기 서!!"

한 호흡을 두고 잇따라 울려 퍼지는 착지음, 이어서 여걸들의 노성 소리.

적의 본거지 '벨리트 바빌리' 부지를 눈 깜짝할 사이에 빠져나간 나는 환락가로 들어갔다.

스무 명도 넘는 아마조네스들과의 데스 레이스가 펼쳐졌다.

마석등에 비친 대로를 전속력으로 돌파했다. 몸을 맞대며 걸어가던 남자와 창부가, 쫓기는 나와 쫓는 아마조네스들을 보고 비명과 함께 그 자리에서 떨어졌다.

"쫓아가!" "놓치지 마!"

등을 후려치는 목소리. 무서워서 뒤는 돌아볼 수 없었다. 온몸으로 고동을 폭발시키고 두 팔을 휘저으며 앞으로 앞으로 앞으로.

'어쩌다 이렇게 됐담?!'

릴리랑 벨프 말대로 환락가에는 오지 말고 돌아갈 걸 그랬나? 길을 잃은 건 나니까 자업자득인가? 아니면 헤르메스 님과 만난 탓일까?

해답이 나오지 않는 문답을 마음속으로 되풀이하며 모퉁이를 돌았다. 넓은 대로와 가느다란 골목을 지그재그로 나아가는 나는 추적자들을 떨치고자 혈안이 되었다.

나의 불규칙하면서도 온 힘을 다한 주행에 아마조네스들이 멀어져간다.

"——께게게게게겍!!"

"?!"

그러나 단 한 사람.

Lv.3이 된 나의 '민첩'으로도 뿌리칠 수 없는 인물이 있었다.

밤하늘에 울려 퍼지는 개구리 같은 거성. 그리고 지면에 드리워지는 커다란 그림자.

푸른 달밤을 배경으로 갈색 거구가 나를 향해 떨어졌다.

"으, 으아아아아아아아아아아아아아아아아아아아악?!"

갈색 운석이 대로 한복판에 작렬했다.

강하와 함께 내리친 거대한 주먹이 포석을 폭발시키고, 머리카락 하나 차이로 피한 나까지도 여파로 날려버렸다.

간신히 기세를 죽이고 자세를 바로잡은 것도 찰나, 큰 도약과 급강하로 나타난 거구의 여성—— 프뤼네 씨는 땅에서 주먹을 뽑으며 돌진했다.

"절대 안 놓칠 거야아!"

간격이 단숨에 사라지고, 굵은 팔이 날아들었다.

대기가 송두리째 도려져나가는 소리가 피하라는 외침이 되어 회피를 촉구했다. 그 비명에 따르자 헛스윙으로 그친 일격이 풍압만으로 내 자세를 흔들었다.

눈을 한껏 크게 뜬 나에게 프뤼네 씨는 가차 없이 덤벼들었다.

그녀가 휘둘러대는 굵은 팔을 필사적으로 피하는 내 눈앞에서, 대로에 인접한 창관의 벽이, 길에 놓인 나무통이 산산이 박살났다. 그저 손가락에 스치기만 했을 뿐인데.
맨손임에도 농담과도 같은 폭음이 잇따라 울려 퍼져 나는 목을 꼴깍 울렸다.

'이, 이 말도 안 되는 광경은……?!'

뇌리에 떠오른 것은 동경하던 소녀들과 시벽 위에서 나누었던 온갖 가혹한 단련들.

이 사람은 역시—— 제1급 모험자?!

돌과 나무의 파편, 그리고 피부에서 솟은 굵은 땀방울이 튀는 가운데 거구에 어울리지 않는 속도로 눈 깜짝할 사이에 나를 따라잡은 그녀는 내 옷깃을 붙들었다.

"으아아악?!"

"쫄랑쫄랑 싸돌아다니지 마아!!"

그대로 손도끼처럼 휘둘러 지면에 패대기를 친다.

엄청난 충격에 온몸이 비명을 질렀다. 그대로 길 한복판을 따라 데굴데굴 굴러갔다.

내가 간신히 고개를 든 다음 순간, 나를 향해 막 뛰어오르는 는 프뤼네 씨의 모습.

내 위로 드리워지려 하는 거대한 그림자와 그녀의 입가에 떠오른 추악한 웃음에 호흡이 멎었다.

""""그만 두지 못해, 두꺼비!""""

그러나 그때 시야 옆에서 뛰어드는 그림자가 있었다.

나를 홈까지 연행했던 그 아마조네스들이다. 허공에 있던 프뤼네 씨를 향해 세 사람이 측면에서 급습해 2M이 넘는 거구를 길가의 창관에 처박았다.

꽈과앙!!

추락하여 벽을 부수는 프뤼네 씨와 아마조네스들. 그러나.

“방해하지 마!!”

한쪽 팔을 한 차례 휘두르자 달라붙었던 세 사람이 한꺼번에 날아갔다.

“푸읍?!”

내가 공기와 침을 뿜고 있으려니 뒤를 따라온 아마조네스들이 건물 지붕에서, 길 위에서 속속 프뤼네 씨에게 돌격했다.

“저 바보를 붙잡아놔!!”

목소리를 모아 그녀들은 거구에게 달려들었다.

마치 대형급 몬스터를 공략하러 달려드는 몬스터 파티와도 같은 모습. 울부짖는 프뤼네 씨에게 튕겨 날아가면서도 사방에서 잇따라 몰려들어 팔이며 허리, 목에 두 팔을 감아 움직임을 방해한다.

사냥감——나——을 둘러싸고 내부 분열을 일으킨 무서운 아마조네스들.

“히이익……!!”

그 모습에 나는 한심한 비명을 질러버렸다.

“좋았어, 내 거다!”

“뜨아악?!”

엉덩방아를 찧고 있던 내 머리 위에서 소녀 아마조네스

가 떨어졌다. 포획하려는 그녀를 잽싸게 피하고 황급히 일어나며 달려갔다.

"아앙~ 놓쳤어~!!"

"새치기는 봐주겠지만 프뤼네한테만은 넘겨주지 마!"

뛰어가는 나를 향해 이번에는 여러 명의 아마조네스들이 쫓아왔다. 프뤼네 씨가 붙들린 사이에 공격하는 그녀들의 존재에 숨 쉴 틈도 없었다.

골칫거리는 사양하겠다고 황급히 길에서 피난하는 남자 손님들 틈을 누비며 외길 가로를 따라 달려 나갔다.

"——못 보내."

"윽?!"

아이샤 씨?!

창관의 지붕을 따라 빠른 속도로 다가온 여걸이 도약하더니 머리 위에서 발길질을 날렸다.

완벽한 기습이었다. 무거운 일격을 오른팔로 막았지만 그 바람에 달리던 자세가 흐트러졌다.

위험하다고 판단한 나는 지면을 박차며 억지로 간격을 벌리려 했다. 그러나 긴 다리의 추가공격은 나를 놓아주지 않았다.

첫 발차기에서 이어지는 제2격—— 허공을 가른 긴 다리가 낫처럼 뻗으며 어깨를 후려쳤다.

비틀거리는 나에게 도검을 방불케 하는 다리의 사정거리를 최대한 활용하며 아이샤 씨는 물 흐르듯, 춤을 추듯 발차기의 난타를 퍼부었다.
'체술?!'
한 발로 선 채 차올리고는 이어서 내려차기, 다시 뒤돌려차기.
그런가 싶으면 지면에 두 손을 짚은 채 물구나무서기 같은 자세로 두 발의 회오리를 퍼붓는다.
'기술'을 파악하지 못하겠다—— 도저히 피할 수 없다!
아마조네스의 독자적인 무술, 그리고 긴 다리를 살린 날카로운 공격에 나는 완전히 발이 묶이고 말았다.
검처럼 휘두르고, 때로는 채찍처럼 낭창낭창하게 감겨드는 다리로 내 팔의 방어를 깎아내더니—— 조짐조차 없이 몸을 확 숙이고는 다음 순간 무시무시한 수면차기를 날렸다.
"으윽?!"
발후리기에 걸린 나는 등부터 지면에 쓰러졌다.
"잡았다."
아이샤 씨는 즉시 내 몸 위에 올라타 마운트 포지션을 취했다.
움직임을 봉쇄당해 새파랗게 질린 나를 그녀는 긴 흑발을 찰랑거리며 내려다보았다. 요염하게 혀로 입술을 축이더니, 가학적인 웃음과 함께 내 옷에 손을 대려 한다.
『아이샤, 위험해!!』
그때 절박한 경고성이 우리에게 들려왔다.

그 직후 **허공을 가르며 아마조네스 한 사람이 날아와** 아이샤 씨와 부딪쳤다.

옆으로 쓰러지는 아이샤 씨. 눈을 까뒤집는 나. 데굴데굴 굴러가는 이름 모를 아마조네스.

아이샤 씨와 함께 놀라면서도 아마조네스가 날아온 뒤쪽으로 눈을 돌렸다.

"거기서 비켜어어어어어어어어어어어어어어어어어어어!!"

우리가 본 것은 악몽과도 같은 광경이었다.

필사적으로 막으려는 아마조네스들의 벽을 억지로 헤치고, 심지어 그녀들의 몸을 한 손으로 잡아들어선 이쪽으로 집어던지는 프뤼네 씨의 모습.

사람을 가볍게 인간포탄으로 삼아 투척하는 말도 안 되는 괴력에 내 뺨이 경련했다.

"저놈의 두꺼비가아……!!"

시선 너머의 광경에 아이샤 씨는 진심으로 지긋지긋하다는 양 내뱉었다.

분노에 사로잡힌 그녀의 눈을 보고, 마운트 포지션에서 풀려나간 나는 땅 위를 구르듯 그 자리를 벗어났다. 혀를 찬 아이샤 씨가 곧바로 쫓아왔지만 따라잡히진 않았다.

순수한 달리기 속도라면 프뤼네 씨를 제외하고는 내가 더 빠른 모양이었다. 점점 멀어져가는 서로의 거리에 이번에야말로 도망칠 수 있겠다고 덧없는 꿈을 품어보았지만.

"리이샤, 일라이자! 3번가로 들어간 꼬마를 붙잡아!"
뒤에서 쫓아오며 아이샤 씨가 외쳤다.
주위에 아마조네스는 없다. 누구에게 내린 지시인지 내가 이해하기도 전에 전방에 있던 좌우의 창관에서—— 수인과 휴먼 창부가 튀어나왔다.
"에에엥?!"
문을 활짝 열어젖히고 나타난 두 사람에 이어 다른 창부들도 우르르 나타났다.
"거기 섯—!"
빗자루며 프라이팬을 들고 앞을 가로막는 그녀들에게 부딪치기 직전, 나는 직각으로 몸을 꺾어 뒷골목으로 뛰어들었다.
"왜, 왜들 이러지?!"
좁은 골목으로 도망친 직후 다시 아이샤 씨의 목소리가 울려 퍼졌다. 조금 전의 광경을 되풀이하듯 창관에서 창부들이 나타나, 나는 괴성과 함께 진로를 바꾸지 않을 수 없었다.
창관 위층에서는 고개를 내민 창부들이 소리를 지르며 신호를 보냈다.
『그쪽으로 갔어!』
『5번가!』
『흰 머리 모험자!』
익숙한 태도로 연락의 응수가 오가고, 내가 가는 곳마다 드레스 차림의 창부들이 나타났다. 요염한 엘프 여성이, 키스를 날렸던 수인 소녀가, 이곳에 오면서 보았던 창부들이 나를 붙잡고자, 혹은 진로를 가로막고자 방해를 했다.

——뭐가 어떻게 된 거야?!

혼란에 빠진 내 시야 한구석을 스친 것은—— 창부의 엠블럼.

주위에 있는 창관의 벽이며 문에는 예외 없이【이슈타르 파밀리아】의 휘장이 걸려 있었다.

'설마……?!'

땀이 멈추질 않는 가운데 나는 깨닫고 말았다.

너무나도 넓은 **세력권**. 이곳 환락가 제3구역은 이슈타르 님의 입김이 닿은 장소이며, 이곳에 사는 창부들은 모두 비전투원도 포함해【이슈타르 파밀리아】의 구성원인 것이다.

'이 일대가 우리의 영역'…… 아이샤 씨가 말했던 것은 과장도 무엇도 아니었다.

구역을 형성하는 건물 주변은 이슈타르 님의 궁전을 중심으로 번영한 '성하마을'과 마찬가지였으며, 그녀들의 앞마당이었다.

내가 있는 이 구역은【이슈타르 파밀리아】가 지배하는 곳—— 영역이었다!

"마, 말도 안 돼……!!"

창부들의 거듭되는 방해에 맞닥뜨린 나에게 전투원인

아마조네스들이 다시 달려들었다.

집요하게 쫓아다니던 여걸들은 드디어 무기까지 들기 시작했다. 물론 미코토 씨를 미행하러 온 나는 방어구 따위 장비하지 않았다. 호신용인 《주신님 나이프》를 제외하면 무장이라곤 전혀 없다.

아이템도 허리 주머니에 든 것이라고는 아까 돌려받은 정력제뿐. 나더러 어쩌라고!!

"다리를 노려!"

"묶을 수 있는 것 가져와!"

화살이 쏟아지고, 부메랑이 짓쳐들고, 움직임을 봉쇄하고자 사슬까지 날아들었다.

이제는 항쟁을 방불케 하는 모습으로 달려드는 아마조네스들. 내 마음의 균형은 마침내 무너졌다.

"사미라, 앞으로 돌아가!"

"너 나한테 빚진 거야, 아이샤!"

이리저리 도망치는 사냥감을, 나를 보며 입맛을 다시는 아마조네스들.

사냥을 즐기고, 무엇보다도 해치운 후의 '먹는다'는 행위에 최대의 기쁨을 보인다.

"붙잡으면 말라비틀어질 때까지 쥐어짜내버리겠어!"

"울며불며 애원하는 목소리를 들려줘!"

그녀들에게 사냥당했다간 끝장이다. 나는 유린당한다.

힘이 다하면 끝장이다. 나는 소중한 무언가를 잃는다.

"꼐게게게게게게게엑! 도망쳐도 소용없어어!!"

공포가, 절망이, 고통이, 통곡이, 파멸이, 종말이, 어둠이.

내 뒤에서 입을 벌리며 기다린다.

처절하면서도 음산하면서도 비참하면서도 참담한 미래가 나를 집어삼키려 한다.

'달려라.'

끝난다.

그녀들에게 잡혔다간 벨 크라넬은 끝난다.

'달려라, 달려라.'

의지를 유지할 수도, 바람을 이룰 수도, 마음을 전할 수도 없고.

꿈도 희망도, 동경까지도 모조리 산산이 부서져, 재기불능에 빠진다.

'달려라, 달려라, 달려라!'

동경을, 모든 원동력을 잃고, 더 이상은 '성장'할 수 없게 된다.

확신이 있었다.

벨 크라넬은—— 벨 크라넬로 남을 수 없게 된다!!

'달려라, 달려라, 달려라, 달려라, 달려라달려달려달려달려달려어어어어어어어어어어어어어!!'

골라이아스에게 쫓기던 때보다도 필사적으로, 외침을

터뜨렸다.
눈에 핏발이 섰다. 눈물샘이 터져 나갔다. 폐가 경련했다.
눈꼬리에서 빛나는 물방울을 흘리며 나는 죽을 각오를 다해 가속했다.
"뭐야 저거?!"
"가속했잖아!!"
"집요해!!"
난 처음으로 알았다.
여자들은 무섭다는 것을.
내가 품었던 맑고 자비로운 여성상은 아름다운 환상이었음을.
이제까지는 나를 다정하게 보살펴주는 여성들에게 에워싸여 있었던 덕에 깨닫지 못했음을.
나는 조금 더 성장했다.
'도망쳐도망쳐도망도망!!'
쏟아지는 욕설을 등으로 들으며 추격을 모조리 따돌렸다. 풍압에 백발을 나부끼며 토끼처럼 밤거리를 질주했다.
비전투원 창부들이 방해하는 거리를 벗어나 건물 위로.
나무통을 발판 삼아 뛰어올라 창관 지붕을 질주했다.
"저 녀석이 유곽으로 간다!"
도주본능에 눈을 뜬 토끼처럼 폭발적인 가속으로 추적

자들을 따돌렸다.

전방의 경치가 바뀌었다.

환락가 내에서도 이채를 띠는 극동식 홍등가.

붉은색과 다홍색, 그리고 환상적인 푸른 벚꽃이 장식된 작은 구역을 향해 일직선으로.

등 뒤에서 퓽퓽 화살이 날아드는 가운데, 빛으로 넘쳐나며 한층 화사한 창관 거리로 돌진했다.

"——아으윽?!"

건너편의 구역과 경계를 이루는 길을 뛰어넘던 도중 곡선을 그리며 날아든 중형 부메랑이 마침내 내게 부딪혔다. 창졸간에 나이프로 막았지만 몸이 크게 튕겨나가 처음 노렸던 착지지점에서는 멀찌감치 벗어났다.

대로에 인접한, 어딘가 눈에 익은 창관. 유곽 중에서도 가장 거대한 저택에 추락했다.

『꺄, 꺄아아아아아아아아아아아아아아아아아아아아아아악!!』

2층 창문에 어깨부터 처박혔다.

활짝 열려 있던 '장지문'이라는 건축재를 호쾌하게 파괴하며 널빤지가 깔린 복도를 데굴데굴 굴러갔다. 비명을 지르는 기모노 차림의 창부, 그리고 내 몸에 부딪히며 기절해버린 남자 손님.

"미, 미안해요!!"

사과하며 달려 나갔다.

창관 안은 바깥과 마찬가지로 온통 극동 양식이었다. 넓은 복도에는 꽃무늬며 금박을 입힌 후스마—— 방과 방을 나누는 칸막이가 즐비하게 늘어섰으며 안에서는 시끌벅적하게 연회를 벌이는 소리가 들렸다. 붉은 목조 기둥이며 난간은 오로지 화사했다.

소란을 알아차리고 무슨 일이냐며 1층에 있던 사람들이 계단에서 얼굴을 드러냈다가는 폭주하는 나를 보고 황급히 고개를 집어넣었다. 마찬가지로 창문을 통해 침입한 아마조네스들이 우르르 밀려들어, 창관은 눈 깜짝할 사이에 대소동에 휩싸였다.

"크, 큰일 났다……!!"

건물 안의 사람들에게 사과하면서도 발을 멈출 수는 없었다. 울려 퍼지는 요란한 발소리와 나를 잡으려 하는 아마조네스들의 요청을 등으로 들으며 저택 안을 이리저리 도망다녔다.

내가 침입한 창관은 대저택이라 불릴 만한 규모였다. 길가에 인접한 부분은 어디까지나 일부분이었을 뿐이며 담장 안에는 높이가 다른 여러 채의 건물이 이어져 있었다. 아래로 위로 이동하는 동안 창밖으로 보이는 고즈넉한 안뜰에는 연못이 있었다. 녹색 빛을 발하는 던전플라이——전투능력이 전혀 없는 벌레 몬스터——까지 풀어놓아 기르는 모양이었다. 쫓기며 복도를 달려가는 내 옆에서 녹색 빛이 우아하게 춤을 추고, 어디선가 '따앙' 하고 대나무

통으로 여겨지는 느긋한 소리가 울려 퍼졌다.

복잡한 저택의 구조가 지리적인 이점으로 작용했는지 마구잡이로 도망치는 나를 쫓던 아마조네스들은 눈에 띄게 한산해지고 줄어들었다. 아이샤 씨나 프뤼네 씨의 기척도 없다.

그런 한편 내 체력도 한계에 다다랐다.

나는 한껏 지쳐서 저택 내에서도 가장 구석에 있는 별관으로 도망쳤다.

"어, 어딘가 숨어야겠다……!"

가쁜 숨을 몰아쉬면서 별관 최상층, 5층 복도에서 고개를 좌우로 돌렸다.

큰 소동이 벌어진 다른 건물과 비교해 별관 내부는 거짓말처럼 조용했다.

하지만 이내.

"서라—!!"

고함 소리가 아래층에서 울려 퍼졌다.

진퇴양난에 빠진 나는 어쩔 수 없이 복도에 늘어선 문 중 하나로 뛰어들었다.

"헉, 헉……."

가슴에 손을 대고 필사적으로 숨소리를 죽이면서 닫힌 문에서 떨어졌다.

안은 어스름하다. 무슨 방인지는 감도 안 잡히지만 숨을 수 있는 곳은 없는지 안쪽으로 나아갔다.

신중하게, 그리고 여유도 없이 나아가고 있으려니……
닫힌 후스마 틈으로 어렴풋한 빛이 새어 나왔다.
왔던 길을 한 번 돌아본 후, 마음을 굳히고 가만히 몸을 안으로 들이밀었다.
그리고.

"기다렸사옵니다, 서방님."

후스마 너머에는 한 수인 소녀가 앉아 있었다.
'——이 사람은.'
화려한 금빛 장발에, 같은 색 털결을 가진 귀와 꼬리. 그리고 다홍색 기모노를 걸친 모습은 격자창 방—— 하리미세 안에 있던 르나르, 그 사람이었다.
잘못 알아볼 리 없는 여우 꼬리와 귀를 가진 소녀에게 아연실색해버렸다.
내가 들어온 순간 바닥에 손을 짚고 고개를 숙였던 그녀가 천천히 얼굴을 들었다.
"오늘 밤에 수청을 들어드릴 하루히메라 하옵니다."
그리고 내 눈을 바라보며 그런 말을 한다.
"……네?"
"이쪽으로 오시옵소서."
입을 헤벌린 채 굳어버린 나를 앞에 두고, 정좌했던 그녀의 굵은 꼬리가 천천히 흔들렸다.

일어나는 움직임까지 조용히, 내 손을 잡고는 부드럽게 이끈다.

그녀에게 이끌려 간 방 가장 안쪽에는…… 조신스럽게 깔린 이불이 있었다.

"……?!"

얼이 빠졌던 나는 베개가 두 개 늘어선 그 광경을 보고 겨우 머리를 재기동시킬 수 있었다.

"왜 그러시옵니까?"

가만히 다가와 속삭이는 그녀.

"어, 저기, 아니고요?!"

나는 요란하게 당황하며 돌아보다가 발을 헛디디고 말았다.

멍청하게도 그녀를 붙잡는 바람에 함께 이불 위로 벌렁 자빠졌다.

"앗……."

낙법도 제대로 하지 못하고 쓰러진 뒷머리와 등을 얇은 침구가 받아주었다.

바로 곁에서 들려온 귀여운 비명에 황급히 사과하려고 눈을 뜬 순간…… 눈앞에 보인 옥색 눈동자에 말문을 잃었다.

"……."

"……."

숨이 닿을 정도로 가까운 거리에 그녀의 얼굴이 있었다.

마치 그녀에게 붙들려 쓰러진 것 같은 꼬락서니로, 눈을 크게 뜬 우리는 서로를 바라보았다.

얼굴이 점점 붉어지는 것을 알 수 있었다. 그런 주제에 몸은 꼼짝도 하지 않았다.

베갯맡의 마석등에 비친 옆얼굴은 역시 가련하고 아름다웠다.

짐승 귀가 돋아난 초초한 미소녀. 화장은 전혀 하지 않아 오늘 보았던 창부들 같은 요염함이나 음탕함과는 인연이 먼 곳에 있는, 청순한 분위기.

바로 코앞에서 얼굴을 보고, 나이는 비슷할지도 모르겠다고 뜬금없는 생각을 했다.

코앞에 있던 얼굴에 넋이 나가고, 그리고 그보다도 동요와 혼란에 얼굴이 새빨개진 나를 보고 그녀는 조그만 입술을 열었다.

"……이시옵니까?"

가느다란 목소리로 무언가를 물어 나는 어깨를 흠칫 떨었다.

"네?"

"창관은…… 처, 처음이시옵니까?"

"네엑?!"

뺨을 붉히며 엄청난 소리를 물어보는 바람에 뒤집어진 목소리를 내고 말았다.

하지만 이내 흠칫 입을 두 손으로 막았다.

고함을 질렀다간 추적자들에게 들킬 거야……!!

입을 막은 내 얼굴을 빤히 들여다보던 그녀는 내 당황하는 모습에 무언가 착각을 했는지.

꼴깍, 조그맣게 목을 울렸다.

"아, 알겠사옵니다……. 하루히메에게 맡겨주시옵소서……."

무언가를 결심한 표정으로 몸을 일으켜선── 옷을 벗기 시작한다.

안구가 튀어나올 정도로 두 눈을 크게 떴다.

그녀는 긴 겉옷을 벗고 허리띠를 풀더니 붉은 기모노를 스르륵 미끄러뜨렸다.

눈 깜짝할 사이에 짧은 속저고리── 속옷만을 남기고 말았다.

"저기, 잠까……?!"

"괜찮사옵니다, 서방님. 하루히메에게…… 모, 모두, 맡겨주사이다."

"오, 오해……!!"

"부디 힘을 빼고 계시옵소서……!"

목소리를 죽이고 호소했지만 전혀 혀가 돌아가질 않았다.

눈앞에 드러난 벚꽃색 허벅지, 기모노 위에서는 알아볼 수 없었던 가슴의 융기, 요사스럽게 반짝이는 목줄을 찬 가녀린 목덜미에 눈이 못 박혀 심장이 터져버릴 것 같았다.

상대도 상대 나름대로 어째서인지 정신이 없는 듯 내 목소리가 들리지 않는 눈치였다. 조금 전의 아이샤 씨와 마찬가지로 서툴게 마운트 포지션 자세를 취한 그녀에게 움직임을 봉쇄당하고 말았다.

둘이 새빨갛게 얼굴을 물들인 채 이불 위에서 이리저리 몸싸움을 벌였다.

"제가 서방님께, 봉사를……!"

금색 꼬리와 온몸을 드러내며 그녀는 내 겉옷에 손을 댔다.

몸이 한심할 정도로 굳어버려 도저히 움직이질 않았다. 그녀가 뻗은 두 손을 떨쳐내지도 못한 채, 드러누운 자세 그대로 목깃이 풀려나가도록 내버려두고만 있었다.

내 가슴이 절반 정도 마석등 불빛 아래 드러났다.

"…………나."

그때── 벗기던 장본인인 그녀는 굳어버렸다.

피이잉! 꼬리를 바짝 세우고 귀까지 새빨갛게 물들이며 아연실색 내 목덜미를 직시한다.

"나, 남자분의, 쇄고오올~~~……!"

다음 순간 그녀는 까무룩 **의식을 잃더니** 나를 향해 쓰러졌다.

'에, 에에에에에에에에에에에에에에에에에에에에에에에에에엑?!?!?!'

마음속의 절규도 허무하게 앞쪽으로 쓰러진 그녀의 몸은.
"우부읍?!"
내 안면에 직격했다.
보드라운 두 개의 감촉 사이에 얼굴이 끼어 대혼란에 빠졌다.
당황하면서 천 너머로 전해지는 두 덩어리의 흉기를 떼어내려 했다.
"하루히메, 거기 있어?!"
'헉?!'
그때였다.
큰 목소리와 함께 문을 박차는 소리가 들리고 두 사람의 발소리가 우당탕탕 다가왔다.
추적자의 존재에 나는 지금 이 상황도 잊고 머릿속을 새하얗게 물들여버렸다.
그리고 숨을 틈도 없이, 무자비하게, 침상의 후스마가 힘차게 열렸다.
틀렸다, 들켰다……!!
"하루히메! 여기 휴먼 꼬맹이 하나……."
눈을 질끈 감은 나를 내버려둔 채 아마조네스 소녀로 보이는 목소리는 어정쩡한 곳에서 끊어졌다.
그 한순간의 부자연스러운 침묵에 가늘게 눈을 뜨고, 그제야 나는 현재 우리가 어떤 자세인지를 떠올렸다.
지금 제삼자에게 우리는 반라가 된 채 한데 얽힌 것처럼 보이리라.

정확하게는, 반라가 된 창부에게 깔린 남자의 모습이다.

하얀 머리카락과 함께 얼굴을 가슴 사이에 끼인 나는 아무것도 확인할 수 없었으며, 그저 두근거리는 그녀의 고동 소리만을 들었다.

"어, 죄송합니다~."

"계속하세요, 계속하세요."

잠시 후 아마조네스 2인분의 기척은 재빠르게 자리를 떴다.

"하루히메도 드디어 남자를 덮칠 수 있게 됐구나~"

어째서인지 기뻐하는 목소리가 오가고, 문이 열렸다가 닫히는 소리가 뒤를 이었다.

꼬박 1분에 걸쳐 굳어버렸던 나는 이리저리 몸을 뒤틀었다.

내 몸 위에 올라탔던 소녀의 몸을 바로 옆, 이불 위에 눕히고 상반신을 일으켰다.

아직까지 불그레한 기운이 가시지 않은 얼굴을 팔로 훔치며 주위를 둘러보고, 마지막으로 그녀에게 시선을 되돌렸다.

새빨개진 얼굴로 완벽하게 기절해버린 소녀에게 나는 풀썩 고개를 꺾었다.

"뭐였지, 대체……."

“——소, 송구스럽사옵니다!!”

얼굴을 새빨갛게 물들인 르나르 소녀가 고개를 숙였다.

결국 이 방을 나오지 못한——밖에 있는 아마조네스들도 무서웠고, 기절한 여자아이를 내버려두고 갈 수도 없었다——나는 눈을 뜬 그녀와 마주 앉아 있었다.

옷을 다시 입고 정좌한 채 깊이 사과하는 그녀는 굵은 여우 꼬리를 꽁꽁 말고 있었다.

“그런 착각을 하다니……!”

“어…… 아뇨, 몰래 숨어든 제가 잘못했죠…….”

바닥에 앉은 나도 얼굴을 붉히며 사과했다.

창관 안에서 모르는 사람과 서로 사과를 나누다니, 어쩐지 이상한 일이 되었다……고 마음 한구석으로 생각했다.

“이 방까지 왔는데도 손님이 계시질 않았으므로 이상하다고는 생각했사오나…….”

겨우 고개를 든 그녀는 긴 금색 머리카락을 찰랑이며 몇 번이나 부끄러워했다.

안내를 받아 먼저 왔어야 할 남자가 방에 없어 의문을 품으면서도, 이윽고 나타난 나를 손님으로서 받아버렸던 것이 사태의 전말인 모양이다.

……이 창관에 쳐들어왔을 때 기절시켜버렸던 남자도

그렇지만, 나와 아마조네스들이 저택 안을 이리저리 헤집고 날뛴 탓에 그 손님도 이곳에 도착하지 못했던 게 아닐까…….

——역시 나 때문이잖아.

얼굴을 실룩거리며 헛웃음을 짓고 말았다.

"……아, 소녀는 하루히메라 하옵니다. 그쪽은……."

"아…… 저는 벨 크라넬이라고 해요."

수치심을 꾹 참으며 조심스레 묻는 그녀, 하루히메 씨에게 나도 이름을 댔다.

"그러면 크라넬 님은…… 손님도 아니시라면, 어찌 이런 곳까지 오셨는지요?"

살짝 고개를 갸웃하는 그녀. 나는 말문이 막혔다.

하루히메 씨도 이 창관에 있는 이상【이슈타르 파밀리아】의 일원일 것이다. 그녀의 동료들에게 쫓겨다녔다는 말을 하면…….

그렇게 생각했지만, 결국 마지막에는 고백했다. 하루히메 씨는 어렴풋이 내가 침입자임을 알아차렸을 텐데도 다른 사람을 부르지 않고 내 말을 들어주었다. 무엇보다 이 환락가에는 어울리지 않을 정도로 청순한 분위기를 띤 이 사람에게는 말을 해도 괜찮을 것 같았으므로…… 다른 파벌의 영역에서 혼자 불안한 마음을 품었던 나는 사정을 털어놓고 말았다.

"정말 힘드셨겠군요."

말을 마친 후에도 역시 그녀는 태도를 바꾸지 않고 오히려 동정하는 표정을 지었다.

어쩌면 체념해버릴 정도로 아마조네스들의 남자 사냥이 자주 있는 일인지도 모른다…….

"아마조네스분들이라고 하셨사온데…… 아이샤 씨 일행 말씀이옵니까?"

"어, 아이샤 씨를 아세요?"

"예. 아이샤 씨는 소녀를 잘 돌봐주시옵니다."

조금 미안한 투로, 그러나 숨기지 않고 미소를 지으며 말했다. 말투로 보건대 그 여걸 아마조네스가 뒤를 봐주는 모양이다. 그녀에게 쫓겨다니고 너덜너덜하게 얻어맞기까지 한 몸으로서는 좀 상상이 가지 않지만.

"하오면 시간이 되었을 때 소녀가 샛길로 안내해드리겠나이다. 창관이 문을 닫기 직전까지 이곳에 숨어 계시면 분명 들키지 않을 것이옵니다."

"어…… 그, 그래도 돼요?"

"예. 하룻밤뿐인 만남이오나…… 하루히메는 크라넬 님을 도와드리고 싶사옵니다. ……사과의 의미도 겸하여."

말은 그렇게 했지만 그녀의 다정한 미소에는 순수한 선의와 헌신이 있었다.

그 따뜻하고 투명한 미소에 나는 얼굴을 붉히면서 넋을 잃어버렸다. 내가 아직 혼이 덜 났구나 싶었지만.

"게다가, 뭐랄까…… 조신하지 못한 타산도 있나이다."

"네?"

"약속한 시간이 올 때까지…… 소녀와, 이야기를 나누시지 않겠사옵니까?"

뺨을 물들이며, 마치 용기를 쥐어짜내듯 하루히메 씨는 애처로운 모습으로 물어보았다.

나처럼 손님이 아닌 방문객은 보기 드문 걸까?

동화 속의 등장인물을 보는 것 같은 눈빛에 나는 쓴웃음을 지었고, 쾌히 승낙했다.

"고맙습니다!"

하루히메 씨는 활짝 웃었다. 꼬리도 기쁜 듯이 흔들렸다.

창가의 장지문을 살짝 열고, 푸른 밤하늘과 달빛이 내려다보는 가운데 우리는 소소한 대화를 나누었다.

"크라넬 님은 어느 곳 출신이시온지요?"

"저는 대륙의, 어, 이 오라리오의 북쪽에 있는 먼 산속에서……."

새삼스레 '크라넬 님'이라 불리니 부끄러웠지만 질문에는 대답해나갔다.

하루히메 씨는 나의 출신지역, 자신이 모르는 곳에 대해 묻고 싶어 했다. 오라리오 북쪽 산간지역에 있고 지도에 이름도 실리지 않은 조그만 마을……. 대답할 때마다 그녀의 표정이 연신 바뀌었다.

북쪽은 휴먼들이 많은지, 어떤 경치가 펼쳐져 있는지,

그런 별 대수롭지도 않은 것들을 물어보았다.

대답해주면 기뻐하는 그녀를 보고, 아무것도 모르는 어린아이 같다는 생각을 해버렸다. 잘 손질된 금발, 그리고 값비싼 기모노 차림도 겹쳐져 '규중처녀'라는 말이 떠오른다.

'하지만 왜 그런 사람이……?'

동시에, 왜 하루히메 씨 같은 사람이 환락가에 몸을 담고 있는지 큰 의문이 들었다.

몇 번이나 되풀이했듯 아이샤 씨 같은 창부들이 들끓는 이곳 '밤의 거리'에 그녀와 같은 존재는 정말 어울리지 않는다. 나 같은 수상한 사람에게도 이렇게 친절하게 대해주는 맑은 성품. 실례되는 표현을 쓴다면 세상 물정 모르는 하루히메 씨는 환락가에서도 이질적인 존재처럼 여겨졌다.

"역시 이곳 오라리오에는 모험자가 되기 위해 오셨사옵니까?"

"그렇, 죠. 꿈이랄까 뭐 그런 게 있어서요. 그리고 돈도 없었고……."

그렇다고는 하지만 함부로 사정을 물어볼 수는 없다. 깊이 파고드는 질문을 하는 것이 저어되어 나는 그저 질문에 대답만 하게 되었다.

"아…… 죄, 죄송하옵니다. 저만 질문을 드려서."

문득 침착함을 되찾았는지 질문공세를 펼치던 하루히메

씨는 얼굴을 붉혔다. 멋쩍어하는 연상의 소녀에게 나는 눈썹을 늘어뜨리며 아하하 웃었다.

"어, 그러면…… 하루히메 씨는 어디 출신이신가요?"

입을 열지 못하게 된 하루히메 씨를 대신해 나는 무난하게 그녀와 같은 질문을 했다.

질문을 받은 하루히메 씨는 멋쩍음을 감추려는 듯 자세를 바로 하더니 천장을 살짝 올려다보았다.

"저의 출생은…… 극동이옵니다."

르나르의 분포지역과 하루히메라는 독특한 이름, 그 외에도 분위기로 보건대 대충 눈치는 채고 있었다.

그녀는 자신의 고향 정경을 떠올리듯 말을 이었다.

"바다에 에워싸인 섬나라이며 이곳 오라리오보다 사계절이 뚜렷하지요. 봄에는 벚꽃이 흐드러지게 피고, 여름에는 매미가 울며, 가을에는 선명한 단풍이…… 겨울에는 흰 눈이 쌓이는 곳이옵니다."

그리워하듯, 향수를 내비치며 하루히메 씨가 말했다. 천장에서 창밖으로 시선을 돌리더니 열린 장지문 너머에 있는 달을 바라본다.

달빛에 젖은, 어딘가 이 세상의 것 같지 않은 아름다운 옆얼굴을 보며 나는 생각한 것을 자연스레 묻고 있었다.

"하루히메 씨의 집안은 귀족인가요?"

"어떻게 아셨는지요?!"

내 말에 놀라는 하루히메 씨.

"글쎄요, 어떻게 알았을까요."

쓴웃음을 짓고 있으려니 그녀가 말을 시작했다.

"크라넬 님의 말씀대로 소녀의 가문은 몇 대나 이어지는 고귀한 가문이었사옵니다. 어머니는 계시지 않고, 아버지는 국가의 관리였으며…… 어린 저는 수많은 하녀분들께 도움을 받아 자라났습니다."

어렸을 때부터 살던 넓은 저택 외의 세계는 알지 못한 채, 하루하루 귀족의 행동거지만을 익히는 나날……. 금이야 옥이야 시중을 받으며 지내던 하루하루는 쓸쓸하기는 해도 적으나마 친구도 있었던, 불편할 것 없는 생활이었다고.

여기까지 말한 하루히메 씨는 갑자기 낯빛을 흐렸다.

"하오나 5년 전…… 열한 살 때, 소녀는 집에서 절연을 당했나이다."

"네에?!"

절연이라면…… 부모와 자식 사이의 연을 끊었다고?

"어, 어째서요……?"

"소녀가 **잠에 취해**…… 아버지의 손님께서 가져오신 소중한 공물, 신찬(神饌)을 먹어버렸기 때문이옵니다."

자세한 이야기를 들어보니, 하루히메 씨가 열한 살이 되던 해에 어떤 파룸 관리가 빈번히 저택을 방문하게 되었다고 한다.

그리고 어느 날, 저택에서 묵어가던 손님이 가져온 신찬—— 극동에 군림하는 대신(大神) 아마테라스 님께 바칠 공물을 하루히메 씨가 잠에 취해 먹어버렸다는 것이다.

……뭐야 그게.

나는 삐질삐질 식은땀을 흘렸다.

"저, 정말로, 그 신찬을 먹어버리신 거예요?"

"소녀는 기억이 나질 않사옵니다. 하오나 눈을 뜨니 입가에는 찌꺼기가 듬뿍……. 분명 배가 고팠던 하루히메가 밤마다 먹어치웠던 것이옵니다……!!"

이야기의 흐름을 따라가지 못해 되묻자 하루히메 씨는 얼굴을 두 손으로 가리고 훌쩍훌쩍 울기 시작했다.

그 후, 관리이자 아마테라스 님을 섬기는 분이기도 한 그녀의 아버지는 노발대발해 벌을 내리고자 했다지만―― 손님인 파룸이,

『먹어버린 것은 어쩔 수 없지 않습니까.』

그렇게 중재하여 하루히메 씨는 목숨을 건졌다. 그 대신 절연을 당했고, 그대로 손님이 거두어주었다는 것이다.

집에서 순식간에 쫓겨나 아연실색한 하루히메 씨를 그 파룸은 재빨리 데리고 떠났다고 한다.

……의심하고 싶지는 않지만, 어째 이야기가 그 손님에게 좋을 대로 돌아가는 거 아닌가?

듣자하니 그 파룸은 만났던 때부터 그녀를 귀여워했다고 한다. 숫제 집착이라 해야 할 정도로.

콧구멍을 벌름거리며, 훌쩍훌쩍 우는 소녀의 어깨를 끌어안은 조그만 남자. 그런 모습이 떠오르고 말았다.

아직까지 훌쩍훌쩍 우는 하루히메 씨를 보니 어쩐지 나까지 견딜 수 없었다.

"그, 그리고 어떻게 되었나요?"

"훌쩍, 네……. 소녀는 아무것도 모르는 채 이리저리 끌려다니게 되었사오나…… 그분의 고향으로 돌아가던 도중, 흐흑, 몬스터에게 습격을 당해……."

노도 같은 전개에 나는 몸이 벌렁 넘어가버릴 것 같았다.

"오우거의 무리를 만나, 그분은 방해만 되는 하루히메를 놓아두고, 도망치셔서……."

"……네?"

"……죽음을 당할 뻔했을 때, 도적분들의 도움을 받아, 처녀임을 확인받은 후 **팔려 왔사옵니다**. 이곳, 오라리오로."

"――――"

말문이 막혔다.

갑자기 쏟아져 나온 말의 의미를 구석구석까지 이해할 수가 없어 그저 말을 잃었다.

팔려 왔다니…… 아니, 애초에 **오라리오로**, 라니……?!

"오라리오로 팔려 왔다니, 그게 무슨……?"

"다시 말해…… 몸을 의탁할 곳이 없는 소녀를 이곳 오라리오의 환락가에서 사들였다는 뜻이옵니다."

말꼬리를 떠는 나에게, 달빛을 받으며 하루히메 씨는 순서대로 설명해주었다.

도적에게 보호를 받은 후, 아직 어렸던 하루히메 씨는 즉시 도적들과 거래가 있던 장물아비에게 넘어갔다고 한다. 그곳에서 '가치'를 인정받아, 아무에게도 손을 타지 않은 채 이곳 오라리오로 팔려 왔다.

"수많은 모험자님들께서 계시는 오라리오에서 이곳 환락가는 매우 중요한 곳이옵니다."

굴강한 모험자가 모이는 오라리오는…… 성에 관련된 행위도 왕성하다는 속사정을 가지고 있다, 고 한다.

거친 모험자, 남자들의 욕망은 발산하지 않으면 범죄의 증가로 이어질 수 있다. 환락가는 그러한 거친 자들의 짐승 같은 욕구를 해방시켜주는 곳.

관리기관인 길드도 시민의 안전을 위해, 모험자의 스트레스가 도시로 향하지 않도록 환락가의 동향은 용인하는 경향이 있다.

여기까지 설명을 들은 나는 길드가 환락가── 나아가서는 인신매매에 눈을 감아주고 있다는 현실에 충격을 받으며, 눈앞에 있는 하루히메 씨를 새삼 바라보았다.

가련한 용모, 그리고 금색 꼬리와 귀에 시선을 돌렸다.

르나르는 종족이 다채로운 수인들 중에서 유일하다 해도 과언이 아닌 마법종족이다.

마법종족의 대표격인 엘프와는 성향이 다른 마법을 구사하는 경우가 많다. 레어 매직으로 분류되는 경우까지 있는 특수한 마법 덕에 극동에서는 마도사가 아니라 '요술사', '요술쟁이'라 불린다고 한다.

다시 말해 그런 진귀한 종족과 아름다운 용모를 평가받아, 하루히메 씨는 '세계의 중심'인 오라리오의 상인——힘과 재력이 있는 상인들——에게 창부로 비싸게 팔려 나간 것이다.

표면상으로는 자신의 뜻에 따라, 사실은 '상품'으로서 시벽의 문을 지나, 그녀는 이곳 미궁도시에 왔다.

'그럴 수가…….'

한 번은 상인이 관할하는 창관으로 옮겨졌지만, 그 과정에서 우연히 이슈타르 님의 눈에 들어 다시 팔려 나간 하루히메 씨는【파밀리아】의 일원이 되었다……고 한다.

생각이 따라가질 못해 그저 곤혹스러움만 더해갔다.

다시 말해, 하루히메 씨는 원했든 아니든 상관없이 오라리오로 끌려왔고, 그리고……?

아이샤 씨와 같은 아마조네스들의 인상이 너무 강렬해 혼자서 착각했지만, 이 환락가에는 하루히메 씨와 같은 처지를 가진 사람들이 적잖이 있는 것 아닐까?

알고 싶지도 않았던 사실에 정신이 아득해졌다.

동시에 깨닫고 말았다.

온갖 의미를 담아, 자신이 얼마나 어린아이였는지를.

알지도 못하는 사이에 하루히메 씨의 장절한 과거를 접해버린 나는 넋이 나가버렸다.

"앗…… 그, 그래도 섬나라 출신인 저는 대륙에 관심이 많았사옵니다. 상황만 허락한다면 꼭 와보고 싶었지요."

망연자실한 나를 보고 하루히메 씨가 황급히 덧붙였다. 미소를 지으며 밝게 말하는 그 모습이 지금은 가슴 아프게만 보였다.

"이런 형태가 되고 말았사오나, 아이샤 씨와 같은 언니들도 다정하게 대해주신답니다."

그녀는 씩씩하게 말했다.

나는 입을 꾹 다물 수밖에 없었다.

위로도, 무책임한 말도 할 수 없었다.

하물며 【이슈타르 파밀리아】의 추적자를 두려워하는 지금의 자신이 '여기서 도망치자'는 망언을 어떻게 내뱉을 수 있겠는가.

입을 다문 내 마음을 아는지 모르는지 하루히메 씨는 변함없는 어조로 말을 이었다.

"게다가…… 극동에까지 수많은 이야기가 전해지는 이곳 오라리오를 동경했나이다."

눈을 가늘게 뜨며 웃는 그녀의 그 말에 나는 무의식적으로 반응하고 말았다.

"'던전 오라토리아' 말씀인가요?"

"예!"

고향에서 할아버지에게 받은 성서이기도 한 '던전 오라토리아'.

이 오라리오에서 나온 영웅들의 이야기는, 등장인물 같

은 정보가 자세히 실린 원전은 별로 없지만 그것을 토대로 한 동화나 설화는 전 세계에 퍼졌다.

내 입에서 나온 책의 제목에 하루히메 씨는 기뻐하며 고개를 끄덕였다.

"던전 오라토리아도 좋아하지만…… 소녀는 이국의 기사님들이 성배를 찾아 미궁을 탐험하는 이야기도 잘 기억하옵니다."

"그거 혹시 '갤러드의 모험' 말인가요? 불치병에 걸린 왕녀님을 구하기 위해 성배를 찾으러 가는?"

"아시나이까?! 그러면 램프에 갇힌 정령을 구해주고 미궁으로 향하는 마도사님의 이야기는——"

"어…… '마법사 알라딘'?"

"와아!"

처음으로 하루히메 씨가 흥분해 목소리를 높였다.

영웅담의 제목을 모두 대답한 나에게 옥색 눈동자를 빛낸다.

"혹시 하루히메 씨도 설화나 동화를……?"

"정말정말 좋아해요! 저택에 있었을 때 바깥세상은 책으로밖에 알 수가 없었기에……!"

공통된 화제, 아니, 어린아이 같기도 한 취미를 가졌다는 사실이 어지간히 기뻤는지 여우 귀를 쫑긋! 세우는 하루히메 씨.

그리고 그녀는 말수가 많아져 빠르게 이야기를 시작했

고, 나도 맞장구를 쳤다.

'방황하는 디랄드', '내 에노의 노래', '제르지오 성전설'…… 끊임없이 나왔다. 의외로 유명하지 않은 이야기도 잘 안다고, 나는 사돈 남 말하듯 감탄해버렸다.

창부들 중에는 이야기를 아는 사람이 별로 없다 보니 이제까지 상대를 해주지 않았는지도 모른다. 나이 먹어서까지 설화나 영웅담으로 화제를 꽃피우는 일도 드물 것이다.

환락가 이야기 때문에 어떻게 대해야 좋을지 알 수 없었던 나는 하루히메 씨의 기분이 풀린다면 하는 생각에 스스로도 기꺼이 영웅담 화제에 편승해 웃음을 나누었다.

마치 현실에서 눈을 돌려버리듯, 우리는 아름다운 이야기의 세계에 빠져들었다.

"마음이 이루어지지 않는다는 사실을 알면서도 왕비님을 위해 노래하는 기사님의 연가도 소녀는 좋아해요!"

"기사 라슬로의 이야기라면 전 마상시합의 무용담을 더……."

"크라넬 님은 설백공주 이야기는 아세요?"

"어, 음, 저는 영웅담 말고는 별로……."

몸을 내미는 하루히메 씨에게 나는 조금 압도되었다.

영웅이 등장하는 이야기밖에 모르는 나보다도 하루히메 씨가 조예가 더 깊은 것 같아 식은땀을 흘렸다.

어느샌가 말투도 조금 편해진 그녀는 굵은 꼬리를 붕붕

휘둘렀다.

"그럼 하루히메 씨는 무슨 이야기를 제일 좋아하나요?"

"제일 좋아한다고 결정하기는 어렵지만…… 오니에게 쫓기는 소녀를, 조그만 몸으로도 열심히 구해준 무사님의 이야기…… 극동에 오래 전부터 전해지는 이야기가 지금도 마음에 남아 있답니다."

보아하니 그녀는 구출극이 있는 영웅담…… 소녀가 영웅에게 도움을 받는 이야기를 좋아하는 것 같았다.

규중처녀였던 이 사람답다고 해야 할지도 모른다고, 나는 나도 모르게 얼굴에서 긴장을 풀었다.

무엇과도 바꿀 수 없는 보물처럼 동화 이야기를 하던 하루히메 씨는…… 이윽고 눈을 감았다.

"저도 책 속의 세계처럼, 영웅님들의 손을 잡고 동경하는 세계로 가고 싶다고…… 그렇게 생각하던 때가 있었답니다."

두 눈을 감고 미소를 짓는 그 모습에 나는 입을 다물었다.

그것은 저택에서 한 걸음도 나오지 못하는 생활을 보냈다는 어린 시절 이야기일까.

아니면, 지금 이야기일까.

"……그런 것은 그저 쓸데없는 꿈일 뿐이옵지요. 함께 갈 자격은, 소녀에게는 없사옵니다."

"그, 그럴 리가요?!"

체념한 듯 중얼거리는 하루히메 씨에게 한쪽 무릎을 꿇으며 나는 나도 모르게 목소리를 높였다.

"영웅은, 하루히메 씨 같은 사람을 버리지 않아요! 자격이 없다니, 그럴 리가요!!"

나 같은 녀석이 그녀의 현실을 부정할 수는 없을지도 모른다.

그러나 내가 동경하던 영웅은, 할아버지가 들려주었던 그 사람들은, 결코 배신하지 않는다.

용감한 그들이라면, 지금의 그녀에게 분명 도움을 줄 것이라고, 그런 나의 호소에 눈을 크게 떴던 하루히메 씨는…… 조용히 미소지었다.

"분명 이야기 속의 영웅님들도 크라넬 씨처럼 다정하시겠지요……. 하오나 소녀는 가련한 왕녀도 아니거니와 괴물에게 바쳐질 가련한 성녀도 아니옵니다."

그녀는 웃으며 말했다.

"소녀는 **창부**이옵니다."

"!!"

눈을 크게 뜨는 나에게, 조용한 목소리로, 그럼에도 내치는 듯한 감정을 띠고 말한다.

"미숙하나마 소녀는 많은 남자분들께 몸을 맡기고 잠자리를 함께하였사옵니다."

"———"

그리고 충격을 넘어선 무언가가 내 머리를 후려쳤다.

무의식적으로, 아니, 의도적으로 피했던 '창부'라는 존재를 인식하여 목소리가 잘려나갔다.

"뜻을 다하여 정조를 지킨 것이 아니라, 돈을 벌고자 몸을 팔았사옵니다."

봄을 판다는 말의 뜻을 이해해버렸다.

자신을 찾아온 남자와 몸을 겹치고, 하룻밤의 꿈을 보여주는 것.

창부란 다시 말해, 그런 존재다.

청순한 분위기를 가진, 이 아름다운 사람이, 수많은 남자들과……?

그녀의 현실이 눈앞에 떨어져, 외면했던 사실을 억지로 돌아보게 되어, 폐가 헐떡거렸다.

구역질을 일으킬 것 같은 강렬한 감정의 소용돌이가 내 가슴을 침범했다.

"그런 비천한 소녀를…… 영웅님들이 구하러 와주시겠사옵니까?"

푸른 달빛을 받으며 하루히메 씨는 줄곧 웃음을 짓고 있었다.

하리미세에서 처음 눈이 마주쳤을 때처럼, 아름답고 덧없는.

마주 앉은 우리의 얼마 안 되는 간격에는 터무니없는 거리가 존재했다.

"영웅님들께 창부는 **파멸**의 상징이옵니다."

당신도 알고 있지 않느냐고.

하루히메 씨는 타이르듯 말했다.

"더럽혀졌음을 자각했던 그날부터, 소녀에게 그 아름다운 이야기를 읽을 자격은 사라졌사옵니다. 동경을 품다니, 그럴 자격은 없사옵니다."

"……."

"소녀는 그저 창부일 뿐이옵니다."

슬픔에 젖는 기색도 없이, 웃음을 지으며, 그저 담담히, 그녀는 모든 것을 받아들이고 있었다.

감옥 같은 하리미세 안에서 선망의 눈빛으로 바깥세상을 바라보던 그 모습은 무엇이었을까.

창관이라는 감옥 안에 갇혀, 하루히메 씨는 이미 모든 것을 체념해버린 걸까.

그 가녀린 목에 채워진 까만 목줄이 족쇄처럼 둔중한 빛을 발했다.

"……이제 시간이 되었군요."

한심할 정도로 아무것도 못하는 내 앞에서 하루히메 씨는 가만히 옆으로 고개를 돌리더니 창밖을 보았다.

환락가에서 인기척이 뜸해지고, 불빛은 꺼져간다. 유곽의 활기찬 소음도 이제는 멀어졌다.

약속한 시간이 왔음을 알리고 하루히메 씨는 그 자리에서 일어났다.

"정말 즐거운 시간이었나이다……. 감사드리옵니다."

인사를 하는 그녀에게, 나는 끝끝내 아무 말도 하지 못했다.

침실에 놓인 짐—— 그녀가 건네준 두툼한 두건을 뒤집어쓴 나는 소리를 내지 않고, 초초히 걷는 하루히메 씨와 함께 방을 나왔다. 그녀가 안내하는 대로 금세 창관을 떠날 수 있었다.

뒷문으로 창관을 나와, 유곽도 빠져나가, 사람들의 기억에서 멀어지려는 것처럼 뒷골목으로 들어갔다.

하루히메 씨가 든 초롱이 어둡고 좁은 골목길에서 일렁거렸다.

“이 건너편은 ‘다이달로스 거리’로 이어지고 있나이다. 대로로 돌아가지 않고 이 길을 이용하시면 아이샤 씨 같은 분들께 들키지 않을 것이옵니다.”

발을 멈춘 하루히메 씨의 마석등이 전에 보았던 복잡한 골목의 광경을 비춰주었다.

벌써 두 달도 전에 있었던 몬스터 필리아 때, 주신님과 함께 흘러들어갔던 미궁거리. 환락가와 같은 제3구역에 존재하는 ‘다이달로스 거리’는 보아하니 유곽과 인접했던 모양이다.

“아리아드네는 아시옵니까?”

“네, 네에…….”

“아리아드네를 따라가시면 ‘다이달로스 거리’도 금세 빠져나가실 수 있나이다.”

그렇게 말하고 하루히메 씨는 마석등을 건네주었다.

그것을 받고도 멍청히 서 있던 나는,

"자, 어서 가시옵소서."

그렇게 말하는 그녀에게 떠밀려, 미궁거리의 입구를 지났다.

잠자코 걷다가, 천천히 발을 멈추고, 돌아보았다.

그 자리에서 움직이지 않았던 하루히메 씨는 미소를 지으며 고개를 숙였다.

마치 두 사람 사이에 경계선이 있는 것처럼, 그녀는 나를 따라오려 하지 않았다.

"……."

어린 창부의 배웅을 받으며, 나는 혼자 환락가를 탈출했다.

달이 보이는, 궁전의 고층에 그 방이 있었다.

화려한 태피스트리에 거대한 수레바퀴를 방불케 하는 아름다운 융단. 테이블을 끼고 벨벳 소파가 두 개 놓인 넓은 실내는 응접실인 것 같으면서도 한구석에는 캐노피가 달린 침대까지 있었다. 주위에는 사향 냄새가 감돌았다.

천장에 매달린 마석등이 형형히 빛나는 가운데 소파에 앉은 여신은 곰방대에서 보라색 연기를 뿜어냈다.

"여어, 이슈타르. 나 왔어."

찰칵 소리와 함께 문을 열며 들어온 것은 여리여리한 인상의 웃음을 띤 남신, 헤르메스였다.

청년 종자에게 안내를 받아 이곳까지 온 남신의 모습에 여신── 이슈타르는 입가를 틀어 올렸다.

"뭘 하다 이리 늦었어?"

"밖에서 재미난 일이 좀 있었거든. 싱글싱글 웃으면서 구경하다가 늦어졌지 뭐야. 미안해."

이슈타르가 비아냥거려도 헤르메스는 표표한 태도였다.

"뭐, 됐고."

분방한 신다운 그의 언동에 이슈타르는 웃음을 지우지 않고 받아넘겼다.

오늘 밤의 초대손님은 맞은편 소파에 앉더니 앞에 파우치를 놓았다. 그 타이밍을 기다렸다는 듯 청년 종자가 방문을 잠갔다.

넓은 궁전에 여럿 존재하는 이슈타르의 개인실 중 하나에서 신들 사이의 밀회가 시작되었다.

"잡담을 더 즐길 기분은 남아 있나?"

"사람 기다리게 하지 말라고 했잖아. 얼른 용건이나 마쳐."

"어이쿠, 무서워라. 그러면── 계약대로 가져왔어."

파우치에서 꺼낸 것은 밀봉된 흑단 상자였다.

테이블 위에 내놓은 그 상자를 이슈타르는 만족스러운 기색으로 받아들었다.

"알고는 있겠지만 이 건에 대해서는 절대 발설하지 마."

"의뢰를 받은 이상 그 정도 분별은 있어. 신뢰를 배신하진 않아."

헤르메스는 이슈타르에게 '운반책' 일을 의뢰받았다.

어떤 짐을 가져다주기 위해, 오늘까지 수많은 나라와 도시를 거쳐 오라리오로 운반했던 것이다. 중립이라는 입장과 도시 밖에도 미치는 기민한 풋워크 덕에 이러한 의뢰는 그들【헤르메스 파밀리아】에게 빈번히 들어온다.

헤르메스 자신이 전해주러 온 이유는 어디까지나 신용성, 그리고 '극비'임을 의뢰주인 이슈타르에게 당부해두기 위해서였다. 경호원을 대동하면 보기에도 거창해 누군가가 의심을 품을 수도 있으므로 창관의 손님인 척 온 것이다.

"하지만 그거 별로 칭찬할 만한 물건은 아니던데에."

소파에 등을 묻은 헤르메스는 물건을 꺼냈다.

청년 종자가 이슈타르의 등 뒤에서 노려보았지만 주눅드는 기색도 없이 지적한다.

"'살생석(殺生石)'이지?"

자신이 가져온 물건의 이름을 여리여리한 남신은 입에 담았다.

청년 종자가 눈을 날카롭게 뜨고, 반면 이슈타르는 태연히 곰방대를 피웠다.

"내용물을 봤어? 운반책 자격이 없는걸."

"어쩌다 보고 말았을 뿐이야."

이슈타르의 경멸 담긴 시선에 헤르메스는 뻔뻔하게 대답했다.

이윽고 그는 활처럼 구부렸던 눈을 스윽 가늘게 떴다.

"무슨 짓을 하려는 거야?"

이슈타르는 대담하게 웃었다.

"머지않아 재미난 걸 보여줄게."

그리고 자수정 같은 눈동자에 어두운 불꽃을 피운다.

"왕 행세를 하는 그 여자가 땅바닥을 기어다니는 모습을 말이지."

어떤 '미의 신'을 전복시키겠다는 뜻을 내비친 그녀에게 헤르메스는 어깨를 으쓱했다.

"여자의 질투는 무섭구만."

"헤르메스. 내가 기뻐할 만한 정보는 없어? 그 여자의…… 약점 같은 것."

미의 신 프레이야에게 적개심을 넘어서 증오를 품은 이슈타르는 헤르메스에게 힐문했다.

누구보다도 아름답다고 칭송을 받는 여신의 추락을 획책하는 그녀의 갈망은 철저할 정도로 절망 밑바닥에 떨어뜨려주는 것이다.

충격에 빠져 망연자실한 프레이야의 처참한 추태를 내려다보며 깔깔 웃는 자신.

그 광경을 바라마지않는 이슈타르는 정보통인 남신에게

서 유익한 새로운 정보를 끌어내려 했다.

"'미의 신' 앞에서는 거짓말을 못하지. 헤실헤실 넋이 나가버리거든. 입을 잘못 놀릴 만한 이야기가 있었으면 예전에 나왔을 거야."

이슈타르의 잘록한 허리나 풍만한 두 융기에 시선을 보내며 헤르메스는 뺨을 붉혔다.

그런 그에게 이슈타르는 웃음의 형태로 눈을 가늘게 떴다.

칠칠치 못하게 코를 벌름거리는——'광대' 행세로 어중이떠중이처럼 보이게 만들려는——여리여리한 남신 앞에서 일어나, 옷을 벗는다.

"……엥?"

서클릿, 가슴장식, 팔찌와 발찌, 허리띠와 허리감개, 마지막으로는 가슴을 가렸던 의류.

옷을 모조리 벗어던지고, 농염한 갈색 알몸을 드러내는 이슈타르에게 헤르메스는 눈을 껌뻑거렸다.

——시시하게 감추지 말라고, '미의 신'은 그를 내려다보았다.

"기뻐해. 그 뱃속에 담긴 것들을 모조리 쥐어짜낼 때까지—— 서비스해줄 테니."

태연자약하던 헤르메스의 얼굴에서 처음으로 여유가 사라졌다.

웃음이 뻣뻣하게 굳어지는 그의 앞에 서서 붉은 입술이

호를 그린다.

"이, 이슈타르! 잠깐만 기다려봐앗——?!"

청년 종자가 벗어던진 옷들을 묵묵히 주워드는 동안 시커먼 그림자는 가차 없이 헤르메스의 몸으로 올라탔다.

아————악?!

비명만이 메아리쳤다.

"으, 으으……."

어째서인지 침대 위에서 힘이 다해, 어째서인지 상반신이 훌렁 벗겨진 헤르메스가 훌쩍훌쩍 눈물을 흘렸다.

벨벳 소파에 앉은 이슈타르는 여전히 옷을 걸치지 않은 채 맛나게 곰방대를 빨고 있었다.

"요즘 프레이야가 집착하는 아이란 말이지……."

땀방울이 갈색 피부에 살짝 떠오른 이슈타르는 선정적인 다리를 꼬고 강렬한 색기를 뿜어내며 웃었다.

"벨 크라넬……."

헤르메스에게서 온갖 정보를 강제로, 꼬치꼬치 캐낸 미의 신은.

——아까 보았던 그 꼬마로군.

간밤에 궁전에서 보았던 백발 휴먼을 떠올리고 있었다.

"그런 젖비린내 나는 꼬맹이에게 열을 올리다니…… 그

여자의 속을 모르겠어.”

입술에서 연기를 토해내며 비웃었다.

그리고 다음에는── 맹수와도 같은 웃음을 지었다.

“좋아. 그 꼬마를 가로채주지.”

3장 고독한 토끼의 근심

"그래서? 설명을 해보겠느냐?"
나는 무릎을 꿇고 앉아 있었다.
눈앞에는 팔짱을 끼고 우뚝 선 주신님.
【헤스티아 파밀리아】의 새로운 홈인 '화덕관'의 1층 거실.
환락가를 떠난 후, 우여곡절 끝에 홈으로 귀환할 수 있었던 것은 새벽녘이 되어서였다.
조심스레 돌아온 나는 금세 체포당해, 이렇게 주신님께 심문을 받고 있었다.
"환락가에 갔다가 외바악~? 베에엘? 어디, 변명할 말은 있느냐아~?"
창관에 갔던 사실은 순식간에 탄로 났다.
달짝지근한 향을 온몸에서 풀풀 풍겼으니 당연하다. 쓰레기라도 보는 듯한 눈빛으로 내려다보는 헤스티아 님. 내 눈에선 눈물이 콸콸 흘러내렸다.
주신님 입장에선 밤늦게 아르바이트를 마치고 돌아와보니 홈에는 아무도 없고, 벨프나 다른 단원들은 돌아왔지만 하나는 행방불명, 가슴이 찢어질 정도로 걱정을 하는 동안 당사자인 내가 아침이 되어서야 터덜터덜 돌아왔으니 그야 당연히 화가 나시겠지. 분노의 트윈테일이 하늘을 찔러도 도리가 없다.
귀신 같은 표정을 지은 릴리도 주신님 옆에서 나를 내려다보고 있었다.

멀찌감치 떨어진 곳에서는 벨프가 탄식하고, 미코토 씨는 갈팡질팡 당황할 뿐.

"헤, 헤스티아 님!! 이 모든 것은 저의 개인적인 용무가 초래한 일로써 벨 공께는 잘못이……!!"

"미코토는 가만히 있어라."

나를 감싸주려는 미코토 씨에게는 눈길조차 주지 않고 주신님은 말을 잘라버렸다.

환락가에 갔던 사정을 아는 릴리조차 격노하고 있으니—— 다시 말해 모두들, 여자의 달콤한 냄새가 배어든 내가 여자 놀음에 정신이 팔렸던 게 아니냐는 의심을 품은 것이다.

"그래서…… 창부와 잤느냐아?"

"아, 아뇨오?!?!"

이제까지 들은 적이 없었던 주신님의 꽉 억누른 나직한 목소리에 음속의 기세로 고개를 가로저었다.

"노, 놀 마음은 털끝만큼도 없었고요, 놀지도 않았어요!! 오해예요오!!"

"그러면 어~째서 환락가에서 아침이 되어서야 돌아오신 건가요?"

필사적으로 억울함을 호소하려 해도, 이제까지 본 적이 없는 눈빛으로 노려보는 릴리에게 목이 꽉 잠기고 말았다.

환락가에서 있었던 일을 여기서 말하는 것이 저어되었다. 따라서 하루히메 씨가 피신시켜준 미궁거리를 한참

헤맸던 일도.

말을 어물거린 나는 솔직한 심정으로 결백을 호소할 수 밖에 없었다.

"아, 아무튼 이상한 짓은 전혀 하지 않았어요!!"

"호오?"

주신님이 눈을 가늘게 뜨고, 호흡을 척척 맞춰 릴리가 어떤 작은 병을 건네주었다.

"그럼 이건 무엇이더냐?"

그리고 내 눈앞에 나온 것은 체스 말과 비슷하게 생긴 용기—— 정력제였다.

'헤르메스 니이이이이이이이이이이이이이이이이이이이이이이이이임!!'

마음속으로 온 힘을 다해 부르짖었다.

어젯밤에 이어 그분이 내게 떠넘긴 약 때문에 또 궁지에 몰렸다. 울부짖는 내 마음속에서 산뜻한 웃음을 짓는 헤르메스 님이 이번만큼은 역귀처럼 여겨졌다.

이 정력제를 소지하게 된 경위를 지금 당장에라도 헤스티아 님께 털어놓고 싶다.

하지만 헤르메스 님은 '내가 여기 있었다는 건 부디 비밀로'라고 하셨다.

말로만 나눈 약속이라고는 해도 신과의 계약을 깨뜨릴 용기는 없었다. 이러쿵저러쿵 해도 신들은 공경해야 하는 존재니까.

헤스티아 님과 릴리의 얼음 같은 시선을 앞에 두고 실이 끊어진 인형처럼 풀썩 고개를 꺾었다.

"……어떻게 할까요, 헤스티아 님?"

꼴사납게 주저앉은 내 앞에서 릴리가 주신님께 판결을 구했다.

헤스티아 님은 긴 침묵 끝에 깊은 한숨을 쉬며 말씀하셨다.

"……신의 앞에서는 거짓말은 하지 못한다. 벨은 거짓말을 하지 않고 있다."

나는 진심으로 안도한 표정을 지었지만, 주신님은 이내 다시 분노의 형상을 띠었다.

"단! 환락가에 갔던 점은 용서하지 않겠다! 아니, 환락가 같은 곳에 관심을 가졌단 걸 용서할 수 없어!!"

황급히 등을 쭉 편 나는 흥미 운운은 오해라고 말하고 싶었지만 주신님의 날카로운 안광에 억눌려 입도 뻥긋할 수 없었다.

"오늘 하루 너에게 벌을 주마. 그것으로 반성할 것. 알았느냐?"

"네……."

고개를 숙이고 꺼져들어가는 목소리로 대답했다.

【파밀리아】 확장 직후에 소동을 일으키다니, 가장 못난 짓의 표본이다. 게다가 나는 내막이야 어찌됐든 단장이다. 조직을 통솔하는 주신님은 파벌 전체의 기강을 단단히 단

속하기 위해서라도 본보기——라기보다는 나에게 벌을 내린다는 자세를 보이셔야 한다.

어엿한 주신의 관록을 드러낸 헤스티아 님은, 그래도 역시 흥흥 화를 내며 나에게 등을 돌리고 거실을 나갔다. 노발대발한 릴리도 주신님의 뒤를 따랐다.

"정말 면목이 없습니다, 벨 공……."

겨우 해방되었지만 오랜 정좌의 반동 때문에 다리가 저려 일어나지 못하고 있으려니 미코토 씨가 다가왔다.

"무, 무슨 말씀이세요?! 제가 잘못한 건데."

미행하다 혼자 환락가에서 길을 잃었던 것은 완벽한 자업자득이다. 나는 두 손을 붕붕 내저었다.

"근데 괜찮은 거냐? 걱정했다, 야."

벨프도 다가와서 쓴웃음을 지어주었다.

나와 헤어진 어젯밤, 이슈타르 파벌의 아마조네스가 '토끼'를 쫓아다니는 소동을 벨프와 다른 단원들도 알아차렸다고 한다. 나를 놓치고 철수하는 아마조네스들을 확인하고 자신들도 그녀들에게 찍히기 전에 철수했다지만.

역시 모두에게 폐와 걱정을 끼쳤구나…… 미안한 마음으로 가득해졌다.

"너도 알겠지만, 헤스티아 님 말씀대로 이젠 그곳에는 가지 마라."

"……."

"안 보는 게 나은 것도 있었지?"

벨프의 그 말에 나는 시선을 바닥으로 떨구었다.
하루히메 씨 생각이 뇌리를 스쳤다.
"……그러고 보니 미코토 씨와 치구사 씨는 왜 환락가에 가셨던 건가요?"
화제를 바꾸려는 듯 나는 미코토 씨에게 물었다.
환락가에 갔던 이유를 묻자 그녀는 설명을 해주었다.
"환락가에 르나르 창부가 있다는 말을 듣고…… 그분을 찾고 있었습니다."
전부터 행방이 묘연해진 극동의 지인과 닮았다는 그 말을 들은 나는 설마 싶어 놀란 표정을 지었다.
미코토 씨도 하루히메 씨와 같은 극동 출신── 그리고 거기까지 떠오른 생각을,
"이놈, 벨! 시간이 없다─!!"
방 밖에서 들려온 외침에 중단할 수밖에 없었다.
미련이 남기는 했지만 나는 일단 주신님께 달려갔다.

내게 내려진 벌은 봉사활동이었다.
쉽게 말하자면, 이사를 왔다고 이웃에 인사를 하면서 일을 거드는 것.
소속 파벌과 이름을 댄 다음, 인근 주민들의 고민거리 해결이나 노동을 도와주었다.

"이거 미안하구만, 【리틀 루키】! 고마워!"

"뭐, 뭘요!"

골목 청소, 마석등 교환, 짐 운반…… 곳곳을 뛰어다니고 이런저런 일들을 거들어주는 나에게 싹싹한 아저씨 아주머니들이 감사의 인사를 보내주었다.

특정한 나라나 도시에 터전을 잡은 【파밀리아】에게 이러한 사회공헌은 중요한 일이다. 적어도 주신님에 대한 신앙이 높아질 테고, 권속들도 얼굴을 알릴 수 있다. 주변 분들께 인정을 받는다는 것은 그 지역에서 생활하기 위한 첫걸음이다.

이제까지는 우리 생활에 벅차 그럴 여유가 없었지만…… 하계분들을 이웃사랑으로 대한다니, 정말 헤스티아 님답다.

아마 벌이라는 말도 방편이었을 것이다.

"우와아, '리틀 루키'다~!!"

"진짜다~!"

뛰어서 목재를 운반하던 나에게 길거리에서 놀던 아이들이 외쳤다.

워 게임의 효과가 정말 대단하다는 것을 실감했다. 이런 어린 아이들까지도 별명을 기억해주는 데다…… 그 뭐랄까, 반짝반짝하는 눈으로 쳐다본다.

어떡하지…… 되게 기쁘다.

힘쓰는 일을 하며 살짝 땀을 흘리던 나는 아하하 멋쩍은 웃음을 흘리며 손을 흔들었다.

"되게 말랐다—!"

"약하겠다—!"

천진난만하면서도 가차 없는 말에 내 웃음이 굳어버렸다.

아무튼 퀘스트를 내지 않았어도 거저 모험자의 힘을 빌려주니, 나는 전에 없던 인기를 누렸다. Lv.3의 능력을 믿고 곳곳에서 손을 내밀었다.

봉사활동은, 정신을 차리고 보니 홈 부근인 서쪽 메인스트리트의 변두리까지 범위를 넓히고 있었다.

서쪽 대로변에 위치한 '풍요의 여주인' 앞을 지나갈 때도 캣 피플 아냐 씨에게 붙들려 가게의 별채에서 비가 새는 곳을 수리하게 되었다.

지붕에 올라간 나에게 아냐 씨와 휴먼 루노아 씨가 목소리를 높였다.

"백발냥, 우리를 위해 노력하는 거냥!"

"미안해, 모험자 소년!"

어째 이렇게 되면 그냥 막일꾼 같은 기분이……?

"와~ 모험자 소년 덕분에 정말 살았어."

"소년, 그거 끝나면 보답으로 내 팬티 준다옹!"

"됐거든요?!"

루노아 씨 곁에 있던 캣 피플 클로에 씨에게 새빨개진 얼굴로 소리를 질렀다.

지상에서 이쪽을 올려다보며 깔깔거리던 세 사람. 하지만 그때.

""""끄아악?!""""

등 뒤에서 다가온 엘프 류 씨에게 쟁반으로 가차 없이 뒷머리를 얻어맞고 비명을 질렀다. 땅바닥에서 데굴데굴 몸부림을 치는 점원들에게 식은땀을 삐질삐질 흘리면서, 나는 망치와 널빤지로 지붕 수리를 마쳤다.

할아버지와 생활하던 경험이 은근히 도움이 되는구나 생각하며 사다리를 내려오자 류 씨와 시르 씨가 맞아주었다.

"수고하셨습니다, 크라넬 씨. 그리고 죄송합니다."

"가게 잡무를 떠맡기다니…… 정말 미안해요, 벨 씨."

"어, 아뇨. 뭘요."

두 사람에게 사과를 받은 나는 언제나 신세를 많이 지고 있으니 괜찮다고 슬쩍 고개를 숙였다.

류 씨는 하늘색 눈을 가늘게 뜨고, 시르 씨도 잿빛 머리카락을 찰랑거리며 미소를 지었다.

"이젠 완전히 도시의 유명인이 됐어요, 벨 씨."

"그, 그런가요?"

"네. 모험자님들이나 주민분들 사이에서 벨 씨 화제가 끊일 날이 없어요."

지금도 이렇게 여기저기 불려 다니고 있는 나에게 시르 씨가 가르쳐주었다. 듣자하니 워 게임 이후, 주점에서 내 이름을 듣지 않았던 날이 없다나.

분명 Lv.2 승격 때도 비슷한 일이 있었지만…… 조금 전 아이들의 반응이라든가, 그런 것을 보면 조금 실감이 있는 만큼 어쩐지 낯간지럽다. 뺨을 긁으며 시선을 돌리는 내게 시르 씨가 쿡쿡 웃었다.

"크라넬 씨, 점심은 저희 가게에서 드시고 가십시오."

"어, 그래도 돼요?"

대화가 적당히 마무리되었다고 보았는지 류 씨가 제안을 해 나도 모르게 되묻고 말았다.

"예. 지붕을 고쳐주셨으니 미아 어머님께는 이미 허락을——"

그리고 거기까지 말한 류 씨가 갑자기 말을 끊었다.

손이 닿을 정도의 거리에서 서로 마주 본 채 고개를 갸웃한다.

"이건, 어디선가……?"

그렇게 중얼거리는 그녀에게 나도 의아한 표정을 짓고 있으려니, 시르 씨도 무언가를 알아차린 듯 내 쪽으로 한 걸음 다가왔다.

바로 곁에 얼굴을 들이대 나도 모르게 얼굴을 붉혔지만 시르 씨는 이내 코를 킁킁거렸다.

"이 냄새는……."

그 말을 들은 내 얼굴이 붉은색에서 푸른색으로 바뀌었다. 몸에 밴 냄새—— 창관의 냄새가 아직도 빠지지 않았던 건가?!

"죄, 죄송합니다, 점심은 됐고요?! 아, 아직 할 일이 있어서 이만!!"

류 씨와 시르 씨에게 무언가 추궁을 듣기 전에 재빨리 뒤로 뛰어 물러났다.

"""아."""

두 사람에게 등을 돌리고, 아직도 고통에 신음하는 클로에 씨 이하 세 분의 옆을 가로질러, 나는 서둘러 '풍요의 여주인'에서 멀어졌다.

"……하아~."

점심식사의 호의를 내쳐버리고 도망친 자신의 얄팍함에 탄식했다.

오늘도 맑게 갠 하늘 아래, 주위의 데미휴먼들과 함께 서쪽 메인 스트리트를 따라 나아갔다.

아무리 그래도 점심시간 때까지 봉사활동에 종사할 필요는 없겠지만…… 일을 하면서 돌아다니느라 잊었던 환락가, 나아가서는 하루히메 씨 생각이 조금 전의 대화에서 다시 떠올라 마음도 어두워지기 시작했다.

어제 있었던 일을 아무에게도 말할 수가 없어 응어리가 가슴에 남았다. 발을 멈추면 고뇌의 소용돌이에 사로잡힐 것이 분명해 계속 걸어갔다.

정오를 알리는 종소리가 들려오는 가운데 나는 무의식중에 북서쪽 메인 스트리트── '모험자 거리'를 거쳐 길드 본부로 가고 있었다.

"어머, 벨?"

시간이 시간인지라 모험자가 적은 판테온 안에서, 창구에 있던 에이나 누나는 금방 나를 발견했다.

의논할 사람이 필요할 때는 언제나 에이나 누나에게 의지했다. 나는 이제까지도 몇 번이나 누나의 말을 참고삼아 행동했다.

하지만 이야기를 해서 어쩌겠다는 걸까…… 자문이 작은 목소리를 타고 새어 나왔다. 길드도 용인해주는 창관 거리의 이야기를 한다 해도…… 누나만 난감해질 게 뻔한데.

로비 안의 어정쩡한 자리에서 멈춘 채 망설이는 나를 에이나 누나는 가만히 바라보았다.

이윽고 일어나선, 다른 직원에게 창구를 부탁하는가 싶더니 이쪽으로 똑바로 다가온다.

멍하니 선 채 입을 열지 못하는 나를 보며 에이나 누나는 아무 말도 묻지 않고.

"그럼 부스로 갈까?"

그렇게만 말했다.

"어……."

내가 어리둥절해하자 에이나 누나가 쿡쿡 웃었다.

"뭔가 고민이 있지? 다 알아, 얼굴을 보면."

안경 너머의 에메랄드색 눈이 부드러운 곡선을 그리고 있었다.

"말했잖아. 뭐든 의논해주겠다고. 난 네 담당관이고 어드바이저니까."

가슴에 무언가가 울컥 치밀었다.

에이나 누나의 다정함을 느낀 나는 망설임을 떨치고 이야기를 해보기로 결심했다.

늘 도와주기만 하고, 지금도 손을 내밀어주는 이 사람과 의논해보자고.

미소를 지으며 내 말을 기다려주는 에이나 누나를 바라보며, 크게 고개를 끄덕였다.

에이나 누나를 믿어보자!

"차앙과안~?"

그리고 조금 전의 미소는 어디로 갔는지 에이나 누나는 경멸의 눈빛을 띠었다.

그렇겠죠~.

나는 마음속으로 줄줄 눈물을 흘렸다.

장소는 면담용 부스. 모험자와 담당관이 대화를 나누는 방음성 높은 방으로 이동해, 내가 큰맘 먹고 창관에 대해 털어놓자…… 이야기를 다 듣기도 전부터 에이나 누나의 분위기가 험악해졌다.

버들잎처럼 모양 좋던 눈썹을 모으며 노기를 찌릿찌릿 뿜어낸다.

책상 맞은편 의자에 앉아 있던 그녀는 눈을 질끈 세우더니 힘차게 일어났다.

"그러면 너 밤놀이를 하다 왔다는 거니?!"

"아아아아아아아아아아아아니에요!!"

에이나 누나는 얼굴을 새빨갛게 물들이며 목소리를 높였다. 몸에 절반 흐르는 엘프의 피 탓인지 불결하다는 양 외치는 그녀에게 나는 황급히 부정했다.

여전히 뺨을 붉히던 에이나 누나는, 갑자기 당황한 듯 시선을 이리저리 움직이더니.

"베, 벨도 모험자고, 남자아이고…… 그, 그런 데에 관심을 가질 나이인지도 모르지만………… 그, 그래도, 하지만, 그런 건……."

하프엘프의 뾰족한 귀 끝까지 붉은색으로 물들이고 더듬거린다.

"여, 역시 안 되겠어~!!"

그리고 마지막에는 두 눈을 질끈 감고 고함을 지른다.

"앞으로 넌, 절대, 창관 같은 데 가면 안 돼! 알았어?!"

"어, 아니, 그치만……."

"안—돼!!"

"네, 네엡!!"

몸을 불쑥 내미는 에이나 누나의 무시무시한 압박에 나는 강제로 고개를 끄덕일 수밖에 없었다.

얼굴을 떼고 의자에 다시 앉은 누나는 평소의 의연하던 태도는 어디로 갔는지 어린 여자아이처럼 뾰로통 고개를 돌려버렸다.

아직까지 발그레한 옆얼굴을 보며, 화나게 만들었다는 생각에 나는 깊이 고개를 조아렸다. 역시 여성에게 의논할 만한 이야기는 아니었다고 새삼스레 후회했다.

말을 할 수도 없어, 매우 민망한 분위기가 한동안 흐른 후…… 몸을 움츠리고만 있었던 나는 조심스레 물어보았다.

"저기, 【이슈타르 파밀리아】에 대해, 가르쳐주셨으면 하는데요……."

아직까지 환락가에 흥미진진하다고 착각한 건지 안경 안에서 째릿 노려보는 에이나 씨에게 나는 당황하면서 변명했다.

이슈타르 파에게 밤새도록 쫓겨다녔다, 또 시비를 걸지도 모르니 파벌 정보를 알아두고 싶다고, 아이샤 씨네와 있었던 일을 설명한 후 다른 뜻은 없다고 필사적으로 호소했다.

가만히 내 눈을 바라보던 에이나 누나는 하아 탄식하더니.

"잠깐 기다려."

내 말을 믿어주고 자료용 파일을 가지러 밖으로 나갔다.

"【이슈타르 파밀리아】…… 알다시피 환락가를 세력권으로 가진, 던전계 파벌 중에서도 일류에 속하는 실력파 【파밀리아】야."

돌아온 에이나 누나는 책상에 올려놓은 커다란 자료를 펄럭펄럭 넘겨나갔다.

다른 【파밀리아】의 설명을 놓치지 않겠노라 나도 귀를 기울였다.

구성원 대부분은 아마조네스, 남녀 비율은 1대 9. 도시 남동쪽에 위치한 제3구역의 창관 거리를 다스리며, 매일 낮마다 밤마다 벌어들이는 이익은 환락가 전체 수입의 4할 이상을 차지할 정도라고 한다.

"그중에서도 전투원 아마조네스는 전투창부, '바벨라'라고 불리는 모험자 집단이고 대부분이 Lv.3 이상. 특히 단장인 【안드로크토노스(남자잡이)】…… 프뤼네 자밀은 Lv.5의 제1급 모험자야."

Lv.5—— 나는 어젯밤의 광경을 떠올리며 몸을 부르르 떨었다.

그 터무니없는 힘을 자랑하던 프뤼네 씨는 역시 제1급 모험자였다.

그건 그렇다 쳐도 별명이 【안드로크토노스】……. 저절로 수긍이 가는 것이 무섭다.

"저기…… 아이샤 씨라는 아마조네스하고, 하루히메 씨라는 르나르의 정보도 알 수 있을까요?"

"아아, 아이샤 벨카는 유명해. Lv.3 바벨라인데 이미 Lv.4에 가깝다는 소문이 있어. Lv.3 모험자 중에서는 틀림없이 최상위권 중 하나일걸."

그런 그녀에게 신들이 내린 별명은 【안티아네이라(여걸, 麗傑)】.

"음~ 그리고 하루히메란 르나르는 들어본 적이 없네. 단원 명부에도…… 실리지 않은 것 같고. 비전투원일지도 모르겠다."

자료 페이지, 【파밀리아】의 명부를 찬찬히 살펴보며 에이나 누나가 말했다.

비전투원…… '팔나'를 받지 않은 임시 구성원.

충분히 있을 수 있는 이야기인 것 같다. 아이샤 씨네를 제외하면 【이슈타르 파밀리아】의 가게를 맡은 창부들은 대부분 비전투원인 것 같았고…… 게다가 하루히메 씨는 인신매매 같은 부정한 배경으로 오라리오에 흘러들어온 몸이다. 단원으로 리스트에 등록했다가 자칫 들통이 나는 일은 피했겠지.

"뭔가 아는 게 있어서 그래?"

에이나 누나가 갑작스럽게 물었지만, 나는 아니라고 대답했다.

"【파밀리아】 이야기로 되돌아가자면, 상업에 대한 공적도 포함해 파벌 랭크는 A. 오라리오 내에서도 톱클래스야."

"……."

"규모도 병력도, 벨네 【헤스티아 파밀리아】와는 너무 다르지. 프뤼네 자밀만 보자면 【검희】…… 발렌슈타인 씨도 한때는 질 뻔했다고 하고.”

“네에?!”

에이나 누나의 입에서 나온 정보에 나는 엄청난 충격을 받았다.

다른 사람도 아닌 아이즈 씨가—— 질 뻔했다고?

“어, 아니, 몇 년 전 이야기인걸? 당시에는 자밀 씨가 레벨이 더 높았고…… Lv.6이 되어서 추월해버린 지금은 발렌슈타인 씨가 틀림없이 더 강할 거야.”

에이나 누나가 황급히 덧붙였지만 동요를 떨칠 수가 없었다.

동경하는 존재가 한 번은 굴복할 뻔했던 상대…….

목표로 삼은 인물의 이름이 나오는 바람에 나는【이슈타르 파밀리아】가 도시에서도 손꼽히는 유명【파밀리아】내에서도 큰 부분을 차지할 만한 대형 파벌임을 통감과 함께 재확인했다.

한동안 할 말을 잃은 채 넋을 놓고 있으려니.

“괜찮니?”

“아, 네…… 죄송해요.”

시간을 들여 내가 겨우 마음을 가라앉혔을 무렵, 에이나 씨가 어떤 이야기를 꺼냈다.

“이건, 나는 담당이 아니었으니 자세한 이야기는 모르지만……【이슈타르 파밀리아】는 실력을 속였다는 이야기가 예전에 있었어.”

"실력을, 속여요……?"

"응. 당시 【이슈타르 파밀리아】와 적대하던 여러 파벌이 일제히 비난했는데, 말인즉슨 단원들의 실력이 길드에 보고된 공식 레벨보다 더 강하다는 거야."

한순간 나는 헤스티아 님께 들은 이야기——레벨을 속이는 중견 파벌, 【헤르메스 파밀리아】를 떠올렸다.

"그녀들의 고발을 받아들여서 길드가 감사에 나섰어. 신 이슈타르는 주된 바벨라의 【스테이터스】를 전부 보여주고, 길드에게만 병력의 실태를 공개했지."

"결과는요……?"

"……결백했어."

에이나 누나는 내 예상과는 다른 대답을 했다.

"부정은 고사하고, 【이슈타르 파밀리아】 구성원들의 레벨은 길드에 보고된 것과 전혀 다를 바가 없었지 뭐야. 신 이슈타르는 고발한 파벌과 길드가 생트집을 잡았다고 역으로 고발을 했고…… 페널티와 벌금을 요구했지. 길드도 이를 받아들였어."

"기, 길드에서 돈을 받았단 말이에요……?!"

"응. 그것도 상당한 액수를. '마법'이나 '스킬' 같은 수많은 극비 정보가 길드에 유출됐으니……. 그때부터였을 거야. 우리가 【이슈타르 파밀리아】에게 강하게 나서지 못하게 된 건."

길드에서 거금을 뜯어냈다는 그 가공할 행위에 나는 식

은땀을 흘렸다.

"페널티를 받아 약해진 파벌을 【이슈타르 파밀리아】는 전부 궤멸시켰어. 여신들도 천계로 송환됐고. 이게 5년 전에 있었던 일."

"……."

"뭐랄까, 예정조화랄까, 전개가 너무 깔끔해서…… 나는 그때 모두가 신 이슈타르의 손바닥 위에서 놀아났다는 생각이 들었어."

에이나 누나는 위팔을 손바닥으로 문지르면서 당시 자신이 겪었던 일들의 이야기를 마쳤다.

공식 기록보다도 훨씬 강한 것처럼 여겨졌던 단원들의 전투능력.

길드가 개입했어도 판명되지 않았던 사실의 진상.

【이슈타르 파밀리아】에는 무언가 수수께끼가 있는 걸까?

"벨. 나는 있지…… 【이슈타르 파밀리아】가 굉장히 무서운 파벌이라고 생각해. 아까 말했던 창관 이야기는 빼더라도, 앞으로 그녀들에게는 절대 다가가지 않는 편이 좋을 거야."

파벌의 실력과 알 수 없는 무서움을 호소하는 에이나 누나는 그렇게 못을 박았다.

【아폴론 파밀리아】 때처럼 소동을 일으켜서는 절대 안 된다고 충고했다.

입을 다물고 고개를 숙이는 내게, 에이나 누나는 매달리는 눈빛을 보냈다.

그 르나르 소녀의 얼굴이 눈꺼풀 안쪽에 떠오르는 가운데, 나는 대답 대신 질문했다.

"……에이나 누나, 길드는 환락가를, 뭐랄까……."

하루히메 씨에게 들었던 길드의 입장.

환락가에 얽힌 온갖 일들을 간과하는 것이냐는 물음에, 에이나 누나는 눈을 내리깔았다.

"……응. 길드는 환락가에 대해서는 방관하는 자세야. 그곳에서 무슨 일이 일어나는지도 파악하고 있고——하지만 단속할 수는 없을 거야."

하루히메 씨의 이야기는 사실이었다.

길드는 도시의 치안을 유지하기 위해, 환락가의 규칙에는 눈을 감고 있다.

에이나 누나까지 슬픈 표정을 짓게 만들어버린 나는 현실이라는 것에 짓눌리고 있었다.

오후의 햇살이 도시에 내리쬐었다.

많은 모험자들이 지하로 내려가 미궁을 탐색하는 동안, 지상에서는 그들의 모습을 메우듯 도시의 주민들이 각자 일을 하거나 장을 보거나, 혹은 여가를 보낸다.

그중에서도 신들은 무료함을 달래기 위해 밖으로 나가,

미목수려한 엘프를 헌팅하는 이, 대낮부터 술을 마시는 이, 어린 아이들과 함께 노는 이 등등 도시 곳곳에서 모습을 드러냈다.

어떤 모험자의 봉사활동 덕에 평소보다도 소란스러워진 이곳 서쪽 대로에도, 어떤 술집을 굼실굼실 찾아온 신이 있었다.

"아냐~. 미아 좀 얼른 불러줘."

"냐아~? 또 헤르메스 님이냥?"

'풍요의 여주인' 입구로 들어온 헤르메스는 나직한 목소리로 점원에게 용건을 전달했다.

내키지 않는 표정을 지은 캣 피플 소녀가 가게 안쪽으로 사라지고, 잠시 후 잔뜩 낯을 찡그린 드워프 여주인이 그의 앞에 나타났다.

"부탁이야, 미아! 프레이야 님께 말 좀 전해줘!!"

"또요? 자기 발로 가라고 전에도 말했을 텐데? 거절할 테요."

"이번에는 정말로 내 목숨이 걸린 문제라고!!"

요구를 거절하는 미아에게 헤르메스는 체면도 내팽개치고 외쳤다.

종자도 없이 혼자 찾아온 남신은 귀찮다는 표정을 짓는 미아를 억지로 카운터 안쪽의 식재료 보관소까지 밀어넣어 말소리가 밖으로 새어 나가지 않게 했다.

"사실은 말이야…… 벨이, 벨이!"

"꼬마가 뭘 어쨌는데. 당신 또 무슨 짓 저지른 거요?"

"그게 아니고오…… 이건 어쩔 수 없었어……. 난 잘못 없다고오……!"

"얼른 얘기나 하쇼, 걷어차버리기 전에."

비탄에 잠겨 신음하는 남신을 노려보며 으름장을 놓으니 그는 목소리를 쥐어짜냈다.

"사실은 벨이, 이슈타르에게 찍혀버렸거든……. 여러 가지 의미에서 위험해!!"

어젯밤에 있었던 이슈타르와의 일막을 이야기한 헤르메스에게 미아는 어이없다는 표정을 지었다.

강제로 심문을 당해, 여신 프레이야가 현재 가장 관심을 보이는 대상을 고백하고 말았다는 것이다.

"부탁이야, 미아! 나 대신 메시지를 좀! 이런 일을 프레이야 님께 직접 말했다간……."

면전에 대고 있었던 일을 그대로 여신 본인에게 전했다간, 상큼한 미소와 함께 "사형이네" 한마디를 들을 것 같아 두려워하는 헤르메스는 부들부들 떨 정도로 겁을 냈다.

그리고 보복을 두려워하는 그런 남신 앞에 찰랑찰랑 흔들리는 잿빛 머리카락이 나타났다.

"벨 씨가 위험하다는 게 무슨 말씀인가요, 헤르메스 님?"

"으헉?!"

등 뒤에서 들려온 목소리에 헤르메스의 어깨가 흠칫 떨

렸다.

돌아보니, 그곳에는 만면에 미소를 지은 시르가 있었다.

"오늘 벨 씨에게서 향수 냄새가 나던데요, 혹시 그것도 헤르메스 님하고 관련이 있다거나 했나요? 얼른 대답해주세요."

"시, 시르? 그냥 동네 아가씨가 신을 겁주면 못쓰지?!"

웃음을 지은 채 다가와 위압하는 시르에게 헤르메스는 비명을 질렀다.

그 목소리를 듣고 다른 점원들도 뭐야뭐야 우르르 식재료 보관소에 모여들었다.

"끄아악~!"

다시 한 번 심문을 받는 남신을 바라보며, 미아는 요란한 한숨을 쉬었다.

저녁놀이 시벽 너머 서쪽 하늘을 꼭두서니색으로 물들였다.

에이나 누나와 헤어져 봉사활동을 계속하던 나는 어떤 가게 앞에서 【파밀리아】 식구들과 모였다.

릴리, 벨프, 미코토 씨, 마지막으로 감자돌이 알바를 마치고 돌아온 주신님까지 더해 다 같이 가게——누추한 서점 안에 들어갔다.

"여어, 할아버지! 약속대로 도우러 왔어!"

"오오, 헤스티아 아니냐. 정말로 와줬구나."

주신님은 원래 오늘 이 서점 일을 거들 예정이었다고 한다. 아침에 그 이야기를 들은 우리는 집합시간에 가게 앞에서 만나기로 해두었다.

"완전히 유명해져서 놀랐단다. 말뿐이 아니었구나."

"흐흥, 그치이. 내 권유를 거절했던 걸 후회해도 이미 늦었다고."

"허허허, 그거 정말 아깝게 됐는걸!"

이 서점은 주신님이 나에게 '팔나'를 내려주셨던 그 가게다. 오라리오에서 처음 헤스티아 님과 만났던 나는 이 장소로 안내를 받아 권속의 계약을 나누었던 것이다.

"벨, 오랜만이구나."

"안녕하세요."

나이 지긋한 휴먼 주인은 짧은 백발머리를 돌려 나에게 말을 걸어주었다. 나도 고개를 숙여 인사했다.

"그럼 다들, 아침에 설명한 대로 이 가게의 장서 정리를 도와다오. 이것도 봉사의 일환이라 생각하고 잘들 부탁한다."

주신님의 지시에 따라 우리는 가게 정리를 시작했다.

단원들이 총동원되어 책장을 옮기고 책을 치운다.

'하루히메 씨는 어떻게 하고 있을까…….'

꽤 많은 양의 책을 한번에 옮기면서 나는 아직도 그녀의 생각에 골몰했다.

얼마 안 되는 시간을 함께 보냈을 뿐인데도, 그 사람이 지었던 덧없는 웃음이 머리에서 떠나질 않았다.

오늘도 하루히메 씨는 창관 일에 종사하고 있을까…… 뇌리에 떠오를 뻔한 망상에 얼굴을 붉혀버린 나는 붕붕 고개를 가로저었다.

한숨과 함께 끙끙거리면서 나는 1층 서고로 들어갔다.

안에서는 벨프, 릴리, 미코토 씨가 나무 상자에 책을 넣기도 하고 책장에 책을 꽂기도 했다. 주신님은 이곳에는 없다. 다른 방에서 할아버지와 작업을 하는 모양이었다.

"……저, 미코토 씨."

"왜 그러십니까, 벨 공?"

끌어안고 온 책무더기를 내려놓은 나는 미코토 씨의 뒤에서 말을 걸었다.

책장에서 돌아본 그녀에게…… 오늘 아침부터 마음에 걸렸던 이야기를 물어보았다.

"하루히메 씨라는 르나르, 혹시 아세요?"

"어——어떻게 그 이름을?!"

내 질문에 미코토 씨는 아연실색하더니 몸을 불쑥 내밀며 물었다. 릴리와 벨프도 이쪽을 돌아보았다.

미코토 씨와 치구사 씨의 지인임을 확신한 나는 어젯밤에 있었던 일을 털어놓았다. 유곽에 있었던 하루히메 씨와, 그녀가 이곳 오라리오에 오게 된 경위를.

릴리, 벨프와 함께 내 이야기를 듣던 미코토 씨는 그 고운 얼굴을 온통 일그러뜨린 채 뻣뻣이 서 있더니…… 한쪽 손을 가슴께에서 꽉 쥐고 고개를 숙였다.

"만일 괜찮으시다면…… 미코토 씨하고 하루히메 씨의 관계도, 들려주실 수 있을까요?"

하루히메 씨에 대해 알고 싶다. 나는 순수한 일념으로 그렇게 부탁했다.

잠자코 움직이지 않던 미코토 씨는, 이윽고 천천히 고개를 끄덕였다.

"……전에도 말씀드렸던 적이 있습니다만 저나 치구사 공, 그리고 다른 동료들은 타케미카즈치 님을 비롯한 여러 신들께서 사는 신사에서 자라났습니다."

미코토 씨, 오우카 씨, 치구사 씨, 그리고【타케미카즈치 파밀리아】분들은 고아였다고 워 게임 직후에 들은 적이 있다. 그들은 저마다 다른 이유로 신사에 거둬져, 그곳에서 살던 신들 밑에서 자라났다고 한다.

"저희가 극동에서 오라리오로 건너온 이유는 재정난…… 신사의 생활이 궁핍해졌기 때문이었습니다."

늘어나는 고아, 얼마 안 되는 수입. 빈한한 생활은 어느 날 마침내 한계를 맞았다.

아이들의 집을 지지해주던 선량한 신들과 의논하여, 미코토 씨를 비롯한 여섯 분은 결단했다. 신사 내에서도 연장자이면서도 싸울 수 있는 자신들이 무신 타케미카즈치 님의 인도 아래 바다를 건너, 오라리오로 건너가겠다고.

막대한 부가 잠든 이곳 미궁도시에서 돈을 벌어, 자신들을 길러준 신사에 생활비를 보내기 위해.

전에 들었던 때부터 생각했지만…… 이성과의 만남을 어쩌고저쩌고 하며 오라리오에 왔던 나는 구멍을 파 자신을 묻어버리고 싶어질 정도로 숭고한 사명이다.

다시 수치심을 불태우면서 나는 본론으로 들어가려는 기척을 느끼고 귀를 기울였다.

작업하던 손을 멈춘 릴리와 벨프도 미코토 씨의 이야기를 열심히 들었다.

"하루히메 공과 만났던 것은 이곳 오라리오로 건너오기 훨씬 전…… 지금으로부터 10년쯤 전이었습니다."

미코토 씨는 하루히메 씨와의 만남에 대해 들려주었다. 그녀의 시선이 바닥에서 이리저리 흔들렸다.

"저희 신사가 있던 산기슭에, 하루히메 공의 저택이 있었습니다. 그분은 고귀한 태생이시며 저택에서 나올 수 없어 저희와는 다른 세계에서 자라났습니다만…… 타케미카즈치 님께서 그런 그녀를 보다 못해……."

——너희가 저 아이를 데리고 나오거라.

매우 악랄한 표정으로, 그리고 어린아이 같은 웃음과 함께 타케미카즈치 님은 그렇게 말씀하셨다고 한다.

어렸을 때부터 타케미카즈치 님께 무술을 배우고 몸을 단련했던 미코토 씨네 일행은 산원숭이처럼 저택에 숨어

들어, 감시를 따돌리고, 하루히메 씨를 뒷산으로 데리고 나와 함께 놀아주었다고 한다.

"그러면 하루히메 씨도 여러분과 소꿉친구였군요……?"

"그렇게 되겠지요. 딱 한 번 들키는 바람에, 그 후로는 순찰대와의 공방전이 매우 치열해졌습니다……."

언제까지고 숨길 수만은 없었을 테니 당연한 일일 것이다. 하루히메 씨의 아버지는 딸을 데리고 나가는 악동들에게 불처럼 화를 냈지만…… 그때마다 타케미카즈치 님이 오체투지를 시전해 용서를 받아냈다고 한다.

"신이 참 머리를 가볍게 숙이네요."

릴리가 불쑥 중얼거렸지만, 땀을 삐질삐질 흘리던 나와 벨프도 아마 비슷한 감상을 공유했을 것이다.

"저희는 몇 번이나 교류를 가졌습니다. 야산에서 뛰놀고, 논밭을 돌아다니고, 강가에서 소란을 피우고…… 하지만 그것이 갑자기 끝났습니다."

"……혹시."

"예. 신사의 생활이 궁핍해져 모두들 조금이라도 금전을 벌고자 나가야 해, 저택으로는 갈 수 없게 된 가운데…… 오랜만에 찾아갔던 어느 날, 저희는 하루히메 공이 절연을 당했다는 사실을 알았습니다."

아마도 여기서부터가 하루히메 씨에게 들었던 그 파름 관리의 소동으로 이어질 것이다.

하루히메 씨는 이때 팔려 대륙으로 건너가, 오라리오로

왔다.

약 2년 전에 이곳 미궁도시에 찾아온 미코토 씨네보다도 먼저.

"오우카 공이나 다른 분들에 비하면 그분과 지낸 시간은 짧았사오나…… 분명 저희는 벗이라고, 지기(知己)라고 불릴 만한 사이였습니다."

결국 끝까지 고개를 들지 않은 채 미코토 씨는 말을 마쳤다.

그 말 한 마디 한 마디에서 하루히메 씨에 대한 마음과 회한이 배어 나와…… 눈앞에 있던 나도 가슴이 저미는 것처럼 괴로워졌다.

말을 다 들은 우리 사이에 침묵이 내려앉았다.

"……아마 아실 거라 생각하지만요."

넓은 서고에 가득 찬 정적을 깨뜨린 것은 릴리였다.

팔짱을 끼고 책장에 기대 선 벨프의 옆에서, 그렇게 서두를 꺼낸 다음 말을 잇는다.

"그 르나르 분을 구하겠다는 생각은 하지 마세요."

"!!"

흠칫 고개를 든 나와 미코토 씨에게 릴리는 혼자 냉정한 표정으로 담담하게 말했다.

"당연하지요. 이제 막 워 게임을 마치고 또 항쟁을 벌일 생각이세요?"

그리고 호된 정론을 우리에게 내던졌다.

“워 게임을 통해 【헤스티아 파밀리아】는 알몸뚱이가 된 거나 마찬가지예요. 관전하던 사람들은 벨 님이나 다른 분들의 마법, 공격, 무장이며 아이템까지, 모든 카드를 다 알고 말았어요.”

모든 것을 동원해 거두었던 그 승리에는 대가가 따랐다고, 릴리는 말했다.

유명해진다는 것은 명성을 얻는 한편 그만큼 정보를 드러내고, 내정을 캐내려는 사람도 많아진다는 뜻이다. 많은 【파밀리아】가 갑자기 대두한 우리의 정보를 분석하고 있다.

시내 사람들에게 추앙받아 적잖이 들떴던 나는 느닷없이 찬물을 뒤집어쓴 기분이었다.

“【이슈타르 파밀리아】는 【아폴론 파밀리아】와는 차원이 다른 상대예요. 단원을 납치해 대립하다니, 애초에 말이 안 되죠.”

“……!”

“지금 릴리네는, 설령 누군가의 도움을 받는다 해도 금세 짓밟힐 거예요.”

에이나 누나와 마찬가지로 전력의 차이에 대해 이야기하는 릴리의 말은 지극히 타당했다.

입을 빼끔거리기만 하는 나와 미코토 씨의 반론을 모조리 막아버릴 정도로.

“무엇보다 헤스티아 님에게 막대한 부담을 주게 될 거예요. 늘 천하태평한 분이라 여전히 자각이 없을지 모르지만, 도시의 세력도에 갑자기 머리를 들이미는 바람에 헤스티아 님은 적지 않은 신들에게 미움을 샀을 테니까요."

그러므로 주신님에게도 의논해서는 안 된다. 이 이상 권속들이 짐을 늘릴 수는 없다.

릴리는 그런 말로 마무리를 지었다. 숫제 뼛속까지 시릴 정도로 가차 없이.

주신님 이야기까지 나오면 나는 더 이상 말을 할 수가 없다. 미코토 씨 또한 릴리를 쳐다보지도 못한 채 깊이 고개를 숙였다.

그때 문득.

"야. 왜 혼자 악당 행세를 하고 그래."

벨프가 손에 든 책의 책등으로 릴리의 머리를 꽁꽁 두드렸다. 한순간 어리둥절했던 조그만 릴리는 이윽고 흠칫하더니 자신의 머리를 치는 책을 밀어냈다.

"누, 누가 그랬다고요!"

목소리를 높이며 얼굴을 새빨갛게 물들이는 릴리를 보고, 그리고 벨프의 말을 듣고 눈을 크게 뜬 나는 뒤늦게 깨달았다.

릴리는 일부러 마음을 독하게 먹고 악당―― '재수 없는 녀석' 행세를 했던 것이다.

【파밀리아】를 위해, 주신님을 위해, 그리고 우리를 위해.

미코토 씨도 진의를 깨닫고 놀라는 가운데 붉어진 얼굴을 홱 돌린 릴리의 곁에서, 벨프가 모두를 통솔하는 맏형처럼 웃었다.

“【파밀리아】의 일원으로서는 나도 릴리돌이 말에 찬성해. 파벌을 위험에 빠뜨릴 수는 없어. 하지만.”

나와 미코토 씨의 얼굴을 둘러보고는 다시 말을 잇는다.

“너희가 뭔가 하고 싶다면 나는 돕겠어. 마지막까지 어울려주겠다고.”

우리의 뜻을 헤아려주는 벨프에게 가슴이 벅차고, 동시에 아무 말도 할 수 없게 되었다. 미코토 씨도 마찬가지인 것 같았다.

우리의 지금 처지와 바람, 그리고 이에 따른 책임.

온갖 것들을 저울질하고, 갈등하고, 움직일 수가 없게 되었다.

대답은 나오지 않은 채, 망설임도 떨치지 못한 채……

“난…….”

그렇게 입을 열려 했을 때.

“이놈들, 어디서 땡땡이를 치느냐—! 다 끝내기 전까진 못 돌아갈 줄 알아라!!”

우리가 뭘 하나 보러 온 주신님이 서고 문 앞에서 노성을 터뜨렸다.

이 이상 이야기를 나눌 수도 없어 우리는 황급히 작업을 재개했다.

“아무튼 지금 했던 말은 절대 발설하지 마세요. 헤스티아 님에게도 말해선 안 돼요.”

우리에게만 들리도록 릴리는 입막음을 해두었다. 쓸데없는 걱정을 늘리지 말자고.

저마다 고개를 끄덕이자 릴리는 마지막으로,

"그리고!"

나를 노려보며 덧붙였다.

"어제 그런 일이 있었으니 벨 님은 환락가에 가시면 안 돼요! 또 소동이 일어날 테니까!!"

"네, 네엣."

하루히메 씨가 어떻게 지내나 보러 갈까 생각했던 것을 꿰뚫어 봤는지 못을 단단히 박는다. 아이샤 씨네 일행에게 사냥감으로 찍힌 이상 파벌까지 위험에 빠뜨릴 수는 없다고, 그렇게 말하면 고개를 끄덕일 수밖에 없었다. 오늘 밤에는 행동을 자중해야겠다고 어깨를 축 늘어뜨렸다.

그때 주신님이 각자 분담해서 작업을 하도록 지시를 내려주었다. 우리는 서점 곳곳으로 흩어졌다.

"벨 공, 말씀을 들려주셔서 정말 고맙습니다."

"미코토 씨……."

복도에서 헤어지면서 미코토 씨가 인사를 했다. 어찌할 수 없는 감정을 감춘 그녀의 옆얼굴에 복잡한 마음을 품으면서…… 나도 배정받은 일을 하러 갔다.

계단을 올라가, 오래된 책의 향기가 감도는 2층 서고로 들어갔다.

주신님이 내 등에 【스테이터스】를 새겨주고 입단 의식을 치렀던, 말하자면 첫걸음을 내디딘 방이다.

사방을 가득 메운 책장, 바닥에도 쌓인 책무더기. 창밖에 펼쳐진 저물어가는 하늘이 실내를 붉게 물들인다.

감회에 젖으면서도 나는 작업에 착수하려 했다.

"……."

혼자뿐인 서고 안에서 문득 책장의 어떤 책에 눈길이 머물렀다.

발을 멈춘 나는 천천히 책등에 손가락을 걸고, 손에 들어 펼쳐보았다.

어렸을 때 본 기억이 있는, 어떤 영웅담의 누렇게 찌든 페이지가 펄럭펄럭 소리를 냈다.

수많은 책에 에워싸인 채, 나는 그 안의 어떤 한 삽화에 시선을 떨구었다.

『알고 있다, 음탕의 바빌론!

네가 저질렀던 온갖 악행을!

대체 얼마나 되는 사내를 유혹하여 타락시키고 비참한 말로로 이끌었느냐?!

수치를 알아라, 요부여!』

주인공인 영웅이 창부의 구애와 애원을 뿌리치는 장면.

음란한 차림을 한 창부에게 손가락을 들이대는 한 영웅.

창부의 뒤에는 켜켜이 쌓인 사내들의 주검이 있었으며,

가차 없는 규탄이 문장으로 이어졌다.

——『창부는 **파멸**의 상징이옵니다.』

어젯밤 하루히메 씨의 말이 떠올랐다.

분명 창부는 파멸의 상징이다.

적어도 영웅담 속에서는 그렇게 묘사된다.

그녀들과 얽힌 영웅은 크든 작든 고난에 빠졌다.

사실 이 책의 주인공도 구애를 거절했기에 창부의 분노를 사 파멸의 길을 걷게 된다.

창부는 모멸, 혹은 연민이나 동정의 대상이지, 결코 구원의 대상은 아니다.

음욕에 빠져든 그녀들에게는 비난과 멸시가 주어진다.

내가 동경하는 많은 영웅들도 그녀들을 구하지 않았다.

"……아니었어."

하루히메 씨의 말이 맞다.

마음과 몸을 판 창부가 진정한 의미에서 영웅에게 매달릴 자격은 없다.

곁에 설 수는…… 없는 것이다.

"……."

파멸로 끌려들어간 영웅의 이야기를 펼친 채 책장 앞에 가만히 서 있었다.

가슴 속에 도사린 것은 무력감과 안타까움. 이런 심정을 맛볼 줄 알았다면 관여하지 말았어야 했을까. 연민을 품지 말았어야 했을까. 몰랐으면 좋았을까.

자문자답이 되풀이되는 가운데.

"그래도……."

쥐어짜내는 심정으로 중얼거렸다.

만나지 않았으면 좋았을 거라고는 생각하고 싶지 않았다.

만남은 분명, 귀중한 것일 테니까.

"……할아버지. 난."

동료들과 나누었던 대화를 떠올렸다. 나는 어떻게 해야 좋을까, 어떻게 하고 싶은 걸까.

천천히, 황혼이 찾아오는 창밖을 바라보았다.

서쪽 하늘에는 새빨간 저녁 태양이 걸려 있었다.

밤하늘에는 금색 달이 떠올랐다.

대로에 인접한 하리미세 속에서 하루히메는 밤하늘을 올려다보았다.

푸른 어둠과 보름달에 가까운 달그림자를 한참 쳐다본 후, 시선을 떨구니 유곽에는 어젯밤 못지않은 인파가 있었다.

수많은 남자, 휴먼과 데미휴먼을 중심으로 한 기모노 차림의 여성들.

비단옷을 걸친 아름다운 창부들을 보며, 무릎을 꿇고 앉은 하루히메는 사람으로 북적거리는 길을 좌로 우로 주시했다.

——없으려나. 없으려나.

어젯밤 만났던 백발 소년의 모습을 자꾸만 찾았다.

하루히메의 시선 움직임에 맞춰, 엉덩이에서 뻗어 나온 굵은 여우 꼬리가 파닥파닥 흔들렸다.

'어제는 정말로…….'

즐거웠지. 꿈만 같은 시간이었지.

마치 고향의 친구들이 저택에서 자신을 데리고 나와주었던 옛날 그날처럼.

그 소년은 따뜻한 마음과 다정한 한순간을 하루히메에게 나누어주었다.

루벨라이트색 눈은 예뻤다.

하루히메가 이제까지 보았던 적이 없을 정도로 맑고 순수했다.

그와 나누었던 온갖 말들을, 이야기를 떠올릴 때마다 입술에는 웃음이, 가슴에는 온기가 깃들었다.

"서방님—"

하리미세 한복판쯤에 있던 하루히메의 대각선 앞, 격자창 바로 앞에 있던 유녀가 지나가던 남자 손님에게 애교있게 웃음을 지었다.

전에 어떤 손님에게 열중하던 언니 유녀를 이상하게 생각했던 사실이 떠올랐다.

같은 수인이었던 그녀는 그때 '너는 모르겠지'라고 으스대며 웃었다.
사랑을 하면 알게 된다고, 그녀는 그렇게도 말했다.
지금 이 마음도, 어쩌면 그에 가까운 것인지 모른다.
분명 어렸을 적 탐독했던 이야기 속의 영웅에게 애를 태웠던 것처럼, 공허한 하루하루 속에 갑자기 나타난 바깥세상의 소년에게 가슴이 두근거렸던 것이다.
'만일 그 아이가…….'
어렸을 때부터 함양했던 풍부한 상상력이 하루히메에게 망상을 가져다주었다.
드문 사례이기는 하지만, 이 환락가에는 모험자가 '낙적(落籍)'을 시켜 빼내준 창부들도 있다고 한다.
보통 그 후 모험자는 던전에서 돌아오지 못하는 몸이 되어 홀로 남은 여자는 불행해진다고 하지만…… 개중에는 이 도시를 떠나 반려와 함께 살아가는 사람도 있다고 한다.
그런 꿈이 자신에게도 찾아온다면——
여기까지 생각한 순간 하루히메는 자조했다.
망상이라고는 하지만 한순간이라도 자신의 시시한 상상에 소년을 끌어들인 점을 사죄했다.
창부인 자신에게는 그런 자격이 없다. 아무것도 못하는 자신에게는 가치가 없다.
무엇보다 **이슈타르 파밀리아가 자신을 놓아주지 않는다.**
"……."

문득 목에 찬 까만 목줄을 매만진 하루히메는 체념을 품으며 고개를 숙였다.

북적거리는 유곽, 웃음을 짓는 창부들에게 에워싸인 가운데 자신만이 세계에서 혼자 남은 것 같은 감각에 사로잡혔다.

오라리오에서 창부의 수요는 높다.

그리고 '세계의 중심'인 이 미궁도시에는 창부들이 자기 발로 모여든다.

오라리오에서 쉽게 돈을 버는 방법은 모험자 외에는 환락가에 몸을 파는 것이다. 동시에 환락가에서 부와 지위를 얻는다는 것은——저명한 모험자나 【파밀리아】의 간부와 맺어져——일정한 권력과도 이어진다.

뒷배를 얻은 '승리자' 창부들은 작은 나라의 여왕 뺨치는 기분이라고 들었다.

억척스러운 창부들은 출세를 꿈꾸며 이곳에 찾아오는 것이다. 무소속이면서 자신만의 가게를 가진 자도 많다.

모험자와 마찬가지로, 이 미궁도시에서 이름을 떨친다는 것은 힘을 얻는다는 것과 동의어이다. 많은 창부가 야망을 품고 오라리오로 오기에, 하루히메 같은 처지의 아가씨들은 오히려 소수에 속한다.

그래도 인신매매라는 행위가 끊이지 않는 이유는 어디까지나 손님이 원하는, 르나르를 비롯한 희귀한 종족이 있기 때문이다.

'……나는.'

어째서 자신이 이런 꼴을 당해야 하느냐고, 소리를 질러 대면 편해질지도 모른다.

절연당한 계기를 제공한 그 파룸 손님을 증오하면 구원을 받을지도 모른다.

그러나 약하고 겁 많은 자신은 소리를 지를 수도, 남을 원망할 수도 없다. 무섭기 때문이다.

하루히메는 그 사실을 잘 안다.

"또 그런 표정 한다. 제대로 못해?"

어두운 표정을 짓고 있던 하루히메를 곁에 있던 언니 창부가 작은 목소리로 꾸짖었다.

반사적으로 등을 쭉 편다. 자신을 가둬놓은 감옥 밖을 향해 고개를 들자 하리미세 앞에서 발을 멈추는 손님이 드문드문 나타나기 시작했다.

저택에 있을 때는 자랑거리였던 이 금색 머리와 털도 지금은 성가시게만 여겨졌다.

보기 드문 르나르의 털결은 눈에 뜨인다. 수많은 남성이 하루히메를 알아보고 시선을 보내는 것이다.

봐, 오늘도 또.

깡마른 시앙스로프가 꿈을 꾸는 것처럼 하루히메를 바라본다.

취향이 아닌 상대라도 눈을 돌리지 마라—— 그렇게 주입받았던 창부의 가르침이 고개를 숙이도록 내버려두지 않는다. 눈길을 빼앗긴 상대에게 하루히메는 아름다운 인형의 웃음을 지었다.

금세 코를 벌름거린 수인은 하리미세와 이어진 기루 안으로 뛰어 들어갔다.

'그 아이는 분명 놀랐지…….'

소년과의 만남을 떠올리면서, 오늘도 몸을 팔게 될 것 같다고 손님을 눈으로 따라갔다.

그리고 인형인 채 멍하니 앉아 있으려니, 하리미세 안에 있던 창부들이 갑자기 술렁거렸다.

"어머나, 미남!"

"오빠, 날 지명해주세요!"

대로 쪽, 격자창 앞에 선 단아한 얼굴의 휴먼에게 새된 목소리가 날아들었다.

시선을 보내니, 하리미세 안에서 무언가를 찾아내려는 것 같던 그 인물과 눈이 마주쳤다.

두 눈을 크게 뜬 휴먼은 끌어안듯 격자창을 붙들었다.

"하루히메 공! 저입니다—— 미코토입니다!"

그 순간 하루히메의 호흡이 멎었다.

그 목소리와 올곧은 시선을 보고 인물의 정체를 깨달았다.

멀리 떨어진 곳에 있어야 할 고향의 소꿉친구—— 남장을 한 미코토였다.

유곽에 갇혀 워 게임을 관전하지 못했던 하루히메는 동

향의 지기가 이곳 오라리오에 있다는 사실은 꿈에도 몰랐으므로 혼란의 소용돌이에 빨려 들어갔다.

얼어붙은 그녀의 가느다란 목이 떨려 목줄이 달칵달칵 소리를 냈다.

——아아, 왜. 어떻게.

하루히메가 품은 것은 재회했다는 기쁨이이 아니라 절망에 가까운 탄식이었다.

손을 맞잡고 웃음을 나누었던 소꿉친구가, 과거의 아름다운 추억이, 창부로 전락한 지금의 자신을 바라본다.

부끄러워!! 부끄러워!! 부끄러워!!

하루히메에게 남아 있던 수치심이 온몸을 불태웠다. 보지 말라고 소리를 지르고 싶었다. 날붙이로 자신의 더러워진 피부를 찢어발겨 내팽개치고 싶은 충동에 휩싸였다.

'왜…….'

왜 하필 지금인가. 왜 지금 이 순간인가.

앞으로 조금만 더 있었더라면 재회의 순간 따위 찾아오지 않았을 것을——

미코토의 시선에 사로잡혀, 조용해진 창부들이 지켜보는 가운데, 하루히메는 떨리는 입술을 열었다.

"……다른 분과 착각하신 것이 아닌지요. 소녀는 나리와 같은 분은 모르겠사옵니다……."

거절의 말에 눈을 크게 뜬 미코토는 눈물을 쏟을 것 같은 표정을 지었다.

그 타이밍을 가늠한 것처럼 기루 안쪽에서 하루히메를 부르는 목소리가 들렸다.

"하루히메, 부르잖아."

"예……."

동요를 억누르면서 그 자리에서 일어났다.

시야에서 멀어지려 하는 하루히메를, 격자창에 매달린 미코토가 필사적으로 불렀다.

"기다, 기다려주십시오, 하루히메 공!!"

동향의 지기에게서 눈을 돌리고 하루히메는 하리미세를 나갔다.

"오늘은 못난 꼴 보이지 마."

그녀를 부르러 온 갈색 아마조네스 유녀는 아무것도 묻지 않고 엇갈려 지나가면서 사무적으로 말했다.

"예."

여느 때 이상으로 마음을 어둡게 물들이면서 그렇게 대답한 하루히메는, 남자가 기다리고 있을 방으로 조용히 향했다.

찬란하게 빛나는 유곽을 그 방에서 내려다볼 수 있었다.

아득한 아래쪽에 보이는 극동의 창관 거리를 창문으로 바라보던 아이샤는 열린 문으로 들어온 인물, 아니, 신물을 보고 창가에서 떨어져 방 한복판으로 향했다.

【이슈타르 파밀리아】의 홈 20층에 존재하는 커다란 방이었다.

난잡하게 모인 의자와 소파에는 몇 명이나 되는 아마조네스—— 파벌 간부며 뛰어난 전투원 등, 【파밀리아】가 자랑하는 바벨라들이 모두 모였다. 주문품인 거대한 소파를 삐걱거리면서 혼자 점령한 거구의 여성, 프뤼네의 모습도 있었다.

빈 소파 하나에 아이샤도 난폭하게 앉자 막 입실한 이슈타르가 단원들에게 다가왔다.

"다 모였지?"

함께 들어온 청년 종자 탐무즈가 빼준 의자에 앉은 이슈타르는 곰방대를 입에 물었다.

아이샤를 비롯한 단원들이 이 방에 모인 것은 주신에게 갑작스러운 소집을 받았기 때문이었다.

"갑자기 불러내다니. 무슨 일이야, 이슈타르 님?"

"나 오늘은 꼭 남자 데려오려고 했는데~."

아마조네스들이 수다를 떨거나 말거나 이슈타르는 입을 열었다.

"너희들, 프레이야 파 애들에게 들키지 않도록 벨 크라넬을 잡아 와."

주신의 직속 명령에 온 실내가 침묵에 잠겼다. 그리고.

『뭐야, 결국 이슈타르 님한테 뺏기는 거야?』

그렇게 불평을 시작하는 아마조네스들. 질투와 항의의 목소리를 높이는 권속들에게 이슈타르는 너무 그러지 말라며 웃음을 지었다.

"【프레이야 파밀리아】 애들에게 들키지 않도록? 그건 무슨 말이지?"

등받이에 몸을 기댄 아이샤의 질문에 이슈타르가 대답했다.

"그 여자가, 어째서인지 손도 대지 않으면서 벨 크라넬에게 집착한다던걸. 그걸 내가 옆에서 가로채겠다는 말씀."

만인을 황홀케 하는 미모에 흉흉한 웃음이 떠올랐다.

"그 꼬맹이가 이미 내 포로가 됐다는 사실을 알면…… 그 여자가 어떤 표정을 지을까."

그때의 광경을 떠올렸는지 미의 신은 입술을 추어올린 채 큰 희열에 잠겼다.

"악취미야~."

주위의 소녀들이 능글능글 웃는 가운데 이슈타르는 권속들의 얼굴을 둘러보았다.

"너희는 먹어선 안 돼. 특히── 프뤼네."

"……께게게겍, 이거 섭섭하네에, 이슈타르 님. 내가 댁한테서 새치기하는 것 봤어어?"

조금 전부터 입을 다물고 있던 거구, 【안드로크토노스】라는 별명을 가진 단장에게 엄중 주의하는 이슈타르. 얼버무리려는 프뤼네의 속내를 꿰뚫어 보듯 여신은 눈을 가늘게 떴다.

“몰래 훔쳐 먹을 생각 하지 마. 네가 손을 대면 그 꼬맹이는 못쓰게 될 테니까. 처음에는 나…… 볼일이 끝나면 너희에게도 줄 테니 그때는 마음대로 해.”

후우— 곰방대에서 연기를 길게 뿜어내는 이슈타르.

연기를 뒤집어써 얼굴을 요란하게 찡그린 프뤼네는 불만의 빛이 역력했지만 주신의 명령이기도 하므로 거역하지 않고 마지못해 고개를 끄덕였다.

『꼴좋다.』

다른 아마조네스들과 마찬가지로 아이샤는 혀를 내밀었다.

“하지만 이슈타르 님.”

“뭐지, 사미라?”

“하필이면 이 시기에 벨 크라넬한테까지 손을 대려고? 난 ‘살생석’ 의식이 끝난 다음에 하는 게 나을 것 같은데.”

사미라라고 불린 남자 같은 말투를 쓰는 회색머리 아마조네스가 그런 의견을 제시했다.

“벨 크라넬의 정보는 어떤 선에서 들어왔다만…… 나는 그놈을 별로 신용하지 않거든. 내가 약점을 쥐었다는 걸 프레이야도 조만간 파악할 거야. 그 여자가 수를 쓰기 전에 빼앗아야지.”

단원들에게 자신의 생각을 말한 이슈타르는, 다음으로는 대담한 안광을 자수정색 눈동자에 띠었다.

"'살생석'이 준비되는 대로 **프레이야와 전쟁을 하겠어**. 그 꼬맹이에게도 도발의 도구든 뭐든 역할을 줘야지……. 너희도 마음 단단히 먹어."

벨을 다가올 항쟁에 앞서 포석으로 삼겠다는 주신에게―― 아마조네스들은 겁먹는 기색도 없이 사나운 웃음을 지었다. 프뤼네도 그 커다란 입술을 개구리처럼 좌악 벌렸다. 아이샤만이 표정을 바꾸지 않고 입을 다물었다.

"께게게게겍! 그런데 정작 토끼는 어떻게 할 거야아? 어디서 사냥할까아?"

프뤼네의 목소리에 아마조네스들은 납치 수법을 의논하기 시작했다. 권속들의 대화에 이슈타르가 끼어들었다.

"지상은 피해. 눈에 뜨이게 해서는 안 돼."

워 게임에서 화제가 된【헤스티아 파밀리아】에게는 세간이 주목한다. 그들에게 무슨 일이 생기면 정보는 금세 도시에 퍼질 것이다. 길드나 프레이야의 귀에도 들어간다.

오라리오가 벨이나 그의 동료들에 관한 정보에 민감해졌다는 이슈타르의 말에.

"그럼…… 역시 던전이겠군."

범죄를 일으키려면 미궁. 그것이 모험자들의 공통견해였다. '중층'에서라면 한정된 상급 모험자밖에 없으므로 눈에도 잘 뜨이지 않는다.

"토끼는 어떻게 유인할까?"

"이슈타르 님의 이름을 대면 뭐든 쓸 수 있지 않겠어?

우리한테 유리한 걸로 이용하면 되지.”

오만불손한 단장 대신 아이샤가 중추가 되어 단원들에게 대답하자 프뤼네는 그 모습에 재미없다는 듯 흥 코웃음을 쳤다. 아이샤도 노려보며 뭐냐고 되물었다.

두 사람이 눈싸움을 벌이는 가운데, 회색 단발머리를 찰랑거리며 사미라가 말했다.

“야, 하루히메는 데려갈 거야?”

자신도 포함한 모두에게 확인을 구하는 목소리. 이슈타르는 재미있다는 표정으로 물었다.

“그건 너희 좋을 대로 하면 되겠지만…… 뭐야, 【리틀 루키】가 그렇게 버거운 상대야?”

“발은 분명 우리보다 빠를걸.”

프뤼네와 다투면서 추적하기는 했지만 결국 포획하지 못했던 어젯밤의 이야기를 아마조네스들은 입을 모아 주신에게 설명했다. 사냥에 참가했던 그녀들은 거의 모두 Lv.3이었다.

“히아킨토스하고 싸우는 걸 보면서 생각했지만 말야…… 이제 겨우 Lv.3인데, ‘민첩’을 대체 얼마를 찍은 건지.”

Lv.3 도달 기록을 갈아치운 레코드 홀더는 이미 과장도 거짓도 아닌 진짜라고.

행간으로 그렇게 중얼거리는 사미라에게 아이샤도 속으로는 같은 심정이었다.

그런 단원들에게 프뤼네가 조소했다.

"너희처럼 쓸모없는 것들은 하루히메든 뭐든 써서 토끼를 몰아넣으라고오. 뒷일은 내가 알아서 할 테니이."

그 말에 사미라를 비롯한 단원들이 가증스럽다는 시선을 보냈다.

유일하게 벨의 속도에도 개의치 않았던 Lv.5가 하는 말에 얼굴을 찡그리며, 아이샤는 창문으로 눈을 돌렸다.

이 위치에서는 보이지 않지만 시선 방향에는 유곽이 있다.

"……하루히메도 못난 것치고는 그 애 나름대로【파밀리아】에 공헌을 하니까, 마지막 순간에라도 밖에 내보내 날개를 펴도록 해주는 것도 좋지 않겠어?"

갑작스럽고도 뜬금없는 제안에 아마조네스들이 우뚝 몸을 멈춘 후 얼굴을 마주 보았다.

금세 프뤼네의 조롱하는 목소리가 울려 퍼졌다.

"헛소리하고 앉았네에. 만약 도망치기라도 하면 어쩌려고? 아니면 네가 놓아주려고오, 아이샤~?"

"……."

"다른 파벌에도 '그걸' 알릴 수는 없을 텐데에?"

조롱 속에 살의까지도 내비치는 프뤼네에게 아이샤는 아무 말도 하지 않았다.

그리고 이때만큼은 아무도 아이샤를 옹호하려 들지 않고, 사미라도 어깨를 으쓱했다.

"왜 아이샤가 둔해터진 그딴 녀석을 신경 쓰는지 모르겠네. 난 하루히메 싫어."

사미라가 가볍게 웃어넘기고, 잠자코 있던 이슈타르도 허공에 연기를 뿜었다.

보라색 연기가 시야에 넘실대는 가운데 자수정과도 같은 눈동자가 가만히 바라보던 아이샤의 손이 무의식적으로 떨리고 있었다.

알아차리지 못하도록 어금니를 깨물며 아이샤가 떨림을 억누르고 있으려니 이슈타르는 눈을 가늘게 떴다.

"안 돼."

그것으로 끝이었다.

아이샤의 주장은 없었던 것이 되고, 토끼 포획 방법이 논의되었다.

코웃음을 치듯 한숨을 쉰 아이샤는 창밖의 환락가에 펼쳐진 푸른 밤하늘과.

조금씩 차오르는 달을 바라보았다.

어둠이 깊어져가는 시간대.

오라리오 중앙, 백색 거탑의 최상층에서 높은 구두 굽 소리가 울려 퍼졌다.

복도를 나아가는 그 소리에서는 어딘가 날카로운 기척

이 배어 나왔으며, 그때마다 깊은 슬릿이 들어간 까만 드레스가 펄럭거렸다. 어스름한 통로에서 백옥 같은 피부를 드러낸 그녀는 방 앞에서 기다리던 종자에게 떡갈나무 문을 열게 하고 안으로 들어갔다.

"오탈, 포도주 가져와."

달빛이 스며드는 바벨 최상층의 방 안에서 '미의 신' 프레이야는 그 말만을 하고는 비치된 의자에 앉았다.

호화로운 의자의 등받이가 부드러운 엉덩이와 가느다란 허리, 은색 장발이 걸린 등을 받아들였다.

바위 같은 거구를 자랑하는 멧돼지 수인, 보어즈 종자 오탈은 묵묵히 주인의 명령에 따랐다.

과일나무 도안이 새겨진 질 좋은 테이블에 잔을 놓고 주인이 포도주를 입에 대기를 기다렸다가 오탈이 물었다.

"무슨 일 있으셨습니까?"

치밀한 미모 속에 보기 드물게 언짢은 빛을 담은 프레이야는 곁에 선 그를 흘끔 보았다.

"미아에게 아무 말 못 들었어?"

"예."

짧은 대답에 기분 상한 기색도 보이지 않고 프레이야는 다시 한 번 포도주를 입에 머금었다.

사르륵 은색 장발을 어깨에서 늘어뜨리며 그녀는 종자에게 말했다.

헤르메스에게서 제공되었던 정보—— 같은 '미의 신'인

이슈타르가 무엇을 알았는지를.

"그 남신은 역시 그냥 내버려두어서는 안 되는 것 아닙니까?"

"그러게. 다음에 만나면 벌을 주어야 하려나."

본인, 아니, 본신이 들었으면 거품을 뿜으며 쓰러졌을 것 같은 대화를 나누며.

프레이야는 자신의 은발을 빙글빙글 손가락으로 꼬았다.

"이슈타르가 이것저것 캐내려 하는 게 싫어 한동안 얌전히 있으려고 했더니…… 지긋지긋해라."

그녀답지 않은, 토라진 듯한 말투에.

오탈은 미간에 힘을 주고 입을 꾹 다물었다.

미노타우로스도 맨발로 도망칠 것 같은 종자의 표정을 알아차리지 못한 채 프레이야는 탄식했다.

"이슈타르가 그 아이에 대해 알았어. 바보 같은 짓을 하지 않으면 좋겠는데."

"……분풀이로 공격한단 말씀입니까?"

"그 정도면 그나마 귀여운 편이고."

소년을 공격하지 않겠느냐고 우려하는 오탈을 내버려둔 채 프레이야는 허공을 노려보듯 시선을 돌렸다.

이슈타르와 자신의 갈등――정확히는 상대의 일방적인 질투――을 잘 아는 프레이야는 그녀가 어떠한 행동에 나설지를 확신에 가까운 형태로 예상했다.

자신이 도출한 정답에 그녀는 다시 살짝 탄식했다.

"벨 크라넬을 먼저 포획할까요?"

"……."

종자의 제안에 프레이야는 잠시 뜸을 들인 후,

"……아직은 기다려."

그리고 어딘가 고집스럽게 내쳤다.

"주제넘은 말씀이었습니다."

사죄하는 오탈을 나무라지 않고, 그녀는 창밖으로 눈을 돌렸다.

오라리오의 가장 높은 위치에서 내다볼 수 있는 밤하늘을 쳐다보려고도 하지 않는다.

"이슈타르 파의 동향을 지켜보도록 해. 다른 아이들에게도 전해두고. ……나도 한동안은 홈에 있겠어."

"분부 받들겠습니다."

공손한 대답을 어깨로 흘려들으며 프레이야는 남은 포도주를 단숨에 들이켰다.

4장 유곽×춘몽

"잘 먹었습니다……."

태양이 시벽에서 모습을 나타낸 아침, 홈의 식당.

미코토 씨는 조금 기운 없는 목소리로 식사를 마쳤다.

식사도 얼마 하지 않아 빵 하나뿐. 수프도 야채도 손을 대지 않고, 감자돌이는 자기 것까지 먹으라는 듯 접시에 쌓아놓은 채였다.

먹을 것이 목으로 넘어가지 않는 표정으로 자기 접시를 치우기 시작하는 미코토 씨의 모습을 식탁에 함께 앉은 주신님, 릴리, 벨프, 그리고 나는 걱정스레 바라보았다.

"여봐라, 미코토 군에게 무슨 일 있었느냐?"

"어젯밤에 늦게까지 나가 계셨던 것 같았는데요……."

얼굴을 들이대는 주신님에게 릴리는 보고 들은 것만을 전했다. 그러는 동안에도 자리를 뜬 미코토 씨는 접시를 다 씻고, 그대로 식당을 나가버렸다.

나는 벨프와 시선을 나누고 고개를 끄덕인 다음, 예의에는 어긋나지만 아침을 재빨리 욱여넣고 일어났다.

벨프에게 뒷정리를 맡기고 미코토 씨를 따라갔다.

"미코토 씨!"

"벨 공……."

비척비척 현관을 나가려 하는 뒷모습을 따라갔다.

평소의 늠름하던 눈빛을 잊어버린 자청색 눈동자가 나를 돌아본다.

"어젯밤에는 역시……?"

내 물음에 미코토 씨는 힘없이 고개를 끄덕였다.

생각대로 어젯밤 하루히메 씨에게 찾아갔던 모양이다. 엄청나게 풀이 죽은 모습에 혹시나 싶기는 했지만…… 나는 망설인 끝에 잠깐 이야기를 하자고 과감하게 제안했다.

미코토 씨도 받아들여주어, 서서 이야기를 하기는 뭣하니 현관에서 앞뜰 한쪽의 나무상자와 나무통이 놓인 저택 한구석으로 이동했다.

"하루히메 공께 찾아가봤습니다만…… 거절당하고 말았습니다."

미코토 씨가 어젯밤에 있었던 길을 띄엄띄엄 들려주었다.

서점에서 나에게 하루히메 씨에 대해 들은 그녀는 도저히 가만있을 수가 없었던 모양이었다. 신원이 들통 나지 않도록 남장을 하고 유곽에 갔다고 한다.

"저 같은 사람은 모른다고……."

의기소침한 표정으로 고개를 숙이는 미코토 씨.

유곽에서 나누었던 대화로 짐작컨대 하루히메 씨는 미코토 씨와 옛 친구들이 도시에 있다는 사실을 몰랐을 것이다. 거절했다는 그녀의 마음은 알 도리가 없지만, 갑작스러운 재회에 동요하고 말았던 것이 아닐까.

어쩌면…… 창부인 자신을 보지 않았으면 했던 걸까.

억측일 뿐이지만 그 사람의 온갖 표정을 떠올린 나는 그렇게 생각해버렸다.

"……저기, 미코토 씨. 하루히메 씨는 극동에 있을 때 어떤 사람이었나요?"

왜 그 사람에 대해 이렇게까지 알고 싶어 하는지 스스로도 이해하지 못한 채 입을 열었다.

미코토 씨에게 기운을 되찾아줄 방법을 모르는 나는 그 답답함을 메우려는 것처럼 그렇게 물었다.

"……예의 바르고, 기품이 있고, 그러나 세상 물정을 잘 모르는 분이었습니다. 사소한 일에도 놀라고, 신기해하고…… 기뻐했지요."

띄엄띄엄, 지면의 잔디를 바라보며 미코토 씨는 말을 시작했다.

먼 날의 추억을 되새기듯.

"언제나 쭈뼛거렸습니다. 치구사 공과도 달라서 자신이 여기 있어도 되는 것인지 항상 불안하게 여기는 듯한…… 그렇기에 그분이 웃음을 보여줄 때면 저는 기뻤습니다."

어렸을 때의 하루히메 씨……. 나도 어린 르나르 소녀의 천진난만한 웃음을 떠올렸다.

"무엇보다 그분은 마음이 고왔습니다. 그분과 알기 전, 하루히메 공은 저택 뒷산의 신사에 사는 저희의 소문을 듣고…… 아버님께 식량을 나누어주도록 부탁을 드렸다는군요."

"네……?"

"자신은 이렇게 많이 먹지 못하니 신들께 나눠드렸으면 좋겠다고……. 그분이 처음으로 아버님께 떼를 쓴 날이었다고 합니다."

저택 안에서 늘 바뀌지 않는, 굶주림이란 것을 모르는 생활을 보내던 하루히메 씨에게 풍문으로 전해들은 미코토 씨 일행의 존재는 충격적이었다고 한다. 남루한 차림으로 풀뿌리를 캐먹고, 산나물 같은 것에 매달려 입에 풀칠을 하는 아이들과 신들.

이미 동화니 설화 같은 다정한 세계를 접했던 하루히메 씨는 어린 마음에도 슬픔을 느껴, 얼굴도 모르는 사람들을 위해 아버지에게 몇 번이나 애원했다고 한다.

"신사에 원조 형태로 도착한 식량에 저희는 기뻐했습니다. 다음으로는 이것을 보내준 분께 관심을 가졌지요. 산기슭의 저택에서 보내왔다는 사실을 듣고, 저나 다른 분들은 그로부터 몰래 산을 내려가 담장에 매달려 안을 엿보게 되었고……."

그리고 하루히메 씨를 보았다.

화려한 저택의 툇마루에서 이야기 두루마리를 펼쳐놓고, 홀로 쓸쓸하게 하늘을 바라보던 르나르 소녀를.

"부끄러운 말씀이오나 의협심에 사로잡혔지요. 저희를 구해준 분에게서 외로움을 없애고 말겠다고."

미코토 씨는 멋쩍은 것처럼 살짝 뺨을 붉히고 입가에 희미한 웃음을 지었다.

소녀의 애원이 식량을 보내주었다는 사실을 이미 알았던 미코토 씨 일행은 신들과 의논했다. 그리고 하루히메 씨의 사정을 보다 못한 타케미카즈치 님이 등을 밀어주었던 것이다.

"저희는 하루히메 공의 호의에 보답하기 위해 당시 '은혜'를 받았습니다."

미코토 씨가 타케미카즈치 님께 '팔나'를 받은 것이 그때였다고 한다.

몸 움직이는 법을 익힐 때까지 금지되었다는 【스테이터스】를 애원하고, 허락받은 것이다.

이 사람은…… 하루히메 씨를 위해 '팔나'를 몸에 새겼던 거구나.

"그 후로는 어제 말씀드린 대로입니다. 저와 다른 분들이 힘을 합쳐 저택에 숨어들어, 하루히메 공을 데리고 나왔습니다."

타케미카즈치 님께 무술을 배우고 【스테이터스】까지 얻은 미코토 씨 일행은 어렵지 않게 어른들의 눈을 피해 밤마다 하루히메 씨를 데리고 나왔다고 한다.

지금 생각해보면 하루히메 씨의 아버님에게는 은혜를 원수로 갚는 짓이었다고, 미코토 씨는 쓴웃음을 지었다.

"처음에는 하루히메 공도 놀라셨지요. 듣도 보도 못한 꾀죄죄한 아이들이 갑자기 몰려들어선 밖에 놀러 나가자고 하니……."

당황하는 소녀는 거의 억지로 끌려나갔고, 기쁨과 흥분을 알았다.

두 번, 세 번, 몇 번이나 찾아오는 동년배 아이들을 그녀는 어느샌가 고대하게 되었다.

"마침내 저택을 빠져나갔다는 사실이 들통 났지만, 그래도 굴하지 않고 찾아오는 저희에게…… 하루히메 공은 이렇게 말씀해주셨습니다."

대소동이 벌어진 저택.

소녀를 보내기 위해 어른 경호대와 요란한 활극을 벌이는 아이들.

푸른 달빛 아래 자신의 손을 잡고 논밭을 달리는 흑발 여자아이.

바깥세상에 끌고 나와준 그녀들에게 소녀는 숨을 헐떡이고, 뺨을 붉히며 웃었다.

——미코토네는 이야기 속에 나오는 영웅님들 같아.

달리면서 돌아본 흑발 소녀 또한 감격에 겨워 활짝 웃었다고 한다.

"기뻤습니다. 자랑스러웠습니다. 저는 은혜를 갚을 수 있었다고…… 그녀를 웃게 해줄 수 있었다고."

그로부터 하루히메 씨와 여러 곳을 다 함께 뛰어다녔다고 한다.

딸을 끌고 나가는 괘씸한 놈들——가난에 허덕이는 미코토 씨네에 대한 원조는 더 이상 받아들이지 않게 되었다지만, 그래도 틈만 나면 저택을 빠져나왔다고 한다.

오우카 씨, 치구사 씨, 미코토 씨, 다른 아이들과 함께 웃음을 나누는 하루히메 씨와의 관계는…… 그 순간이 올 때까지 계속 이어졌다고, 옛날 일을 흐뭇하게 이야기하던 미코토 씨는 꿈에서 깨어난 것처럼 가만히 시선을 지면에 떨구었다.

이윽고 하루히메 씨는 이국으로 팔려 나가 창부가 되었고.

미코토 씨 일행은 태어나 자랐던 곳을 지키기 위해 모험자가 되었다.

2년 전에 오라리오로 건너와, 그때까지 별로 늘지 않았던 【스테이터스】도 미궁 덕에 압도적인 실전과 【엑세리아】를 얻으며 눈 깜짝할 사이에 성장해 쑥쑥 두각을 나타냈다.

그리고 우선 오우카 씨가, 다음으로는 미코토 씨가 【랭크 업】을 이루었고.

소문 자자한 루키, 라고 모험자들 사이에서 이름이 오를 정도로 유명해진 지금이 되어.

뿔뿔이 흩어졌던 점과 점, 하루히메 씨와 미코토 씨는 이 도시에서 다시 교차하게 되었다.

생각지도 못했던 재회와 변해버린 서로의 입장에 미코토 씨는 목소리를 떨었다.

"그분이 괴로워하고 있다면 구해주고 싶습니다…… 아니, 그 무렵과 같은 관계를 다시 한 번 되찾고 싶습니다."

마음 깊은 곳에 쌓인 바람을 미코토 씨는 견디지 못하고 토로했다.

자신의 어깨에 손을 뻗어 등에 새겨진 '팔나'를 매만지며.

"그저 아집이지만…… 저는 분명, 그저 다시 하루히메 공의 웃음을 다시 한 번 보고 싶은 것이겠지요."

눈물을 머금은 눈을 북북 팔로 문지르며 미코토 씨는 말했다.

여자의 눈물에 나는 다시 아무 말도 건넬 수가 없었다.

이야기를 마치고 미코토 씨가 진정이 될 때까지 시간이 흐른 후.

부끄러운 모습을 보였다며 나에게 사과한 그녀는, 이제 길드로 갈 거라고 오늘 세웠던 예정을 들려주었다. 헛수고로 끝나리라는 것을 알지만 그래도 무언가 타개책을 찾아보고 싶다고 한다.

나도 함께 가게 해달라고 부탁했다. 따라가봤자 별로 의미는 없겠지만 무언가를 하지 않고서는 견딜 수 없는 심정이었다.

승낙해준 그녀와 함께 홈 정문을 빠져나갔다.

"……."

"……."

홈 주위로 따라 난 길을 걷는 우리는 계속 말이 없었다.

하루히메 씨의 사정을 공유한 것만으로도 현재의 이 상황에는 암담한 심정이었다. 섣부른 위로를 해봤자 서로 상처를 핥는 정도밖에는 안 된다는 것을 아는 만큼 침묵을 지키지 않을 수 없었다.

누가 보면 불평할 정도로 어두운 표정을 한 채 터덜터덜 걸어갔다.

그리고 홈에서 대로로 접어들려 했을 때.

"여, 여어. 벨, 미코토."

"……헤르메스 님?"

길모퉁이 뒤에 몸을 감추고 있던 헤르메스 님이 머리에 쓴 모자를 파닥파닥 흔들며 눈앞에 나타났다.

뭘까. 마치 우리 홈에서 사람이 나오기를 기다렸던 것 같은데…….

"아~ 너희 혹시 요즘 뭔가 험한 일 당하지는 않았어? 구체적으로 말하자면 수많은 아마조네스에게 쫓겼다거나……."

"가, 갑자기 무슨 말씀이신지요……?"

뜬금없는 소리를 하는 헤르메스 님께 미코토 씨가 당황했다. 아니, 그야 당장 그저께 아이샤 씨네에게 죽을 정도로 쫓겨다니긴 했지만…….

오늘도 혼자 나타난 남신님은 어딘가 안절부절못하는, 그러면서도 송구스러워하는 눈치였다.

시선을 이리저리 돌리며 연신 챙 달린 모자를 만지작거리던 헤르메스 님은 그제야 우리의 표정을 알아차렸다.

"기운이 없어 보이는데…… 무슨 일 있었어?"

그 질문에 시선을 나눈 나와 미코토 씨는 나란히 고개를 숙였다.
그런 우리의 알기 쉬운 모습에 헤르메스 님은 그때까지 보이던 태도를 버리고는 웃음을 지었다.
"나라도 괜찮다면 의논 상대가 돼줄까?"
"네……?"
"여기서 들은 이야기는 절대 아무에게도 하지 않을게. 신의 이름에 걸고 맹세하지."
놀라는 우리에게 헤르메스 님은 벗어든 모자를 가슴에 댔다.
"이래봬도 신이라고. 무언가 힘이 될지도 모르잖아?"
방황하는 하계 사람들을 이끌어주는 그런 목소리와, 어딘가 어린아이 같은 윙크.
다시 한 번 얼굴을 마주 본 나와 미코토 씨는…… 조용한 표정으로 고개를 끄덕였다.
하루히메 씨의 현재 상황을 어떻게든 하고 싶다는 그 한 마음으로, 헤르메스 님에게 의논을 해보기로 결심했다.

밀담에는 딱 안성맞춤인 곳이 있지.
그렇게 말하며 헤르메스 님이 우리를 데려간 곳은 도시 남서쪽에 있는 우리의 홈에서 조금 걸어간 곳, 그리고 예전에 내가 헤스티아 님과 약속장소로 쓴 적이 있는 '아모르 광장' 부근의 어떤 가게였다.

복잡한 골목길 틈에 세워진 세련된 찻집 '위셰'는 아는 사람들만 알 것 같은 조그만 가게로, 청결한 내부에는 우리를 제외하면 젊은 커플밖에 보이지 않았다.

안경을 낀 엘프 마스터의 안내를 받아 가게 안쪽 자리로 들어갔다.

"그렇구나……. 친구가 창부가 됐다고."

이야기를 들은 헤르메스 님은 홍차를 한 모금 마셔 목을 축였다.

내 곁에 앉은 미코토 씨는 고개가 자꾸만 숙여지려는 것을 참고 정면에 있는 헤르메스 님의 말을 기다렸다.

"너희가 릴리한테 들은 대로, 그 친구를 억지로 창관에서 끌어내…… 이슈타르 파랑 적대하는 짓은 절대로 권장할 수 없지."

항쟁이 벌어지면【헤스티아 파밀리아】는 이번에야말로 망한다고, 그렇게 말하는 헤르메스 님에게 우리는 무겁게 고개를 끄덕였다. 주신님이나 릴리, 벨프까지 말려들리라는 사실은 은 잘 안다.

미코토 씨도 컨버전을 한 지 얼마 안 되었으니……【파밀리아】를 빠져나갈 수는 없다. 만약 탈퇴할 수 있었다면 의리가 두터운 그녀는 당장이라도 혼자 막무가내로 달려갔을지 모른다. 옆자리에 있는 미코토 씨의 진지한 표정을 나도 모르게 쳐다보고, 나는 그런 생각을 했다.

"보통 【파밀리아】의 내정에는 간섭하는 게 아니야. 아는 사람이 있다고 해서 고개를 들이미는 짓은 누구에게도 도움이 안 돼."

헤르메스 님이 또렷한 어조로 그렇게 말씀하셔서 우리의 얼굴은 더욱 어두워졌다.

역시 어떻게도 안 되는 걸까. 그런 무력감이 몸을 무겁게 했다.

그러나 그때.

"——하지만 상대가 창부라면 이야기가 다르지."

헤르메스 님의 목소리가 갑자기 밝아졌다.

""네?!""

나란히 놀라는 나와 미코토 씨에게, 비관을 날려버릴 것 같은 웃음을 짓는다.

"그 친구가 파벌 내에서 어떤 위치…… 지위를 가졌느냐에 따라서도 다르지만, 하위 구성원, 특히 비전투원 창부라면 '낙적'이 가능하거든."

'낙적'—— 환락가의 독자적인 규칙을 헤르메스 님이 설명해주셨다.

간단히 정리하자면, 거금과 맞바꾸어 창부를 거둬가는 시스템.

그 인물에게 걸린 빚, 혹은 몸값을 지불하면 돈을 낸 사람은 창부를 환락가에서 빼낼 수 있다. 오라리오에서는 성공을 거둔 상급 모험자가 마음에 든 창부를 사들여 평생의 반려로 삼거나 돌보는 일이 종종 있다고 한다.

철저하게 창부를 상품으로 간주하는 그 제도에 혐오감을 품지 않았다면 거짓말이 되겠지만…… 지금에 한해서만은, 이건, 어쩌면.

"……평범한 창관이라면 그런 '낙적'도 가능할지 모르겠사오나…… 【이슈타르 파밀리아】 같은 대형 파벌이, 쉽게 단원을 놓아주려 할지요?"

한줄기 광명에 가슴을 두근거렸던 나와는 대조적으로 미코토 씨는 감정을 억누르듯 신중하게, 냉정하게 의견을 제시했다.

헤르메스 님은 미코토 씨의 그런 우려도 문제가 되지 않는다는 양 웃음을 지었다.

"괜찮아. '미의 신' 이슈타르는 어쨌거나 저쨌거나 사랑을 관장하는 여신이거든. 낙적을 하겠다는 **남자**에게 창부가 따라가겠다고 하면 허락해줄 거야."

그러자 두 사람의 시선이 갑자기 나에게 향한다. 나는 깜짝 놀랐다.

"남은 문제는, 낙적을 하려는 아이가 비전투원…… 파벌의 말단이냐 하는 점뿐인데."

어지간히 강한 전투원이나 간부라면 이슈타르 님도 놓아주려 하지 않을 것이라고.

행간으로 말하며 곁눈질로 확인하려는 듯 이쪽을 살피는 헤르메스 님에게 나는 벌떡 일어나며 목소리를 높였다.

“괘, 괜찮을 거예요!! 하루히메 씨는 말단 구성원일 테니까!”

몸을 내밀며 바보처럼 소리를 질렀다.

이틀 전 유곽에서 만났던 하루히메 씨는 누가 보더라도 싸울 수 있을 것 같은 분위기가 아니었어!

【스테이터스】를 받았는지 어떤지는 모르겠지만, 아마조네스들의 태도나 대우로 봐도 분명 하급 구성원일 거야!

커플 손님들이 고함을 질러대는 나에게 놀라는 가운데, 헤르메스 님은 미소를 지으며 고개를 끄덕였다.

“그러면 희망이 있을지도 모르겠네.”

헤르메스 님의 그 말을 듣고 미코토 씨의 얼굴에도 겨우 떨리는 듯한 환희가 배어 나왔다.

이번에는 그녀가 테이블에서 몸을 내밀었다.

“나, 낙적에 드는 금액은 얼마입니까?!”

“창부의 위계에 따라서도 다르지만…… 시가는 2, 300만 발리스라고 들었는데.”

백만 단위의 거금에 나도 미코토 씨도 꼴깍 목을 울렸다. 하지만.

“——절대 벌지 못할 금액은 아니야.”

얼굴을 마주 보고, 기쁨을 감추지 못한 채 서로 고개를 끄덕였다.

던전의 ‘중층’에 돌입해 【파밀리아】로서 순풍에 돛을 단 것 같은 지금의 우리라면, 시간은 걸리겠지만 분명 확보할 수 있다.

겨우 희망이 보이기 시작하는 감각.

심장이 두근두근 소리를 내고 뺨이 상기되었다.

데리고 나가주었으면. 그 유곽에서 꿈 이야기를 들려주듯 하루히메 씨는 그 말을 했다.

그 사람을 구할 수 있어!

"만약 괜찮다면 그 아이에 대해 가르쳐줄 수 있을까? 나도 이슈타르를 찔러서 무언가 더 도움을 줄 수 있을지도 모르니."

간신히 의자에 앉았지만 그래도 흥분을 억누르지 못하는 나와 미코토 씨를 흐뭇하게 바라보며 헤르메스 님이 말했다.

"하루히메! 산죠노 하루히메 공입니다! 저와 비슷한 나이이며 르나르지요!"

헤르메스 님의 제안에 미코토 씨가 밝은 목소리로 하루히메 씨의 이름과 종족을 말했다.

"……르나르."

그 말을 들은 헤르메느 님은 눈을 크게 뜨더니 중얼거렸다.

연기가 아니라, 마치 순수하게 경악한 것 같은 표정으로.

남신님은 입을 꾹 다물고 우리를 가만히 바라보았다.

"헤르메스 님……?"

돌변한 분위기에, 내가 말을 걸자.

헤르메스 님은 조용히 말했다.

“이건, 내 신조에 어긋나는 일이다만…….”

그렇게 전제를 깔고 무언가를 들려주기 시작했다.

“벨과 환락가에서 만났던 그날, 난 운반 의뢰를 받고 이슈타르에게 어떤 물건을 전해주러 갔어.”

“어떤 물건……?”

“운반책으로서 의뢰주와 물건의 정보를 밝히는 건 규칙 위반, 완전히 자격 실격이다만…… 나는 너희를 편애하니 가르쳐주마.”

갑작스런 말에 내가 의아한 표정을 짓자, 헤르메스 님은 말했다.

“내가 배달한 건 ‘살생석’이라는 아이템이야.”

……살생, 석?

들어본 적이 없는 아이템의 명칭에 나는 고개를 갸웃했다. 미코토 씨도 마찬가지인 모양이었다.

“내가 할 수 있는 말은 여기까지다. 그럼 또 보자 벨, 미코토.”

헤르메스 님은 의자에서 일어났다.

깃털 달린 모자를 다시 쓰고 챙 안쪽에서 등황색 눈을 내비친다.

계산을 마치고 혼자 가게를 나간 헤르메스 님의 뒷모습을, 나와 미코토 씨는 의문과 함께 바라보았다.

“헤르메스 님이 어떻게 된 걸까요?”

"저도 모르겠습니다. 갑자기 분위기가 돌변하셔서……."

찻집을 나온 나와 미코토 씨는 원래 목적지였던 길드에는 들르지 않고 일단 홈으로 돌아가기로 했다. 낙적 자금 확보에 대해 얼른 릴리나 벨프와 의논하고 싶었기 때문이다.

미코토 씨와 어깨를 나란히 하고 걸으며, 마지막에 헤르메스 님이 보인 분위기를 떠올렸다.

헤르메스 님은 대체 무슨 말씀을 하려던 걸까……. 나는 조금 전에 들은 '살생석'이라는 단어를 일단 머리 한구석에 담아두기로 했다.

둘이서 의아한 표정을 지으며 원래 왔던 길을 되돌아갔다.

널찍한 길로 나와 3층 저택이 보이기 시작했을 무렵.

"……?"

"저건……."

나와 미코토 씨는 홈 정문 앞에 마차 한 대가 서 있는 것을 발견했다.

멀리서 봐도 호화롭다는 사실을 알아볼 수 있는 상자형 마차는 우리가 본 것과 거의 동시에 찰싹 채찍 소리를 내더니 말 울음소리와 함께 가버렸다.

무슨 일일까 조금 동요해 홈으로 서둘러 다가가니, 정문 앞에는 벨프와 릴리, 그리고 양피지 한 장을 두 손으로 든 헤스티아 님이 보였다.

"벨프, 릴리! 주신님!"
"아, 벨. 미코토 군도 돌아왔느냐."
"지금 그 마차는 무엇이었습니까?"
내 목소리에 돌아본 세 사람에게 미코토 씨가 물었다. 그 질문에 릴리가 주신님이 든 양피지를 쳐다보며 대답했다.
"상회에서 온 퀘스트예요."
"**상회**?"
앵무새처럼 되묻자 벨프가 고개를 끄덕였다.
"워 게임의 영향이지, 이것도. 돈에 달려드는 놈들이 접촉했어."
릴리와 벨프 사이에 낀 주신님은 의뢰서를 내려다보며 입을 세모꼴로 다물고 음음 신음했다.
조금 전 마차의 소속은 알베라 상회라고 했다.
도시 경제의 일익을 지탱하는 거대 상회이며, 그중 일부가 【헤스티아 파밀리아】에 직접 퀘스트를 가져왔다는 것이다.
오라리오에서밖에 얻을 수 없는 자원은 말할 필요도 없이 귀중하다. 드롭 아이템, 채집 및 채굴품은 우리 모험자들이 모르는 곳에서 매일같이 거래되고 있다.
그중에서도 '하층', '심층'의 전리품쯤 되면 온 대륙의 상인들이 돈을 아끼지 않고 구입하려 들 정도라고 한다. 그리고 그런 미궁 깊은 곳까지 들어갈 수 있는 【파밀리아】나

모험자들은 얼마 되지 않으므로, 상인들은 어떻게든 그런 사람들과 줄을 대려 한다.

이번 알베라 상회의 접촉은 요컨대 워 게임에서 이름을 떨친 우리—— 장래가 유망하다고 판단한【헤스티아 파밀리아】에게 침을 발라놓으러 온 것이 아닐까.

"투자, 하고는 좀 다르지만…… 오라리오에서는 자주 있는 일이지."

상인들이 던전의 수집물과 맞바꾸어 모험자 파티를 원조하는 일은 흔하다.

모험자도 상인이라는 스폰서를 얻으면 아이템 같은 탐색비용도 투자를 받을 수 있으므로 어느 쪽에게나 이익인 셈이다.

계약 내용에 따라서는 위험하기도 하지만, 길드를 거치지 않은 직접 계약의 이익은 이런 데 있다고 한다.

머릿속으로 이러한 내용들을 정리할 동안 릴리는 양피지에 찍힌 상회 인장을 확인했다.

"길드를 통하지 않고 직접 지명한 거니 공식적인 퀘스트는 아니지만, 상대는 확실해요. 게다가 의뢰주는 상회. 비공식 퀘스트보다도 신용도는 훨씬 높죠."

릴리의 견해를 들은 나는 가장 중요한 퀘스트 내용에 대해 물었다.

"어, 무슨 의뢰야?"

"14계층 팬트리에서 석영을 채굴해 오라고 적혀 있구나."

내 질문에 주신님이 대답했다. 벨프와 릴리가 자세한 내용을 읽기 위해 양피지를 보았다.

"보수가 이상할 정도로 의뢰 내용하고 어울리지 않는걸."

"앞으로 잘 봐주세요, 하는 뜻이 뻔히 보이네요."

퀘스트의 보수에 벨프와 릴리가 어이없다는 태도를 보였다. 나와 미코토 씨는 흠칫 반응했다.

의뢰서를 든 주신님을 향해 둘이서 몸을 내밀었다.

""보, 보수가 얼마인가요?!""

"100만 발리스."

""배, 백만……!!""

주신님의 짧은 대답에 부르르 몸을 떠는 나와 미코토 씨.

'낙적'의 목표액을 확보하기 위한 발판이 이렇게 빨리 나타나다니.

"어떻게 해요, 헤스티아 님?"

"음— 상인이나 상회와는 그다지 손을 잡고 싶지 않구나."

이익이 얽힌 번잡한 수속과 대응, 혹은 이해관계를 탐탁찮게 여기시는지 주신님은 내키지 않는 목소리로 말했다.

"상대에게는 미안하지만 이 의뢰는 거절——"

""이거 해요!!""

"뜨악?!"

주신님의 말을 미코토 씨와 동시에 가로막았다. 얼굴을 시뻘겋게 물들이고 다가가는 바람에 주신님은 몸을 벌렁 젖혔다.

"빚을 질 수는 없지만 받을 수 있는 건 받아두는 게 좋달까, 저도얄팍한생각임은거듭명심하고있사오나 어쨌거나 우리에게는한시라도빨리돈이필요하옵니다!!"

"저, 저도 같은 생각이에요!"

미코토 씨와 나란히 연속공격을 펼치듯 주신님께 퍼부어댔다. 손짓발짓 섞어가며 필사적으로 설득하려 했다.

"으~음……. 하기야 나도 멋대로 빚을 져 너희에게 민폐를 끼쳤으니…… 어디까지나 퀘스트의 보수라 보고 받아들인다면야, 상관없겠지."

우리의 기세에 식은땀을 흘리며 다시 한 번 의뢰서에 눈길을 돌린 주신님은 생각을 바꿔주었다.

""고, 고맙습니다!""

인사를 한 나와 미코토 씨는 손을 높이 들어 짝 마주쳤다.

"뭐 하는 걸까요, 대체……."

"해야 할 일을 찾은 모양이지."

물 만난 고기처럼 활력을 얻기 시작한 우리에게 릴리는 어이없어하고, 벨프는 아침의 기운 없던 표정이 사라졌다며 웃었다. 나와 미코토 씨는 멋쩍어하면서 두 사람에게 웃음을 지었다.

"어쩐지 벨과 미코토 군이 상당히 친해져 마음에 걸린다만…… 일단 홈으로 돌아가자꾸나."

우리 넷은 퀘스트에 대해 이야기를 나누고 싶다는 주신님을 따라 들어갔다.

이젠 항쟁 같은 건 필요가 없으니 하루히메 씨를 낙적해 오겠다는 이야기도 진지하게 해보자.

미코토 씨와 마찬가지로 발걸음이 가벼워진 나는 문득 생각이 나 입을 열었다.

"주신님, '살생석'이라고 혹시 아세요?"

"'살생석'? 으음, 들어본 적이 없구나."

운반책을 맡았던 헤르메스 님의 신용을 고려해 이슈타르 님이 '살생석'을 가진 것 같다는 말은 내비치지 않았다. 주신님은 전혀 모르겠다는 눈치였다. 벨프와 릴리에게도 눈을 돌리니.

"넌 아냐?"

"아뇨, 릴리도 들어본 적이 없어요."

그렇게 주신님과 같은 반응이 돌아왔다.

다들 짐작 가는 바가 없다면…… 어지간히 진귀한 물건인가보다, '살생석'이란 건.

궁금하긴 했지만 그 건은 보류하고 우리는 홈으로 향했다.

이야기를 나눈 결과, 우리는 정식으로 알베라 상회의 퀘스트를 수락하게 되었다.

하루히메 씨의 '낙적' 이야기, 창부라는 말을 듣고 어째서인지 나를 쳐다본 헤스티아 님은 떨떠름~한 표정을 지었지만 미코토 씨의 생각을 듣고 역시 떨떠름하게 허가해 주셨다. 그 후 미코토 씨는【타케미카즈치 파밀리아】에 찾아가 낙적 이야기를 비롯해 하루히메 씨에 대한 이야기를 보고했다고 한다.

릴리와 벨프에게서도 이의는 없어,【헤스티아 파밀리아】는 100만 발리스 획득에 적극적으로 나서게 되었다.

"또 퀘스트 때문에 여길 오게 됐네요."

그리고 현재 위치는 던전 14계층.

이야기를 나눈 이틀 후, 탐색 준비, 퀘스트를 수락하겠다는 뜻을 밝히는 연락과 확인에 하루를 쓰고 우리는 미궁에 잠입했다. 대형 백팩을 짊어진 릴리의 목소리가 암굴 형태의 긴 통로에 울려 퍼졌다.

희미한 인광에 회색 바위, 눅눅한 공기. 암반으로 이루어진 동굴과도 같은 미궁 곳곳에는 우리의 악몽을 떠오르게 해주는 수직굴이 존재한다.

'상층'을 재빨리 돌파해 '중층'에 도달한 4인조 파티는 순조롭게 14계층까지 내려갔다.

"자, 여러분. 얼른 가시지요!"

전열 위치에서……라기보다는 파티의 선두에 서서 미코토 씨가 큰 목소리로 채근했다. 붕붕붕! 오른손에 든 카타나를 위아래로 휘두르는 모습이 마치 들뜬 어린아이 같다. 얼굴을 빛내는 그녀의 모습에, 뒤를 따르던 나와 벨프는 쓴웃음을 지었다.

"팬트리로 가는 그런 섣부른 짓은 하고 싶지 않았는데 말이죠……."

한편으로는 배가 고픈 몬스터가 온 계층에서 몰려드는 팬트리에 위기감을 느낀 릴리는 미코토 씨의 나는 듯한 발걸음에 한숨을 참고 있었다. 백팩에 가득 담긴 위장포 같은 아이템을 꼼꼼히 확인한다.

쓴웃음을 지으면서 나도 일단 장비를 확인했다.

소지품── 무기는 《주신님 나이프》와 미노타우로스의 뿔로 만든 붉은 나이프 두 자루뿐. 방패는 없으며 단검 같은 부무장은 미코토 씨의 것도 포함해 서포터인 릴리에게 맡겨놓았다. 갑옷은 워 게임 때부터 쓰고 있는 벨프의 《깡총이》.

홈 이사 같은 작업 때문에 바쁘기도 해서 벨프도 겨우 스미스 작업에 몰두할 수 있게 되었다. 우리에게 어중간한 물건을 만들어주고 싶지 않은지 새로운 무기며 방어구는 아직 뒤로 미뤄둔 상태였다.

"그건 그렇다 쳐도 '낙적'이라…… 그런 방법이 있었구만."

대열의 중견 위치에 나와 나란히 선 벨프가 대도를 걸머진 채 말했다. 그거라면 조용히 끝낼 수 있겠다고 수긍한 표정이었다.

"응. 돈을 모으기는 상당히 힘들겠지만…… 그렇게 하면 그 사람을."

미코토 씨를 보고 웃기는 했지만, 나도 그녀 못지않게 의욕이 가득했다.

하루히메 씨를 구하기 위해── 그 르나르 소녀의 얼굴을 떠올리며, 장비한 나이프를 꾸욱 쥐었다.

"하지만 낙적 비용이 어림잡아 300만이라면…… 혹시 모르니 500만 정도는 준비해둬야겠네요."

주위의 낌새, 몬스터의 기척에 의식을 기울이면서 후열의 릴리도 포함해 셋이서 이야기를 나누었다.

"윽…… 정신이 아득해질 것 같아."

"그럼 도달 계층을 더 늘리는 것도 감안해야겠군."

더 깊이 내려가 더 많은 돈을 벌자고 벨프가 제안했다.

"벨이 Lv.3이 됐으니 20계층 정도까지는 맘만 먹으면 갈 수 있잖아?"

릴리를 돌아보며 벨프가 씨익 웃음을 지었다.

도달 기준이 Lv.2인 중층영역은 13계층에서 24계층까지. 길드가 정해놓은 기준에 따른다면 Lv.3인 나는 '하층'인 25층 이하의 도달기준을 만족하기는 한다.

벨프의 20계층 진출 제안에 파티의 참모인 릴리는 고개를 가로저었다.

"아무리 Lv.3이라고 해도 당할 때는 금세 당해요. 던전은 그런 곳이에요."

18계층에서 겪었던 그 결사의 행군으로 절절히 겪었는지 릴리는 신중한 자세를 무너뜨리려 하지 않았다.

설령 24계층까지 도달할 수 있는 레벨을 넘어섰다 해도 쉽게 발을 들였다간 처음 보는 계층에선 큰코다친다고, '정보'와 '경험'의 차이를 입이 닳도록 말해주었다.

하긴…… 도달계층을 마구 늘리면 위험하겠지.

마음이 조급해지기는 했지만 개인이 아닌 파티의 저력을 올려나가고, 여기에 면밀한 사전준비가 갖추어져야 비로소 처음 가는 계층에 도전할 수 있다. 류 씨도 중층 이하에서는 개인의 힘이 아니라 파티의 균형이 모든 것을 좌우한다고 설명해주지 않았던가.

목표는 있지만 조급해하지 말고, 자만하지 말자고. 나는 그렇게 마음을 다잡았다.

지금은 눈앞의 퀘스트에 집중하자.

"——멈추십시오."

의기양양하게 선두에서 걷던 미코토 씨가 갑자기 마음을 다잡으며 날카롭게 돌아보았다. 중견과 후열인 우리보다도 더 뒤쪽 위치를 자청색 눈으로 노려본다.

우리도 돌아서서 재빨리 릴리와 포지션을 바꾸는 가운데…… 미코토 씨의 경계를 긍정하듯 아득한 후방에 뚫려 있던 수평굴에서, 쓰윽.

거구를 흔드는 호랑이 몬스터가 나타났다.

"'라이거 팽'……!"

"보아하니 아래쪽 계층에서 기어 올라온 모양이네요."

15계층 이하에 출현하는 몬스터와의 조우에 내가 놀라

고, 릴리가 냉정하게 이상사태임을 단정했다.

다른 몬스터나 모험자를 습격했는지 이미 송곳니와 발톱이 피로 시뻘겋게 물들었다. 어중간한 무기는 통하지 않는 빳빳한 털을 거꾸로 세우며 거대한 호랑이는 우리에게 으르렁거리는 소리를 냈다.

계층 사이를 이동해 올라왔던 미노타우로스에게도 뒤지지 않는 흉포한 강적을 바라보며 벨프는 감탄한 것처럼 미코토 씨에게 말했다.

"탐지계 '스킬'이지? 편리한데."

"그렇지도 않습니다. 한 번 조우한 몬스터가 아니고선 감지할 수 없는 데다…… 저의 심신 상태에 따라서도 효과가 좌우됩니다. 과도한 기대는 하지 말아주십시오."

동료가 된 시점에서 서로의 '마법'과 '스킬' 정보는 공유해두었다. 지난번에 18계층으로 우리를 구출하러 왔을 때 미코토 씨는 라이거 팽과 이미 교전한 후였다. 멋지게 감지해낸 몬스터를 앞에 두고 카타나를 뽑아 드는 소리가 울려 퍼졌다.

"미노타우로스보다 빠릅니다! 주의하십시오!"

"네!"

뛰어나가는 미코토 씨에 이어 우리는 포효하는 라이거 팽, 그리고 주위에서 몰려든 몬스터의 무리와 교전에 들어갔다.

모험자와 몬스터의 것임 직한 격렬한 전투의 소리가 통로 저편에서 울려 나오는 가운데.

어떤 룸에 대기하던 후디드 로브 차림 여성의 무리——갈색의 여걸들은 각자 무기를 한 손에 들고 말을 나누었다.

"준비는?"

"완벽하지 뭐. 100만짜리 보수에 제대로 낚였어. 알베라 상회에다 팬트리 위치까지 지정하게 했으니까…… 그놈들은 분명 이곳을 지나갈걸."

후드를 눈가 깊이 눌러쓴 키 큰 아마조네스, 아이샤의 물음에.

마찬가지로 얼굴을 가린 회색머리 사미라가 입술을 틀어 올렸다.

"하지만 상회를 상대로 수를 써서 퀘스트를 발주시키다니, 어떻게 그럴 수 있어? 난 처음 알았는데."

"알베라 놈들도 이런저런 의미에서 우리…… 이슈타르 님께 신세를 지고 있거든. 요청은 거부할 수 없지."

비밀스러운 계약의 존재를 내비친 아이샤는 무릎까지 늘어진 후디드 로브를 출렁이며 집단 중앙으로 나아갔다.

그곳에는 주위의 보호를 받듯 물자 운반용 대형 카고가 놓여 있었다. 사람도 몇 사람은 넣을 수 있을 만한 용량을 자랑하는 그 강철상자의 뚜껑을 아이샤가 열었다.

"하루히메, 준비해."

카고 아래쪽에는 쪼그려 앉은 소녀가 있었다.

움직이기 편한 옷── 극동식의 긴 배틀클로스를 걸쳤으며 머리에는 날개옷 같은 방어구를 뒤집어썼다. 아름다운 금색 장발을 틀어 올려 여우 귀와 꼬리도 보이지 않도록 완벽하게 가려놓았다.

철저한 은폐가 이루어진 르나르 소녀는 옥색 눈을 아이샤에게 향했다.

"……모험자님들을 습격하는 것이옵니까?"

그녀가 떨리는 눈동자로 묻자 아이샤는 표정을 바꾸지 않고 대답했다.

"맞아."

"상대는……?"

"너는 몰라도 돼."

소녀의 물음을 일축하고, 팔을 잡아 일으켜 세운 다음 귓가에 입을 가져간다.

"여느 때처럼만 해. 알았어?"

"……예."

고개를 숙인 소녀에게, 어딘가 자포자기한 듯 말한 아이샤는 조용히 몸을 뒤로 뺐다.

"아이샤, 온다!"

귀환한 정찰병의 목소리.

"……다들 가자. 계획대로 진행해."

아이샤의 지시에 여걸들은 각자 무기를 장비했다.

"——이건."

몬스터의 무리와 몇 번째 교전을 거쳐 던전 안쪽으로 나아가고 있을 때.

나는 어디선가 들려온 이변의 음향에 고개를 들었다.

"몬스터의 고함에…… 발소리."

"어이구, 또야?"

미코토 씨가 중얼거린 후 벨프가 이제는 진저리가 난다는 듯 말했다.

몬스터의 무리로 보이는 울음소리에, 이쪽으로 다가오는 여러 사람 발소리. 틀림없는 '괴물증정'의 전조에 파티 전체가 긴장했다.

곧 시선 저편에서 후디드 로브를 뒤집어쓴 모험자들과 몬스터가 모습을 나타냈다.

"전방에서…… 팬트리에서 온 건가요?"

우리의 진로 방향에서 밀려드는 사람들과 괴물의 무리에 릴리가 의문을 드러내며 백팩을 고쳐 멨다. 얼굴이 보이지 않는 장비의 모험자들에게 눈살을 찡그리며 도주 준비를 시작했다.

현재 위치는 외길이다. 이곳에 멍하니 서 있다가 호락호락 몬스터가 붙도록 내버려두는 위험을 무릅쓸 필요는 없다.

“갈림길까지 돌아가자!”

내 당연한 지시에 다들 신속히 따랐다.

파티의 방향을 돌려, 원래 왔던 길을 반대로 달려 나갔다.

줄어드는 후방과의 거리를 어깨 너머로 확인하며 넓은 십자 교차로로 들어선—— 다음 순간.

우리를 에워싸듯 좌우 길에서 다른 모험자와 괴물의 집단이 밀려들었다.

“두 방향?!”

릴리의 비명이 울려 퍼졌다.

예상도 못했던 ‘괴물증정’과의 만남. 경악할 만한 사태에 모두가 눈을 크게 떴다.

금세 모험자들과 몬스터의 해일은 우리를 집어삼키고, 한데 충돌했다.

“으, 으아아아아아아아아아아아아아아아아아아아아아?!”

“여, 여러분!!”

충돌점 중심에 있던 우리를 기점으로 대혼전이 일어났다.

도주의 기세 그대로 격돌해버린 헬하운드며 알미라지가 노성과 함께 동족상잔을 시작하고, 고함을 지르는 벨프와 미코토 씨의 모습이 시야에서 한순간 멀어졌다.

몬스터의 숫자가 엄청나, 나는 창졸간에 서포터인 릴리를 지켰다. 쇄도하는 괴물들을 떨쳐내고 일행과 떨어지지 않도록 열심히 그 자리에서 버티려 했지만.

여기에 결정타를 날리듯 처음에 보았던 '괴물증정'이 십자로에 합류했다.

"세 번째?!"

남아 있던 퍼레이드가 혼전지대의 옆구리에 부딪쳤다.

밀려드는 충격과 켜켜이 겹친 괴물들의 비명. 기세를 죽이지 못하고 달려든 알미라지를 나이프로 갈라버린 것과 동시에 왈칵 땀이 쏟아졌다. 몬스터가 물고 늘어진 백팩을 포기하고 릴리를 끌어안았다.

사방팔방에서 몬스터—— 괴물의 감옥에 완벽하게 갇혀버린 가운데 '괴물증정'을 감행했던 세 무리의 모험자들은 엇갈리며 몸을 돌리더니 **우리에게** 달려들었다.

"이 자식들 뭐야?!"

대도를 휘두르던 벨프에게 시미터가, 카타나를 휘두르던 미코토 씨에게 곤봉이.

색이 다른 후디드 로브 집단은 다투는 몬스터들을 뛰어넘어 공격을 감행했다. 이쪽에도 달려드는 여러 명의 그림자를 두 손에 장비한 나이프로, 릴리를 감싸며 간신히 떨쳐냈다.

몬스터도 뒤섞인 최악의 삼파전이 형성되어 격렬한 혼

란에 사로잡혔다.

괴물증정에서 시작된 화려하기 그지없는 솜씨와 연계 플레이에 전율한 것과 동시에, 설마 상대는 처음부터 우리를── 하는 생각이 스친 순간.

"좀 놀아줘."

"앗──!"

목소리와 함께 그림자가 내 몸을 덮었다.

위로 끌려 올라간 시야에 날아든 것은 허공을 춤추는 시커먼 외투.

박쥐처럼 옷자락을 펄럭이고, 다음 순간에는 후드 안쪽의── 가늘게 뜬 눈과 눈이 마주쳤다.

경직된 내가 드러낸 한순간의 허점에, 허공에서 갈색 긴 다리가 뻗어 나왔다.

"으윽?!"

올려차기 공격을 아슬아슬하게 건틀릿으로 방어한 내 몸은 뒤로 날아갔다.

"벨 님?!"

릴리의 고함소리가 눈 깜짝할 사이에 멀어졌다. 무시무시한 위력의 공격에 내 몸은 포물선을 그리며 몬스터들의 머리 위를 날아갔다.

'동료들에게서── 떨어뜨린 거야?!'

괴물의 감옥 안에 남은 동료들의 모습. 땅바닥을 구른 나는 그대로 까만 외투에게 추가공격을 받아 통로에 뚫린 수평굴 안으로 걷어차여 들어갔다.

동료들이 완벽하게 시야에서 사라졌다.

"끄, 윽……?!"

아픔을 참으며 자세를 바로잡은 나를 수평굴까지 쫓아온 추격자는…… 그 까만 외투를 벗어던졌다.

"아이샤 씨……?!"

"빠른 재회로군."

무희와도 같은 보라색 의상, 긴 흑발과 아름다운 다리, 그리고 한쪽 손에 든 대형 무기.

1대 1, 사람들의 이목이 사라진 통로에서 아마조네스 여걸은 정체를 드러냈다.

"지금 대체 뭘 하시는……!"

통로 저편에서 몬스터의 포효와 인간들끼리 무기를 부딪치는 소리가 여전히 울려 퍼지는 가운데, 아이샤 씨는 대답 대신 대형 무기 끝을 나에게 들이댔다.

벨프의 대도와도 비슷한, 거대한 박도(朴刀).

차이점을 들자면 칼자루가 길다는 것과, 날이 하나뿐인 도신이 위쪽으로 휘었다는 점.

왼손에 든 거대한 박도를 내민 아이샤 씨는 싸늘한 눈빛으로 입을 열었다.

"원망하려거든 변덕스러운 여신님을 원망해. 아니면——"

여전히 동요에서 벗어나지 못한 나의 의식은 그때 어떤

사실을 깨달았다.
외투를 벗은 갈색 피부—— 그녀의 온몸을 **무수한 빛의 입자**가 에워싼 것을.
몸이, 빛나고 있어……?
"——여신의 눈에 들어버린 자기 자신을 저주하든가."
그 순간, 아이샤 씨의 모습이 사라졌다.
"으윽?!"
터져 나가는 지면, 내 의식은 따라가지도 못할 만한 가속.
순식간에 정면으로 육박한 아이샤 씨의 거대 박도가 나를 양단하려 했다.
밀려드는 은빛 쇳덩어리에 전율할 시간조차 없이 나는 《주신님 나이프》로 공격을 흘려냈다.
칼날과 칼날 사이에서 생겨난 요란한 불꽃이 사방으로 흩어지기도 전에 발차기로 추가공격을 가하는 아이샤 씨. 창과도 같은 긴 다리가 내 가슴에 꽂혔다.
움푹 들어가는 브레스트 플레이트에 비명조차 지르지 못하고 나는 후방으로 밀려났다.
'너무 빨라——!'
동요에 휩쓸리는 나에게 아이샤 씨는 가차 없이 달려들었다.
팔과 다리를 지면에 내리쳐 반동으로 일어나며 양손의 나이프로 응전했다.
혼란을 억지로 떨쳐내는 나의 연격과 달려드는 여걸의

빠른 공격이 맞부딪쳤다.

진남색 나이프와 붉은색 단도의 검광을 거대한 박도의 일격이 한꺼번에 튕겨냈다. 즉시 이어지는 긴 다리의 난무에 갑옷이, 피부가 깎여나갔다.

――나보다도 빠르잖아?!

그럴 리가 없다.

사흘 전, 환락가에서 한순간 겨루었을 때는 분명 내가 더 빨랐다.

속도만은―― '민첩'만은 내가 우세했을 텐데!

이렇게 짧은 시간 사이에 어떻게?!

"내 【스테이터스】가 올라간 건 아니야."

생각을 앞지른 것처럼 아이샤 씨가 검을 부딪치며 말했다.

팔에서 건틀릿이 날아갔다. 이어진 상단차기에 어깨받이가 튀어나갔다.

아이샤 씨의 눈동자 속에 비친 전율하는 내 표정에―― 워 게임에서 싸웠던 히아킨토스 씨의 얼굴이 또렷하게 겹쳤다.

『미코토 님, 벨 님을 따라가주세요!!』

『하지만!!』

『길 열어줄 테니 얼른 가!!』

멀리서 동료들의 고함소리가 귀에 들렸다. 하지만 머리에 들어오지 않았다.

마음의 평정을 시시각각 빼앗긴 나는 눈꼬리를 곤두세우고 혼신의 한 걸음을 내디디고자 했다.

상대의 품에 파고들며 《우시와카마루 2식》을 휘둘렀다.

"흐읍!!"

붉은 검광이 박도의 측면에 직격했다.

호쾌한 소리를 내며 상대의 무기가 손에서 떠나고 회전하며 허공을 춤추었다.

한순간의 공방으로 무기를 빼앗은 나에게 눈을 살짝 크게 뜨는 아이샤 씨—— 그러나 그뿐이었다.

무장을 해제당한 채 두 손으로 나를 붙잡았다.

"윽?!"

두 어깨를 붙들려 바로 옆의 벽면에 내리찍었다. 등뼈에 내달린 충격에 숨이 멎었다.

거기서 그치지 않고, 아이샤 씨는 나를 벽에 짓누른 채 **달려 나갔다**.

"으, 아아아아아아아아아아아아아아아아아아아아아아아아아아아아아아악!!"

드드드드드득!! 끊임없는 시야의 진동과 불타는 듯한 등의 고통.

암벽을 내 등으로 깎아내며 아이샤 씨는 억지로 통로를 폭주했다.

——말도 안 돼!!

버틸 수가 없다. 떨쳐낼 수가 없다. 저항할 수가 없다.

말도 안 되는 전법으로부터, 어깨에 파고드는 다섯 손가락으로부터, 사람 하나를 벽에 짓누른 채 질주하는 괴력으로부터.

속도만이 아니다. '힘'까지도.

실력의 **자릿수**가 며칠 전과는 전혀 달랐다.

그럴 리가, 이건 마치——

'——Lv.4?!'

압도적인 능력의 차이에 충격을 받았다.

흔들리는 시야 속에서, 눈앞에 있는 아이샤 씨의 치켜뜬 두 눈에 공포를 느꼈다.

손에서 떨어져나가려 하는 나이프를 필사적으로 움켜쥐고, 이제는 망설임을 버린 채 맨몸의 그녀를 베어버리고자 했으나—— 휘청.

"?!"

갑작스러운 부유감. 등에 깎여나가던 암벽의 감촉이 사라졌다.

반사적으로 뒤를 돌아본 나는 한순간에 이해했다.

미궁 벽면에 파고든 것처럼 뚫린 수직굴로, 빠져들었다.

두 어깨를 붙잡은 채 봇물 터진 듯한 기세로 벽면을 따라 끌려가던 나는 수직굴로 떠밀려 아래 계층으로 낙하했다.

"~~~~~~~~~~~~~~~~~~~~~~~~~~~~~~~?!"

여전히 어깨를 붙잡은 아이샤 씨와 함께 밑으로 밑으로 밑으로.

계층에서 수직으로 뻗은 수직굴 구조. 눅눅한 공기를 가르며 거꾸로 떨어져가는 나에게서 굵은 땀방울이 솟아올랐다.

목구멍이 꽉 조여드는 것을 느끼며 낙하하는 가운데, 상대의 몸에 퍼졌던 빛의 입자가 내 눈을 찔렀다.

'부여마법?!'

한순간 생각했지만—— 이내 그 생각을 부정했다.

에이나 누나에게 주입받은 지식 중 이렇게까지 능력을 폭발적으로 끌어올리는 말도 안 되는 부여마법은 존재하지 않았다. 기껏해야 무기 같은 데 화염이나 전류를 부여하는 것이 고작이었다.

——공식 레벨보다도 단원들의 힘이 훨씬 강했다.

——나는【이슈타르 파밀리아】가 굉장히 무서운 파벌이라고 생각해.

얼마 전에 들은 에이나 누나의 말이 뇌리에 되살아나 피부에 오싹 소름이 돋았다.

"끄, 으으으으으으으윽!!"

수직굴의 종착점인 15계층이 다가오는 가운데 이를 힘껏 악물고 구속을 떨쳐냈다.

아이샤 씨를 걷어차고 지면 격돌 직전에 낙법을 쳤다.

그대로 지면을 데굴데굴 굴러가, 두 다리로 착지한 상대에게서 거리를 벌렸다.

"허억, 헉……?!"

무릎을 꿇은 채 요란하게 숨을 몰아쉬는 나를, 아이샤 씨는 무감정하게 바라보았다.

장비한 방어구를 거의 잃고, 조금 전 낙하하면서 나이프까지 떨어뜨린 나에게 결정타를 날리려는 듯 다가온다.

"벨 공!!"

그때 목소리가 날아들었다.

나와 함께 아이샤 씨가 놀라 돌아본 곳, 조금 전의 수직굴에서 미코토 씨가 나타났다.

제비꽃색 배틀클로스와 피부에 온통 상처를 입은 모습으로, 오른손에 든 카타나를 철컹 울렸다.

"……어떻게 여기로 떨어진 줄 알았지?"

의아해하는 목소리를 내는 아이샤 씨에게 미코토 씨는 대답하지 않고 돌진했다.

눈을 크게 뜬 나도 벌떡 일어나 질주했다.

2대 1, 앞과 뒤에서 이루어진 협공. 비겁하다는 말도 지금은 잊고, 이쪽에 등을 돌린 아마조네스에게 공세를 펼쳤다. 수단을 가리지 않고 한순간의 승산에 달려들었다.

"계집애 하나를 못 붙잡아두다니, 사미라는 대체 뭘 하는 거야."

그러나 소용없었다.

대수롭지도 않다는 듯 투덜거리면서 아이샤 씨는 무술을 썼다.

전방에서 오는 미코토 씨에게 퍼붓는 고속의 족도(足刀).

가공할 사정거리를 자랑하는 긴 다리가 미코토 씨의 높이 쳐든 카타나 옆면에 꽂혀 칼날을 부러뜨리고 관자놀이까지 찍어버렸다.

그대로 팽이처럼 회전한 아이샤 씨는 등 뒤에서 달려온 나에게 돌려차기를 꽂았다. 빛의 입자를 흩뿌리며, 반응을 불허하는 속도로 안면을 걷어찼다.

마무리라는 양, 옆으로 비틀거리는 미코토 씨에게 반대쪽 다리로 발꿈치 내려차기를 꽂았다.

"으악!!"

"끄윽!!"

어깨에 발꿈치가 직격한 미코토 씨는 땅바닥에 엎어졌다. 나는 멀리 뒤로.

춤을 추듯 우리의 협공을 떨쳐낸 여걸은 긴 장발을 허공에 휘둘렀다.

"미, 미코토 씨……!!"

지면에 쓰러져 기절한 미코토 씨는 꼼짝도 하지 않았다.

상대와 우리의 역량 차이를 톡톡히 본 나는, 그래도 일어나 동료에게 달려가려 했다.

"아니. **거기는** 이미 끝났어."

그러나 통로 안쪽까지 날아갔던 나에게 아이샤 씨는 싸늘한 눈으로 그렇게 말했다.

다음 순간.

불쑥, 거대한 그림자가 내 온몸을 뒤덮었다.

"―――――"

캄캄해진 시야 속에서 뒤를 돌아보니, 그곳에 있었던 것은 흉흉한 웃음.

2M이 넘는 거구가, 그 곤봉 같은 굵은 팔을 등 뒤로 돌려 힘을 모으고 있다.

본능이 절규해 몸을 그 자리에서 떠밀어냈지만 이미 늦어도 한참 늦었다.

이쪽의 회피행동을 개의치 않는 기세로, 이제까지의 아이샤 씨를 웃도는 속도로, 쇠뇌와도 같은 주먹의 탄환이―― 내 복부에 꽂혔다.

"꺼어어억?!"

뿜어져 나오는 공기, 꺾여버리는 몸.

복부가 폭발했다고 착각할 만한 터무니없는 위력에 지면에서 발이 떠나 허공에 떠올랐다.

의식이 단숨에 멀어져가는 가운데, 밀려드는 바위 같은 손바닥이 내 안면을 움켜쥐었다.

"――께게게게게게게게게게게게게게겍!!"

그리고 개구리 같은 홍소와 함께 바로 옆 벽에 처박혔다.

굉음과 진동. 내 등이 암벽에 굵고도 무수한 균열을 새기며 던전 전체를 뒤흔들었다. 박살난 벽면에 온몸이 파묻혀 마침내 팔다리에서 힘이 빠져나갔다.

안면을 붙들려 시야가 캄캄해진 가운데, 절망적일 정도의 아픔이 몸 구석구석을 태웠다.

——아.

숨소리만도 못한 목소리의 파편이 새어 나왔다.

『안심하려엄. 앞으로 듬뿍 귀여워해줄 테니까아.』

얼굴에서 천천히 손이 떨어지고, 시야에 빛이 돌아왔다.

뿌옇게 흐려진 시야 속에서 마지막으로 본 것은 거대한 여자의 추악하고 괴이한 웃음.

벽에 무참하게 파묻힌 채 나는 의식을 잃었다.

"빌어먹을!!"

마지막 남은 헬하운드에게 벨프는 대도를 날렸다.

주위에는 헤아릴 수도 없는 몬스터의 주검과 수많은 재가 켜켜이 쌓여 있었다.

대도를 지면에 꽂아 지팡이처럼 몸을 지탱한 그는 눈가를 일그러뜨리며 주위를 둘러보았다.

"그 자식들 대체 뭐였어?!"

"몰라요!! 벨 님도, 미코토 님도 돌아오질 않고……!"

벨프의 조바심 섞인 외침에 릴리가 이성을 잃고 비명처럼 대답했다.

벨프 일행을 마음껏 유린하고, 덤벼드는 몬스터들을 학살한 외투 집단은 폭풍처럼 모습을 감추었다. 그들의 두 동료를 데리고.

혼란에 빠졌지만 몸을 채찍질해 벨프와 릴리는 동료를 찾으려 했다. 그렇게 너덜너덜해진 휴먼과 파룸을, 지나가던 상급 모험자들이 발견해 큰 소동이 벌어졌다.

그리고.

"——이럴 수가."

아득히 멀리서 피해자들의 고함소리가 울려 퍼지는 가운데.

하루히메는 창백해진 얼굴로 발밑을 내려다보고 있었다.

그녀의 시선 너머에는 너덜너덜해져 의식을 잃은 백발 소년과 흑발 소녀가 쓰러져 있었다.

"크라넬 님…… 미코토 님."

아연실색해 뻣뻣이 선 그녀의 주위에서는 아마조네스들이 철수 준비에 들어가고 있었다.

"왜 그딴 못생긴 계집애까지 집어온 거야아, 아이샤? 토끼만 가지고 가는 거 아니었어어?"

"그대로 방치해뒀다간 몬스터 뱃속에 들어갈 거 아냐. 그거만큼 꿈자리 뒤숭숭해지는 일도 없지."

프뤼네와 아이샤가 이야기를 나누는 가운데.

하루히메는 떨면서 입술을 열었다.

"아이샤 씨……. 우리의 표적은, 이분들이었나요?"

"……그래. 이슈타르 님의 명령으로."

르나르 소녀에게서 힘이 빠져나갔다.

비탄으로 가득 찬 그녀의 앞에서 휴먼 소년소녀는 대형 카고에 실렸다.

아아.

하루히메는 얼굴을 창백하게 물들인 채 그 자리에 쓰러졌다.

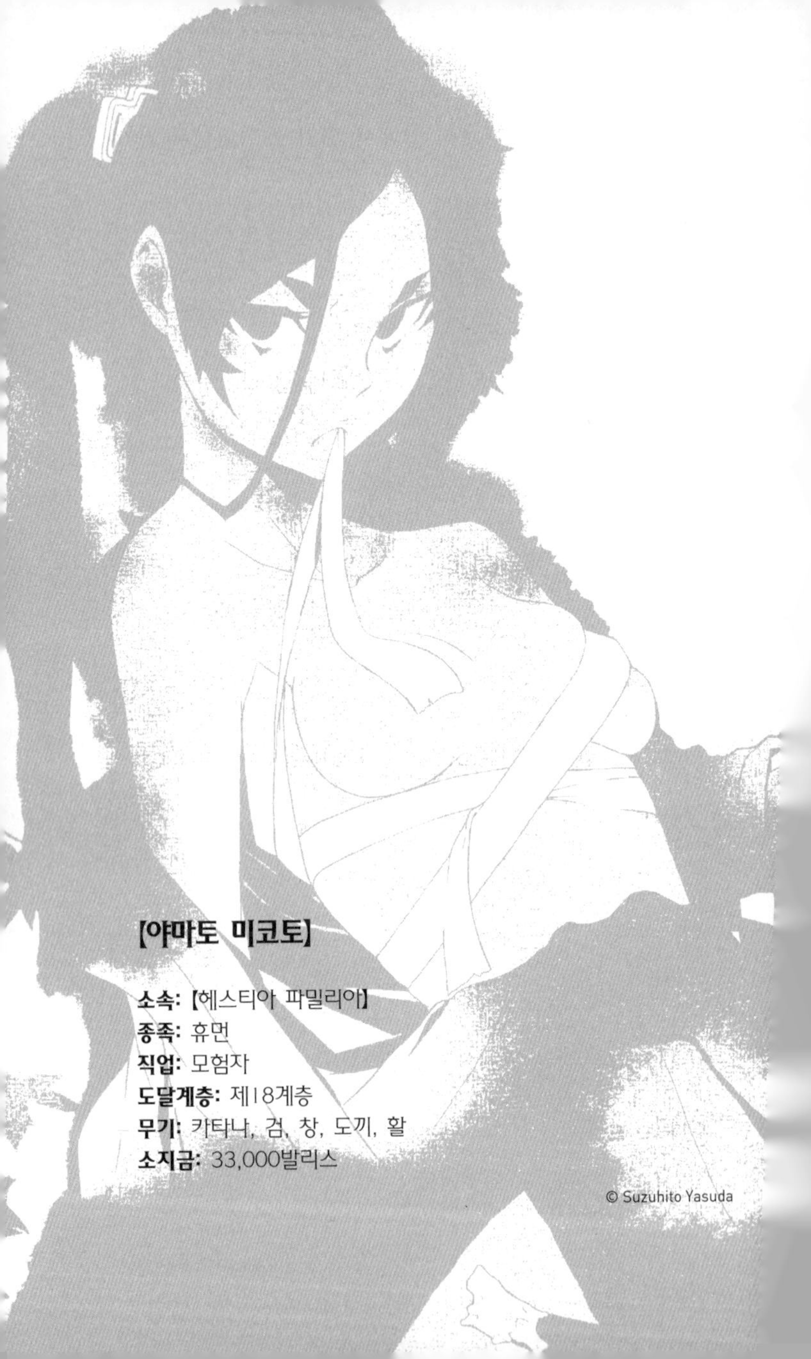

【야마토 미코토】

소속: 【헤스티아 파밀리아】
종족: 휴먼
직업: 모험자
도달계층: 제18계층
무기: 카타나, 검, 창, 도끼, 활
소지금: 33,000발리스

스테이터스

Lv. 2

힘: H113　내구: I98　기교: H157　민첩: H140　마력: I77
내성: I

《마법》

【후츠노미타마】
·중압마법.
·일정 영역 내에 펼치는 중력결계.

《스킬》

【야타노쿠로가라스】
·효과범위 내에서의 적 감지.
은폐 무효.
·몬스터 전용. 조우 경험이 있는
같은 종류에게만 효과를 발휘.
·임의발동.

【야타노시로가라스】
·효과범위 내의 권속 탐지. 은폐 무효.
·같은 은혜를 가진 자에게만 효과를 발휘.
·임의발동.

《잔세츠(殘雪)》

- 카타나. 여러 종류의 무기를 다룰 수 있는 미코토의 주무장.
- 【헤파이스토스 파밀리아】 하급 스미스의 작품. 바벨 8층 상점에서 미코토가 직접 발굴한 숨은 보물. 14,400발리스.
- 골라이아스와 싸우며 잃었던 애도 '시노노메(東雲)'의 대용품. 벨프가 무기를 제작해줄 때까지 임시로 쓰고 있었지만 아이샤와 싸우다 부러졌다.

5장 살생석

또옥. 또옥.

물방울 튀는 소리에 눈꺼풀이 떨렸다.

"…………으으."

뿌연 시야가 천천히 열렸다.

온몸에 욱신거리는 통증이 펼쳐진 가운데 나는 완만한 동작으로 고개를 들었다.

처음 눈에 들어온 것은 조그만 마석등 빛이었다.

주위는 어스름하다.

보아하니…… 석조 방인 것 같았다. 바닥도 벽도 천장도 고스란히 드러난 석재로 이루어졌다. 상당히 널찍했으며, 시원하다 못해 냉기가 감돌았다.

차츰 눈이 익숙해져감에 따라 이곳은 어디일까 흐리멍덩한 생각을 굴리고 있으려니,

"……아?!"

정신을 잃기 전의 광경이 되살아났다.

미궁 중층, 외투를 입은 습격자들, 심상찮은 능력을 보여주었던 아이샤 씨, 그리고――

마지막으로 떠오른 괴이하고 거대한 여자의 웃음소리와 말이 머리를 시큰 아프게 해 눈을 꽉 감았다.

그렇구나, 난……!

"붙잡힌 거야……?!"

의식이 또렷하게 깨어나 황급히 일어나려 한 순간, 좌르륵 하는 제지의 소리와 함께 자신의 자세를 깨닫게 되

었다.

벽에 기대 돌바닥에 앉은 채, 머리 위에는…… 두 손목이 여러 겹의 은색 사슬에 묶여 있었다. 눈을 크게 뜬 다음에는 【스테이터스】를 쥐어짜내 열심히 끊으려 했지만——틀렸어, 꼼짝도 안 해!

귀에 거슬리는 금속성을 연달아 낸 후, 나는 마침내 포기했다.

살짝 숨을 몰아쉬며 몸에서 힘을 뺐다.

"대체 무슨 일이 일어난 거지……."

중얼거리는 목소리에 피로가 묻어났다. 갑자기 습격당한 것도 그렇고, 영문 모를 일뿐이었다.

우리를 습격한 건 아이샤 씨와 아마조네스들. 틀림없이 【이슈타르 파밀리아】일 것이다. 그녀들의 목적은 모르겠지만…… 당하고, 붙잡히고, 아마도 연행되었을 텐데……. 그렇다면 여긴 【이슈타르 파밀리아】의 홈인 걸까?

릴리는, 벨프는, 미코토 씨는 무사할까?

'치료는 된 것 같지만…….'

두 손을 머리 위로 묶인 채 내 몸을 내려다보았다. 나이프나 방어구는 없고 옷도 너덜너덜해졌지만, 그렇게 호되게 당했는데도 몸에는 거의 상처가 남지 않았다. 난폭하게 포션을 끼얹어댔는지 옷에는 젖은 자국이 있었다. 방의 냉기와 맞물려 조금 추웠다.

몸에서 열기가 가셔 머리도 식어가는 가운데, 나는 다시

한 번 주위를 둘러보았다.

석조 방은 어딘가 세월의 흔적이 느껴졌다. 창문은 없다. 곰팡이 냄새 같은 것도 살짝 떠돌았다.

벽에 붙은 마석등 빛에 비친 실내에는…… 채찍, 사슬, 양초, 족쇄에 수갑, 가시가 달린 곤봉…… 그 외에도 차마 입에 담기 껄끄러운 도구들이 나무 테이블 위며 한구석에 수없이 놓여 있었다.

겨우 눈이 어둠에 적응해 정면으로 눈을 돌리니 방 안쪽에는—— 까만 쇠창살.

"이건 마치……."

고문실 같잖아.

나는 입에서 막 나오려던 그 말을 황급히 삼켰다.

나 말고 이곳에는 아무도 없는 것 같지만…… 불안이 급속도로 발밑에서 기어 올라왔다.

손목에 감긴 사슬을 절그럭절그럭 울리며 정신없이 몸을 흔들어대고 눈을 이리저리 돌렸을 때—— 발소리가 들렸다.

"……!"

흠칫 숨을 멈추었다.

천장에서 떨어지는 물방울 소리를 따라 돌바닥을 걷는 소리가 이쪽으로 다가왔다. 나는 높아져가는 고동 소리를 가슴에 품으며 방 반대쪽의 문을 응시했다.

이윽고 어스름 너머에 떠오르는 실루엣. 무언가 부스럭

거린 후, 끼이익, 쇠창살문을 여는 소리와 함께 이 감옥 같은 방으로 들어온다.

신경이 곤두서는 가운데 어둠을 가르고 내 눈앞에 나타난 것은——

"——께게게게게게게게게게겍! 눈을 뜬 모양이구나아~."

나는 다시 의식을 잃을 뻔했다.

"그 두꺼비를 찾아!!"

【이슈타르 파밀리아】의 홈, 벨리트 바빌리에서는 대소동이 벌어졌다.

주신의 명령에 따라 아이샤가 이끄는 바벨라들이 던전에서 벨 일행을 기습한 후.

카고에 밀어넣고 비밀리에 벨과 미코토를 홈까지 운반했을 때, 단장인 프뤼네가 갑자기 보초 아마조네스들을 후려쳐 날려버리고는 벨과 함께 모습을 감춘 것이다. 명령을 무시한 독단행동이었다.

금세 발칵 뒤집힌 듯한 소란에 휩싸인 홈 내에서 아이샤가 고함을 질러 지시를 날리고, 수인이며 엘프를 포함한 고급 창부들까지도 황급히 복도를 뛰어다녔다.

"그 떡대년이……!!"

"주신님이 그렇게 다짐을 받아놨는데도 '먹을' 작정이야!!"

전투원이든 비전투원이든 구성원들이 총동원되어 수색이 진행되는 가운데 아마조네스들은 노발대발했다.

"감히 이딴 짓을 저질렀겠다, 프뤼네……."

단원들의 요란한 소음이 아래에서 전해지는 가운데 이슈타르 또한 불만스러운 눈초리를 했다.

궁전 안에서도 높은 층에 위치한 넓은 방. 붉은 융단이 깔린, 마치 왕성에서도 옥좌가 있는 알현실을 방불케 하는 실내에서 여신은 거대한 소파 위에 드러누워 있었다. 그런 그녀에게 상반신을 드러낸 종자들── 미남, 미소년들이 부채질을 해준다.

"하지만…… 그렇게 무시무시한 여자에게 남자가 반응을 하나?"

이슈타르에게 '간택'을 받은 지 얼마 안 된 수인 소년이 일을 하다가 문득 조그만 목소리로 중얼거렸다. 그 말에 피부가 거무스름한 휴먼 청년 종자, 여신의 측근인 탐무즈가 시선을 보냈다.

"너는 아무것도 모르는구나."

"네?"

"프뤼네는 남자를 붙잡아오면 억지로 약을 먹여 가차 없이 침상으로 끌고 간다. 그리고 사냥감이 울부짖든 말든 마지막 한 방울까지 다 쥐어짜내지."

남자는 폐인이 되어 끝난다고 말하는 탐무즈. 소년의 낯빛이 창백해졌다. 그렇게 말하는 탐무즈 자신도 씁쓸한 표정을 짓고, 주위의 남자들도 부르르 몸을 떨었다.

"프레이야에게 앙갚음이 될지는 몰라도…… 역시 마음에 안 들어."

종자가 내밀어준 과일 광주리에서 포도를 집은 이슈타르는 탱글탱글하게 여문 포도알을 입에 넣었다.

붉은 혀로 입술을 핥은 여신은 자신이 총애하는 측근에게 눈을 돌렸다.

"탐무즈, 너도 찾으러 가."

"분부 받들겠습니다."

미의 신이 내린 지시에 휴먼 청년은 공손히 고개를 숙인 후 방을 나갔다.

프뤼네가 가져온 혼란에 궁전은 아래에서 위까지, 안에서 밖까지 소동에 휩싸였다.

"……."

그리고 홈 일대가 소란에 지배당한 가운데.

하루히메는 홀로 결심한 표정을 지었다.

그녀가 선 복도 앞에는 창고가 있었으며, 문에 달린 쇠창살 창문으로는 기절한 휴먼 소녀가 보였다. 주위에는 아무도 없었다. 벨과 프뤼네를 찾기 위해 보초까지 뛰어나간 것이다.

하루히메는 고개를 좌우로 돌려 사람이 오지 않음을 확

인했다. 그리고 발돋움을 해, 창살 틈으로 열쇠꾸러미를 던져넣었다.

"미안해."

그리고 또 다른 사명을 다하기 위해, 하루히메는 문을 향해 중얼거렸다.

짐승 귀를 쫑긋 세우며, 르나르 소녀는 재빠르게 그 자리를 떠났다.

뒤룩뒤룩 움직이는 두 눈이 내려다보자 내 얼굴에서 핏기가 빠져나가는 것이 느껴졌다.

"여기는 나만 아는 **사랑의 방**이지이~."

진심으로 유쾌하다는 듯한 쉰 목소리. 내 눈앞에 선 프뤼네 씨는 수렵복 같은 검붉은색 의상에서 통나무를 연상케 하는 두 팔의 근육을 드러내며, 굵은 손가락에 든 열쇠꾸러미를 찰랑거렸다.

"'다이달로스 거리'가 붙어 있는 영향이야아. 홈 지하에는 이런 비밀 방과 통로가 있거드은."

그 복잡기괴한 미궁거리를 만든 괴짜가 제멋대로 이 구역 일대를 개조했던 흔적.

그렇게 설명한 프뤼네 씨는 또 한 걸음 나에게 다가섰다.

"난 마음에 든 남자는 언제나 여기로 데려오거드은. 여기는 그 호박들도, 이슈타르 님도 몰라아~."

이 방에는 자기 말고는 아무도 올 수 없다는 절망적인 선언에 입안이 바짝 말랐다.

이 사람이 무슨 짓을 하려는지 이제는 듣지 않아도 알 수 있었다.

겨우 나흘 전에—— '사냥'이라는 이름으로 온 환락가를 쫓아다녔으니까!

어떡해, 어떡해, 어떡해?!

거리를 벌리려고 필사적으로 뒷걸음질을 쳤지만 등 뒤는 벽이다. 나아갈 수가 없어!

"남이 먹다 남은 건 질색이야아. 먹을 거면 처음에, 맛있는 부분도 전부 독차지해야지이. 안 그래에?"

커다란 눈을 가늘게 뜨고 넓적한 얼굴에 한껏 미소를 짓더니 께게게게겍 어깨를 흔든다.

다시 한 걸음을 좁혀 거대한 그림자가 다가오고—— 나는 마침내 견딜 수 없어 공황을 일으켰다.

"흐, 흐아아아아아아아아아아아아아아아아아아아아악!!"

처량한 비명을 지르며 절그럭절그럭절그럭절그럭!! 사슬을 연신 울려댔다.

몇 번이나 은색 사슬에서 탈출하려 했지만 두 팔은 전혀 자유로워지지 않았다.

"소용없어어. 그 사슬은 '미스릴'로 만든 거라 몇 겹씩 감기면 상급 모험자도 당장은 부술 수 없으니까아. 그리고 '마법'을 쓰려 하면 마력전도율이 높은 미스릴이 반응해 사슬이 감긴 손목과 함께 날아가버릴거얼."

그런 충고까지 해준다.

프뤼네 씨는 능글능글 사슬 수갑을 푸는 열쇠꾸러미를 내 옆에서 흔들다가 부웅 소리와 함께 등 뒤의 나무 테이블 위로 던졌다. 그리고 얼굴을 뻣뻣하게 굳히며 새파랗게 질린 나에게—— 얼굴을 들이댔다.

"아아, 맛있겠다아."

"——————————————————"

널름. 그 커다란 혀로 오른쪽 뺨을 핥는다.

영원히 잠들어버릴 것 같았다. 비유가 아니라 진짜 하늘로 날아가버리는 줄 알았다.

개구리 몬스터 '프로그 슈터'가 핥은 듯한 감각. 의식이 가물거리고 온몸에 소름이 돋으면서 흰자위를 까뒤집었다.

단 한순간에 나를 빈사상태로 몰아넣은 제1급 모험자는 내 뺨을 핥은 혀로 두꺼운 입술을 적셨다.

"침대로 갈까아, 아니면 도구를 쓸까아……."

"자, 잠깐만요, 제발, 기다려주세요오——?!"

"께게게게겍, 역시 처음엔 강제로 하는 게 좋지이."

내 몸 위로 다가오는 거구가 오른손으로 내 입을 붙잡더니, 옷을 찢고자 왼손으로 가슴께를 움켜쥐었다.

따닥따닥 이빨이 울렸다. 눈꼬리에 눈물이 떠올랐다. 몸은 연신 떨렸다.

꼴사납게 흐느꼈다. 온몸은 얼어붙어 저항할 수도 없었다.

그런 내 표정조차 마음에 든다는 양 가학적인 웃음을 지은 프뤼네 씨는 그대로 내 몸에 올라타려다가——

"……아앙?"

내 다리를 보았다.

정확하게는 공포에 오그라든…… 내 다리 사이를.

"쯧…… 이러니까 애들이라안. 할 수 없지이. 약을 가져와야겠네에."

흥이 식었다는 양 프뤼네 씨가 몸을 일으키고 내 멱살에서 손을 떼었다.

해방된 것도 찰나, 일어난 그녀는 나에게 웃음을 지었다.

"기다려어, 금방 발정난 토끼처럼 만들어줄 테니까아. 그리고 나서 귀여워해줄게에."

여전히 이를 악다물 수 없는 나에게 등을 돌리고 프뤼네 씨는 가가대소하며 떠나갔다. 쇠창살문이 열리고 닫히는 소리를 내며, 잠깐 이 감옥에서 나간 것 같았다.

"……도, 도도도도도도도도도도망쳐야 해!!"

방치된 나는 다시 머리 위의 사슬을 있는 힘껏 잡아당겼다. 손목이 벗겨지고 피가 배어 나오는 것도 아랑곳 않고 죽을힘을 다해 속박을 풀려 했다.

목숨이 조금 늘어났을 뿐, 이제 다음 기회는 없어!!

그리고 머리가 이상해진 토끼처럼 온몸을 이리저리 휘둘러대고 있으려니—— 끼이익.

"히익, 벌써?!"

다시 쇠창살 열리는 소리가 들렸다. 너무 빨리 돌아온 종말에 눈물샘이 무너졌다.

사람 그림자가 어스름 너머에서 방으로 들어왔다. 이젠 틀렸어!

절망에 잠겨드는 내 시야에 비친 것은…… 여우 귀와, 금색 꼬리.

눈물을 머금은 눈을 한껏 크게 떴다.

화사한 기모노를 입은 그녀가 나타났다.

"무사하시옵니까, 크라넬 님?"

숨을 헐떡이는 르나르 소녀가, 내 눈앞으로 뛰어들었다.

"하——하루히메 씨이이이!!!"

"쉬, 쉬잇—! 쉬잇—이옵니다, 크라넬 님!"

눈물을 글썽이며 환호성을 지르는 내게 놀란 하루히메 씨가 입에 손가락을 세웠다.

당황하는 그녀의 목소리도 지금 내게는 들리지 않았다.

여신이다, 여신이 있다!!

극동의 여신이 여기 있어!!

절망의 늪에서 구제의 빛을 받아 뚱딴지같은 생각을 하는 나를 내버려둔 채 하루히메 씨는 손목에 잠긴 사슬을 확인하고 주위를 두리번거렸다. 그리고 테이블 위에서 조금 전 프뤼네 씨가 던져두었던 열쇠꾸러미를 발견하고 서둘러 집으러 갔다.

돌아온 그녀는 여러 겹으로 감긴 쇠사슬에 악전고투하며 몇 번이나 열쇠를 꽂았다.

"풀었사옵니다!"

이윽고 미스릴 사슬은 모두 풀렸다.

해방된 두 손이 머리 위에서 툭 지면으로 떨어지고, 자유를 되찾은 나는 왈칵 눈물을 흘렸다.

다음 순간에는 눈앞의 소녀에게 달려들고 있었다.

"우와아아아앙!!"

"꺄악?!"

하루히메 씨에게 안겼다.

품으로 뛰어드는 바람에 그녀는 버티지 못하고 뒤로 쓰러졌다.

압도적인 공포에서 해방된 나에게 냉정함이라고는 조금도 없었다. 하루히메 씨를 넘어뜨리고 올라탄 꼴로 가슴에 매달려 한참 유아퇴행을 하고 말았다.

무서웠어. 진짜 무서웠어. 태어나서 이제까지 겪은 것 중에 제일 무서웠어.

안겨 있는 가슴은 너무나 따뜻해서, 한심할 정도로 얼굴을 눈물콧물 범벅으로 만들었다.

"하루히메 씨이이이이이이……!"

가슴에서 고개를 들고 눈물을 줄줄 흘리는 나에게 하루히메 씨는 얼굴을 붉혔다.

곁에 있던 내 얼굴을 가만히, 꼬옥 가슴에 끌어안고 어린아이를 달래듯 머리를 쓰다듬었다. 몸을 부스럭부스럭 움직이더니 굵은 꼬리까지 내 허리에 감았다.

보호본능을 자극받은 여우처럼, 가엾은 토끼 같은 나를 품어주었다.

"자, 자아, 크라넬 님. 어서 이곳을 나가시지요."

"으흑~!"

나를 일으켜 세운 하루히메 씨는 여전히 얼굴을 붉히며 내 손을 잡았다.

왼손을 하루히메 씨에게 잡힌 채 오른손으로 얼굴을 북북 문질러 닦는 내 모습은 이웃집 누나의 손을 잡고 가는 미아와 다를 바 없었을 것이다.

처참할 정도로 꼴사나운 모습을 보인 나는 고문실, 아니, 감옥을 나와 어스름한 석조 통로를 따라 나아갔다.

마석등이 띄엄띄엄 밝혀진 지하통로를 따라 나아가기를 한동안.

"죄, 죄송해요, 하루히메 씨……."

"아, 아니옵니다……. 마음에 두지 마시옵소서."

폭발했던 감정이 겨우 안정된 나는 눈물 섞인 목소리로 하루히메 씨에게 사과하고, 여전히 얼굴을 붉히고 있는 그녀에게서 손을 떼었다.

"하지만…… 여기 있는 줄 어떻게 아셨나요?"

도와주러 온 그녀에게 크게 감사하는 한편 나는 의문을 느꼈다. 프뤼네 씨는 이 장소를 아무도 모르는 비밀의 방과 통로라고 말했을 텐데.

울어 새빨갛게 부은 눈을――원래 빨갛긴 하지만――하루히메 씨에게 돌렸다.

"사실 소녀는 홈에서 프뤼네 씨가 이 통로를 이용하시는 모습을 본 적이 있사옵니다."

걸어가면서, 하루히메 씨는 프뤼네 씨가 홈에서 비밀통로로 드나드는 광경을 목격했음을 가르쳐주었다.

"발설했다간 그냥 두지 않겠다고 못을 박아두시는 바람에 아무에게도 말씀드리지 않았사오나……."

"어…… 그, 그렇다면 하루히메 씨가."

협박을 받아 아무에게도 말하지 않았다면, 이 통로의 존재를 아는 사람은 프뤼네 씨 말고는 하루히메 씨밖에 없다는 소리다. 나를 구해준 사람이 하루히메 씨일 거라고 가장 먼저 의심을 사게 된다.

벌을 받는 것은 아닐까 하는 내 걱정은 아랑곳 않고 그녀는 웃음을 지었다.

"소녀는 이제, 괜찮사옵니다."

전에도 보았던 아름다운, 그러면서도 덧없는 그 미소에 나는 말을 잇지 못했다.

당황한 나는 하루히메 씨가 채근하는 대로 어두운 통로를 따라 나아갔다.

"…………아앙?"

약을 한손에 든 프뤼네는 눈앞의 광경에 부들부들 몸을 떨고 있었다.

풀려나간 미스릴 사슬. 홀연히 자취를 감춘 흰토끼.

텅 빈 감옥에서 그녀는 개구리 같은 얼굴을 분노의 형상으로 일그러뜨렸다.

"이 방에 대해 아는 건……?!"

이마에 퍼런 힘줄이 불거진 직후, 바닥에 떨어진 긴 금색 털 한 가닥을 발견했다.

"——하루히메에에!!"

무시무시한 노성이 지하통로에 쩌렁쩌렁 울려 퍼졌다.

남쪽 메인 스트리트 변두리, 번화가의 거의 한가운데에 그 건물이 있었다.

신전과도 비슷한 장엄한 구조의 거대한 저택. 금싸라기

땅인 번화가 한복판에 있으면서 정원을 비롯한 넓은 부지와 높은 벽을 가진 그 광경은 엄청난 부와 권력, 그리고 영예의 표상이기도 했다.

남쪽과 남동쪽의 대로 사이에 위치한 제5구역. 도시 북부에 자리를 잡은【로키 파밀리아】의 홈 '황혼관'과 대비되는 위치에 있는 그 저택의 이름은 '폴크방(전쟁의 평원)'.

도시 최대 파벌의 쌍두인【프레이야 파밀리아】의 홈이다.

"프레이야 님.【이슈타르 파밀리아】에 움직임이 있었습니다."

달을 방불케 하는 모습 때문에 은저택이라고도 불리는 건물의 깊숙한 곳, 엄청난 규모를 자랑하는 대형 홀의 중심에 있던 프레이야 앞에 휴먼 소녀 권속이 무릎을 꿇고 보고했다.

세련된 의자에 앉아 있던 미의 여신은 포도주와 안주가 마련된 원탁에서 시선을 떼었다.

"자세히 말해봐."

"환락가 홈 주변에서 창부들이 여느 때와 달리 소란스럽게 움직이고 있다고 합니다."

"감시 담당은…… 아렌이랑 다른 애들이었지?"

"예. 오탈 님이 다이달로스 거리 측에서 감시를 지휘하고 아렌 님과 그레일 님이 환락가에 잠입했습니다."

"그래. 물러나도 좋아. ……고마워, 회른."

자리를 비운 측근 오탈 대신 보고를 하러 온 휴먼 단원의 노고를 치하했다. 긴 머리카락에 손을 대 뺨을 사랑스레 쓰다듬어준다.

한순간 몸을 굳힌 소녀는 감격에 겨운 듯 등을 부르르 떨더니 과분한 말이라며 고개를 푹 숙였다. 붉게 물든 얼굴을 감추려는 듯 즉시 그 자리를 떠나간다.

프레이야는 소녀의 뒷모습을 잠시 바라본 후 머리 위를 보았다.

아득히 높은 벽에 달린 창문은 서쪽 방향을 가리키고 있었다.

"……."

프레이야가 단원에게 보고를 받고 있을 무렵, 그는 창관 상층에서 바깥을 내려다보고 있었다.

창문 밖 대로에는 아직 낮인데도 창부들이 두세 명씩 무리를 지어 돌아다녔다. 어딘가 바쁘게, 그러면서도 무언가를 찾는 듯한 몸짓. 그는 눈을 날카롭게 뜨고 허리에서 뻗어 나온 가느다란 꼬리를 살랑거렸다.

검은색과 회색 털결을 가진 신장 160C 정도 되는 조그만 캣 피플 청년은.

시선을 들고 저 멀리 솟은 거대한 궁전을 바라보았다.

"아렌!"

그가 있는 방에 탁탁 발소리를 내며 아름다운 창부가 들어왔다.

아렌이라고 불린 캣 피플 청년은 창문에서 천천히 뒤를 돌아보았다.

"역시 【리틀 루키】는 홈에 끌려간 것 같아. 지금은 행방불명이 돼서 다 같이 찾아 돌아다니는 모양이지만."

창부의 키는 아렌과 비슷한 정도였지만 그에 비해 풍만한 몸을 가진 휴먼이었다.

그리고 【이슈타르 파밀리아】가 거느린 비전투원이기도 했다.

그녀는 전투원과 파벌 간부들밖에 모르는 정보를 눈앞의 사내에게 제시한 것이다.

"창녀 따위한테 잡히고 앉았어…… 빌어먹을 토끼가."

캣 피플인 아렌은 고운 용모에 어울리지 않는 폭언을 내뱉었다. 까만 눈을 일그러뜨리며 혀를 찬다.

"아렌, 나 열심히 했지? 이제 네 여자가 될 수 있겠지?"

발갛게 달아오른 뺨, 그리고 촉촉한 눈으로 다가선다.

그녀는 이 캣 피플 청년에게 온 정성을 다 쏟았다. 잠자리를 함께한 적은 없었지만 무슨 일이 있을 때마다 그의 말에 귀를 기울이고 청을 들어주었다. 이번에도 사랑하는 사람을 위해 동료들을 배신하고 위험을 무릅쓰면서까지 정보를 입수했던 것이다.

자신의 가슴에 안기려 하는 그런 그녀를 아렌은 흘끔 보더니 퍽 밀쳐냈다.

“건드리지 마, 망나니 같은 년. 그분의 총애가 더럽혀지니까.”

아연실색하는 그녀에게 아렌은 지독한 거절의 뜻을 입에 담아 내뱉었다.

“내가 왜 창녀에게 반하겠냐. 욕심에 찌든 음탕한 계집들.”

가슴께가 크게 파인 드레스 차림의 창부에게 지저분하다며 모멸의 눈빛을 보낸다.

미궁도시에서도 힘이 있는 상급모험자의 눈에 들거나, 혹은 그런 이들의 여자가 되면 창부들에게는 일종의 격이 생긴다. 모험자의 응석만 받아주면 호사스러운 생활을 누릴 수 있으며, 【파밀리아】와의 줄도 생겨 권력이 생긴다.

강력한 뒷배를 가져 높은 곳으로 올라가고자 창부들도 필사적인 것이다.

모두가 밤의 여왕이 되기를 꿈꾼다.

그런 창부 중 하나인 그녀에게, 아무나 가리지 않고 남자에게 몸을 맡기는 기생충이라며 아렌은 싸늘한 목소리로 내뱉었다.

“너무해…… 정말로, 정말로 좋아했는데.”

이용당했음을 안 창부는 한 줄기 눈물을 흘렸다.

어깨를 떠는 그녀를 이제는 쳐다보려고도 하지 않은 채 아렌은 옆으로 지나쳐 걸어갔다.

방을 나가려 하는 캣 피플 청년에게 창부는 눈꼬리를 질끈 치켜세웠다.

"이 나쁜 놈아!!"

째지는 목소리를 지르며 창부는 닥치는 대로 곁에 있던 물건을 집어던졌다.

침대 위의 베개, 액세서리. 고함과 함께 날아드는 그것들을—— 아렌은 돌아서면서 모두 피하더니, 다음으로는 허리춤의 단검을 역수로 뽑아들고 창부의 목에 들이댔다.

"——아."

"시끄럽다고."

가공할 정도로 빠른 기술에 휴먼 창부는 숨을 멈추며 얼어붙었다.

목의 피부에 닿을까 말까 한 곳에서 멈춘 칼끝. 그녀는 바닥에 주저앉았다. 검을 칼집에 거둔 아렌은 등을 돌리고 이번에야말로 방을 나가려 했다.

"너무해, 너무해……."

주저앉은 채 두 손으로 얼굴을 감싸고 오열하는 창부를 그는 돌아보지도 않은 채 금화가 든 작은 자루를 그녀에게 내던졌다.

창부 하나를 남긴 채, 아렌은 두 번 다시 돌아오지 않을 방을 떠나갔다.

"……."

창관을 소리도 없이 떠나는 캣 피플 청년의 머리 위로.

건물 옥상이나 유곽 위에는 환락가에 점점이 흩어진 여러 명의 그림자가 있었다.

엘프와 다크엘프 미청년, 외견이 흡사해 네쌍둥이를 연상케 하는 파룸들.

그들은 아무에게도 들키지 않고 환락가의 동향을 감시했다.

눈을 뜨도록 채근한 것은 요란한 발소리와 소음이었다.

"으윽……."

미코토는 신음소리와 함께 가만히 눈을 떴다.

"여기는……?"

누워있던 바닥에서 고개를 들려다가, 손발이 잘 움직이지 않는다는 사실을 깨닫고 시선을 몸으로 돌렸다. 두 손과 두 발에는 은색 빛을 뿜어내는 수갑과 족쇄가 채워져 있었다.

"분명 던전에서……. 설마 사로잡힌 건가?"

의문의 모험자 집단에게 습격을 당해 릴리와 벨프에게 등을 떠밀린 채 벨을 따라갔고, 키가 큰 아마조네스에게 반격당해—— 온몸을 시큰시큰 좀먹는 둔통에 기억이 환기되어 미코토는 현재 상황을 그렇게 추측했다.

"벨 공은……?"

습격자들의 정체는 아직까지 확실치 않았지만 그녀들은 아마도 벨을 노렸을 것이다. 그 기습 방법과 수법을 떠올린 미코토는【파밀리아】동료 소년이 무사한지 걱정하고 우려했다.

어두운 방 안에서 제대로 일어날 수도 없는 상태로 이리저리 몸을 뒤틀던 그녀는, 문득 조금 전부터 밖에서 들려오는 소란스러운 소리에 의문을 느끼고 잠시 귀를 기울여 보았다.

눈과 입을 다물고 방 밖에서 들려오는 목소리에만 신경을 집중한다.

'……'토끼'와, 프뤼네…… 찾을 수 없다…… 이슈타르 님의 명령…….'

【스테이터스】로 강화된 청각으로 띄엄띄엄 단어를 주워들었다.

미코토는 그 후디드 로브를 걸친 습격자들이【이슈타르 파밀리아】이며, 이 장소는 그녀들의 홈이고, 또한 자신과 마찬가지로 붙잡혀 온 벨은 탈주했을 가능성이 높다는 사실까지 추리했다.

속단은 금물이지만 일단 벨이 살아 있다는 데에 미코토는 안도했다.

몇 가지 정보도 얻었으니 약간 냉정함이 돌아왔다.

"어떻게든…… 우선은 이 수갑과 족쇄를 풀어야겠군."

팔다리의 움직임을 봉쇄한 차꼬를 바라보며 중얼거렸다. 강도로 보건대 자신의 힘으로 풀 수는 없으리라 체념한 미코토는 무언가 도구는 없을지 고개를 들어 주위를 둘러보고.

“……열쇠?”

굳게 닫힌 철문 앞에 열쇠꾸러미가 떨어진 것을 발견했다.

설마 하는 생각에 슬금슬금 기어 다가가 열쇠를 들었다. 문에 뚫린 쇠창살 창문으로 스며드는 빛을 받아 어찌어찌 열쇠구멍에 꽂아보니, 찰칵 소리가 났다.

바닥에 떨어진 수갑과 족쇄를 미코토는 아연실색 내려다보았다.

“……하루히메 공?”

【이슈타르 파밀리아】 소속인 르나르 소녀. 근거는 없지만 그렇게 확신했다.

마음 착한 그녀가 자신을 위해 이 열쇠를 던져주었을 것이라고.

“이 은혜는 잊지 않겠습니다…… 하루히메 공.”

얼굴에 퍼져가는 웃음을 느끼며, 미코토는 자유로워진 몸으로 일어났다.

즉시 움직이려 하지는 않고, 우선은 행동지침을 세워보았다.

‘최우선사항은 벨 공과 합류하는 것, 그리고 이곳에서 탈출하는 것……. 그 외에는, 우선 무기를 확보하는 것이겠지.’

무장이 전혀 없는 맨몸과 상처투성이인 제비꽃색 배틀

클로스를 내려다보았다.

무기를 확보하는 것도 급하지만, 지금 자신의 차림도 조금 아슬아슬하다. 넝마로 변한 옷에서는 피가 굳은 생채기며 생생한 피부가 그대로 드러났다. 심지어 속옷까지 보일락 말락 했다. 솔직히 말해 치한, 아니, 치녀 일보 직전이었다.

수치로 뺨을 물들인 미코토는 자신의 몸을 두 팔로 감싸며 주위를 두리번거렸다.

마석등이 제대로 켜지지 않는 어둡고 넓은 방은 잡다한 물건들이 많아 창고 같았다. 물론 무기까지는 없었지만, 전신거울처럼 창부들이 사용하는 물건을 다수 보관해둔 곳이었다.

"실례하겠습니다."

사과하면서 선반에 있던 도구상자로 보이는 것을 모조리 열어 의류상자를 발견했다.

"오오!"

뒤져보았더니 역시 환락가라고 해야 할까, 극동의 옷까지 나왔다.

미코토는 망설임 없이 고향의 민속의상을 걸치기로 했다. 그 외에도 있었던 속옷이나 다를 바 없는 아마조네스의 의상은 애초에 고려 대상도 아니었으니까.

서둘러 속옷만 남기고 모든 옷을 벗은 후 하반신에는 바지를, 가슴에 천을 감은 상반신에는 짧은 윗옷을 걸쳤다.
"이 정도면 됐겠지……."
정강이까지 드러난 바지와 얇은 윗옷을 팔랑팔랑 흔들어보았다.
익숙하지 않은 감촉에 어색함을 느끼면서도 미코토는 이번에야말로 행동을 개시했다.
이 넓은 방의 유일한 출입구인 철문에 다가가 귀에 신경을 집중하고 창밖을 엿보았다.
이따금 방 앞을 달려가는 자들이 있었지만 보초는 없는 듯했다. 안쪽에도 열쇠구멍이 달린 철문을 조금 전의 열쇠꾸러미로 따고, 미코토는 기회를 보아 재빨리 뛰어나갔다.
사향 냄새가 희미하게 감도는 궁전 복도를 따라, 사람이 오기 전에 소리도 없이 달려 나갔다.
미코토는 넓은 적진 내를 이동하기 시작했다.
『이봐, 찾았어?』
"!"
목소리 내지는 인기척을 느낀 순간, 사각이나 옆길로 몸을 숨긴다.
호흡도 기척도 완벽하게 차단하는 미코토의 존재는 비전투원인 창부들은 물론 상급 모험자인 바벨라들도 전혀 알아차리지 못했다.
'잠행은 본업이 아니지만…….'
극동에서 타케미카즈치에게 주입받았던 온갖 무술 중에

는 '인술(忍術)'이라는 것도 존재했다. 은밀한 활동을 해야 하는 밀정(密偵)들의 기술이다. 이럴 때 도움이 될 줄은 몰랐던 기술에 복잡한 심경을 품으며, 등을 붙인 천장 구석에서 떨어져 소리 없이 착지했다.

살금살금, 아마조네스들의 지각범위 틈을 누비고 나아가는 그 모습은 몸에 걸친 복장과 맞물려 그야말로 '닌자'를 방불케 했다.

"……슬슬 써보도록 할까."

위와 아래로 이어진 계단을 발견한 미코토는 여기서—— '스킬'을 발동했다.

'——【야타노시로가라스(八咫白烏)】.'

미코토는 현재 두 가지 '스킬'을 보유했다.

하나는 미궁에서 벨프가 언급했던, 적 탐지 능력을 가진 【야타노쿠로가라스(八咫黑烏)】.

처음 보는 몬스터가 아닌—— 조우 경험이 있는 동종에 한해 효과를 발휘하는 탐색계 '스킬'이다. 조건이 있다고는 하지만 몬스터의 완벽한 기습을 막아내는 이 능력은 미궁 내에서 매우 유용하게 쓰였다.

그리고 또 한 가지가 【야타노시로가라스】.

【야타노쿠로가라스】와는 정반대로 동료를 탐지하는 '스킬'이다.

'이 층에는…… 벨 공이 안 계시는 모양이군.'

【야타노시로가라스】는 신의 피로 새겨진 【스테이터스】에

만—— 같은 '이코르'를 나눠받은 동포에게만 반응한다.

다시 말해 같은 주신의 '팔나'를 입은【파밀리아】를 탐지할 수 있다는 뜻이다.

설령 복잡한 던전이라 해도, 시야범위를 넘어 머리에 직접 떠오르는 위치정보를 토대로 멀리 떨어진 파티 멤버들과 합류할 수 있다. 미코토는 이 능력으로 미궁 내에서 벨을 따라왔던 것이다.

'심신이 만전의 상태라 해도 지금 내 능력으로는 아마도 반경 30M이 한계…….'

두 가지 스킬의 효과범위는 미코토의【스테이터스】, 그리고 컨디션에 좌우된다.

게다가 발동은 임의이며 마인드를 소비한다. 연속사용을 피하고 싶었던 미코토는 효과범위를 계산에 두며 이동한 다음【야타노시로가라스】를 사용하는 패턴을 반복했다.

그리고 창부들의 눈을 피해 아래층으로 이동했을 때였다.

"……?"

지각범위에 거의 들어올락 말락 한 지점에 마음에 걸리는 반응이 존재했다.

"벨 공? 아니, 하지만 이 느낌은……."

이제까지 느껴본 적이 없는 희미한 '동료의 감각'.

미코토는 당혹감을 느끼면서도 기척이 느껴지는 방향으로 발을 돌렸다.

몇 번인가 계단을 이용해 아래로 향해, 계단 구석에 위치한 어떤 한 방에 도달했다.

"보물창고……?"

이번에도 보초는 없었으며, 역시 조금 전에 입수했던 열쇠꾸러미로 문을 열 수 있었다. 안으로 들어가보니 그곳에는 수많은 무기며 아이템, 그리고 보물상자가 나타났다. 그런 것들이 좌우 벽에 여러 단으로 만들어진 선반에 보관되어 있고, 구석에 놓아둔 커다란 자루 안에서는 빛나는 발리스 금화가 보였다.

놀라면서 방 안쪽으로 나아가니…… 금색 천칭이 놓인 테이블 위에 '동료의 반응'을 뿜어내는 그것이 있었다.

"이것은…… 벨 공의."

칠흑색 칼집에 담긴 《헤스티아 나이프》를 미코토는 손에 들었다.

자루를 손에 들고 칼집에서 뽑자, 미코토의 '팔나'에 반응해 검신에 새겨진 【히에로글리프】가 희미한 자청색으로 빛났다.

"헤스티아 님의 나이프…… 그랬던 것이구나. 이것이 나에게."

이 나이프의 가치와 기원은 며칠 전 단원 모집 때의 소동으로 이미 알고 있다.

벨의 전용 무기가 된 나이프지만, 그래도 미코토에게 같은 신의 '팔나'와 '이코르'를 나눠받은 동포라는 사실을 자청색 빛으로 가르쳐주었다.

이 **살아 있는** 무기 또한 자신들의 동료인 것이다. 미코토는 손에 든 나이프에 웃음을 지어주었다.

"일단은 벨 공의 무기는 모두 돌려받기로 하고……."

테이블 위에는 《헤스티아 나이프》 외에 《우시와카마루》와 《우시와카마루 2식》이 놓여 있었다. 아마 자신들을 사로잡아 무장을 해제했을 때 돈이 될 법한――【Ηφαιστος】로고가 새겨진――벨의 나이프를 나중에 한꺼번에 팔아치우려고 이곳에 보관해두었을 것이다.

세 자루의 나이프와 검대, 파우치, 그리고 회복 포션이 든 소년의 레그 홀스터를 돌려받아 자신의 허리며 왼쪽 다리에 장착했다.

"그리고…… 사, 상황이 상황이니만큼."

보물창고 내를 둘러본 미코토는 변명을 중얼거리며 선반에 장식된 아이템을 조달했다.

상처 입은 몸이며 마인드를 치유하기 위해 포션과 마인드 포션을 마셨다. 하이 포션 같은 고급 물약도 레그 홀스터에 채울 수 있을 만큼 채워두었다.

나아가서는 섬광탄이니 연막탄을 비롯해 쓸 만한 아이템도 허리 파우치에 챙겼다.

"우우, 이래서는 도둑이나 마찬가지가 아닌가……."

쓸 만한 물건들을 열심히 확보하는 자신의 행위에 죄책감을 느끼면서도 손은 멈추지 않았다. 대형 파벌 【이슈타르 파밀리아】의 홈에서 무사히 탈출한다는 것이 얼마나 어려운 일인지 미코토는 잘 안다. 아무리 장비를 갖춘다 해도 치열하기 그지없는 전투가 벌어지리라 쉽게 상상할 수 있었다.

자청색 눈으로 흑흑 눈물을 흘리면서, 어쩐지 릴리와 헤스티아라면 기꺼이 물건을 쓸어 백팩에 욱여넣을 것 같다는 생각을 했다.

"오래 있어서는…… 안 되겠지."

보물창고 문 너머에서 울려 퍼지는 여러 사람의 발소리를 감지하고 안을 둘러보았다.

벽에 창문은 없지만 머리 위에는 환기구가 있었다. 한달음에 도약해 천장의 튀어나온 곳에 매달린 미코토는 두 발을 모아 진자처럼 휘둘러선 강철 철책을 뚫었다.

안으로 쏙 들어간 미코토는 철책을 되돌려놓고 환기구 안을 따라 이동하기 시작했다.

"여자가 도망쳐?"

벨과 프뤼네의 행방을 추적하던 아이샤에게 얼굴을 창백하게 물들인 단원이 다가와 귓속말을 했다.

"어떻게 된 거야. 보초는 뭘 했어?"

"그, 그게, 자리를 떠서 프뤼네와 벨 크라넬을 찾느

라……. 미안해, 방심했어."

보초 임무를 맡았던 사람 중 하나인, 긴 머리를 뒤로 묶은 아마조네스 소녀는 고개를 푹 숙였다.

지금도 주위에서는 소란스럽게 바벨라들이 돌아다니는 가운데 아이샤는 탄식했다.

"그래도 잠깐만, 레나. 그 계집애에게는 미스릴 차꼬를 채워놨을 거 아냐? Lv.2인【절†영】은 죽었다 깨어나도 풀 수 없었을 텐데?"

"그, 그래, 맞아! 풀 수 없었을 거야!"

그리고 여기까지 말한 소녀는 다시 풀이 죽어 말했다.

"근데 깔끔하게 자물쇠를 풀었고…… 아니나 다를까 족쇄나 창고 열쇠도 사라졌더라고. 도망친 '토끼'가 가져가 여자를 구해줬을지도……?"

스스로도 미심쩍다는 투로 마지막 말을 덧붙이는 소녀의 말을 들으며…… 아이샤는 갑자기 한나절 전에 미궁에서 벨과 미코토를 보고 낯빛이 창백해졌던 르나르 소녀를 떠올렸다.

"……하루히메는 지금 어디 있지?"

잠시 간격을 두고 물어보자,

"어라, 그러고 보니?"

아마조네스 소녀는 고개를 갸웃했다.

"의식을 위해 몸을 씻고 오라고 했는데…… 아까 봤더니 방에는 없었어."

무언가를 알아차린 것처럼 아이샤는 두 눈을 가늘게 떴다.

"저, 하루히메 씨."

어스름한 통로에 두 사람의 발소리가 울려 퍼졌다.

프뤼네 씨의 방을 나온 지 벌써 20분은 지났을까.

나와 하루히메 씨는 여전히 비밀 지하도를 이동하고 있었다.

홈과는 반대 방향으로 가는 것 같았지만…… 갈림길이나 교차로와 맞닥뜨려 꺾기도 했으므로 솔직히 나는 이제 방향을 알 수 없었다. 그녀의 말에 따르면 이 길은 환락가 곳곳으로 이어져 지상으로 나갈 수 있다고 하는데.

창관 거리를 나갈 수 없는 하루히메 씨는 정말로 가끔——'밤의 거리'가 조용해지는 아침 시간대에——몰래 유곽에 이어진 출입구를 이용해 이 지하도를 걷는다고 한다. 지금은 홈에서 가장 멀리 떨어진 인적 없는 출구로 향하고 있다.

'다이달로스 거리'의 설계자…… 기인이라는 별명을 가진 기술자 다이달로스가 만든 것으로 여겨지는, 환락가의 비밀통로.

정말로 이렇게 광대한 지하통로를 혼자 구축했을까 싶

어 나는 몸이 떨릴 지경이었다.

"왜 그러시옵니까, 크라넬 님?"

앞에서 살랑살랑 흔들리는 굵은 꼬리를 따라가는 나에게 하루히메 씨가 고개를 돌렸다.

"정말로…… 괜찮으신 거예요? 절 풀어주셔도."

던전에서 아이샤 씨가 우리에게 보인 언행을 돌이켜보면 이번 강제연행 소동의 진짜 목표는 나고, 보아하니 이슈타르 님의 신의가 얽힌 것 같다.

주신의 뜻은 곧 파벌 전체의 뜻이다. 이를 배신하고 나를 도와준다면, 들통이 나는 날에는 하루히메 씨 한 사람에게 책임이 집중될 것이다.

조금 전에 그녀에게 들은 미코토 씨의 안부도 마음에 걸렸지만——프뤼네 씨가 지하통로에 버티고 있으므로 도우러 갈 수는 없었다——눈앞에 있는 이 사람이 걱정되었다.

"염려하지 마시옵소서, 크라넬 님."

그런 내 걱정은 아랑곳 않고 하루히메 씨는 다시 웃었다.

멈춰 서서 돌아본 그녀는 금색 장발을 살랑 흔들었다.

"소녀의 마지막 어리광이옵니다. 아이샤 씨나 다른 분들도 분명 너그러이 넘어가주실 테지요."

아이를 안심시키려는 듯한 그 미소에 또 무언가 위화감을 느꼈다.

내가 지나치게 예민해진 것뿐일까.

그 언동에서 위태로운 무언가가 느껴지려 했다. 마지막 어리광……. 그저 말이 그렇다는 거지, 깊은 의미는 없는 걸까?

형언할 수 없는 감각이 목덜미를 쓰다듬는 기분이 들어 나는 잠시 말문이 막혔다가, 간신히 그것을 떨치고자 최대한 밝은 목소리를 냈다.

"저, 저기요, 하루히메 씨! 사실은 저희가, 하루히메 씨를 '낙적'시키려고 해요!"

미코토 씨와 의논해 결정한, 그녀를 구원할 방법에 대해 털어놓았다.

앞으로 창부 일은 하지 않아도 된다고, 이 무거운 분위기를 떨쳐버리기 위해 웃음을 지었다.

"네……?"

하루히메 씨는 옥색 눈동자를 한껏 크게 떴다.

아연실색한 그녀에게 설명했다.

"미코토 씨가, 우리 주신님을 설득해줬거든요! 어, 돈을 모으려면 좀 시간이 걸릴지도 모르지만요……."

그녀를 기쁘게 해주고 싶었다.

헛된 기쁨이 아니라, 길보를 전해주어 진심으로 웃게 해주고 싶었다.

"주신님도, 다른 단원들도 하루히메 씨를 낙적하는 걸 허락해줬고요!"

그 덧없는 그늘 있는 웃음이 아니라.

영웅담을 이야기할 때처럼, 그 어린아이 같고 천진난만한 웃음을.

“미코토 씨도…… 그리고, 저도! 당신을 구하고 싶어요!”

다시 이 사람의 웃음을 보고 싶다고 했던 미코토 씨처럼.

손을 맞잡고, 바보처럼 기쁨을 나누고 싶었을 뿐이었다.

“그럴 수가…….”

그러나 하루히메 씨는.

조용히 눈물을 흘렸다.

“……하루히메, 씨?”

두 눈을 크게 뜬 채, 두 줄기 눈물을 흰 뺨에 흘린다.

나를 바라본 채 뻣뻣이 선 그 모습에, 나는 그 이상 아무 말도 할 수가 없었다.

“아아…….”

기쁨인지 슬픔인지도 모를 한숨을 토해내며 하루히메 씨는 가슴을 두 손으로 꽉 눌렀다.

그리고 눈을 감더니, 아름다운 눈물을 흘리며.

“소녀는…… 하루히메는, 행복하옵니다.”

입술에 미소를 지었다.

“미코토 님과…… 크라넬 님께서, 이토록 소녀를 생각해 주시어서.”

떨리는 가슴을, 무언가가 넘쳐흐를 것 같은 그 가슴을 두 손으로 꽉 누르며.

녹아버릴 것 같다고, 갈라진 목소리로 중얼거렸다.

"그 말씀을 들었으니…… 이제 더 이상 미련은 없사옵니다."

그리고 눈을 뜨더니 눈물이 배어 나온 옥색 눈동자로 내게 웃음을 지었다.

"…………."

기쁨의 눈물?

정말로?

이래서는 마치…… 평생 이별하는 것 같잖아.

"감사드리옵니다, 크라넬 님. 어서 가시지요."

인사를 한 그녀는 등을 돌리고 앞을 향했다.

혼자 걸어가기 시작하는 뒷모습에 나는 아무 말도 할 수가 없어 그저 따라가기만 했다.

어둠 속으로 나아가는 그 등을, 그저 필사적으로.

가슴이 술렁거렸다.

불길한 심장 소리가 들렸다.

어떤 건물.

나름대로 넓이가 있고 나름대로 외견을 치장해놓고 나름대로 존재감을 가진 석조 저택.

그 안에서 순백색 망토를 출렁이며 쑥쑥 걸어 나가는 여성이 있었다.

"루루네, 헤르메스 님은?"

은테 안경 너머의 시선을 받아, 긴 의자에 늘어지게 앉아 있던 시앙스로프 소녀는 손가락을 가리켰다.

"안쪽 방."

여성은 금색 날개가 달린 샌들의 굽 소리를 높이며 더욱 걸음을 빨리 했다.

그리고 방 앞에 도착하자 그녀, 아스피 알 안드로메다는 노기를 터뜨리듯 목제 문을 활짝 열어젖혔다.

"헤르메스 님!!"

실내에는 온 벽이란 벽에 지도가 붙어 있었다.

육로를 기재한 그림에, 유적이나 비경으로 여겨지는 전체도, 나아가서는 해도까지. 거의 대부분 양피지로 만든 이러한 지도에는 목적 달성을 알리듯 붉은 ×표가 수없이 기재되어 있었다.

그는 온갖 지도에 에워싸인 채 방 안쪽에 있었다. 잡다한 물건으로 넘쳐나는 책상 앞에서 혼자 체스에 열중한다. 보드 옆에는 몇 시간짜리 용량을 가진 커다란 모래시계가 놓여 있다.

자신의 권속이 요란하게 들어오자 헤르메스는 흠칫 어깨를 떨었다.

"얼마 전에 혼자 환락가에 가셨다지요? 감시를 따. 돌. 리. 고."

"그, 그 얘기는 어디서 들었어?! 아니 잠깐 아스피? 난 켕기는 짓은 하나도……!!"

나타나자마자 격분하며 즉각 심문에 들어가는 아스피에게 헤르메스는 당황해 두 손을 내밀었다.

콰앙! 책상을 두드리며 몸을 내민 그녀는 주신의 변명을 들어주지 않았다.

"저희가 몸을 깎아가며 얻은 군자금을 써서 여자 놀음이라고요? 참으로 태평하시군요, 헤르메스 님. 대체 뭐가 그리 잘나셨나요, 아아 네 하기야신이시니까요하는김에좀더주신으로서자각을가져주셨으면저희도매우고맙겠습니만그보다도애초에헤르메스님은평소에도품행이지나치게문란하단말입니다아!!"

얼굴을 시뻘겋게 물들이며 노성을 터뜨려대는 파벌 단장에게 최고위의 권력을 가졌을 주신이 몸을 벌렁 젖혔다.

"지, 진정해, 아스피!! 그건 사정이 있어서, 정확하게 말하면 의뢰가 있어서 말야……!!"

마치 남편의 바람기를 야단치던 반려자 같은 언어공격에 헤르메스는 견디지 못하고 자백해버렸다.

"의뢰?"

아스피는 고개를 갸웃하며 당장 불라고 시선으로 채근했다. 헤르메스는 마지못해 입을 열기 시작했다.

"사실은 있지……."

"미코토가 납치당했다는 것이 참인가?!"

큰 소리와 함께 문을 연 타케미카즈치가 거실에 뛰어들었다.

주신의 뒤를 따라 들어온 오우카와 치구사를 비롯한 그의 【파밀리아】 단원들은 구석에 놓인 파손된 대도며 지저분해진 백팩, 그리고 너덜너덜한 옷을 걸친 벨프와 릴리를 보고 흠칫 숨을 멈추었다.

피폐해진 권속들에게 붙어 치료를 도와주던 헤스티아가 그들을 돌아보았다.

"그래, 사실이다. 던전에서 벨도 함께……. 미안하다, 타케."

헤스티아는 홈에 찾아온 타케미카즈치 일행을 맞이해 거실에서 사정을 설명하기 시작했다. 오우카가 릴리와 벨프에게 물었다.

"너희를 습격한 그 모험자들의 소속은 모르겠나?"

"로브로 모습을 감추기는 했지만…… 릴리네를 습격한 자들은 전부 아마조네스였어요."

"한심할 정도로 속수무책이었어, 빌어먹을. 그 실력은 틀림없이 바벨라야."

두 사람의 대답에 치구사가 전율하며 말했다.

"【이슈타르 파밀리아】……."

그런 대형 파벌이 일으켰다는 이번 소동에 모두가 동요를 드러냈다.

"하지만 어째서 이슈타르가 아이들을 노렸지? 짐작 가

는 데는 없나, 헤스티아?"

타케미카즈치의 물음에 헤스티아는 팔짱을 끼며 끙끙거렸다.

"으음~ 최근에 환락가와 얽히면서 이것저것 있었지만…… 이런 큰 사건으로 이어질 만한 일이라는 생각은 안 들었는데."

이어서 타케미카즈치는 길드에 보고했느냐고 물어봤지만 헤스티아는 증거가 없다고 고개를 가로젓고, 또한 당장은 움직여주지 않으리라는 생각도 털어놓았다. 얼마 전 벨이 쫓겨다녔던 환락가의 소동도 일단 호소는 해두었지만 그것도 감감무소식이었다. 환락가에서 아마조네스들에게 피해를 입는 일은 거의 일상다반사인 것이다.

환락가, 특히 【이슈타르 파밀리아】에 관해서는 길드도 큰 권력을 발휘하지 못한다. 페널티를 부과해봤자 이슈타르에게는 치명상이 되지 않는다.

미의 신이 거느린 군세는 그렇기에 이토록 대담한 짓을 벌일 수 있다고도 할 수 있다.

"저기, 어, 그게…… 【아폴론 파밀리아】 때처럼, 크라넬 씨를 노리고, 그런 건……."

벨을 고립시켜 납치했다는 아마조네스들의 수법을 듣고 치구사가 얼굴을 붉히며 조심스레 의견을 제시하자, 이번에는 타케미카즈치도 헤스티아도 나란히 팔짱을 끼며 끙끙거렸다.

“생각하지 못할 것도 없지만…… 이슈타르가?”
“벨은 이슈타르의 취향이 아닐 것 같은데…….”
무언가 영 석연찮다고 두 주신은 고개를 갸웃하고, 권속들 또한 각자 얼굴을 마주 보았다.
“……하루히메 때문은 아닐는지요?”
오우카가 감정을 죽인 목소리로 그렇게 중얼거렸다.
미코토의 보고로 고향 친구가 창관에 있다는 사실도, 그리고 벨과 미코토가 ‘낙적’에 나서려 한다는 사실도 【타케미카즈치 파밀리아】는 알고 있다.
치구사는 슬픈 표정으로 고개를 숙이고, 르나르 소녀와 친분이 있었던 다른 세 단원들도 어두운 얼굴을 했다.
타케미카즈치 또한 굳게 눈을 감았다.
“듣자하니 단순한 구성원인 것 같았고, 그 르나르가 원인이 되어 이슈타르가 움직였다고 하기에도……. 아, 그러고 보니.”
턱에 손을 대고 생각하던 헤스티아는 무언가 생각이 난 듯 고개를 들었다.
벨의 입으로 직접 들었던 정보를 말했다.
“이슈타르가 ‘살생석’이라는 아이템을 가졌다고——”

“아, 알고는 있었지만, 좁구나…….”
【이슈타르 파밀리아】의 홈에서 미코토는 석조 환기통로를 따라 나아갔다.

인기척이 몰려들었던 보물창고에서 환기구를 통해 이 환기통로——천장 뒤로 피해 들킬 염려는 없어졌다 하나, 폭과 높이가 관 정도도 안 되는 공간은 답답하기 그지없었다.

팔꿈치와 머리를 연신 문지르고, 거미집을 뒤집어쓰며 소녀는 슬금슬금 포복전진을 했다.

"……?"

이동하며 【야타노시로가라스】를 몇 번째인가 사용했을 때, 미코토에게 대화 소리가 들렸다.

『하루히메가 사라졌다는데.』

『살생석 의식이 오늘 밤이잖아…… 설마?!』

『도망치려고 【리틀 루키】 일당한테 매달리려는 속셈?』

철책이 붙은 환기구를 통해 복도를 내려다보았다.

아마조네스들의 대화에 귀를 기울인 미코토는 의아한 표정으로 눈썹을 모았다.

"살생석'……?'

『야단났잖아, 그거.』

『하루히메도 찾아야겠다.』

부산스레 떠들어대는 아마조네스들을 내려다보며 미코토는 여러 가지 의문을 품었다.

'살생석 의식'이란 무엇인지, 하루히메와 무슨 관계가 있는지, 애초에 하루히메는 단순한 창부—— 하급 구성원이 아니었던 건지.

회색으로 물들어가는 의구심이 가슴에 싹트는 것을 느끼며, 미코토는 환기통로 안을 나아갔다.

이동하면서 아마조네스들의 수색이 홈 밖까지 미치기 시작했음을 알아차리고 자신도 밖으로 나가야 하나 생각하고 있으려니, 환기통로가 갑자기 좁아졌다. 이 이상 나아갈 수는 없겠다고 포기한 미코토는 옆에 뚫린 환기구를 통해 아래쪽에 인기척이 없음을 확인하고 철책을 떼어냈다.

"여긴……."

바닥에 내려선 미코토를 에워싼 것은 수많은 서가였다.

그곳에 보관된 장서의 양을 보고 이곳은 서고, 아니, 자료실이 아닐까 짐작해보았다.

어스름한 방에는 종이와 책의 향이 감돌았다.

기척을 죽이고 신중히 책장의 미로를 따라 나아가는 가운데, 출구를 찾는 미코토의 눈에 어떤 광경이 들어왔다.

책상 위에 아무렇게나 놓인 양피지와 두루마리 다발. 많은 이들이 읽었던 흔적이 있었다.

미코토는 그중에서 한 장을 들어보았다.

"……살생석 의식에 대해."

어스름 속에서 간신히 한 문장을 읽어낸 미코토는 흠칫했다.

주위를 둘러본 그녀는 책상에 놓여 있던 램프 형태의 마석등에 불을 켜 끌어당겨놓고, 무릎을 바닥에 붙인 채 양피지에 적힌 코이네 공통어를 읽어나갔다.

"모일, 【헤르메스 파밀리아】로부터 '살생석'을 입수하는 대로 바벨라는──"

"──'살생석'이라고?!"

타케미카즈치는 헤스티아의 두 어깨를 붙들었다.

절친 신의 고함과 험악한 표정에 헤스티아는 깜짝 놀라고 말았다.

"그 말이 참인가?! 정말로── 이슈타르가 그걸 가졌단 말인가?!"

"타, 타케미카즈치 님!"

"고정하세요!!"

고함을 질러대는 남신에게 오우카가, 그리고 릴리와 벨프가 헤스티아를 감싸기 위해 끼어들었다. 치구사를 비롯한 다른 단원들은 아연실색하며 자신들이 흠모하는 주신의 격변한 모습에 눈을 크게 떴다.

"미, 미안하다, 헤스티아."

"아니, 그건 괜찮지만…… 그보다 타케, '살생석'이란 게 뭐지?"

타케미카즈치의 손에서 풀려난 헤스티아는 이내 진지한 표정으로 설명을 요구했다.

오우카가 다독여 한 걸음 물러난 타케미카즈치는 질끈 이를 악물었다.

"'살생석'은, 르나르 전용 아이템이다."

"살생석…… '옥조석(玉藻石)'과 '조우석(鳥羽石)'을 소재로 생성하는 금기의 매직 아이템."

아이템 메이커인 아스피는 가증스럽다는 듯 그렇게 내뱉었다.

헤르메스에게 운반책 의뢰에 대해 들은 그녀는 눈앞의 신을 노려보았다.

"그딴 물건을 이슈타르 파에게 전해주었단 말씀입니까?"

"나도 내용물을 보기 전까진 몰랐어."

아스피의 책망하는 시선에 헤르메스는 어깨를 움츠렸다.

그런 주신의 태도에도 짜증이 난 듯 권속인 아스피는 거친 어조로 말했다.

"어디서 입수했단 말씀입니까! 모르시나요? '옥조석'의 원료는……!"

다음 말을 차마 입에 담지 못하는 권속을 대신해 헤르메스가 입을 열었다.

"그래. 르나르의 **유골**이지."

"아이들의 주검에서 아이템을 만들어내다니…… 그게 사실인가?!"

'옥조석'의 설명을 들은 헤스티아는 경악한 표정으로 힐문했다.

입을 꾹 다물고 미간에 주름을 지은 타케미카즈치는 무겁게 고개를 끄덕였다.

"'옥조석'은 원래 르나르의 마법…… '요술'이라고도 칭송을 받는 힘의 효과를 끌어올려주는 아이템인데……."

죽은 이의 무덤을 파헤쳐 만들어내는 보주(寶珠). 그렇기에 불법이다.

그 내용에 오우카나 치구사가 할 말을 잃은 가운데 릴리만이 냉정하게 타케미카즈치에게 물었다.

"나머지 한 가지인 '조우석'이란 건…… 혹시 월탄석(月嘆石)을 말하는 건가요?"

고개를 끄덕이는 타케미카즈치.

"월탄석?"

헤스티아가 되묻자 이번에는 벨프가 말했다.

"'월탄석'은 달빛을 받으면 색이 바뀌고 빛을 뿜어내며 마력을 띠는 특수한 광석입니다. 스미스들은 무기 소재로도 이용하죠."

별명인 '조우석'은 원래 광석의 색깔이 젖은 까마귀 깃털 색처럼 검다는 데서 비롯되었다.

달빛을 받으면 다양한 빛을 뿜어내는 광석을 한 손에 들고 어떤 음유시인이 달과 엮어 사랑을 노래하는 시를 지어 퍼뜨리면서, 사람들은 월탄석의 존재를 알게 되었다.

벨프의 설명에 고개를 끄덕이며 타케미카즈치는 설명을 이었다.

"무기나 아이템의 소재로 사용하면 달빛에 따라 경도나 위력, 효과가 달라지지. 그렇다 보니 지하에 있는 던전과는 인연이 없어서, 월탄석 자체가 미궁도시에는 나돌지를 않아……."

"그리고 '조우석'의 효과가 최대한으로 발휘되는 것은 보름달 밤. 이때 두 돌이 융합한 '살생석'은 악마의 돌로 바뀌지."

모래시계에서 사락사락 떨어지는 모래를 바라보며 헤르메스는 체스 말을 옮겼다.

아스피는 여전히 험악한 표정으로 입을 열었다.

"돌의 사용자…… 르나르의 마력을, 아니, '영혼'을 **돌에 가두는 것.**"

"맞았어. 그에 걸맞는 설비도 함께 가동시켜서 마력을 완벽하게 가둔 '살생석'은 르나르의 귀중한 마법…… '요술'의 힘을 제3자에게 줄 수 있거든. '마검'과 맞먹는 매직 아이템이 완성되는 거지."

다른 말을 보드에 내리치듯 움직이며 헤르메스는 희미하게 웃었다.

"대가로…… 제물이 된 르나르를, 영혼이 빠져나간 **빈껍데기**로 바꿔서 말야."

산 채로 '영혼'을 뽑아낸다.

그것이 금기라 불리는 이유였다.

타인이 르나르의 '요술'을 쓸 수 있게 해주는, 인류의 선구자가 만들어낸 어둠의 매직 아이템이었다.

"'살생석'을 만들어낸 것이 같은 르나르라고 하니 놀랄 지경이지."

웃음을 짓는 헤르메스를 잠자코 바라보던 아스피는 테이블 위, 보드에 놓인 말의 배치를 흘끔 보았다.

하얀 군세와 검은 군세.

검은 여왕이 이끄는 폰이, 토끼와 여우를 본뜬 말을 에워쌌다.

흰 여왕이 이끄는 적의 아성을 향해, 마치 과시하듯.

"힘에 집착한 아이들의 집념이란 무섭다니깐."

"영혼을 빼앗긴 사람은 어떻게 되나요?!"

비명 같은 목소리로 치구사가 외쳤다. 【타케미카즈치 파밀리아】 멤버들이 놀랄 만큼 커다란 목소리와 울먹이는 얼굴로, '살생석'의 제물이 된 자의 결말을 물었다.

"'살생석'을 본인의 육체에 주입하면, 영혼을 빼앗긴 르나르는 눈을 뜬다. 육체만 무사하다면 아무 일 없이 살려낼 수 있겠지."

타케미카즈치의 대답에 모두가 안도한 것도 찰나, 남신은 험악한 표정을 지은 채 말을 이었다.

"다만 '살생석'은 **부술 수 있다**."

그리고 오히려 부순 다음이 진짜라고, 타케미카즈치는

무겁게 말을 이었다.

"부서진 '살생석'은 그 파편 하나하나가 '요술'을 행사할 수 있는 마법의 발동장치다. 효과는 오리지널과 다를 바 없고, 영창도 필요하지 않아."

많은 이에게 르나르의 마법을 나눠줄 수 있게 된다는 발언에 일동은 경악했다.

돌의 은혜를 입어, '요술'이라 불리는 희귀한 마법을 사용하는 군단.

돌에 갇힌 '요술'에 따라서도 다르지만 그 힘은 한없이 강대해질 것이다.

"그건 마치 '크로조의 마검'……."

누군가가 그렇게 중얼거려, 벨프는 입을 다물고 뼈가 소리를 낼 정도로 주먹을 부르쥐었다.

"……파편이 사라지거나 망가질 경우, 돌에 영혼을 빼앗긴 '그릇'은 어떻게 되지?"

무거운 표정으로 헤스티아가 물었다.

대답을 잠시 망설인 타케미카즈치는 시선을 이리저리 흔들다가 말했다.

"적어도 두 번 다시 원래대로 돌아가지는 못해. 남은 파편을 긁어모아 영혼을 되돌린다 해도 갓난아기나 다를 바 없는 인형이 되거나…… 혹은 폐인이 되거나."

바닥에 쓰러질 뻔한 치구사를 오우카가 재빨리 안아들었다.

"그렇다면, 하루히메는……."

앞머리 사이에 가려진 아름다운 눈동자를 눈물로 일그러뜨리며 소녀는 갈라진 목소리로 중얼거렸다.

미의 신 이슈타르의 계획. 그녀의 수중에 있는 '살생석'과 하루히메라는 르나르의 존재.

'살생석'은 하루히메의 마법을 가두기 위해 마련된 것이라 보아도 틀림이 없다.

"……'살생석' 발동이, '조우석'의 성질에 좌우된다고 한다면, 영혼을 옮길 의식이 치러지는 것은 보름 밤……."

"다음 보름은……."

릴리와 벨프가 말을 나누는 가운데, 타케미카즈치는 고통을 견디려는 듯 천장을 올려다보며 말했다.

"오늘이다."

"——그럴 수가?!"

자료를 모두 읽은 미코토는 적진 한복판이라는 것도 잊고 목이 찢어져라 소리를 질렀다.

떨리는 손으로 양피지를 움켜쥐었다.

하루히메의 영혼이 '살생석'에 갇힌다—— 영혼이 빠져나간 빈껍데기가 된다.

거의 죽음이나 다를 바 없는 그 사실이 미코토의 마음에서 평정심을 앗아갔다.

이런 일이 용납될 수 있단 말인가. 이슈타르는 대체 왜.

전쟁이라도 벌일 생각인 것인가. 하루히메는 어떻게 된단 말인가.

머릿속으로 온갖 의문과 절규가 터져 나왔다가 얽혔다.

동요에 지배당한 미코토는 그 자리에서 곁눈질도 하지 않고 달려 나갔다.

"벨 공…… 하루히메 공!!"

✦

드드득, 석재가 삐걱거리는 소리가 울려 퍼지며 손으로 밀어낸 석판이 위쪽으로 열렸다.

지하통로에서 석조 문을 밀어젖힌 나는 어떤 뒷골목의 포석 사이에서 얼굴을 드러내고, 거의 한나절 만에 지상의 공기에 에워싸였다.

"겨우 나왔다……."

나도 모르게 중얼거리며 지하 출입구에서 완전히 몸을 빼냈다. 꼭두서니색으로 물든 하늘 아래, 돌아서서 손을 내밀어 하루히메 씨의 몸을 끌어올렸다.

손을 맞잡고 지상으로 나온 그녀는 고맙다고 웃음을 지어주었다.

"벌써 저녁이구나……."

주위의 포석에 멋들어지게 녹아들어 알아볼 수 없는 석판 문을 돌려놓으며 나는 환락가의 하늘을 올려다보았다.

건물의 형태로 잘려나간 저녁놀색 하늘은 강렬할 정도로 붉다. 아침부터 미궁에 들어가고, 습격을 당하고, 끌려와, 탈주하면서…… 시간감각이 조금 이상해졌다.

폭이 넓은 뒷골목 주위에 세워진 건물은 버려진 것 같은 낡은 창관이었으며, 안에 사람들이 있는 것 같지는 않았다. 분명 이곳이라면 아무에게도 들키지 않을 것 같았다.

"정말로 고마워요, 하루히메 씨. 여기까지 데려다주셔서……."

반쯤 폐허로 변한 창관 사이에서 돌아보자, 하루히메 씨는 웃으며 고개를 가로저었다.

"소녀가 하고 싶어 했을 뿐이옵니다. 마음에 두지 마시옵소서. 그보다도 어서 이곳에서 도망치셔야 하옵니다."

"하지만……."

"미코토 님도 반드시 소녀가 어떻게든 해볼 터이니……."

망설이는 내 모습에 착각을 했는지 하루히메 씨는 미코토 씨 이야기를 꺼냈다.

그것도 걱정은 되지만…… 가슴의 불안감이 좀처럼 수그러들질 않았다.

한참 전부터 꿋꿋하게 행동하려 하는 그녀에게.

지하통로에서 보았던, 그 언동에.

안개가 낀 것처럼 불확실한, 그러나 결코 씻어낼 수 없는 우려를 품고 있었다.

"하루히메 씨, 역시 이대로 가면 하루히메 씨가……."

말로는 표현할 수 없는 무언가에 답답함을 느낀 나는 결국 변명처럼, 파벌에 거역하면서까지 자신과 미코토 씨를 감싸주려 하는 하루히메 씨를 걱정했다.

"……크라넬 님. 이것을 보시옵소서."

자리를 뜨려 하지 않는 나에게 하루히메 씨는 가느다란 목에 채워진 까만 목줄을 가리켰다.

"이것은 소녀의 위치를 알려주는 매직 아이템…… 보이지 않는 사슬에 채워진 '목줄'이옵니다."

"네……?"

"소녀의 행선지는 항상 이슈타르 님을 비롯한 여러 분들께 노출되고 있사옵니다. 환락가에서 한 걸음이라도 나가면 이 목줄은 소리를 내고, 목을 태워 움직임을 막으며, 추격대 분들께 따라잡히고 말 것이옵니다."

그녀의 말에 나는 눈을 크게 떴다.

부수려 해도 즉시 긴급신호를 보낸다고 말하는 하루히메 씨는 수상쩍은 빛을 뿜어내는 까만 목줄의 표면을 살짝 손가락으로 쓰다듬었다.

"들키는 즉시, 이곳에도 분명 누군가가 달려올 것이옵니다."

그러니 어서 도망치라고.

"소녀는 이곳에서 작별하겠사옵니다."

그렇게 말하며 하루히메 씨는 다시 웃었다.

"그럴, 수가……."

나는 아연실색했다.

동시에, 위화감이 정점에 달했다.

하위 구성원, 비전투원에게 이렇게까지 할까?

정말로 매직 아이템을 써서까지 속박하려 할까?

하루히메 씨는, 어쩌면, 【파밀리아】 내에서 무언가 중요한 역할을 맡은 사람이 아닐까?

'낙적'한다는 우리의 생각이 근본부터 틀렸던 것 같은…… 생각이 좀먹혀가는 소리가 몸속에서 들려왔다.

되살아나는 광경.

먼 날의 동경을 들려주고, 자신은 더럽혀진 창부라고 단언하던 하루히메 씨.

감옥 같던 하리미세 안에서 선망의 눈빛으로 바깥세상을 바라보던 모습.

그리고 무언가를 체념한 덧없는 미소.

——하루히메 씨의 절망은, 창부인 자신에 대해서만이…… 아닌 걸까?

나는 무언가, 결정적인 착각을 하고 있는 것이 아닐까 하는, 그런 의구심에 사로잡혀 멍하니 서 있었다.

"……크라넬 님, 자, 어서!"

치명적인 예감에 사로잡혀 움직이지 않으려 하는 나에게 동요한 하루히메 씨는 채근하려 했지만.

"벨 공!!"

그때 절박한 목소리가 들려왔다.

"미코토 씨?!"

흠칫 돌아보니 폐허가 된 창관 위에서 미코토 씨가 힘차게 떨어져 착지했다.

전에 말해주었던 【스킬】의 힘인지, 자력으로 궁전에서 탈출한 그녀는 직접 우리 앞에 나타났다. 한데 묶은 흑발을 찰랑거리며 나타난 그 모습에 하루히메 씨도 놀랐다.

한편, 옷차림이 바뀐 미코토 씨는 하루히메 씨가 나와 함께 있다는 사실을 어딘가 확신했던 것처럼 동향 소꿉친구를 바라보았다.

"미코토 님……."

"하루히메 공, 묻고 싶은 것이 있습니다."

"……무엇이온지요."

기쁨의 재회와는 무관한 분위기로 미코토 씨가 캐물었다.

어딘가 여유가 없는 긴장된 표정을 지으며, 하루히메 씨에게 한 단어를 중얼거렸다.

"……'살생석'."

"!!"

하루히메 씨의 변화는 극적이었다.

어깨를 떨고, 눈을 크게 뜨고, 고개를 숙여버린다.

그런 그녀의 모습을 보고 미코토 씨는 당장이라도 울 것 같은 표정을 지었다.

상황을 따라가지 못하던 나는 미코토 씨의 다음 말에 얼어붙어버렸다.

"거짓말이라고 말해주십시오! 오늘 밤에…… 당신이 희생된다니!!"

희, 생……?

갑작스런 말에 내가 경악하는 동안, 고개를 숙인 하루히메 씨는 침묵을 지킬 뿐 아무것도 부정하려 들지 않았다.

"하루히메 공!"

소리를 지르며 미코토 씨가 다가가려 했다.

"——역시 그렇게 된 거였군."

하지만 다른 이의 목소리가 이를 가로막았다.

"?!"

까만 장발을 나부끼며 화살 같은 그림자가 미코토 씨와 하루히메 씨에게 질주했다.

하루히메 씨만을 붙잡아, 경악하는 미코토 씨의 눈앞을 스쳐 지나갔다.

"나 원, 언제부터 면식이 있었던 거야……."

그리고 나타난 것은 왼손에 거대한 박도를 든 아이샤 씨였다. 투덜거리는 그녀는 오른손으로 하루히메 씨의 머리를 가슴에 끌어안고 있었다.

"아이샤 씨……?!"

신장이 머리 하나 정도 작은 르나르 소녀는 커다란 아마조네스에게 완벽하게 움직임을 빼앗겨버렸다.

아이샤 씨는 하루히메 씨를 놓치지 않도록, 혹은 우리에게서 지키려는 듯 끌어안고 있었다. 그녀와의 간격은 약 열 걸음 거리. 뒷골목에 선 우리 넷은 각 진영으로 나뉘어 대치했다.

"알아버린 모양이구나, 우리 계획을."

"큭…… 그러면?!"

자세를 잡는 미코토 씨, 다음으로는 이쪽을 노려다보는 아이샤 씨에게 나는 견디지 못하고 소리쳤다.

"그게 무슨 소리예요! 하루히메 씨가 희생된다니…… 대체?!"

"……모두 이슈타르 님의 뜻대로라는 거다. 이 하루히메를 이용해, 【프레이야 파밀리아】를 쓰러뜨린다."

말을 잘 잇지 못하는 나에게 아이샤 씨는 계획에 대해 이야기하기 시작했다.

"아이샤 씨, 안 돼요!!"

발버둥을 치려는 하루히메 씨를 한 손으로 억지로 누르며 개요를 들려주었다.

——하루히메 씨의 영혼을 '살생석'이라 불리는 매직 아이템에 가두어.

——돌을 부수고, '요술'이라고까지 칭송을 받는 르나르의 마법을 자유로이 구사할 수 있는 파편을 양산해.

——그 힘으로 이슈타르 님이 눈엣가시로 여기는 【프레

이야 파밀리아】를 궤멸시킨다.

이야기가 너무 커서 머리가 따라갈 수 없었다.

도시의 정점에 군림하는 【프레이야 파밀리아】를 쓰러뜨려? 하루히메 씨의 '힘'으로?

혼란을 일으킨 것과 동시에 필사적으로 이해한 '살생석'의 능력, 그리고 돌의 제물이 된 자의 운명에 할 말을 잃었다.

상식의 범주를 벗어난 말도 안 되는 매직 아이템에 그런 일이 가능한가 싶어 동요하는 한편.

한밤의 유곽에서 하루히메 씨와 나누었던 설화 중 하나를 떠올렸다.

램프에 갇힌 정령의 이야기. 소유자의 소원을 들어줄 때까지 속박되었던 소녀의 기적 같은 힘.

역사는 돌고 돈다, 전례가 있다—— 머릿속의 이성이 싸늘하게 그렇게 말했다.

"하, 하지만, 하루히메 씨의 '힘'이라니, 그 사람은……?!"

"그저 능력 없는 창부일 뿐이라고? 던전에서 나에게 호되게 당했던 걸 벌써 잊어버렸어? 널 꺾었던 그 '힘'이 바로 하루히메의 '요술'이야."

날카로운 어조로 반론을 차단당했다. '중층'에서 겪었던 교전을 떠올리고 나와 미코토 씨는 목을 꼴깍 울렸으며, 아이샤 씨에게 안긴 하루히메 씨는 눈물을 흘릴 것 같은 표정으로 비탄과 자책에 사로잡혔다.

무수한 빛의 입자를 두르고 폭거를 저질렀던 그때의 아이샤 씨.

압도적이었다. Lv.4 상위권에 필적할 만한 능력으로 나와 미코토 씨를 순식간에 물리쳤다.

인챈트로 보이는 그 빛 입자가 바로 하루히메 씨를 제물로 이끈 '힘'이었음을, 도시 최강【프레이야 파밀리아】를 타파할 수 있다는 오버스펙의 '마법'임을 이해해버렸다.

능력을 끌어올려주는 그 힘이, 제1급 모험자인 프뤼네 씨를 비롯한【이슈타르 파밀리아】전원에게 주어진다면——

가능, 할지도 모른다.

【프레이야 파밀리아】를 거꾸러뜨리는 것이—— 정점에서 바닥으로 떨어뜨리는 것이.

"아이샤 씨, 제발!! 부디 크라넬 님과 미코토 님을 놓아주세요!!"

나를 생각의 바다에서 끄집어내듯 하루히메 씨가 외쳤다.

자신의 품에서 고개를 들고 호소하는 그녀를, 아이샤 씨는 돌아보려고도 하지 않았다.

"무리야. 계획의 일말이라도 알았으니 이제는 놓칠 수 없지. ……이슈타르 님이 살려둘 리도 없고."

우리에게 박도 끝을 겨누며 아이샤 씨는 하루히메 씨의 말을 일축했다.

이쪽을 노려보는 놀라울 정도로 싸늘한 시선에, 나는 머리가 확 뜨거워졌다.

"권속을……! 가족을 죽게 만들겠다는 거예요?!"

"……."

"전쟁의 도구로 삼아, 헌신짝처럼 버려서?!"

나의 규탄에 아이샤 씨는 가면 같은 표정을 둘렀다.

"적대 파벌과 결판이 나면 '살생석'의 내용물은 하루히메에게 돌려줄 거라고 이슈타르 님은 약속하셨다."

"그런 말뿐인 약속을 들어줄 리가 없지 않습니까!!"

아이샤 씨의 변명에 이번에는 미코토 씨가 대들었다.

【프레이야 파밀리아】 정도 되는 상대와 전면전쟁이 벌어진다면 살생석의 파편이 전부 돌아오리라는 보장은 어디에도 없다. 영혼이 산산이 부서진 하루히메 씨는 분명, **원래대로는 돌아오지 못한다**.

나와 미코토 씨는 서툰 위로와도 같은 그녀의 말을 부정했다.

"아이샤 씨는!! ……그래도 좋다는 거예요?!"

마지막에는 떨리는 목소리로, 나는 아이샤 씨에게 물었다.

"……너는 아무것도 모른다."

하루히메 씨가 눈을 내리깔고, 아이샤 씨는 지친 듯 말했다.

"여신의 질투만큼 성가시고 귀찮은 것도 없지."

"네……?"

"그 질투만으로 하계의 현실을 모조리 일그러뜨리니까. 인간의 운명도 뒤틀어버리고, 전쟁마저 일으키니까. 우리의 주신님이 품은 건 그런 감정이야."

그 고혹적인 미의 여신님이 감춘, 시커먼 업화의 존재를 아이샤 씨는 설명했다.

거친 말투로, 무섭도록 절박한 목소리로.

"설득 따위 소용없어. 우리는 이슈타르 님을 거역하지 못해."

신의 명령에 등을 저버릴 수 없는 순교자처럼——동시에 분노를 감추지 않고——아이샤 씨는 우리를 노려보았다.

"바보 같은 창녀 이야기를 하나 들려주지. 그 여자는 언제나 침울한 르나르 계집애가 정말 마음에 들지 않았어. 아무리 돌봐줘도 모든 것을 체념한 표정만 짓고 앉았으니까."

"……!"

"구역질이 치민 그 바보 같은 창녀는, 과거에 딱 한 번 들어온 적이 있는 '살생석'을 분풀이로 박살냈지."

아이샤 씨의 품에서 하루히메 씨가 전혀 몰랐다는 듯 경악한 표정으로 쳐다보았다.

나와 미코토 씨도 눈을 크게 떴다.

아이샤 씨의 말은 멈추지 않았다. 그 '바보 같은 창녀'의 못난 점을 진심으로 매도하듯, 분노를 드러내며 거칠게 말했다.

“그 창녀가 한 짓은 금세 들통이 났어. 그리고 빌어처먹을 두꺼비에게 넝마가 되도록 두들겨 맞은 다음, 주신의 손에 머리가 이상해질 때까지…… '매료'당했지.”

분노로 치켜 올라간 아이샤 씨의 눈 안에, 처음으로 공포가 떠올랐다.

“주신의 명령을 저버리면 손발이 멋대로 떨릴 정도로, 돌을 부수려 하면 서 있지도 못할 만큼, 마모되어 짓이겨질 때까지 질퍽질퍽하게 말이야. ……그 창녀는 이제 이슈타르 님의 명령에 거역하지 못해.”

덜그럭. 거대한 박도를 든 아이샤 씨의 왼손이 흔들렸다. 하루히메 씨의 어깨를 쥔 오른손은 의지를 저버리려는 듯 그녀를 자신의 몸으로 끌어당겼다.

나와 미코토 씨는 멍하니 서 있을 뿐, 입도 열지 못했다.

뇌리에 떠오르는 어떤 광경.

피바다에 잠긴 아이샤 씨를 시간(屍姦)하듯 탐닉하는 갈색의 여신님.

눈물에 젖은 두 뺨을 두 손으로 감싸고, 가학적인 웃음으로, 저주와도 같은 사랑의 말을 속삭이며, 상대가 울부짖어도 아랑곳 않고 상처 입은 피부를 유린한다.

아직 한 번밖에 만난 적이 없음에도 나는 '미의 신'이 지닌 마성의 일면을 상상해버리고 말았다.

눈앞에 있는 의연한 여걸의 존엄이 짓밟혔다는 사실이 내 손바닥에 어마어마한 양의 땀을 솟아나게 만들었다.

곁에 있던 미코토 씨 또한 숨 쉬는 것을 잊고 있었다.

"그 사건이 있었기에 바벨라들은 반석처럼 단결했다. 처음부터 전쟁을 고대했던 녀석들도 있거니와, 이슈타르 님을 두려워하는 녀석들도 있지. 이제 전쟁은 막지 못해."

철저한 유린은 본보기이기도 했다는 말이다.

그 후 적대파벌과의 항쟁에 회의적이었던 일부 바벨라들도 공손한 자세를 보여, 하루히메 씨의 희생이 있어야만 성립되는 전쟁에 이의를 제기하는 자는 사라졌다.

모두 이슈타르 님의 뜻대로.

"너희는 그 여신의 무서움을 이해하지 못해."

아이샤 씨는 그렇게 단언했다.

무언가에 겁을 먹은 것처럼 떠는 하루히메 씨를 끌어안으며.

"……게다가 말이지, 내가 한마디 하자면, 왜 너희는 말만 하고 덤비질 않지?"

아이샤 씨는 우리에게 두 눈을 가늘게 떴다.

"이 하루히메에게 무슨 일이 일어날지를 알았잖아. 왜 빼앗으러 오질 않지? 뭘 망설여?"

"""?!"""

그녀의 지적에 나와 미코토 씨의 어깨가 꿈틀 경련했다.

머릿속에 헤르메스 님의 충고가 떠올랐다.

이슈타르 파와 전쟁을 벌이면, 그때야말로 【헤스티아 파밀리아】는 소멸을 면할 수 없다——

우리가 움직이면 주신님을, 동료들을 끌어들이게 된다.
하루히메 씨를 데리고 나오면 반드시 바벨라들이 제재를 가하러 찾아온다.
도시에서도 손꼽히는 전투집단이, 우리의【파밀리아】로.
"그, 건……."
목이 뻣뻣해져 목소리가 나오질 않았다. 마른 호흡만이 새어 나왔다.
한 발도 움직이지 못하는 나와 미코토 씨는 떨리는 눈으로 하루히메 씨를 보았다.
우리와 아이샤 씨의 대화에 그녀는 고개만 숙이고 있을 뿐이었다.
앞머리로 두 눈을 가리고, 짐승 귀를 머리에 납작 붙인 채.
아무것도 보지 않겠노라고, 듣지 않겠노라고 아이샤 씨의 가슴속에서 고개를 늘어뜨렸다.
그 모습에, 내 가슴이 소리를 내며 금이 갔다.
『——창부는 파멸의 상징이옵니다.』
왜. 어째서.
그 말을 지금 떠올린 걸까.
"……역시 안 되겠어. 너희에게는, 너에게는 이 아이를 넘겨줄 수 없다, 벨 크라넬."
도저히 움직이지 못하는 나에게 아이샤 씨는 날카로운 눈빛을 풀지 않은 채 이름을 불렀다.

"단순한 동정이라면 집어치워. 구역질이 나니까."

"아, 아니에요……!!"

"그럼 넌 이 아이를 구할 수 있다는 거야? 나에겐 그렇게 보이지 않는데. 너에겐 맡길 수 없어."

창졸간에 반론하려 해도 그녀의 안광에 주눅이 들어버렸다.

가차 없는 시선. 그와 동시에, 그 말에는 어딘가 시험하는 듯한 감정이 담겨 있었다.

"단순한 힘을 말하는 게 아니야. 너에게는 각오가 부족해."

"……?!"

"이 하루히메와 야반도주해, 동반자살이라도 할 수 있다는 각오가 말이지."

가슴속까지 꿰뚫어 보는 듯한 그 말에 심장을 콱 붙들렸다.

"그 얼굴은 **수컷의 얼굴이 아니야.**"

그리고 결정적인 말을 내던졌다.

"오만하고 거칠고 탐욕스러운, 수컷의 얼굴이 아니라고."

"비실거리고 겁 많은, 그냥 얼빠진 애송이의 얼굴이지."

"넌 이 아이를 위해 모든 것을 내던질 수 없어."

실망 섞인 목소리로, 아이샤 씨는 단숨에 말을 이었다.

가슴 속이 도려져나간 나는 말을 꺼내지 못했다. 곁에 있던 미코토 씨도 그것은 마찬가지였다.

뻣뻣하게 선 우리에게 아이샤 씨는 한층 낙담한 시선을

보냈다.
하루히메 씨는, 그저 이 순간이 지나가기만을 기다리듯…… 두 손으로 몸을 끌어안고 있었다.
넓은 뒷골목에 비쳐드는 꼭두서니색 빛이 네 사람의 몸을 에워쌌다.
『——찾았다, 이쪽이다!!』
마주 선 우리에게 아마조네스의 고함이 울려 퍼졌다.
미코토 씨와 하루히메 씨가 흠칫 고개를 들자 여러 명의 고함소리가 멀리서 들려왔다.
망연자실한 나는 아이샤 씨와 시선을 마주한 채 아무 행동도 하지 못했다.
"——미코토 님, 도망치시옵소서!!"
제일 먼저 움직인 것은 하루히메 씨였다.
아이샤 씨의 팔을 강제로 풀고 박도를 든 왼손에 온몸으로 매달렸다.
아이샤 씨는 놀라고, 그녀의 목소리에 떠밀린 미코토 씨는 창졸간에 내 팔을 잡았다.
"벨 공!!"
뻣뻣하게 선 내 팔을 잡아당겨 달려 나갔다.
나는 인형처럼 저항도 못한 채 미코토 씨에게 그저 끌려갔다.
속속 모여드는 바벨라들, 그 자리에 가만히 선 아이샤 씨, 그리고 하루히메 씨에게서.

나는 도망쳤다.

"……."

『놓치지 마!』

『추격해!』

두 사람의 앞을 아마조네스들이 요란하게 지나간다.

뒷골목의 옆길로 사라진 미코토와 벨을 동료들이 쫓아가는 가운데, 아이샤는 몸에서 힘을 뺐다.

"……그만 떨어져, 멍청아."

"우~ 우~."

신음인지 기합성인지 모를 소리를 내며 왼손에 매달린 하루히메의 머리를 아이샤는 반대쪽 손으로 찰싹 때렸다.

"아우."

비명을 지르는 르나르 소녀를 쉽게 떼어냈다.

Lv.1인 하루히메의 구속 따위 처음부터 없었던 것이나 마찬가지다. 머리를 싸쥐고 주저앉는 소녀에게 탄식하며, 아이샤는 벨과 미코토가 사라진 방향을 바라보았다.

저녁놀에 옆얼굴을 태우며, 눈을 가늘게 떴다.

『근처에 있을 거다, 찾아내!』

여걸들의 거친 목소리가 울려 퍼지며 다가온다.

비전투원인 창부들까지도 탐색에 나서도록 바벨라들이 지시를 날리는 가운데 수많은 발소리가 사방팔방에서 들려왔다.

"허억, 허억……!!"

자신들을 찾아 헤매는 적에게서 벗어나 도달한 어스름한 골목길.

햇빛도 들지 않는 건물과 건물의 틈새에서 우리는 가쁜 숨을 몰아쉬었다.

이윽고 아플 정도로 꽉 붙잡았던 손을 풀고 미코토 씨는 내 쪽을 돌아보았다.

"저는…… 저희는."

미코토 씨의 쥐어짜내는 목소리에 반응하지도 못한 채, 비틀비틀 건물 벽에 두 손을 짚었다.

눈앞에 선 회색 벽, 푹 꺾인 목, 발밑까지 떨어지는 거친 숨.

눈을 크게 뜬 채 시커먼 지면을 바라보던 나는, 이윽고 얼굴을 한껏 일그러뜨렸다.

——다 들여다보고 있었어. 전부 다 들여다보고 있었어!!

전부 그 사람 말이, 아이샤 씨 말이 옳다.

나는 하루히메 씨를 위해 모든 것을 내던지지 못했다.

나는 주신님과 동료를—— 하루히메 씨와 저울질하고 말았어!

그때 그녀를 구하겠다고 말하지 못했어!!

"크윽……!!"

악다문 이틈에서 신음소리가 새어 나왔다.

대형 파벌【이슈타르 파밀리아】에 표적이 된다는 가공할 위험을 두려워해 굳어버렸다.

고개를 숙였던 그 사람에게 반드시 구해내겠다고 손을 내밀어주지 못했다.

나는 망설였던 것이다.

시야가 뿌옇게 흐려졌다. 눈꺼풀 안쪽이 지독히도 뜨거웠다.

꼴사나운 나, 한심한 나, 상처 입은 하루히메 씨에게 도움을 받아버린 나.

무엇보다도, 아무것도 결심하지 못한 채 그녀들에게서 도망친 나.

벽에 짚은 두 손이 떨리며 주먹을 쥐었다.

분하고 한심하고 후회가 되어 머리가 어떻게 되어버릴 것 같았다.

"벨, 공……."

내 곁에서 미코토 씨도 눈물 젖은 목소리를 필사적으로 쥐어짜냈다.

이 사람도 괴로워하고 있다.

하루히메 씨와의 추억과, 동료들과의 유대 사이에서.

손바닥에 손가락이 파고들 정도로 꽉 쥔 주먹이, 아무것도 결단하지 못했던 자기 자신을 책망했다.

그녀와 함께 눈물을 꾹 참으며, 무력감에 지배당했다.

"나는……!"

어떻게 하면 좋지? 어떻게 하면 되지?

보신을 위해 하루히메 씨를 버릴까?

주신님과 동료들을 위험에 빠뜨리지 않도록, 모든 것을 잊고 등을 돌릴까?

아니면 미련을 버리지 못하는 내 이기심을 끝까지 관철할까?

고함을 질러대는 이 가슴의 절규에 귀를 기울일까?

멈추지 않는 번민, 상반된 선택지, 끊어버릴 수 없는 마음.

출구가 없는 미궁을 헤매는 가운데 시간만이 무자비하게 흘러갔다.

아득한 머리 위의 하늘이, 황혼에서 보름달을 기다리는 어둠으로 조용히 모습을 바꾸어가려 했다.

'누가……!'

누가 가르쳐주었으면.

사람이든 정령이든 신이든, 누구라도 좋아.

나는 어떻게 해야 좋을지, 어떻게 하면 될지.

나는 어떻게 하고 싶은지.

'——그 사람이 있었다면.'

할아버지가 있었다면.

나를 길러주신 그분이 이곳에 있었다면, 내게 뭐라고 했을까.

어려움에 처한 여자아이가 있다는 걸 알고, 이렇게 갈림길에 선 지금의 날 보면, 그분은 뭐라고 했을까?

벽에서 손을 떼고, 그 자리에 가만히 선 채 마음속으로 자문했다.

저기, 구해주고 싶은 사람이 있어.

더 이상 잃고 싶지 않은 가족도 있어.

난 어떻게 하면 될까?

어떻게 하면 좋을까?

지금도 가슴에서 넘쳐날 것 같은 이 마음을…… 소리 질러도 될까?

마음속에 잠든, 어렸을 때의 기억을 불러내서, 물어봐서.

그리고.

마음속에 떠오른 그 사람은.

기억 속의 할아버지는—— 입술만을 틀어 올렸다.

『——가거라.』

숫제 밉살맞기까지 한 미소로 그렇게 말했다.

"크으윽!!"

눈에 불이 켜졌다.

오른손이 온 힘을 다해 주먹을 쥐었다.

『여자아이 하나 구하지 못하는 게 무슨 남자냐.』

말할 거다.

그 사람이라면 분명 그렇게 말할 거다.
그 할아버지라면, 반드시 내 등을 후려쳤을 거다!!
'——맞아.'
결심해라.
결심해라!
결심해라!!
바보 취급당하고 손가락질을 당한들, 그건 부끄러워할 일이 아니야!
가장 부끄러운 건, 아무것도 결심하지 못하고 움직이지 않는 거다!!
'나는——'
——가자.
그녀를 구하러.
덧없는 웃음밖에 짓지 못하던 그 사람을 구하러.
"……미안해요, 미코토 씨."
떨리는 목소리로 사과하는 나를 보며, 미코토 씨는 무언가를 두려워하듯 어깨를 떨었다.
천천히 그녀를 돌아보고, 눈물 맺힌 눈에 힘을 주었다.
"나, 그 사람을 구하고 싶어요."
내 뜻을 전하자, 미코토 씨는 눈을 크게 떴다.
하루히메 씨를 구하러 갈래요. 【파밀리아】를 위험에 빠뜨리겠어요. 용서해주세요.
울 것 같은 목소리로 그렇게 사죄하는 나에게 그녀는 앞으로 나섰다.

"하, 하오나, 하루히메 공을 구한다 한들 그 다음에는 어떻게 하시려는 겁니까? 【이슈타르 파밀리아】는 우리를 끝까지——"

"오라리오에서 도망칠래요."

공포로 얼굴을 떨면서 말한 나에게 미코토 씨가 아연실색했다.

주신님이나 동료들에게는, 죽을 정도로 사과하자.

사과하고, 도시에서 쫓겨나게 됐을 때, 그걸로 감수하자.

【아폴론 파밀리아】 때와는 다르다.

한 여자아이를 구하기 위해, 도시를 나간다.

"오라리아에서 도망쳤다가…… 꼭 돌아올게요."

"네?"

"강해져서—— 그 사람을 지킬 수 있을 정도로, 지금보다도 강해져서!!"

그리고 반드시 돌아오자. 오라리오로.

아무리 시간이 걸려도, 동경에게 먼 길을 돌아서 가게 되더라도.

하루히메 씨를 지킬 만한 힘을 길러서, 반드시 이곳으로 돌아오자.

숨을 멈춘 미코토 씨를 바라보면서, 이제 그만 솔직해지라고 자신을 타일렀다.

하루히메 씨의 그 아름다운 금색 머리를 보고 나는 처음에 누구를 떠올렸지?

마음속에 누구를 그렸지?

만약 여기에서 하루히메 씨를 버린다면…… 나는 그 동경하는 검사와 만날 때마다.

분명 하루히메 씨의 모습을 떠올리고, 그녀의 앞에 서 있지 못하게 될 거다.

동경에 어울리는 남자가 되었다고 가슴을 펼 수 없을 거다.

하루히메 씨도, 동료들도, 동경도, 결코 포기하지 않는다. 끝까지 발버둥칠 것이다. 그러니——

눈을 돌리지 않고 결연히 바라보는 나에게.

미코토 씨는 천천히 두 눈에 물막을 퍼뜨리더니, 활짝 웃었다.

"당신과 같은 【파밀리아】가 된 것을…… 지금만큼 기쁘게 여겼던 적이 없습니다."

울며 웃는 괴상한 표정으로 내 오른손을 두 손으로 감쌌다.

"당신이 단장이고, 당신과 만나…… 다행입니다."

그리고 마지막에는 꺼져 들어가는 목소리로, 감싼 내 오른손을 꽉 끌어안는다.

"고맙습니다, 벨 공……."

고개를 숙인 채 중얼거리고, 몇 방울의 눈물을 손등에 떨구었다.

"……헤스티아 님이나 다른 분들께는 저도 오체투지로 사죄하겠습니다. 함께 야단맞지요!"

손을 뗀 미코토 씨는 팔로 눈을 북북 닦고는 고개를 들고 만면의 미소를 지었다.

이기적인 생떼를 들어주고 도와주겠다는 그녀의 웃음에 나도 눈물을 흘릴 뻔했다.

둘이 눈물로 범벅된 웃음을 나누고 의지를 하나로 모아, 우리는 고개를 끄덕였다.

꼴사나우면 어때.

진흙투성이여도 상관없어.

이번 한 번뿐이어도 좋아.

되자. 그 사람의 '영웅'이.

창부가 됐든 파멸이 됐든, 그녀의 손을 꽉 쥐어줄 수 있는, 그녀가 동경하던 '영웅'이 되자.

"……!"

눈을 부릅뜨고, 미코토 씨와 함께 돌아보았다.

어스름한 골목길 너머, 우리가 올려다본 곳에는 금색으로 빛나는 궁전이 우뚝 솟아나 있었다.

"그래서 호락호락 '토끼' 놈들을 놓쳤단 말야아?!"

프뤼네의 고함에 등 뒤로 감추었던 르나르 소녀가 어깨

를 떨었다. 수많은 바벨라들이 있는 궁전의 한 넓은 방 안이었다.

하루히메를 감싼 아이샤는 태연자약했다.

“따지고 보면 네가 이슈타르 님의 명령을 어긴 게 원인이지. 잘못은 너한테도 있을 텐데?”

“멍청한 소리 지껄이지 마아아~!! 그 호박년이 내 사냥감을 놓아주지만 않았어도 이딴 귀찮은 일은 없었어어!”

개구리처럼 커다란 두 눈이 하루히메를 노려보았다.

바들바들 떠는 르나르 소녀에게 혀를 찬 프뤼네는 핏발선 안광을 아이샤에게 돌렸다.

“‘살생석’의 존재를 들켰으니 【리틀 루키】는 절대로 살려보내선 안 됐다고오!! 이대로 놓쳤다간……! 어떻게 책임을 질 거야아, 아이샤아~?!”

‘벨리트 바빌리’는 지금 아마조네스들이 이리저리 뛰어다니고 있었다. ‘살생석’ 의식을 준비하는 자와 계획을 알아낸 벨을 추적하는 자로 반씩 나뉘어 홈 일대를 분주히 돌아다닌다.

궁전 최상층 부근에 위치한 이 방까지 소란이 전해지는 가운데, 아이샤는 프뤼네를 한번 쳐다본 후 담담히 말했다.

“올걸, 그 꼬마는.”

“아앙? 무슨 근거로…….”

고개를 꼬는 프뤼네에게는 이제 눈길조차 주지 않고, 그녀는 창밖을 내려다보았다.

"얼굴은 수컷의 얼굴이 아니었지만 눈은 달랐어. 그건……."

아래쪽에 펼쳐진 환락가를 향해 아이샤는 중얼거렸다.

"체념할 줄 모르는, 모험자의 눈이었지."

눈을 가늘게 뜬 아이샤의 옆얼굴에 하루히메는 홀로, 온갖 감정에 몸을 떨었다.

그녀도 창밖으로 눈을 돌리고 마석등이 켜지기 시작하는 환락가—— 소년과 소녀가 있을 거리를 내려다보았다.

같은 시각, 소년과 소녀는 위광을 뿜어내는 장엄한 궁전을 향해 온 마음을 쏟고 있었다.

황폐한 뒷골목에서 오직 단둘이, 하늘을 향해 우뚝 솟은 여신의 왕궁과 대치했다.

하늘로 퍼져가는 푸른 어둠.

뚜렷이 모습을 드러내기 시작하는, 꽉 찬 황금색 달.

한 명의 창부를 구해내기 위해, 소년과 소녀는 궁전 공략에 나섰다.

6장 영웅갈망
© Suzuhito Yasuda

“여기에 벨이 있을 것이다! 들여보내다오!”

해가 진 도시의 하늘이 어둠에 휩싸여가는 가운데, 헤스티아는 환락가 한곳에서 소리를 지르고 있었다.

장소는 제3구역 앞, 【이슈타르 파밀리아】의 영역 경계선 상이었다.

벨과 미코토를 구출하고자 벨프와 릴리, 그리고 타케미카즈치와 함께 온 헤스티아는 창관 거리 입구를 막고 선 두 명의 아마조네스와 대치했다.

“여신니임~ 증거라도 있으세요오~?”

“생트집을 잡으실 거면 우리도 그에 합당한 조치를 취하겠어요오~.”

배틀액스며 쌍검을 슬쩍슬쩍 내비치는 갈색 피부의 아마조네스들 앞에서 어린 여신은 끄으응 신음했다.

그녀의 아이들은 던전에서 아마조네스들에게 습격을 당했지만, 소속을 증명할 확실한 증거가 없다.

“으가악——?!”

능글능글 웃으며 내려다보는 적의 단원들에게 헤스티아는 결국 두 팔을 휘저으며 노발대발했다.

“뻔뻔할 정도로 시치미를 딱 떼네요…….”

“뭐, 여기까지는 예상했지만.”

남동쪽 대로에 드문드문 나타나기 시작한 남자 손님이나 창부들의 주목을 받으며 아마조네스들과 말다툼을 벌이는 주신에게, 릴리는 탄식하고 벨프는 팔짱을 낀 채 지켜보았다.

그녀로부터 한 발짝 떨어진 곳에서는 흑발을 네모지게 깎은 타케미카즈치가 주위에서 모여든 권속들을 맞이하고 있었다.

"오우카, 어땠느냐."

"이슈타르 파의 영역 전역에 쥐새끼 한 마리 못 드나들 포위망이 펼쳐졌습니다."

"아마조네스들이나 창부들이 길을 봉쇄해서…… 들어갈 수가 없어요."

여러 곳에서 정찰을 하고 온 오우카와 치구사, 그리고 그 외 세 권속들의 보고를 듣고 타케미카즈치는 그러냐고 눈살을 찡그렸다.

아마도 '살생석'의 존재를 알고 있을 벨과 미코토를 놓치지 않기 위한 **감옥**, 그와 동시에 '살생석'의 의식에 아무도 들여보내지 않기 위한 **방책**이리라고 추측했다.

아직까지 벨과 미코토를 납치한 이유는 확실하지 않지만, 틀림없다.

"미코토……."

소녀의 안위를 걱정하며, 타케미카즈치는 구름이 걸린 밤하늘의 달을 쳐다보았다.

"벨 공, 이 포션을 가지고 가십시오."

"고맙습니다. 받아둘게요."

타케미카즈치와 동료들이 제3구역 바로 앞에서 발이 묶여 있을 동안.

밤하늘 아래, 벨과 미코토는 황폐한 골목에서 장비를 점검했다.

겨우 둘이서 궁전에 돌격해 하루히메를 구출해내기 위한 준비였다.

환락가를 탈출해 원군을 끌고 올 여유는 이미 없었다. 오히려 이슈타르 파의 품에 들어와 있는 지금이 처음이자 마지막 기회임을 벨과 미코토는 잘 알았다. 아직까지 창부들에게 들키지 않은 건물의 틈새에 숨어, 미코토가 보물창고에서 확보한 고성능 포션 같은 것을 나눠 가졌다.

지면에 주저앉아 닌자 같은 옷의 끈을 단단히 묶은 미코토는 벨과 의논하며, 몇 년 전 타케미카즈치와 나누었던 대화를 떠올리고 있었다.

『미코토, 너는 오우카나 다른 아이들보다도 인술 적성이 뛰어나구나. 하지만 성격이 맞질 않지.』

수많은 무예를 주입시키던 도중, 막상 인술을 가르칠 때가 되자 타케미카즈치는 그렇게 말했다.

『잘 듣거라, 미코토. 닌자는 말이다── 치사해.』

『치, 치사하단 말씀입니까?』

『그렇지. 임무를 수행하기 위해서라면 닌자는 수단을 가리지 않아.』

정좌한 채 땀을 삐질삐질 흘리는 미코토에게 남신은 지

극히 당연하다는 표정으로 고개를 끄덕였다.

『기습, 암습, 함정…… 온갖 술수를 구사해 목적을 달성하는 존재, 그게 바로 닌자다. 그러니 솔직히 말해 성실하고 정직한 너에게는 맞지 않을 게야.』

무신 타케미카즈치는 그렇게 말하면서 미코토에게 인술을 가르쳐주었다. 이 오라리오에 온 후로는 '역시 너는 모험자가 적성에 맞는 것 같다'고 웃음을 지어주었지만.

사랑하는 남신의 얼굴을 떠올리며, 미코토는 긴장을 몰아내고자 숨을 크게 내뱉었다.

미궁에서 부러진 카타나 대신 벨의 예비 무장인 《우시와카마루》를 장비했다. 그의 허리 파우치도 빌려 포션 이외의 여러 도구를 채워 넣었다.

기동성을 중시하는 닌자 같은 자신의 장비를 내려다보며, 됐다고 고개를 끄덕였다.

"벨 공, 마지막으로 확인하겠습니다."

"네."

한쪽 무릎을 지면에 꿇고 대답한 벨과 함께, 궁전을 공략하기 위한 마지막 작전회의를 시작했다.

"제가 읽었던 자료에 따르면 의식은 만월이 완성되는 오늘 밤 8시경. 장소는 궁전 별관, 공중정원에서 치러질 것입니다. ……그러나 지금은 장소 정보는 무시하십시오."

미코토는 타임리미트를 비롯한 '살생석' 의식의 개요를 설명해주었다. 남은 시간은 없다고, 구름이 걸린 달을 한

번 올려다보고.

"잔꾀는 부리지 않습니다."

그렇게 덧붙였다.

"우선, 원래 적들의 목표였던 벨 공께서 궁전으로 침입해 적의 주의를 끌고……."

"미코토 씨가 그 틈에 하루히메 씨를 구해낸다는 거죠."

단순명료한 작전을 벨이 받아 잇자 미코토는 낯빛을 흐렸다.

"이것밖에 방법이 없다고는 하나…… 괜찮으시겠습니까, 벨 공? 모든 위험을 짊어지게 될 것입니다."

앞으로 교전하게 될 무수한 적을 생각하고 꼴깍 목을 울린 벨. 그러나.

"할게요."

흔들림 없는 의지를 보여주었다.

"……20분, 아니, 10분만 견뎌주십시오. 반드시 제가 하루히메 공을 찾아내 데리고 나오겠습니다."

소년의 올곧은 루벨라이트색 눈동자를 보며, 미코토도 자청색 눈에 강한 의지를 담았다.

벨의 뜻에 호응하고자 소녀도 스스로를 고무시켰다.

"……마지막으로, 이 시도가 실패했을 때에 대해서도 이야기해두겠습니다."

이런 말을 하고 싶지는 않다고, 미코토는 얼굴을 굳히면서도 만약의 경우에 대해 설명했다.

벨은 그녀와 비슷한 표정으로 잠자코 귀를 기울였다.

“하루히메 공과 접촉하면, 어떤 상황이든 반드시 섬광탄을 쏘겠습니다. 녹색은 성공, 그리고 붉은색은——”

“실패…… 그때는.”

“……적의 경계가 최대가 되었을 의식장으로 쳐들어가 ‘살생석’ 그 자체를 파괴할 수밖에 없습니다.”

언젠가는 또 준비할 수 있는 만큼, ‘살생석’을 파괴해봤자 근본적인 문제는 해결되지 않겠지만 그래도 이것이 오늘 밤의 의식을 저지할 수 있는 마지막 수단이다.

“그때는 임기응변으로 대응할 수밖에 없사오나…… 어느 한쪽은 미끼가 되고 다른 한 사람은 돌을 파괴해야 합니다. 지금은 이것밖에는 결정할 수가 없을 것 같습니다.”

미코토의 작전에 벨은 이의 없이 고개를 끄덕였다. 보름달의 빛, 그리고 합당한 설비가 필요한 만큼 의식장은 공중정원 말고는 없을 것이라 말하고, 마지막으로 서로 얼굴을 마주 보았다.

“그러면 벨 공…… 무운을 빕니다.”

“미코토 씨도, 하루히메 씨를 잘 부탁해요.”

그 말만을 나누고, 두 사람은 이내 헤어졌다.

몸을 숨겼던 어두운 골목에서 빠져나와, 자신이 맡은 위치로 이동했다.

길에서 자신들을 찾아 헤매고 있을 아마조네스나 비전투원 창부들의 눈을 신중히 피하며 벨은 홈 정문 앞, 보초에게 들키지 않을 아슬아슬한 위치까지 나아갔다.

"……."

건물 뒤에서 몸을 낮추고 무릎을 꿇은 채 자신의 오른손을 내려다본다.

이제부터 조우할 적의 정예—— 아이샤를 비롯한 바벨라들, 그리고 프뤼네.

특히 Lv.5인 제1급 모험자 프뤼네를 어떻게 할지, 그런 의문이 마음속에 소용돌이쳤다. 이긴다는 비전이, 돌파구가 전혀 떠오르질 않았다.

방어구는 모조리 박살이 나 거의 맨몸이다. 그런 자신의 모습에 심장이 벌컥벌컥 뛰었다.

【아르고노트】——

'이것밖에, 없겠구나…….'

지릉, 지릉. 종소리를 울리며 빛을 발하는 오른손을 내려다보며 벨은 입술을 깨물었다.

손에 모여드는 흰빛. 그러나 정말로 맞힐 수 있을까, 그 이전에 그 여걸 앞에서 차지가 가능할까. 속절없이 솟아나는 의구심과 갈등. 벨은 도리질을 쳐 그것을 억눌렀다.

할 수밖에 없다고 자신을 타이르고, 빛의 입자가 모여드는 손바닥을 질끈 쥐었다.

다음 순간, 벨은 건물 뒤에서 뛰쳐나갔다.

"앗……?!"

"【리틀 루키】?!"

홈의 정면, 궁전 앞뜰로 갑자기 튀어나온 벨에게 문지기 아마조네스들이 경악했다. 설마 자기 발로 적의 본거지에 나타날 줄은 생각하지 못했는지 그녀들은 황급히 무기를 들거나, 혹은 적이 습격했음을 알리려 했다.

허를 찔린 그런 아마조네스들보다도 먼저, 벨은 오른팔을 내밀었다.

10초분의 차지.

개전을 알리는 작은 종소리를 울리며, 포성을 질렀다.

"【파이어볼트】!!"

백광에 감싸인 거대한 염뢰가 포효했다.

벨이 날린 포격에 궁전 정면 입구가 대폭발을 일으키고 여러 명의 문지기가 한꺼번에 날아갔다.

눈 깜짝할 사이에 비명과 노성, 그리고 엄청난 분진이 피어나는 가운데 벨은 일직선으로 질주했다.

레그 홀스터에 손을 뻗어, 미코에게 받은 하이 포션과 하이 마인드포션을 즉시 보급했다. 텅 빈 시험관을 지면에 내팽개치고, 자신이 일으킨 폭풍과 연기 속으로 숨어들어 벨은 정면 현관을 통해 궁전으로 들어갔다.

소녀 탈환작전이 막을 열었다.

"지금 저 폭발은 뭐야?!"

대도를 걸머진 벨프가 아마조네스들에게 외쳤다.

발이 묶여 있던 그들의 시야 저편, 제3구역 중심지에서 피어난 폭염의 꽃에 헤스티아는 주위의 시민들과 함께 폴짝폴짝 뛰며 깜짝 놀랐다.

갑자기 소란스러워진 주위에는 아랑곳 않고 릴리와 벨프는 이때다 하고 상대에게 대들었다.

"이젠 변명은 못 하겠죠!! 저건 벨 님의 【파이어볼트】잖아요!"

"당장 들여보내!!"

멀리서 마법의 종류를 판별할 수 있을 리도 없건만 되는 대로 내뱉는 릴리와 벨프에게 아연실색 뒤를 돌아본 두 명의 아마조네스는 혀를 차며 무기를 들었다.

"그래서 어쨌는데. 항쟁이라도 벌이시게?"

"우리는【이슈타르 파밀리아】라고!"

상대의 큰소리에 릴리와 벨프가 한순간 기세를 잃자—— 거한이 앞으로 불쑥 나섰다.

아마조네스 하나의 멱살을 한 손으로 잡아선, 그대로 내팽개친다. 뒤쪽의 포석 위로 나뒹군 본인도, 동료가 날아가는 모습을 본 아마조네스도 아연실색하는 가운데 거한 휴먼, 오우카는 단 한마디를 내뱉었다.

"비켜."

미코토, 그리고 하루히메의 위기에 망설임 따위 내팽개친 사나이의 모습을 보고 치구사를 비롯한 【타케미카즈치 파밀리아】 멤버들도 속속 무기를 뽑았다. 대형 도끼를 든 두령이 이끄는 극동 출신 휴먼들에게 아마조네스들은 얼굴을 붉히고 분노하며 달려들었다.

"이 자식들!!"

"으하하하, 간다!!"

홍소를 터뜨리는 오우카와 함께 벨프가 적과 전투를 벌였다. 릴리도 핸드 보건을 꺼내 응사해, 제3구역 입구에서 전투가 발발했다.

Lv.2인 벨프와 오우카, 그리고 숫자의 우세를 살려 적을 격퇴하는 권속들을 보며 헤스티아는 자신도 모르게 탄식했다.

"결국 이렇게 됐군……!"

"시간도 없으니 어쩌겠나."

타케미카즈치가 달려 나가자 그녀도 체념한 듯 뒤를 따라, 아이들이 강행돌파한 길로 진입했다.

——시작은 무엇이었느냐고 묻는다면, 그것은 일방적인 적대였다.

얼굴을 마주한 그 순간부터 같은 '미의 신'인 그녀는 프레이야를 증오했다.

그것이 동족혐오인지, 그녀에게는 없는 것을 발견했기

에 느낀 질투였는지는 알 수 없다. 그러나 실제로 그녀는 프레이야를 증오해 몇 번이나 넘어뜨리려 했다.

반면 프레이야는 그녀에게 무관심했다.

그녀가 이따금 '집적거리면' 웃어넘겼으며, 오히려 지루한 시간을 때울 수 있겠다고 재미있어할 때도 있었다. 그녀에 대한 인식은 그 정도였으므로 프레이야는 딱히 그녀를 싫어하진 않았다.

그 여유가 지위와 명성, 세력의 명암을 나누었는지도 모르지만.

프레이야는 도시의 정점에 군림했고, 반면 그녀는 음도(淫都)의 왕에 머물 수밖에 없었다.

프레이야의 명성은 가속했다. 권속들은 외경심의 대상이 되고, 자신의 '아름다움'은 미궁도시의 지위와도 맞물려 세계 제일—— 하계와 천계를 통틀어 가장 아름답다는 우스운 칭송을 받게 되었다.

이래서야 다른 여신들에게 질투를 사겠다고 웃었던 그때.

그녀의 일방적인 적대에 시커먼 불꽃이 켜지게 되었다.

거무죽죽한 눈빛을 들이대던 그때부터, 어쩌면 이러한 일이 일어나도록 이미 정해졌던 것인지도 모른다.

다만 한 가지 확실히 말할 수 있는 것이 있다면.

같은 '미의 신'인 자신과 그녀의 유일한 차이. 그것은——

"프레이야 님."

포도주에 비친 자신의 얼굴을 바라보던 프레이야는 종자의 목소리에 고개를 들었다.

손에 든 잔을 원탁에 내려놓자, 다가온 오탈이 조용히 말을 이었다.

"아렌과 정찰대에게서 보고가 올라왔습니다. 【이슈타르 파밀리아】는 벨 크라넬을 사로잡았으며, 또한 불온한 움직임을 보인다고 합니다. ……그리고 조금 전, 환락가에서 거대한 폭염이 일어났습니다."

이제는 확실해졌다고 종자가 단언하고, 프레이야는 의자에서 일어났다.

"아이들은 전부 모였지?"

"예."

"호령해주겠어?"

"하오면."

"그래. 이슈타르는 선을 넘었거든."

뼛속까지 싸늘해지는 음성과 함께 프레이야는 은색 두 눈을 가늘게 떴다.

"이제까지 쳤던 장난이라면 웃으며 용서해주었겠지만…… 안 되겠어. **그것만은** 용서할 수 없어."

걸어 나가는 프레이야에게 고개를 숙이고 오탈은――큰 목소리로 외쳤다.

"무기를 들어라!! 우리의 여신께서 전장의 연회를 바라신다!!"

홀에 대기했던 전사들이, 저택 곳곳에 흩어져 있던 권속들이 일제히 군화 소리를 울렸다.

무기를 준비하고 뛰어나가는 그 일사불란한 움직임은 충성의 증거였다.

그 누구도 한마디 없이, 미리 의논했던 것처럼 은색 저택의 앞뜰에, '폴크방' 앞에 집결했다.

백 명이 넘는 권속이 여신의 신의 아래 일제히 움직였다.

"……마음에 안 들어."

주위가 소란에 휩싸이고 저택의 호화로운 홀 안을 나아가는 가운데.

오탈을 곁에 대동한 프레이야는 툭 내뱉었다.

"무엇이 말씀이십니까."

"이 흐름이."

짧은 대답에 의아한 표정을 짓는 오탈.

그에게는 눈길조차 주지 않고.

"뭐, 됐어."

독백하듯 중얼거린 여신은 홈 밖으로 향했다.

"나도 나가겠어. 준비가 되는 대로 가자꾸나."

벨리트 바빌리는 눈 깜짝할 사이에 노성 일색으로 물들었다.

"침입자다!!"
"숫자는?!"
"하, 하나!【리틀 루키】가 정면으로 쳐들어왔어!!"
이리저리 오가는 아마조네스들의 고함을 헤치며 벨은 궁전 안을 질주했다.
바벨처럼 중앙이 탁 트인 홀 구조인 광대하고도 장대한 계단을, 계단 혹은 기둥이며 난간을 박차며 위로 위로 올라갔다.
"거기 서엇——!!"
달려드는 무장한 바벨라, 뒤섞이는 노성.
앞을 가로막는 여걸들을 본 벨은 순식간에 진로를 바꾸었다. 화살이 가차 없이 쏟아지는 가운데 적의 모습을 발견하면 방향을 돌렸다.
'멈춰 섰다간 끝장이다……!'
이곳은 적의 본거지다. 자신 혼자 수백이나 되는 군세와 맞버틸 수는 없다.
한 사람에게 애를 먹다가 1초를 잃으면 그만큼 수명이 깎여나간다.
사방팔방에서 밀려드는 적의 모습에, 곧이곧대로 근접전을 벌여서는 안 된다고 벨은 자신을 타일렀다.
"【파이어볼트!】"
"끄아악?!"
멈추지 않고 달리며 염뢰를 연발했다.

영창—— 장전시간이 불필요한 속공마법. 발사속도도 날아드는 속도도, 그리고 위력도 화살을 웃도는 뛰어난 사격무기에 아마조네스들은 대처하지 못하고 펑펑 날아갔으며 좀처럼 거리를 좁히지 못했다.

복도나 홀 구석에서 벌벌 떠는 비전투원 창부들에게 주의하면서도, 다가오려는 적에게는 아래층이든 위층이든 상관 않고【파이어볼트】를 퍼부었다.

"쏴라!!"

"윽?!"

홀을 따라 복도를 달려가던 중, 위층에서 비스듬히 열 발 이상의 화살이 날아들었다.

답례라는 양 쏟아진 일제사격을 모두 피하지 못해 몇 발은《헤스티아 나이프》를 휘둘러 떨어뜨렸다. 하지만 그 바람에 균형을 잃고 그 자리에 쓰러질 뻔했다.

잇따라 쏟아지는 화살, 그리고 앞뒤에서 달려오는 여러 명의 대검병. 벨은 견디지 못하고 바닥을 박차 옆 통로로 도망치고, 막다른 곳에 난 창문으로 머리부터 뛰어들었다.

"밖으로 나갔다!!"

유리창을 부수고 시원한 밤바람에 휩싸였다.

구름에 몸을 감춘 달이 내려다보는 가운데, 궁전의 툭 튀어나온 지붕을 발판 삼아 위층으로.

질주와 도약의 연속으로 토끼처럼 궁전 위를 향해 올라가는 벨을, 마찬가지로 창문을 깨며 뛰어나온 아마조네스들이 집요하게 추적했다.

'아직—— 3분도 안 지났어!'

피부에서 솟아나는 땀, 점점 가빠지는 호흡. 숫자의 열세 때문에 벌써부터 피로가 고개를 들기 시작해 레그 홀스터에서 세 번째 포션을 꺼냈다.

폭발할 것 같은 심장 소리를 끌어안은 채 그래도 달리라고, 전력으로 미끼 역할을 수행하라고 온몸에 채찍질을 했다. 들이켠 시험관을 다시 집어던지며, 될 수 있는 대로 눈에 뜨이도록 도망쳤다.

빛나는 환락가의 야경이 시야 옆에 펼쳐지는 가운데 벨은 바벨라들을 능가하는 준민한 다리를 구사해 뛰고 또 뛰었다.

"벨 공, 고맙습니다."

——한편, 벨이 이리저리 날뛰는 궁전 정면과는 정반대 쪽에서.

어둠을 틈타 뒷문 쪽의 창문을 통해 손쉽게 '벨리트 바빌리'에 침입한 미코토는 아무도 없는 복도를 달려 나갔다.

이슈타르 파의 원래 표적인 벨이 소란을 일으켜주어 주목을 끈 덕에 경비는 평소보다 허술해졌다. 그가 좀처럼 붙잡히지 않는 것도 궁전 정면 쪽의 증원에 박차를 가했다.

벨에게 감사와 사죄를 보내면서도 미코토의 움직임은

신속했다. 바람처럼 달려가다 적의 발소리를 들으면 몸을 숨겼다. 여러 명이 한 조가 되어 움직이는 바벨라들을 몇 번씩 흘려보낸 그녀는 이윽고 단독행동을 하는 단원을 발견했다. 자신과 동등한 존재감으로 보건대 Lv.2일 것이라고 순식간에 간파했다.

정면에서 오는 그 아마조네스의 통과지점에, 파우치에서 꺼낸 수정구를 데굴데굴 굴렸다.

"응? 이건……?"

눈앞을 가로지르는 수정을 그녀가 주워든 순간—— 매달려 있던 천장에서 착지해 후방을 차지한 것과 동시에 미코토는 등 뒤에서 상대의 목에 팔을 감았다.

오른손으로 쥔《우시와카마루》의 끝을 갈색 목덜미에 들이댄다.

"하루히메 공은 어디 있나?"

"사, 40층! 공중정원 근처!"

정보를 알아낸 미코토는 그대로 팔에 힘을 주었다. 멋들어지게 기절시킨 아마조네스를 복도에서 끌어내 다른 방에 집어넣고, 40층으로 향했다.

모험자들은 절대 사용하지 않을 완벽하면서도 세련된, 기습이라는 이름의 일격필살.

"정말로 치사하군요……."

미코토는 타케미카즈치의 얼굴을 떠올리며 중얼거렸다.

이윽고 창문에서 밖으로 나가 궁전의 지붕, 그리고 외벽을 따라 올라간 미코토는.

아득한 위쪽에서 불빛이 새어 나오는 어떤 방의 창문을 발견했다.

어떤 방의 창가에서 하루히메는 동요를 드러내고 있었다.

조금 전부터 홈 전체가 소란스러워지는가 싶더니 【리틀 루키】—— 벨이 혼자 이 궁전에 쳐들어왔다는 보고가 들어온 것이다.

하루히메는 벌떡 일어나 방을 뛰쳐나가려 했지만 같은 방에서 대기하던 바벨라에게 제지당했다. 지금은 두 명의 아마조네스가 양옆에서 그녀를 끼고 노려본다.

붉은 극동식 의복으로 갈아입고 의자에 앉은 하루히메의 꼬리가 그녀의 불안한 감정을 드러내듯 흔들거렸다.

"그 아이, 가……?"

아무에게도 들리지 않을 만한 중얼거림이 벚꽃색 입술에서 새어 나왔다.

왜. 어째서. 그만둬. 잇따라 새어 나오는 갈라진 목소리의 파편.

한곳에 머물 줄 모르는 시야를 바닥에서 이리저리 움직이던 하루히메는 무언가를 두려워하듯 자신의 몸을 끌어안았다.

하루히메가 방 한구석에서 웅크리고 있을 동안, 아이샤는 다른 바벨라들에게 지시를 내렸다.

"너희는 증원을 나가. 이 방에는 내가 남을 테니."

소녀의 경호를 자신이 맡겠다고 말했지만, 벨이 잡히지 않는 이 상황에 부아가 치밀었던 프뤼네가 이의를 제기했다.

"멋대로 지껄이지 마, 아이샤. 너도 나랑 같이 토끼몰이에 가는 거야아."

"……뭐?"

"전에 '살생석'을 깨뜨려서 우리를 번잡하게 만들었던 걸 잊어버리진 않았겠지이."

개구리를 연상케 하는 넙데데한 얼굴을 눈앞에 들이대며 프뤼네는 아이샤를 내려다보았다.

"이 혼란을 틈타 하루히메를 풀어줄 심산 아냐아? 넌 믿을 수 없어. 내 눈 닿는 데 놔둘 거야아."

프뤼네의 말에 다른 바벨라들이 당황하는 가운데.

주신의 '매료' 때문에 처음부터 반기를 들 수도 없는 아이샤는 멍청한 소리라고 내뱉었다.

"【리틀 루키】는 분명 미끼일걸. 진짜는 하루히메를 노리는【절†영】 쪽이야."

"고작해야 Lv.2인 제3급 따위, 나랑 네가 없다고 문제가 되겠냐고오."

이 방에 있던 바벨라들은 프뤼네와 아이샤를 제외하면 Lv.2다. 제2급 모험자들은 같은 Lv.3인 벨을 포획하기 위해 총동원되었다. 미코토 정도야 이곳에 있는 바벨라들만으로도 어떻게든 할 수 있다고, 프뤼네는 콧김을 씩씩거렸다.

"그 계집애는 워 게임에서 엄청난 마법을 썼다. 서툴게 대처했다간——"

"시끄럽다고오!!"

무시무시한 일갈에 바벨라들도, 하루히메도 펄쩍 뛰어올랐다.

방에 있던 모든 이들을 전율시키며 프뤼네는 핏발 선 눈으로, 표정을 바꾸지 않는 아이샤를 노려보았다.

"넌 내가 하는 말이나 고분고분 들으면 돼에. 또 얼굴 뭉개지고 싶어어?"

커다란 입으로 강렬한 입냄새를 풍기는 거대한 여자를 이번에는 아이샤가 노려보았다.

과거 '살생석'을 파괴했을 때, 아이샤는 주신에게 인계되기 전까지 프뤼네의 손에 철저히 고통을 받았다.

"아니며언…… 네가 잘 놀아주는 호박들까지이, 같은 꼴로 만들어줄까아?"

아이샤의 얼굴이 처음으로 씁쓸하게 일그러졌다. 흘끔 시선을 돌리니 방에 있던 일부 바벨라들이 겁을 먹으며 두 사람을 지켜보고 있다.

단장보다도 신뢰가 두터운 아이샤는 많은 아마조네스, 특히 어린 소녀들에게 흠모를 받았다. 아이샤도 그녀들을 여동생처럼——그야말로 하루히메와 마찬가지로——보살펴주고 있었다.

"잊어버렸냐, 아이샤아? 또 이상한 짓을 했다간 다음번엔 너만이 아니라 다른 녀석들한테도 불똥 튀게 될걸……. 이슈타르 님도 충고했을 텐데에?"

이슈타르는 아이샤의 충성을 시험하고 있다. 혹은 장난감처럼 여긴다.

아이샤는 완벽하게 '매료'되어 주신의 꼭두각시가 된 것도 아니고, 그저 공포만을 주입당한 채 늘 하루히메와 여동생들을 천칭에 올려놓아야만 한다. 항상 고뇌와 갈등에 시달리도록.

그것이 '살생석'을 파괴한 그녀에게 이슈타르가 내린 벌이었다.

입을 꾹 다문 그녀에게 대답을 하라고 쉰 목소리가 날아들었다.

"……알았어."

"께게게게게겍!!"

고분고분 고개를 끄덕이는 아름다운 아마조네스에게 프뤼네는 두꺼비 같은 목소리로 홍소했다.

그리고 무기를 들고, 벨을 맞이하러 나갔다.

"시간 되면 제단으로 이동해에. 준비 중인 사미라한테

하루히메 넘겨주고오."

방을 나가기 직전, 프뤼네는 남은 바벨라들에게 지시했다.

아이샤를, 그리고 그녀와 친한 아마조네스들을 이끌고, 거대한 여자는 자리를 떴다.

"호오, 쳐들어왔어?"

벨리트 바빌리 최상층, 주신의 개인실.

온갖 사치를 다한 소파에 앉은 이슈타르의 귀에도 벨의 습격 정보는 들어왔다.

"온 궁전을 헤집고 다니는지…… 아직까지 잡히지 않았다 합니다."

"온 궁전을 말이지. 이유도 없이 맹수들의 소굴에 쳐들어온 건 아닐 테고."

청년 종자 탐무즈에게 보고를 받은 이슈타르는 한쪽 손에 든 곰방대에서 보라색 연기를 피웠다. 사방 전체가 탁 트인 방에 바람이 들어와 연기를 흩어놓았다.

"무언가 잊어버린 거라도…… 마음에 둔 계집이라도 있었나?"

여신은 우습다는 듯 눈을 가늘게 떴다.

"금방 잡겠습니다."

"아냐, 됐어. 병력을 철수시켜."

그 말과 함께 소파에서 일어난 주신의 모습에 탐무즈는

눈을 크게 떴다.

놀라는 종자를 곁눈질하며 이슈타르는 요사스러운 웃음을 지었다.

“조금 흥미가 동하는걸. 내가 직접 나가주지.”

몸을 일으켜, 여신은 전투의 음성이 끊이질 않는 복도로 나아가기 시작했다.

벨은 궁전 30층을 주파하려 했다.

이미 지상에서 높이 100M가 눈앞에 있었다. 끊이질 않는 바벨라들의 공격을 필사적으로 회피하면서 계단을 올라갔다.

아직 10분도 지나지 않은 격렬한 공방전. 10분을 넘으면 자신은 순식간에 붙잡힐 거라는 확신이 있었다. 그럼에도 벨을 여전히 앞으로 몰아세우는 것은 집념과 사명감이었다. 온몸을 새하얗게 불태우는 마음의 본류가 오감을 생생하게 일깨워 제2급 모험자들의 습격조차 뿌리칠 수 있었다. 속공마법의 난사를 방패삼아 폭풍 속을 뚫고 나가는 흰토끼는 뒷일 따위 생각도 않고 이 순간에 모든 것을 맡겼다.

하루히메와 미코토의 얼굴을 가슴에 새기며, Lv.3을 필두로 한 대집단의 포위망을 떨쳐나갔다.

기적의 도주극을 반복해 파죽지세로 계단을 오르며, 잇따라 달려드는 아마조네스들의 원군을 자신에게서 떼어놓지 않았다.

"——비켜어어어!!"

"?!"

궁전 한복판, 홀을 따라 난 복도를 달려가던 그때, 머리 위에서 커다란 은빛 덩어리가 날아들었다.

고속회전하는 거대한 칼날—— 대형 배틀액스. 벨은 온 힘을 다해 피했다.

도끼는 폭음과 함께 복도의 난간을, 바닥을, 나아가 벽까지도 파괴하며 아래층의 방을 네 개 정도 관통했다.

자신이 조금 전까지 있던 곳을 분쇄해버린 공격을 오싹하는 심정으로 바라보며.

벨은 마침내 찾아왔음을 확신했다.

"프뤼네 씨……!"

시선 너머. 저 멀리 위층의 복도에 우뚝 선 것은 2M이 넘는 거구.

【안드로크토노스】라는 별명을 가진 제1급 모험자는 개구리를 방불케 하는 두꺼운 입술 한끝을 치켜세웠다.

그리고 그 옆에 있는 까만 장발의 여걸—— 아이샤의 모습에 벨은 눈을 가늘게 떴다.

"내가 그리워서 돌아왔냐아? 감격스럽구마안~?!"

프뤼네는 다른 단원에게 새로운 배틀액스 두 자루를 가

져오게 하고는 이쪽을 내려다보았다.

그리고 다음 순간, 바닥을 박찼다.

"——큭!"

"지금 갈게에에에에!!"

벨은 머리 위에서 뛰어내린 프뤼네에게는 곁눈질도 하지 않고 등을 돌렸다.

홀을 따라 난 복도에서 수많은 방이 늘어선 통로를 향해 온 힘을 다해 뛰어들었다. 그 직후 거구가 착지하며 바닥을 요란하게 부수고 주위 일대를 뒤흔들었다.

"토끼는 두꺼비가 쫓아가게 놔둬라! 다른 사람들은 모두 30층에 모여!"

위층에서 아이샤가 내리는 날카로운 지시에 이어 후방에서 강렬한 충격이 전해졌다.

조바심에 온몸을 불태운 벨은 일단은 프뤼네에게서 거리를 벌리고자 했다.

엄청난 위압감으로부터 도망쳐, 창문을 통해 일단 밖으로 탈출을 시도했지만—— 다시 도끼가 날아들었다.

"?!"

"어디로 가려고오?!"

등 뒤에서 거대한 배틀액스가 육박한다. 놀라 까무러칠 뻔한 벨이 쓰러지듯 바닥에 엎드리자 모든 장애물을 파괴하는 회전 칼날은 통로 막다른 곳—— 창문에 작렬해 포격을 방불케 하는 커다란 구멍을 뚫었다. 거짓말처럼 사방팔방 터져 나가는 잔해에 전율할 틈도 없었다.

바닥에 엎드린 벨의 위로 거대한 그림자가 드리워졌다.

"으윽?!"

눈 깜짝할 사이에 접근한 프뤼네가 남은 대형 배틀액스를 높은 상단으로 들고 내리쳤다. 벨은 머리를 향해 날아드는 수직 일격을 옆으로 굴러 간신히 피했다.

요란하게 박살나는 바닥. 자신의 발판까지도 부순 꼴이 되어 자세가 흐트러진 프뤼네를 향해, 필살의 일격을 모면한 벨은 벌떡 일어나며 오른팔을 내밀었다.

망설임과 가감 따위 깡그리 잊고 '마법'의 방아쇠를 당겼다.

"【파이어볼트】!!"

포효를 올리는 불꽃의 벼락.

약진하는 번개의 창을── 프뤼네는 옆으로 뛰어 회피했다.

"엑?!"

벨은 눈을 한껏 크게 떴다.

속공마법을── 피해?!

이 거리에서?!

지근거리에서 날린 '마법'을 별 어려움도 없이 회피하는 엄청난 기술에 아연실색한 것도 찰나, 염뢰에 의해 박살이 난 통로 벽 안에서 프뤼네가 맹렬히 돌진했다.

"시시껄렁한 마법이구나아!"

동요를 남긴 채 벨은 도끼의 연격을 필사적으로 피했다.

무영창이면서 벼락과 같은 발사속도를 자랑하는 【파이어볼트】를 회피한 프뤼네에게 전율을 금할 수 없었다. 그 거구에 어울리지 않는 반사신경과 초동 속도로 순식간에 공격권에서 벗어나버렸다.

차원이 달라도 너무 달랐다.

대형 배틀액스는 풍압만으로도 피부를 갈라놓아, 벨은 제1급 모험자의 높은 경지를 톡톡히 깨달았다.

"자아, 이제는 끝내볼까아?!"

넓은 복도를 잇따라 파괴하며 궁전 안으로 안으로 이동해나간다.

벽에, 천장에, 바닥에 깊이깊이 새겨지는 참격의 흉터. 무기를 휘둘러댈 때마다 융단이며 마석등 같은 것들을 송두리째 날려버리는 프뤼네는 그 무시무시한 맹위로 여전히 벨을 장난감처럼 가지고 놀았다.

【아르고노트】는── 차지 따위는 불가능하다. 이 사람을 상대하면서 차지에 의식을 할애할 수 있을 리가 없다.

'스킬'의 힘에 매달리려 한 순간, 팔다리 내지는 몸통이 즉시 토막 날 것이다.

한줄기 희망이었던 기사회생의 힘을 구사할 틈도 없이 벨은 떨리는 눈으로 《우시와카마루 2식》을 뽑아들었다.

《헤스티아 나이프》와 함께 양손에 장비해 응전, 아니, 방어했다.

"끄윽?!"

공포를 떨쳐내고 적의 공격을 옆에서 후려쳐 간신히 궤도를 흘려냈다.

즉시 날아든 회피가 불가능한 대형 배틀액스의 강철색 섬광에── 벨은 시벽 위에서 싸웠던 티오나의 대쌍인을 겹쳐보며 나이프로 쳐냈다.

도끼날 위로 미끄러지는 칼날에서 터져 나오는 비단을 찢는 듯 높은 금속성. 《우시와카마루 2식》이 비명을 지르며 요란한 불꽃을 뿜어냈다. 공격을 완전히 흘려낼 수 없어 몸까지 밀려드는 충격. 벨은 버티지 못한 채 뒤로 날아가버렸다.

"께게게게게게게겍!! 제법이구마안!!"

자신의 일격을 막아내고 통로를 따라 날아가는 소년에게 프뤼네가 환호했다.

두 바퀴 세 바퀴 돌아가는 시야. 바닥을 엄청난 속도로 굴러가 통로 건너편에 이어진 커다란 문 너머로 들어가버렸다.

그곳에서 시야에 들어온 광경에 벨은 얼어붙었다.

"아이샤 씨……?!"

넓은 홀 사방을 가득 메운 바벨라들이 굴러 들어온 벨을 포위하고 있었다.

그녀들을 이곳으로 이끌었을 긴 다리의 여걸은 대형 박도를 걸머진 채 이쪽을 바라본다.

"……잘했어, 너는."

위층으로 가는 넓은 계단을 등지고 선 아이샤는 담담히 말했다.

금세 바닥을 쿵쿵 울리며 프뤼네가 문 안으로 들어왔다.

기둥머리에 주발 모양 장식이 가미된 장엄한 기둥과 창문이 늘어선 층계 홀 한복판에서 포위당한 벨에게 도망칠 길은 없었다. 헤아릴 수도 없는 아마조네스들이 이쪽에 시선을 꽂으며 무기로 자신의 어깨를 두드린다.

야단났다. 호흡이 흐트러진 벨이 필사적으로 타개책을 생각하던 그때.

"다들 물러나."

머리 위에서 아마조네스들에게 그런 목소리가 날아들었다.

그 자리에 있던 모든 이들이 놀라며 돌아본 곳, 넓은 계단 위에서 천천히, 절세의 미모를 자랑하는 갈색 여신이 곰방대를 한 손에 들고 내려왔다. 사람을 파멸로 몰아넣는 독화(毒華)와도 같은 달콤한 향기가 상처 입은 코끝에 감도는 가운데, 뻣뻣하게 굳어버린 벨의 루벨라이트색 눈동자는 그녀의 몸에 못 박혔다.

보는 이들을 현혹시키는 '미의 신' 이슈타르는 보라색 연기를 뿜어내며 유쾌하게 그런 벨을 내려다보았다.

"왜, 왜 이러는 거야아, 이슈타르 님?! 왜 갑자기 나서고 앉았어어?!"

등 뒤에 종자 탐무즈를 대동하고 나타난 주신에게 프뤼네가 노성을 터뜨렸다. 분노로 얼굴을 시뻘겋게 물들인 아마조네스 단장을 이슈타르가 노려보았다.

"안 들렸어, 프뤼네? 물러나라고 했을 텐데, 내가."

자수정과도 같은 눈동자가 아무런 감회도 없이 그녀를 바라보았다. 그 목소리에는 그저 거역하지 말라는 신의만이 담겨 있었다.

프뤼네의 찢어진 입가가 실룩거렸다.

벨이 그녀에게서 처음으로 보는 위압당한 표정이었다.

"너희는 모두 '살생석' 의식장으로 가도록 해. 이번에야말로 반드시 성공시켜. 실패하면 용서하지 않겠어."

반항을 용납하지 않는 신명에 바벨라들이 흠칫 숨을 멈추었다. 그리고 모두들 자리를 빠져나가는 데에는 그리 많은 시간이 필요하지 않았다.

한 사람, 또 한 사람. 종순하게 홀을 나간다. 눈을 일그러뜨리듯 가늘게 뜬 아이샤 또한 주신을 한동안 바라본 후 흑발을 휘날리며 등을 돌렸다. 떠나가면서 어깨 너머로 벨을 쳐다보았다.

크게 혀 차는 소리를 낸 프뤼네를 끝으로, 완전히 물러난 아마조네스들.

흠칫한 벨은 미코토와 하루히메가 위험하다고 뒤를 따라가려 했지만—— 전조도 없이 눈앞에 착지한 탐무즈에게 심장이 철렁했다.

흑발에 갈색 피부를 가진 미청년은 시선만으로 위압하며 앞길을 가로막았다.

"내가 직접 찾아왔는데도 등을 돌리다니, 무례한 꼬맹이구나."

탐무즈에게서 황급히 간격을 벌리는 벨의 등 뒤에서 계단을 천천히 내려오는 발소리가 울렸다.

돌아보니, 엷은 웃음을 띤 이슈타르가 다가왔다.

"이슈타르, 님……."

바닥에 서서 같은 눈높이가 된 이슈타르에게 벨은 당혹감을 감추지 못했다.

2대 1. 아니, 신은 사실상 전투력에 포함되지 않으므로 탐무즈와의 1대 1.

등 뒤에 있는 휴먼 청년을 슬쩍 살피며, 주신의 명령이라고는 해도 어째서 프뤼네나 다른 사람들은 이렇게 자신을 호락호락 방치했을까―― 여기까지 생각한 벨은.

――오싹.

"잘 왔구나, 헤스티아의 권속이여. 미끼라고는 해도 혼자 쳐들어오다니, 생각보다 기개가 있는걸."

발을 멈춘 이슈타르의 눈빛을 받아 등줄기가 부르르 떨렸다.

요염한 몸, 녹아드는 듯한 목소리, 달콤한 향, 고혹적인 시선.

신의 '아름다움'을 형성하는 그 모든 요소를 느끼고, 아마조네스들이 물러간 이유를 올바르게 이해했다.

저항할 수 없는 여신의 '아름다움' 앞에서, 벨은 이미 궁지에 몰렸음을.

벨의 운명은 끝났음을, 그녀들은 알고 있었던 것이다.

"이곳에 미련이 남은 창부라도 있었니?"

벨의 만용을 평가하면서도 모든 것을 꿰뚫어 보았는지, 미의 신은 자수정과도 같은 눈을 가늘게 떴다.

과도한 '아름다움'을 자랑하는 여신을 앞에 두고 어디를 봐야 좋을지 알 수 없었다.

금과 은으로 만든 서클릿, 귀걸이, 목걸이, 가슴 장식, 팔찌와 발찌. 그리고 얼마 안 되는 의류에 덮인 갈색 몸은 가슴이며 배꼽, 허리며 허벅지 같은 많은 부분을 드러냈다. 땋아내린 흑발은 짙은 색채 때문에 보라색으로도 보이며 요사스러운 광택을 띠었다.

몸 어딘가를 한 번 쳐다보면 그 순간 '매료'되고 마는 것은 아닐까.

그런 공포가 이성에 속삭였다. 심상찮은 색기를 뿜어내는 이슈타르 앞에서 뺨을 뜨겁게 상기시키며, 벨은 긴장과 함께 자세를 잡는 것 말고는 아무것도 할 수 없었다.

"이렇게 만난 것도 두 번째구나. 처음 봤을 때는 그 여자의 취향을 의심했지만…… 그래, 취소할게. 얼굴이 아주 괜찮은걸."

향기마저 풍길 것 같은 미모에 목이 혼자 꼴깍 울렸다.

그러거나 말거나 여신은 재미있다는 듯 웃었다.

심장의 고동이 전하는 충격을 온몸으로 느끼며 벨은 쥐어짜내듯 목소리를 떨구었다.

"……왜, 던전에서 저희를 습격했나요?"

계속 궁금했던 것을 파벌의 주신에게 캐묻자 그녀는 선선히 대답했다.

"워 게임에서 이름이 알려진 너한테는 나도 나름대로 관심이 있었어. 그리고…… 마음에 안 드는 여자에 대한 앙갚음이기도 했고."

벨이 무슨 말인지 이해하도록 기다려주지도 않고 이슈타르는 대담한 웃음을 지었다.

"기뻐하렴. 너를 '매료'시켜서 내 것으로 삼아줄 테니."

더더욱 무시무시해져가는 색기에, 그리고 그 선언에 동요한 벨은 한 걸음 뒤로 물러나려 했다.

그러나── 하루히메의 주신인 그녀와 말을 나누는 데에는 가치가 있다고, 필사적으로 발을 붙들었다.

미의 신이 내린 선언에 혼란스러워하면서도, 어떤 의미에서 이 자리는 설득의 기회이기도 하다고.

탐무즈가 지켜보는 가운데, 벨은 간격을 남기고 '미의 신'과 정면으로 계속 대치했다.

"……가르쳐, 주세요."

"응?"

"어째서 하루히메 씨를 희생시키려는 건가요?"

벨은 한껏 결심하고 물었지만, 미의 신은 큰 목소리로 웃음을 터뜨렸다.

"하하하하!! 내 눈 앞에서 다른 여자 이야기를 할 수 있는 거니, 넌?!"

"대, 대답해주세요!!"

곰방대를 물고 웃는 이슈타르에게 자신도 모르게 목소리를 높이는 벨.

큭큭 어깨를 떨던 여신은 점점 더 마음에 든다고, 기분이 좋아져 말을 시작했다.

"글쎄에. 우선 하루히메는 내가 샀어. 지저분한 남자 놈들의 가축으로 전락할 뻔했을 때 구해주었지. 오히려 이렇게까지 아껴주었으니 감사했으면 할 정도인데."

환락가에 팔려 왔다는 건 명목뿐이었고, 하루히메는 사실 호사가 상인들의 노리갯감이 될 뻔했다는 사실에 벨은 우선 당황했다.

우연히 발을 들인 창관에서 발견한 어린 르나르 소녀. 그 미모에, 또한 그 종족에 일말의 흥미를 품고, 우울한 표정으로 고개를 숙인 그녀를 투덜거리는 상인들에게서 억지로 사들였다.

맛있다는 듯 곰방대를 빨며 이슈타르는 하루히메와의 만남을 그렇게 설명했다.

"내가 거둔 목숨이니…… 부모를 위해 자식은 모든 걸 바쳐야겠지?"

"그럴 수가……?!"

"게다가 말이지, 벨 크라넬? 나는 하루히메를 죽이려 하는 게 아니란다. 그 여신을 쓰러뜨리면 그 아이의 영혼은 돌려줄 거야. 잠깐 빌리는 것뿐이지."

궤변이다!!

벨은 마음속으로 외쳤다.

'살생석'의 파편이 【프레이야 파밀리아】의 전투 도중 사라지지 않을 가능성은 지극히 낮다.

모든 것이 끝난 후, 벨에게 웃어주었던 그 하루히메는 분명 다시 돌아오지 못할 것이다.

흔들리는 눈으로 벨은 한껏 이슈타르를 노려보았다.

"미리 말해두겠는데…… 하루히메는 내가 손을 쓰지 않았더라도 다른 누군가에게 똑같은 짓을 당했을걸. 그 아이가 가진 '힘'은 **그런 거야**."

"……!"

"'팔나'를 내려주고 그 아이의 【스테이터스】를 보았을 때의 내 마음…… 이해하겠니? 떨렸단다. 그 '힘'만 있으면 마음에 안 드는 그 여신을 끌어내리는 것도 가능하겠다고!!"

그 여신── 도시 최강 파벌을 통솔하는 주신의 옆얼굴이 뇌리를 스쳤다.

하루히메의 '힘'은 그녀의 세력을 쓰러뜨릴 만큼 강력하며, 만인을 유혹할 만한 것이란 말인가.

그 르나르는 신의 예상조차 배신하는 '가능성'을 가졌다고, 이슈타르는 도도하게 말했다.

"하루히메는 내 히든카드야! 프레이야를 나락으로 떨어뜨려주겠어!!"

열기를 띠기 시작하는 이슈타르의 말에 동요하면서 벨은 말했다.

"어째서 그렇게까지 【프레이야 파밀리아】를……!!"

"어째서냐고? 전부. 전부 다 마음에 안 들기 때문이지!!"

그때 처음으로 이슈타르는 눈꼬리를 쭉 찢으며 분노의 형상을 띠었다.

"사내놈들은 나를 놔둔 채 그 여자를 가장 아름답다고 칭송하고 앉았어! 웃기지 말라고 그래!! 그 암퇘지의 어디가 내 미모를 웃돈다는 거야!! 사내놈들의 눈은 옹이구멍이냐고!!"

여신은 울부짖듯 질투를 폭발시켰다.

'하계 사람'들은 도저히 미치지 못할 그 격정의 발로에 벨은 벌렁 몸을 젖히고 공포에 빠졌으며 두려워했다. 뒤에 있던 탐무즈조차 움찔거리는 기색을 보였다.

"……그, 그래도요?! 그렇다고 하루히메 씨를 이용해도 되는 건……!"

자신도 모르게 지면을 디디려 하는 무릎을 간신히 붙들면서 벨은 호소했다.

그것은 너무나도 추하고 잔혹하다고 말하는 그에게, 이슈타르는 침착함을 되찾았는지 엷은 미소를 띠었다.

"무례하기는. 내가 피도 눈물도 없는 신이었다면 하루히메를 '매료'시켜서 이미 인형으로 삼았을걸? 내 명령만 듣는 충실한 암여우로 말이지."

"그건……."

"나는 내 나름의 자비로 그 가엾은 아이를 이제까지 귀여워해줬단다."

이슈타르는 손 안에서 곰방대를 빙그르 돌렸다.

"자유를 약간 빼앗았던 건 어쩔 수 없어. 하지만 그 아이한테는 예쁜 옷도, 호사스러운 식사도 주었는걸. ……여자의 기쁨을 알 기회도 몇 번씩 주었고."

"……큭!!"

새장에 가두어 몸을 팔도록 강요했던 이슈타르에게 이번에는 벨의 머리가 끓어올랐다. 상대가 신이라는 것도 잊고 감정을 터뜨렸다.

"어째서 그 사람에게 몸을 팔도록 시켰던 거예요?!"

"여기는 내 【파밀리아】야. 내가 옳다고 하는 행위가 파벌 방침이고 규칙이지. 상식이잖아."

무지한 아이의 역정에 불과한 벨의 비난에 뭘 새삼스러운 소리를 하냐고 이슈타르는 비웃었다.

【파밀리아】에 얽힌 일종의 폐해라고도 할 수 있는, 주신이 규정하는 파벌 운영 방침.

주신이 만든 규칙에는 무조건 따라야만 한다. 무소속인 일반인들이 쉽게 '팔나'를 받으려 하지 않는 이유는——항쟁 같은 다툼을 기피하는 것 외에도——신의 규정을 반드시 따라야 한다는 측면을 과도하게 두려워하기 때문이기도 하다. 인격자, 아니, 신격자의 【파밀리아】와 만나는 경우는 매우 드물다.

신의 권속이 된다는 것은 그러한 것이다.

그 말을 들어도 도저히 수긍하려 들지 않는 벨의 눈빛에 이슈타르는 어깨를 으쓱했다.

"도저히 모르겠구나. 왜 그렇게 창부를 기피하니? 몸을 겹치고 쾌락에 빠지는 행위는 신성해. 남자의 야수성을 잠재워, 여자는 세상에 안녕을 가져다주는 기둥이 되는 거야."

"엑……?!"

"이 하계에서는 암수가 교합을 해야 새로운 생명이 탄생하고 풍요로 이어지는데도? 많은 남자와 교합하는 일은 결코 부정한 일이 아니란다. 나는 아이들이 하는 말을 도저히 이해하지 못하겠구나."

신과의 **가치관 차이**.

초월존재 데우스데아인 여신의 생각을 눈앞에서 보고, 벨은 터무니없는 충격을 받았다.

그녀들이 보기에는 아이에 불과한 벨의 감성은 미성숙하단 말인가.

어쩌면 이슈타르의 말이 옳을지도 모른다. 오라리오 내에서 길드가 환락가의 존재를 용인하듯, 창부라는 직업은 반드시 필요한 존재일지도 모른다.

창부는 결코 경원시되어서는 안 되며, 필요한 존재일지도 모른다.

'하지만……!!'

그러나 그 섭리 속에서 살아갈 수 없는 자들도 분명 있다고.

뇌리에 새겨진, 눈물을 보이지 않고 덧없이 웃던 소녀의 모습에 벨은 주먹을 부르쥐었다.

"그래도…… 그렇다고 해도, 괴롭다고 생각하는 사람들은 있을 텐데요?!"

비통한 외침을 터뜨리며 벨은 이슈타르에게 호소했다.

어떻게든 하루히메를 창부에서, 그 파멸의 법칙에서 해방시켜달라고.

그러나 그 외침을 들어도 이슈타르의 얼굴은 전혀 흔들릴 줄 몰랐다.

"무리인걸."

특히 성애를 관장하는 이슈타르에게는 벨의 호소는 닿지 않았다. 하루히메의 괴로움을 이해하지 못한다.

아연실색한 소년에게, 이슈타르는 입술에 물었던 곰방대를 떼며 말했다.

"네 생떼와 내 진리는 언제까지고 평행선이겠구나. 애초에 어울려줄 마음도 없었고."

눈을 가늘게 뜬 이슈타르가 딱 손가락을 울렸다.

그 순간, 뒤에 있던 탐무즈가 움직여 벨을 바닥에 짓눌렀다.

"으윽?!"

여신과의 대화에 완전히 정신이 팔렸던 벨은 자신이 방심했음을 깨달았다.,

아니, 그보다도── 빠르다.

이렇게 쉽게 짓눌리고, 심지어 도저히 빠져나갈 수 없는 구속의 괴력에 벨은 전율했다.

"그래봬도 탐무즈는 Lv.4란다. 네 가느다란 팔로는 뿌리칠 수 없어."

파벌의 부단장인 미청년에 대해 이야기한 이슈타르는.

꽉 억눌리고서도 발버둥을 치는 벨의 앞에서── 옷을 벗기 시작했다.

"호와악?!"

그때까지의 진지하던 분위기도 잊고 새빨개진 벨은 기묘한 소리를 질렀다.

"어, 어, 어어어어?!"

"순진한 녀석. 헤스티아가 아무것도 안 가르쳐줬……아, 걔는 처녀신이었지."

"어어어어어, 어째서 옷을?!"

꽉 짓눌린 자세로 열심히 바닥만을 보려 했지만 탐무즈에게 머리카락을 붙들렸다.

얼굴을 억지로 든 벨의 눈에, 얼마 안 되는 옷가지를 벗어던지고 전라가 된 여신의 모습이 날아들었다.

"말했잖니. 내 것으로 만들어주겠다고."

옷에서 해방된 풍만한 가슴이 흔들리고, 나긋나긋한 팔다리가 요염하게 꼬이며, 가느다란 손가락은 잘록한 허리를 따라 내려가 육감적인 둔부를 쓰다듬었다. 생생한 갈색 피부에서는 오늘 최대의 색기가 뿜어져 나왔다.

온몸을 새빨갛게 물들인 벨에게 이슈타르는 요염하게 미소지었다.

"골수가 녹아내릴 때까지—— '매료'시켜줄게."

그리고 몸도 마음도 빼앗아주겠노라 가학적인 눈빛을 보냈다.

이번에는 새파랗게 질린 벨의 위로 여신의 그림자가 드리워졌다.

벨리트 바빌리에는 신과 단원들이 사는 궁전 이외에도 거대한 별관이 존재했다.

궁전 뒷문에 인접해 세워진 석조 저택은 하얀 석재가 쓰여 본전에 뒤지지 않는 세련된 분위기를 띠었지만, 형상과 구조는 '고대'의 유적이라 여겨지는 지구라트와 흡사했다.

이 별관은 5년 전부터 착공되어 표면상으로는 새로운 창관이 필요해서, 실제로는 어떤 '의식'을 위해 지어졌다. 3년 전, 입수가 곤란한 '살생석'을 어떤 창부가 파괴한 후

© Suzuhito Yasuda

로는 침묵을 지켰으나 오늘 밤 보름달 빛을 받아 조용히 가동하려 했다.

하루히메는 궁전과 별관을 잇는 구름다리를 따라 나아가고 있었다.

궁전 40층에서 뻗어나간 돌다리에는 지붕이 없고 흉벽만이 있을 뿐이라 바람이 그대로 몰아쳤다. 세 명의 바벨라 경호병이 시키는 대로 나아가던 하루히메는 바람에 흩날리는 긴 머리카락을 붙들었다.

"서둘러, 하루히메!"

"네, 네에……."

등을 퍽 떠밀고 기모노를 잡아끄는 바벨라들은 연신 상공을 신경 쓰고 있었다. 푸른 어둠에 휩싸여 하루히메도 고개를 들어보니, 밤하늘에는 아름다운 별들이, 그리고 언뜻 완전히 꽉 찬 것처럼 보이는 황금색 달이 있었다.

나를 죽일 빛이구나.

하루히메는 소리가 나지 않는 목소리로 중얼거렸다.

시선을 내리고 구름다리 너머를 바라보니 별관 옥상에 펼쳐진 장엄한 공중정원이 보였다. 중심부에서 어렴풋이 솟아난 청백색 빛이 이쪽으로 오라고 소녀에게 손짓을 했다.

표정을 지우고 고개를 숙인 하루히메는 묵묵히 걸었다.

혹은, 자신이 빨리 가면 구해줄 사람들이 있는 것처럼 걷는 속도를 높였다.

"이상한 녀석……."

소녀를 채근하던 바벨라들은 동시에 그녀를 으스스하게 바라보았다.

파멸을 앞두고 아무 말도 하지 않는, 어떻게 보면 모든 것을 체념한 소녀에게 코웃음을 친다. 대담한 아마조네스들의 눈에는 그녀가 단순한 겁쟁이로도 비쳤으며, 그렇기에 짜증이 치밀기도 했다.

하루히메를 선두로 셋이 나란히 늘어선 그녀들은 그렇게 방심하고 있었다.

구름다리는 외길이고 탁 트였기 때문에 숨을 곳 따위 없다.

기습에는 불리한 곳이기에 그녀들은 경계를 태만히 했고, **다리 밑**에 달라붙은 그 소녀의 존재를 알아차리지 못했다.

소리도 없이 흉벽에 손을 짚은 흑발 소녀는 순식간에 그녀들의 뒤를 차지했다.

"——어?"

뒷덜미를 붙들린 아마조네스가 우선 다리 밖으로 내던져졌다.

허공을 떨어져가는 그녀를 본 두 사람이 경악하며 몸을 돌린 순간 또 한 사람이 붙잡혔다. 저항해 풀려 했지만 체술의 던지기에 날아가버렸다.

"너, 넌?!"

다리 좌우로 떨어져가는 두 동료에게 동요하면서 남은 아마조네스가 장검을 장비했다. 소녀도 즉시 붉은 칼날을 뽑았으나—— 무언가를 알아차린 듯 바닥에 엎드렸다.

그 다음에 일어난 것은 옆 방향에서 불어온 강풍이었다. 바람은 겨우 이변을 깨달은 하루히메가 비틀거릴 정도로, 베려고 달려들었던 아마조네스가 흉벽에 몸을 기대버렸을 정도로 강했다.

벌떡 일어난 소녀는.

"기, 기다——?!"

제지하는 목소리도 듣지 않고 상대의 턱을 날카롭게 걷어차버렸다.

"……미코토, 님?"

걷어차여 떨어진 마지막 경호병이 구름다리에서 모습을 감춘 사이에, 비틀거리면서 돌아본 하루히메를 향해 흑발을 출렁거리며 소녀, 미코토가 달려갔다.

"어떻게 여길……."

아연실색한 르나르 소녀에게 즉시 대답했다.

"당신을 데려가기 위해."

옥색 눈동자를 크게 뜨는 하루히메의 손을 미코토가 쥐었다.

"이곳에서 도망쳐야 합니다, 하루히메 공. 자, 어서."

시간이 아깝다는 양 말을 생략하고 그 자리에서 떠나려 하는 미코토. 그러나.

손을 잡힌 하루히메는 그 자리에 발을 멈추었다.

"미코토 님…… 소녀는 됐사오니, 혼자서 도망치시옵소서."

"네……?!"

이번에는 미코토가 아연실색하는 가운데 하루히메는 붙들린 손을 가만히 뺐다.

"왜 오신 것이옵니까, 미코토 님…… 크라넬 님도. 제가 여러분을 위협한다는 사실을 아셨지 않사옵니까?"

"그건……!"

몇 시간 전, 저녁놀이 드리워진 뒷골목에서 하루히메와 소중한 것을 저울질했다는 죄책감이 미코토의 마음을 태웠다.

침통한 표정으로 하루히메는 말을 이었다.

"소녀가 있으면 프뤼네 씨나 다른 분들께서, 이슈타르 님께서 계속 뒤를 쫓을 것이옵니다. 미코토 님의 동료분들께도 위험을 미치게 될 텐데…… 소녀는 그럴 수는."

"그래도! 그는, 벨 공은 당신을 지키겠노라고 말했습니다!!"

말을 가로막듯 외치고 미코토는 놀라는 하루히메의 두 어깨를 붙들었다.

"당신을 위해 강해져서, 지키겠노라고!! 그는 제게 그렇게 말했단 말입니다!!"

"크라넬 님은…… 그 아이는 착하니까, 그러니까."

"아닙니다!! 그분은 연민이나 죄책감 때문에 지금껏 싸우는 것이 아니에요!!"

하루히메가 늘어놓으려는 말을, 벨의 각오를 부정하는

말을 미코토는 용납하지 않았다.

소녀는 눈앞에 있는 미코토의 눈에서 도망치듯 고개를 숙였다.

"미코토 님, 부탁이오니, 이제는 됐사오니………… 소녀는 이제 괜찮사오니."

"어째서…… 어째서 체념하는 것입니까?! 자신의 목숨을 잃게 되는데도!"

소녀의 어깨에 손가락이 파고들 정도로 힘을 주며 미코토는 오열하듯 목소리를 높였다.

그리고.

꽉 억눌렀던 무언가가 툭 떨어져버린 것처럼 하루히메의 입술이 떨렸다.

"구해달라고, 어떻게 말하겠사옵니까……."

쏟아지는 달빛 속에서 꺼져들어가버릴 것 같은 가녀린 목소리에 미코토는 말도 안 되는 소리 말라고 힐난했다.

"무엇을 두려워할 필요가 있습니까?! 하루히메 공이 원한다면 벨 공은 절대로 당신을 버리지 않습니다! 그는 그런 남자가 아닙니다!!"

"큭……."

"하루히메 공!!"

미코토의 목소리가 한층 높이 울려 퍼진── 다음 순간.

시선을 떨구고 있던 하루히메는 고개를 홱 들더니.

"미코토는 아무것도 몰라!!"

버들잎처럼 모양 좋은 눈썹을 곤두세우고, 옥색 눈동자에서 눈물을 떨구며.

감정이 무너진 것처럼 고함을 질렀다.

“……예?!”

“좋아하지도 않는 사람에게 몸을 바치고, 팔고, 돈을 받고!! 미코토는 그런 자신을 용서할 수 있어?!”

숨을 멈춘 미코토의 눈앞에서, 어린 시절로 돌아간 것 같은 어조로 외쳐댄다.

“난 창녀야!!”

눈앞에 들이댄 소녀의 현실에, 시선이 흔들린 미코토는 아무 대답도 할 수 없었다.

하루히메는 굵은 눈물을 흘리며 몸을 좌우로 흔들었다.

힘을 잃은 미코토의 손을 어깨에서 뿌리치고 가슴을 두 팔로 끌어안았다.

“그 아이에게 구해달라고, 그렇게 말하면 돼? 이렇게 더러운 몸으로, 곁에 거두어달라고?! 그렇게 매달리면 돼?! 그 아이가 위험해진다는 걸 알면서도?!”

길 잃은 아이처럼 시선을 한곳에 고정하지 못하면서도 하루히메는 미코토를 바라보았다.

눈을 일그러뜨리며, 애절한 심정을 토로했다.

“그럴 수 없어!! 나는, 그럴 수 없어……!”

꽉 감은 눈에서 투명한 물방울을 하염없이 흘리며 하루히메는 고개를 숙였다.

흐느끼는 가녀린 어깨가 오르내렸다. 포석 위로 물방울이 튀었다. 찢어질 듯한 소녀의 통곡에 미코토는 뻣뻣이 서 있을 수밖에 없었다.

만일, 자신이 하루히메와 같은 처지였다면.

오우카에게, 치구사에게—— 타케미카즈치에게, 자신은 도움을 청할 수 있을까?

창부로 전락한 채, 정말로 도와달라고 할 수 있을까.

오히려 보지 말아달라고, 그렇게 말하진 않을까.

같은 여자이기에 미코토는 하루히메의 말을 부정하지 못했다. 오히려 공감해버렸다.

"……큭!!"

머리 위에서 내리쬐이는 달빛에 젖어, 덧없을 정도로 아름다운 눈앞의 소녀에게 얼굴을 일그러뜨렸다.

미코토는 한순간 시간과 장소도 잊고 자신의 무력함에 붙들려버렸다.

"——쏴라!"

그 순간.

저 멀리서 날아든 한줄기 벼락이 미코토에게 명중했다.

"으윽?!"

어깨를 도려내는 작열의 빛에 미코토의 몸이 흔들렸다.

'마검'.

하루히메와 대치한 미코토의 존재를 감지하고 궁전 측에서 바벨라가 열화마법의 일격을 뿜어냈다.

경악하는 하루히메의 앞에서 미코토의 몸이 기울어져 다리의 흉벽 너머로 벗어나려 했다.

“미코토?!”

창졸간에 손을 뻗은 하루히메의 눈앞에서── ‘마검’이 두 번째 일격을 날려 미코토의 몸을 후려쳤다.

흑발 소녀는 손에 든 붉은 칼로 그 벼락을 막아냈지만 반동으로 다리에서 밀려났다.

하루히메가 뻗은 손은 아무것도 붙잡지 못하고 허공을 갈랐으며, 미코토는 구름다리에서 떨어졌다.

“아아……!”

하루히메는 얼굴을 두 손으로 가리고 그 자리에 주저앉아 울음을 터뜨렸다.

온갖 일들을 자책하듯, 갈라진 목소리로 미안하다고 몇 번이나 흐느꼈다.

“윽……?!”

한편 허공을 떨어져내린 미코토는 타들어가는 어깨를 붙들고 이를 악물었다.

소녀를 놔둔 구름다리가 순식간에 멀어져갔다.

“원통하다……!”

허리 파우치에 손을 돌려 섬광탄 한 발을 꺼내.

분함을 담아, 있는 힘껏 집어던져── 상공에 붉은 불꽃을 터뜨렸다.

“——눈 못 뜨니?!”

이슈타르의 노성이 울려 퍼졌다.

음성에 동요를 내비치는 그녀의 눈앞에는, 탐무즈에게 붙들린 벨이 있다.

소년은 새빨갛게 물든 얼굴로 굳게 두 눈을 감고 있었다.

“무무무무무무무리라고요!! 옷 입으세요!!”

“야, 얌전히 있어!”

절규하며 바둥바둥 발버둥을 치고 탐무즈도 필사적으로 그를 바닥에 짓눌렀지만 Lv.3이 위기의 순간에 발휘하는 괴력을 완벽히 붙들 수는 없었다. 머리가 이상해진 토끼처럼 무턱대고 날뛰는 벨에게 이슈타르는 몸을 겹치기는커녕 쉽게 다가갈 수도 없었다.

눈을 감은 채 자신을 보려고도 하지 않는 소년을 어떻게 공략해야 좋을지 난감했다.

‘이 녀석, 정신이 나갔나……?!’

애초에 눈을 뜨든 감든, 어떤 자라 해도 이슈타르가 매혹시킨 시점에서 이미 ‘매료’되었어야 한다.

‘미의 신’ 앞에서는 미모가, 향기가, 숨결이, 피부를 매만지는 손가락이 모든 오감을 자극해 어떤 이라 해도 눈 깜짝할 사이에 포로로 삼아버린다. 원래 같으면 몸을 겹칠

것도 없이 이슈타르가 마음을 먹은 시점에서 끝이 난다. 미의 신을 눈앞에 두고 저항할 수 있을 리가 없다.

하지만 눈앞의 소년은 우스꽝스러울 정도로, 이 자리의 분위기가 어색해질 정도로, 이질적일 정도로 순진한 반응을 보이며 부끄러워할 뿐.

"어째서 이 녀석은 '매료'되질 않는 거야?!"

분노하는 이슈타르의 모습에 탐무즈도 당황했다.

미의 신의 '매료'는 몬스터의 '독'을 비롯한 상태이상 따위와는 차원이 다르므로 '내성' 어빌리티를 습득했다 한들 막아내지 못한다.

미의 신이라는 자긍심에 아프게 상처를 입은 이슈타르는 손가락을 깨물며 벨의 등을 노려보았다.

"벗겨, 탐무즈!!"

"아, 네!"

갑옷을 장착하지 않은 소년의 옷을 뜯어내도록 명령하고 탐무즈가 그의 등에 손을 댔다. 깜짝 놀란 벨은 황급히 저항했지만 등 부분의 천은 이미 찢겨나가고 있었다.

그리고 드러나는 칠흑색【스테이터스】.

읽지 못하도록 은폐도 해놓지 않아 그대로 드러난【히에로글리프】를 의아하게 여기면서, 피킹할 수고를 덜었다고 이슈타르는 소년의【스테이터스】를 눈으로 따라가기 시작했다.

그리고 다음 순간, 그녀는 할 말을 잃었다.

【벨 크라넬】

Lv. 3

힘: I94 내구: H144 기교: I95 민첩: G299 마력: I78

행운: H 내성: I

《마법》

【파이어볼트】

· 속공마법.

《스킬》

【리아리스 프레제】

· 조숙한다.

· 마음이 이어지는 한 효과 지속.

· 마음의 강도에 따라 효과 향상.

【영웅선망 아르고노트】

· 액티브 액션에 대한 차지 실행권.

"뭣――"

어빌리티를 비롯해 마음에 걸리는 항목은 몇 가지 있었지만, 그중에서도 한 가지 스킬이 여신의 눈동자를 꿰뚫었다.

【리아리스 프레제】.

성장속도에 영향을 미치는 미확인 '레어 스킬'.

이슈타르는 전율했다.

효과의 내용도 내용이지만, 눈앞에 드러난 소년의 본질에—— **정체**에 얼어붙었다.

스킬을 발현시켜버리고 말 정도로 강렬한 마음.

성장속도를 촉진시킬 만큼 엄청난 마음.

그 어떤 것으로도 물들일 수 없는 새하얀, 오직 한결같은 동경.

【리아리스 프레제】의 부수효과—— 벨 크라넬에게는 '매료'가 통하지 않는다!

"마——말도 안 돼, 넌?!"

벨의 내면에서 무슨 일이 일어나고 있는지를 이해하고 이슈타르는 견디지 못해 고함을 질렀다.

희디흰 소년의 본질, 눈앞에 있는 아이의 정체에, 이성을 잃어버릴 정도로 당황했다.

하계 사람은 물론 몬스터도, 신들조차도 완벽하게는 도망칠 수 없는 미의 신의 '매료'라는 힘을, 압도적인 지배력을, 이 소년은 세상에서 유일하게 떨쳐버릴 수 있다.

전대미문. 이렇게 어처구니없을 수가.

이슈타르는 자수정색 눈동자를 부들부들 크게 떴다.

"~~~~~~~~~~~~~~~~~~~~~~~~~~~~~~?!"

자신에게 복종하지 않으려고 여전히 발버둥을 치는 흰 토끼를 내려다보며 여신은 분노와 굴욕에 몸을 떨었다. 이제까지 보지 못한 주신의 여유 없는 모습에 고개를 든 탐무즈는 두려움을 느꼈다.

"흐, 흐우어!!"

"앗?!"

청년의 힘이 살짝 풀어진 틈을 타고 벨은 구속을 뿌리쳤다.

헤스티아처럼 괴성을 지르며, 구르듯 그 자리를 벗어났다.

탐무즈가 자신의 방심을 깨달은 동안 놀란 이슈타르의 바로 옆을 순식간에 벗어나, 등을 드러낸 채 쏜살같이 홀 창문으로.

이것저것 잴 새도 없이 밖으로 몸을 날린다.

"토, 토끼가 도망쳤다! 잡아라앗!!"

달려가 창가에서 몸을 내민 탐무즈가 아래층의 단원들에게 명령하거나 말거나, 이슈타르는 평정심을 깡그리 내팽개치고 외쳤다.

"절대 놓치지 마아악!! 그 꼬맹이를 내 앞으로 끌고 오라고!!"

정신이 나간 여신의 고함에 탐무즈는 따를 수밖에 없었다. 벗어던진 그녀의 옷을 입히는 것조차 잊고 당황해 홀을 뛰어나갔다.

자신의 손으로 옷을 걸친 이슈타르도 밖으로 향했다.

"나를 뭘로 알고……!!"

미의 여신으로서, 자신의 '아름다움'이 통하지 않는 존재를 용납할 수는 없었다.

소년의 말살까지 고려한 이슈타르의 손 안에서 곰방대가 소리를 내며 두 쪽으로 꺾였다.

궁전 30층의 높이에서 뛰어내린다.

"으윽?!"

지붕과 외벽에 몇 번씩 몸을 부딪힌 후에야 벨은 어떤 방의 창가에 간신히 한 손을 걸쳤다.

어찌어찌 낙하를 모면하고 한 손으로 몸을 끌어올려, 활짝 열린 창문을 통해 안으로 침입했다.

"으, 으아아아아아아아아아아아아아아아아아아아아악!!"

갑작스런 침입자를 보고 미남 미청년의 집단—— 전투능력이 없는 종자들은 황급히 달아났다.

"미, 미안해요!!"

방에서 도망치는 수인 미소년에게 벨은 자기도 모르게 사과했다.

"어, 그리고 실례할게요……."

훌랑 드러난【스테이터스】를 감추기 위해 벨은 뜯겨나간 이너웨어를 벗고 방에 있던 종자들의 짧은 옷을 슬쩍했다. 머리에서부터 옷을 뒤집어쓰고 서둘러 방을 뛰쳐나왔다.

"미코토 씨, 하루히메 씨……!!"

레그 홀스터에서 마지막 포션을 꺼내 들이켰다.

위층과 아래층에서 추적대의 고함소리가 들려오는 가운데, 벨은 소녀들을 걱정하며 통로를 따라 달려갔다.

그리고 그때였다.

퍼엉!! 귀를 뒤흔드는 폭발음이 울려 퍼진 것은.

"붉은 빛…… 실패?!"

눈을 크게 뜨고 건물 가장자리, 복도 창문에서 밖을 보니 상공에는 붉은 꽃이 피고 있었다.

궁전 뒤쪽에서 발사된 빛—— 하루히메 구출 실패를 알리는 붉은 섬광탄.

아연실색한 벨은 빛을 올려다보며 멍하니 서 있었다.

그러나.

"——아직이야!!"

그 자리에서 온 힘을 다해 달려 나갔다.

아직 끝나지 않았어. 미코토 씨도 분명 포기하지 않을 거야!!

남은 수단, '살생석' 파괴를 위해 벨은 의식이 치러지는 공중정원으로 향했다.

"아직이다……!"

——한편 궁전 외벽 한쪽에 불시착한 미코토도 눈썹을 치켜세우고 있었다.

아직 끝나지 않았다. 벨 공도 분명 포기하지 않을 것이다!!

옷깃을 찢어내 손과 입을 써서 어깨에 감고, 그녀는 머리 위를 올려다보며 달려 나갔다.

하루히메가 끌려간 공중정원을 향해, 소년과 소녀는 질주했다.

구출작전은 종극으로 다가가려 했다.

별관 옥상, 공중정원.

40층 이상 존재하는 궁전에 육박할 정도로 높은 곳은 여러 개의 탑에 보호를 받듯 에워싸여 있다. 광대한 평면형 정원에는 빈틈없이 석판이 깔려 있다.

석판에는, 아니, 돌로 만들어진 공중정원 전체에는 특수 광석인 '흑암석(黑闇石)', 그리고 '월탄석'이 쓰였다. 상공에 뜬 달빛을 받은 까만 석판들은 이제 희미하게 청백색 빛을 띠어 빛의 융단을 깐 것 같은 광경이 펼쳐져 있었다.

공중정원에는 궁전에 배치된 바벨라의 대부분, 그중에서도 Lv.3 이상의 제2급 모험자들 거의 대부분이 모여 있었다.

한자리에 모인 백 명도 넘는 아마조네스들은 맨발로 파닥파닥 청백색 석판을 밟고 걸어 나와 정원 중앙에 모여들었다.

"사미라아, 준비는 끝났냐아?"

"다 끝났어. 보면 몰라? 이젠 달이 완전히 차기만 기다리면 돼."

의식 준비를 맡은 간부인 사미라는 프뤼네의 물음에 턱짓을 해 중심지를 가리켰다.

장엄하면서도 환상적인 공중정원 한가운데에는 긴 돌기둥과 함께 제단이 쌓여 있었다.

정원 내에서도 한층 강하게 빛을 발하는 돌 제단. 세 개의 돌기둥에서는 빛이 떨어져나와, 청백색 빛의 입자가 떠올라서는 달빛에 빨려 들어가듯 사방으로 흩어졌다.

정원, 그리고 제단은 '살생석'의 힘을 드높이기 위한 증폭장치다. 이 설비를 함께 사용하면 '살생석'만을 썼을 때에 비해 '영혼'을 더 깊이, 남김없이 돌에 가둘 수 있다.

웃음을 지으며 눈을 가늘게 뜬 프뤼네의 옆에서 사미라는 머리 위를 올려다보았다.

이미 구름은 없다. 머리 위의 푸른 밤하늘에는 거의 완성된 만월이 떠 있다.

제단의 빛이 푸른색에서 붉은색으로 바뀌기 시작했을 때—— 그때가 바로 의식의 시각이다.

"하루히메에!! 꾸물대지 말고 제단으로 들어가아!"

제단에서 몸을 돌린 프뤼네가 고함을 질렀다.

이윽고 아마조네스들의 인파가 갈라지고, 의식용 옷을

입은 르나르 소녀가 조용히 걸어 나왔다.

옥색 눈이 붉게 부어오른 얼굴에 표정은 없었다. 담담히 고개를 숙인 채, 빛을 내는 포석으로 시선을 떨군 소녀는 인형처럼 제단으로 향했다.

"……."

길을 열어준 아마조네스들이 저마다 다른 표정을 짓는 가운데, 아이샤는 소녀가 자신의 앞을 지나기 직전 입을 열려 했지만 목소리를 내지는 못했다.

이쪽을 한순간 쳐다본 소녀가 무언가를 전하려는 듯 눈만으로 웃는 것을, 손에 경련을 일으키며 무표정하게 지켜보았다.

이윽고 하루히메는, 제단으로 올라갔다.

"거기 무릎 꿇어."

"예……."

제단에 함께 들어온 아마조네스가 시키는 대로 중앙에 두 무릎을 꿇었다.

석판에서 뻗어 나온 수많은 사슬이 팔다리에, 몸통에, 목에 감겼다.

'살생석'에 르나르의 마력을 옮길 때는 그릇에서 '영혼'이 뽑혀나가는 엄청난 고통이 따른다고 한다. 이 사슬은 영혼을 옮기는 과정에서 하루히메가 날뛰지 않도록 붙들어놓기 위한 것이다.

"……."

모든 사슬에 묶인 하루히메의 모습은 무릎을 꿇은 자세와 맞물려 산 제물로 바쳐진 성녀, 혹은 신사의 무녀처럼 보이기까지 했다. 달빛을 받은 비장할 정도로 아름다운 소녀의 모습에 이를 지켜보던 일부 아마조네스들이 말을 잃었다.

"이제야 겨우【프레이야 파밀리아】와 싸울 수 있겠네."

다른 곳에서는 어떤 여걸들이 흉흉한 미소를 지으며 '살생석'을 나르고 있었다.

피처럼 붉은 주먹 크기의 보주는 장검의 칼자루에 붙어 있었다.

이 의식용 검으로 하루히메를 찔러 칼자루의 '살생석'에 마력과 함께 '영혼'을 가두는 원리였다. 의식용 검이 날카로운 광택을 뿜고, 끄트머리의 '살생석'은 섬뜩한 붉은 빛을 일렁거렸다.

그 검과 돌에 한순간 공포를 언뜻 내비친 하루히메는 질끈 눈을 감은 후 자신의 머리 위를 올려다보았다.

밤하늘에 뜬 황금색 만월의 광채.

나를 죽일 빛이구나.

현세의 괴로움에서 해방시켜줄 구원의 빛일지도 모르지.

아름다운 달빛을 한동안 바라보고, 하루히메는 고개를 늘어뜨렸다.

눈물은 나오지 않았다. 마음은 흐느끼고 있었다. 하지만 그것을 전혀 드러내지 않았다.

슬픔도 괴로움도 기쁨도 미련도, 그 조그만 몸 안에 가두고.

지난 며칠 사이에 만난, 소년과 소녀의 추억을 마음의 상자 안에 가둔 채.

하루히메는 천천히 눈을 감았다.

"——적이다!!"

그 직후 고함소리가 터졌다.

경악해 눈을 크게 뜬 하루히메가 고개를 들자 정원 저 너머, 구름다리가 이어진 입구에서 요란한 칼 부딪치는 소리가 울려 퍼졌다.

이윽고 보초를 서던 아마조네스들을 강행돌파하고 나타난 것은 흑발을 한데 묶은 한 소녀였다.

"하루히메 공——!!"

궁전에서 구름다리를 따라 질주해 도착한 미코토는 정원으로 뛰어들었다.

이미 보초에게 들킨 시점에서 몸을 숨겨봤자 의미는 없다. 제단에 묶인 소녀에게 자신의 존재를 알리고자 미코토는 뱃속에서부터 고함을 질렀다.

"또 왔냐?!"

이쪽으로 다가오려는 미코토에게 제단을 에워쌌던 아마조네스들도 무기를 들고 달려 나갔다.

그녀들은 제단 30M 앞에서 벽을 치고, 이미 온몸에 상처를 입은 미코토와 대치하며 발을 멈추었다. 등 뒤에서는 돌파당한 보초들이 따라왔으므로 완벽하게 포위당한 꼴이었다.

"뭐야, 저거! 혼자 왔어?!"

소녀의 용감하면서도 목숨 아까운 줄 모르는 행동에 사미라는 진심으로 마음에 들었다는 듯 웃음을 지었다.

그녀와 비슷한 표정을 지은 바벨라들은 이벤트라도 벌어졌다는 양 움직임을 멈추었다.

"하루히메~? 네 영웅이 납셨다~!"

뒤를 돌아보며 재미나다는 듯 소리를 지른 사미라에게, 제단에 있던 하루히메는 낯빛을 바꾸고 있었다.

그 직후 생각났다는 듯 움직이려다 사슬에 붙들렸다.

"어째서…… 어째서?! 돌아가 주시옵소서, 미코토 님!!"

수많은 사슬이 내는 금속성을 울리며 하루히메는 울부짖듯 외쳤다.

한번 거절당했으면서도 다시 그녀의 앞에 나타난 미코토는 늠름한 눈빛으로 말했다.

"무리입니다, 하루히메 공. 몇 번을 거절당하더라도, 저는 그때처럼 당신을 밖으로 끌고 나갈 것입니다."

어린 시절, 극동의 기억.

야단을 맞으니 이제는 오지 말라고, 저택의 소녀가 하소연을 해도 악동들은 이를 무시한 채 질리지도 않고 그녀를 밖으로 끌고 나갔다.

옛날과 전혀 다를 바 없는 미코토의 모습과 눈빛에, 하루히메는 꾹 참았던 눈물을 떨구었다.

"야. 너 멋있다."

자신들을 넘어서 제단의 하루히메를 바라보는 미코토에게 회색 머리를 찰랑거리며 사미라는 기쁘게 웃었다.

"이봐, 프뤼네, 아이샤?! 나 혼자 재랑 싸우게 해주라!!"

파벌 단장과 바벨라들을 통솔하는 실질적인 부단장에게 그녀는 돌아보며 외쳤다. 주위의 아마조네스들에게서 불평이 쏟아지는 가운데 사미라가 말을 이었다.

"너희는 아까 실컷 설쳤잖아?! 나도 좀 싸워보자!"

달을 올려다보고, 그 다음에는 아직 푸르스름하게 빛나는 제단을 쳐다본 프뤼네는 천박한 웃음을 흘렸다.

"……께게게게겍, 좋을 대로 하든가아. 어차피 시간은 아직 많으니까아."

"아자아!"

의식 준비에 바빴던 사미라는 요청이 통과되자 손뼉을 짝 울렸다. 침묵을 관철하는 아이샤는 그저 그 자리에 가만히 서 있을 뿐이었다.

"기다, 기다려주세요!! 프뤼네 씨, 아이샤 씨!!"

하루히메의 간청이 허무하게 울려 퍼지는 가운데 사미라는 아군 사이에서 혼자 걸어 나왔다.

"그런고로 좀 놀아주라. 나한테 이기면…… 혹시나 뭔가 들어줄지도 모르지?"

"……."

주위의 포위망에 경계를 늦추지 않던 미코토는 눈앞에 선 회색머리 아마조네스와 마주 섰다.

대담한 표정을 짓는 사미라를 보며, 미코토는 지금은 받아들일 수밖에 없다고 결심했다.

이 상황을 이용해야 한다. 하다못해 벨이 올 때까지 시간을 끈다면, 혹은 그가 제단에 쳐들어갈 길을 열어줄 수 있다다면. 그렇게 자신의 생각에 결론을 내렸다.

미코토는 말없이, 소년에게서 빌려온 《우시와카마루》를 역수로 쥐었다.

1대 1 대결을 승낙한 소녀에게 사미라는 입술을 틀어 올리고, 아무런 무기도 장비하지 않은 채 자세를 잡았다.

정원 한쪽, 구름다리가 이어진 입구 앞. 호전적인 아마조네스들이 에워싸며 그 자리에서 결투장을 만들어가는 가운데, 즉석 이벤트와도 같은 전투가 시작되었다.

아마조네스 한 사람이 신호하자마자 사미라는 정면으로 돌진했다.

"간다아!"

"——!"

너무나도 빠른 돌격에 미코토는 방어와 반격을 모조리 내팽개치고 회피에 모든 신경을 집중했다.

큰 스윙으로 휘두른 왼쪽 주먹을 바로 옆으로 뛰어 아슬아슬하게 피했다.

"읏?!"

그러나 적은 헛스윙으로 끝난 왼손을 지면에 짚고 기세를 살려 반회전하며 발차기를 날렸다.

"크윽!"

시야에 날아든 오른쪽 발꿈치를 《우시와카마루》의 칼배로 방어했다. 쇳덩어리에 얻어맞은 것 같은 충격. 팔을 지나 온몸 구석구석까지 울려 퍼지는 엄청난 진동에 미코토가 자세를 흐트러뜨리자 사미라는 즉시 추가공격에 나섰다.

"좋아좋아, 따라올 수 있네!!"

주먹과 발길질의 속사포가 미코토를 엄습했다.

갈색 사선을 끌며 날아드는 일격일격은 직격하면 미코토를 기절시킬 만한 위력을 담고 있었다. 소소한 방어와 온 힘을 다한 회피로 공격을 모면하는 그녀의 얼굴에는 이미 여유가 없었다.

——역시 Lv.3.

흔들리는 회색 머리카락에 나긋나긋난 팔다리를 감싼 무희의 의상. 춤을 추는 듯한 육탄전을 감행하는 사미라에게, 처음부터 알고는 있었다고는 하지만 Lv.2인 미코토는 피아간의 역량 차이를 톡톡히 깨달았다. 압도적인【스테이터스】는 뒤집을 수 없었으며 적의 우수한 기술과 허허실실은 자신의 행동과 판단을 몇 단계나 웃돌았다.

이렇게 강한 바벨라가 앞으로 몇 명, 몇 십 명이나 더 있을까── 자신을 에워싸고 흉흉한 고함을 터뜨려대는 아마조네스들의 숫자에 정신이 아득해질 것 같은 전율을 느끼면서도 미코토는 약한 생각을 마음에서 몰아냈다.

미코토와 벨은 애초에 무리임을 알면서도 소녀를 구하고자 결심했으니까.

"차앗!!"

"오, 제법인데!"

미코토의 첫 반격을 사미라는 오른팔로 지극히 쉽게 막아냈다.

왼발 족도를 막아낸 그녀는 팔에 울려 퍼지는 마비감마저 기분 좋다는 양 더욱 활짝 웃더니 답례로 올려차기를 날렸다.

"으윽!!"

미코토의 몸이 떠올랐다.

방어한 《우시와카마루》와 함께 걷어차여 미코토는 등부터 링 한복판에, 손에서 떠나간 붉은 칼은 관전하던 아마조네스들의 발치에 각각 떨어졌다. 뒤로 몸을 굴려 곧바로 일어난 미코토의 눈앞에 달려든 것은 다시 돌진해 들어오는 사미라의 모습이었다.

"이제 끝났냐?!"

1초 후에 꽂힐 오른쪽 주먹에 미코토는 눈꼬리를 틀어올렸다.

지금밖에 없다고, 자신의 안면을 향해 내지른 팔을 붙들며── 던지기 자세에 들어갔다.

"?!"

사미라는 물론 고함을 질러대던 아마조네스들도 놀랐다.

업어치기. 무신 타케미카즈치에게 배웠던 무예── '기술'을 사용할 타이밍을 미코토는 재고 있었던 것이다.

다양하면서도 복잡한 신체구조를 가진 몬스터에게는 통하지 않지만 대인전에서는 확실한 효과를 발휘하는 극동의 무술.

격상의 강자를 기술과 허허실실로 제압한다. '위업'을 달성하기 위한 상식이다.

미코토는 입에서 기염을 토하며 혼신의 힘으로 사미라를 땅바닥에 내팽개치려 했다.

"오오, 좋은데."

그러나 사미라는.

가벼운 한마디와 함께 붙들렸던 오른팔을 빼냈다.

"?!"

던지기가 거의 마무리되려는 순간, 그녀는 풀려난 두 팔로 미코토의 몸을 붙들고── 되던졌다.

"으윽?!"

등을 포석에 찍히기 직전, 갈색 피부에 배와 등의 근육을 드러내며 순수한 완력만으로 미코토를 허공에 집어던진 것이다.
"아야~!"
엉덩방아를 찧으면서도 유쾌한 목소리를 내는 Lv.3의 바벨라와는 달리 미코토는 주위를 에워싼 아마조네스들에게 처박혔다.
걷어차여 도로 링으로 들어간 미코토는 지면에 나뒹굴었다.
"지금 그거 극동의 체술이야? 멋진데."
그리고 망연자실한 미코토를 향해 사미라가 순식간에 거리를 좁혔고.
미코토는 쓰러진 자세 그대로 공처럼 걷어차였다.
"크억!!"
"자자, 더 있으면 더 보여달라고!!"
지면에서 튕겨난 미코토는 간신히 일어났지만.
제2급 모험자의 일격을 맞은 다리가 굳어버려, 가차 없는 공세에 시달렸다.
배를 어깨를 턱을 구타당해 미코토의 몸이 좌우로 흔들렸다. 무수한 피거품이 청백색으로 빛나는 석판에 선을 그으며 튀었다. 마치 장난감을 대하듯, 소녀에게서 재미난 '기술'을 이끌어내고자 사미라는 사나운 웃음을 지으며 지분지분 가지고 놀았다.
——기술이, 통하지 않아.
몽롱해져가는 의식 속에서 미코토는 야생아(野生兒)와도

같은 배틀 스타일을 자랑하는 사미라에게 전율했다.

그야말로 자신의 육체를 무기 삼아 본능대로 싸우는 아마조네스는 몇 년씩 쌓아왔던 자신의 기술 수련을 감각만으로 넘어섰다. 자신감과 긍지가 꺾여나가는 소리가 몸 어디선가 울려 퍼지고, 소녀의 마음을 시커멓게 물들였다.

재능도 능력도, 상대가 위.

너무나도 먼 제2급 모험자와의 거리에, 여전히 난타를 당하던 미코토의 무릎이 풀썩 꺾이려 했다.

"미토코 님── 미코토?!"

하루히메의 비명이 미코토의 귓전에 닿은 것은 그때였다.

"크윽!!"

질끈 두 눈을 부릅떴다.

눈동자에 빛을 되찾은 미코토는 소녀를 위해 온몸을 분투시켰다.

"하하하하하하하하!! 너 진짜 Lv.2 맞냐?!"

자신의 연격을 맞고도 쓰러지지 않고 전의를 불태우는 미코토에게 사미라는 환호했다.

수평으로 내지르는 주먹, 무릎, 팔꿈치. 얼굴을 피투성이로 물들이면서 몇 번이나 얻어맞은 미코토는 그래도 상대의 움직임을 따라잡으며 방어와 회피를 시도했다.

과감하게 반격하고 극동의 무술을 펼쳤지만 회색머리 바벨라는 타고난 직감만으로 모두 흘려냈다.

'모험자인 채로는 이길 수 없다!!'

극심한 공방 속에서 간신히 치명상만을 피하던 미코토는 마음속으로 외쳤다.

제2급 모험자인 상대와 같은 방식으로 싸우는 한 돌파구는 열리지 않는다. 그렇게 확신한 미코토는 긍지도 자긍심도, 싸우는 상대에 대한 예의마저도 저 멀리 내팽개쳤다.

『잘 듣거라, 미코토. 닌자는 말이다—— 치사해.』

뇌리에 떠오르는 것은 무신의 목소리.

『기습, 암습, 함정…… 온갖 술수를 구사해 목적을 달성하는 존재, 그게 바로 닌자다.』

엄숙한 얼굴을 한, 자신이 경애하는 신은 말했다.

『그러니 솔직히 말해 성실하고 정직한 너에게는 맞지 않을 게야.』

가르쳐주기 꺼려진다고 말한 그는, '하지만'이라면서 이렇게 덧붙였다.

『닌자들은 대부분 충의를 지키지. 그건 지켜야 할 주군이, 소중한 사람이 있기 때문이다.』

그리고 무신은 웃었다.

『전장에 소중한 사람이 있다면—— 성실하고 착한 너는 분명 누구보다도 뛰어난 닌자가 될 수 있을 거다.』

충의를.

하루히메에게 충의를.

그녀를 구하기 위한 기술을!!

사미라에게 걷어차여 허공을 날아가던 미코토는 허리 파우치에 손을 돌려 아이템 하나를 지면에 내팽개쳤다.

"엑—— 연막?!"

"연막탄이다!"

지면에서 발생한 요란한 연기에 사미라와 다른 아마조네스들이 모두 경악했다.

섬광탄과 함께 미코토가 보물창고에서 슬쩍했던 연막탄. 자신의 파벌에서 쓰는 아이템을 이용당한 바벨라들은 동요에 휩싸였다.

링의 중심에 있던 미코토와 사미라의 모습이 완벽하게 연기 속으로 사라졌다.

"어디 있지?!"

몇몇 바벨라들이 제단으로 돌아가 경계하는 가운데 시야가 연막에 차단당한 사미라는 연신 고개를 좌우로 돌렸다. 제2급 모험자인 자신이 느끼지 못할 정도로 완벽하게 기척을 감춘 미코토에게 처음으로 여유를 잃었다.

다음 순간, 그녀의 등 뒤에 칠흑의 그림자가 나타났다.

"——거기였구나!!"

흉악한 웃음과 함께 사미라는 돌아보며 상단차기를 날렸다.

등 뒤에서 일렁인 연막의 흐름에 경이로운 속도로 반응한 그녀는 다음 순간 눈을 크게 떴다.

"옷이잖아?!"

그녀의 발차기가 꿰뚫었던 것은 소녀의 짧은 윗옷뿐이었다.

바꿔치기 기술── '매미허물벗기'였다.

그리고 경악하는 그녀에게 이번에야말로 미코토가 등 뒤에서 육박했다.

"?!"

허공에 도약한 미코토의 두 다리가 돌아본 사미라의 얼굴을 에워쌌다.

시야가 차단당해 굳어버린 상대를 붙들고, 미코토는 포효와 함께 뒤로 공중제비를 넘었다.

"──하아아!!"

원월던지기. 또 다른 이름은── 미카즈치.

다리에 끼인 적의 뒷머리를 호쾌한 기세로 포석 위에 내리찍는다.

"끄윽?!"

무시무시한 굉음과 함께 포석이 쪼개지고 부서지며, 사미라의 머리는 완전히 땅에 파묻혔다.

"허억, 허억……!!"

거친 호흡을 되풀이하는 미코토의 옆에서, 목 위쪽이 지면에 처박힌 사미라의 몸이 휘청 쓰러졌다.

연막이 걷힌 순간 꽂힌 호쾌한 던지기 기술에 주위의 아마조네스들은 말을 잃고 서 있었다.

옷을 희생해 천만 감은 상반신을 드러낸 미코토가 비틀거리며 일어났다. 상처투성이였지만 아직까지 쇠할 줄을 모르는 두 눈의 광채에 바벨라들은 한순간 움츠러든 것처럼 뒷걸음질을 쳤다.

어깨로 숨을 몰아쉬며 다음은 누구냐고 미코토가 주위를 둘러보고 있으려니.

"……께게게게겍. 제법이네에."

프뤼네가 부풀어오른 두 어깨를 우습다는 듯 흔들었다.

"하지만 가엾게도오~."

"……?"

쉰 목소리로 웃는 아마조네스 단장에게 미코토는 시선을 돌렸다.

의아한 표정을 짓는 그녀에게, 잠자코 있던 아이샤가 입을 열었다.

"아직 안 끝났어."

그 직후.

미코토의 뒤에서 소리가 났다.

"———"

얼어붙은 미코토는 뒤를 돌아보았다.

시선 너머에서는 갈색 몸이, 두 손을 석판 위에 짚더니, 쑥 소리와 함께 목을 뽑아내고 있었다.

"푸하!"

지저분해진 머리를 빼낸 그녀는 개처럼 고개를 탈래탈

래 흔든 후 일어났다.

"찡하니 오는데……. 제법인걸."

목을 뚜둑뚜둑 울리며 사미라는 눈을 가늘게 뜨고 웃었다.

자신의 모든 것을 쏟아붓고도 격파에 이르지 못한 아마조네스에게 미코토는 아연실색해, 절망을 맛보았다.

레벨이라는 이름의 무자비한 역량 차이를 눈앞에서 보았다.

"자, 계속하자고!"

"앗?!"

다가온 사미라의 주먹을 뺨으로 받았다.

대미지를 입었다지만 아직까지 움직임에서 생기를 잃지 않은 상대에 비해 이미 만신창이인 미코토는 속수무책이었다.

"아아……?!"

눈물을 흘리는 하루히메가 고개를 숙여버리는 동안에도 사미라는 울분을 풀려는 양 미코토를 두들겨팼다.

구타 소리와 함께 이리저리 흔들리는 소녀. 그 광경에 프뤼네가 희열에 찬 표정을 짓고 있을 때…… 궁전 쪽에서 다가온 한 아마조네스가 그녀에게 보고를 올렸다.

"아앙……? '토끼'가 도망쳤다고오?"

"으, 응."

"께게게게겍! 뭐야아, 이슈타르 님도 별거 아니구마안

~.”

벨이 이슈타르에게서 도망쳤다는 연락에 프뤼네는 요란하게 비웃었다. 자신의 주신을 바보 취급하며 그 커다란 입을 한껏 벌렸다.

“──【리틀 루키】, 분명 어디선가 보고 있겠지이?! 구하러 오지 않으면 소중한 동료가 뒈져버릴 텐데에!!”

주위의 아마조네스들이 귀를 막을 만한 육성으로, 주위에 있는 탑이며 정원 구석으로 소리를 질러댄다.

미의 신에게서 도망친 소년이 하루히메를 구하러 올 거라고 확신했던 것이다.

“……큭.”

──사실 그 말이 맞았다.

미코토보다 5분 정도 뒤처져, 벨은 지금 막 이 공중정원에 도착했다.

궁전 내부에서 구름다리로 이어지는 루트는 경계가 엄중해 포기하고, 지구라트의 구조를 가진 이 별관 외벽을 도약으로 기어올랐던 것이다.

정원을 에워싼 탑 하나의 기초 부분에 몸을 숨긴 벨은 사전 약속대로 미코토가 미끼가 되어 적을 끌어들인 틈에 '살생석'을 파괴할 기회를 엿보았지만── 지분지분 고통을 당하는 소녀의 모습에 주먹을 부르쥐었다.

이젠 안 되겠다고, 못 견디겠다고 뛰쳐나가려던 다음 순간.

“벨 공──!!”

소녀의 일갈이 벨의 몸을 멈춰 세웠다.

벨만이 아니라 그녀의 기백에 수많은 아마조네스들이 놀라는 가운데, 너덜너덜해진 미코토는 숨을 헐떡이며, 축 늘어뜨린 두 팔로 주먹을 쥐고, 두 다리로 포석을 단단히 디뎠다.

어디 있는지도 알 수 없는 소년에게 고함을 지르고, 치켜세운 눈으로 사미라를 노려본다.

"헤에…… 그래서 이제 어쩌겠다고?"

발차기를 관자놀이에 맞고 휘청 몸을 기울이는 미코토.

그래도 이를 악물고 견디는 그녀를 사미라는 가차 없이 후려쳤다.

"시간도 없는데!!"

타격의 폭우에 시달리던 미코토의 눈이 흠칫 뜨였다.

청백색 빛을 띤 석판이 서서히 붉은색으로 바뀌고 있었다.

공중정원 한복판의 제단 또한 변색이 시작되었다. 보름달의 빛을 받아 '월탄석'이 탄식의 오열을 터뜨리듯 진동음을 발하며 푸른색과 붉은색이 뒤섞인 입자를 피웠다.

사슬에 묶인 하루히메의 주위에서 청홍색 입자가 환희하듯 솟아났다.

그 광경에 눈을 활처럼 구부리며 웃은 프뤼네가 제단을 향해 지시를 내렸다.

"샬레이, 때를 봐서 하루히메를 해치워어."

형형히 빛을 뿜어내는 '살생석'의 의식용 검을 든 아마조네스는 그 말에 고개를 끄덕였다.

자신의 손을 내려다본 아이샤는 혼자 제단 쪽으로 발을 돌리려 했으나.

"넌 여기 있으라고오~."

"……."

프뤼네의 거구에 가로막혔다.

대립하는 거구와 여걸, 관전하는 아마조네스들, 그리고 지금이라도 튀어나갈 것 같은――동시에 무언가를 믿듯 바라보는――백발의 소년.

이런 것들을 시야 밖에 둔 채 사미라에게 연신 얻어맞던 미코토는 문득 중얼거렸다.

"……를 넘는다."

소녀의 자청색 눈동자는 결연한 광채를 담고 있었다.

"상대의……"

싸움이라는 지금 이 순간을 즐기는 사미라는 그 사실을 알아차리지 못했다.

"……예측, 을."

그리고 갈라진 중얼거림을 떨어뜨린 미코토는.

온 힘을 다해 주먹을 회피하며 사미라의 품에 안겨들었다.

"아앙?"

공격하는 것도 아니고 그저 매달리듯 두 팔을 감은 소녀에게 사미라가 의아해하는 가운데.

조용히, **주문**이 이어졌다.

“【입에 담기조차 황송——】.”

자신의 몸을 끌어안은 채 영창을 시작한 미코토에게 사미라는 비웃음을 흘렸다.

“마음은 이해하겠는데~ 여기서 ‘마법’에 매달리는 건 그냥 초짜들이나 하는 짓이지.”

비밀병기, 비장의 수단이라고도 불리는 ‘마법’으로, 절체절명의 위기를 뒤엎으려 한다.

이 상황에서 내린 그 선택에 사미라는 흥이 식었다는 양 진심으로 낙담한 표정을 지었다.

“뭐 게임에서 그 ‘마법’은 봤어. 물론 강력하긴 했지만—— 영창이 길다고!”

“커억?!”

발동을 기다려줄 이유는 없다고 사미라는 팔꿈치로 무방비한 미코토의 등을 내리찍었다.

“【그, 어떤…… 것도, 깨뜨리는…… 나의, 신이여】.”

그래도 미코토는 고통에 신음하면서 영창을 이어나갔다.

“확 식어버리네, 진짜. 너 이젠 됐다.”

“끄윽?!”

두 발, 세 발. 팔꿈치를 찍어대는 사미라.

등을 난타당하면서도 미코토는 떨어지려 하지 않은 채 그저 오로지 ‘마력’을 빚어나갔다.

달라붙은 채 팔을 놓지 않는 소녀의, 어찌 보면 한심한 그 꼬락서니에 주위의 아마조네스들도 실소를 흘리고 어이없다는 표정을 지었다. 발밑의 석판에서 뿜어져 나오는 빛이 서서히 붉어져가는 가운데, 앞으로 몇 발을 견딜 수 있을지 사미라는 재미있어하듯 팔을 쳐들었으나── 그 때 문득 이변을 깨달았다.

"어, 야…… 너, 뭘 하는……"

소녀의 '마력'이, 부풀어 올랐다.

그릇에서 넘쳐난 물처럼, 범람하는 강의 흐름처럼, 질서를 잃은 폭도처럼.

그 조그만 몸에서 과열된 '마력'이 흘러넘쳤다.

"【존엄한, 하늘의, 인도여……】."

입술에 주문을 실으며 미코토의 의식은 다시 회상 속으로 뛰어들었다.

『──상대의 허를 찌르고, 상대의 의도를 모조리 배신하는 것. 닌자의 기본이자 극의지.』

피투성이가 되어, 붉고 혼탁해지는 의식 속에서 타케미카즈치가 계속 말했다.

인술 따위 장식이라고 그는 단언했다.

"【왜소한, 이 몸에……】"

그가 전하려 했던 신의는 단 하나.

신조차도 치사하다고까지 단언했던 닌자의 본질.

『상대의 예측을── 상상을 뛰어넘어라.』

적의 생각을 넘어서 필살의 무기로 삼는, **최악의 기습**.

"【외연한, 그대의 신력을】——!!"

무신이 내려준 말을 가슴에 새기고, 미코토는 '마력'을 **폭주시켰다**.

"너, 너 지금, 설마아——!!"

사미라가 경악과 공포를 뒤섞은 절규를 질렀다.

이미 늦었다. '마력'의 고삐는 풀려났다.

제어를 잃고 미친 듯이 날뛰는 마력은 미코토의 몸을 안쪽부터 파먹고 밖으로 뛰쳐나가고자 탁류처럼 넘쳐났다.

"놔, 이거, 이거 놔아아아아아아아아아!!"

온 마인드를 쏟아부은 마법의 원천은 영창 완성을 기다리지 않고 그 힘을 폭발시킨다.

핏기가 가신 사미라가 공황에 빠져 품속의 미코토에게 팔꿈치를 찍어댔다.

무시무시한 완력이 담긴 팔꿈치가 살점을 헤집고 뼈에 균열을 일으켰지만 미코토는 결코 그녀를 놓아주지 않았다.

격통에 얼굴을 일그러뜨린 채, 피투성이가 된 웃음을 지었다.

"야, 너희들!! 이 자식 나한테서 얼른 떼어줘어어어어어어어!!"

아무리 떼어내려 해도 소녀가 결코 떨어지지 않자 사미라는 마침내 주위에 도움을 청했다. 파벌 간부의 비명에 바벨라들이 황급히 쇄도했지만—— 이미 늦었다.
포효를 지르던 '마력'의 맹위는 임계점에 달했다.
이제는 공중정원에 있던 모든 이들을 뒤흔들 만한 폭탄이 소녀의 몸 안에서 빛을 뿜어냈다.
사미라가, 프뤼네가, 아이샤가, 바벨라들이, 하루히메가, 그리고 벨이.
모두가 한껏 눈을 크게 뜨는 가운데 미코토는 폭주하는 '마력'을 해방시켰다.

"【구하라, 정화의 빛】———!!"

——이그니스 파투스.
『~~~~~~!!』
대폭염이 일어났다.
모든 이들의 눈을 태우는 '마력'의 광채. 고막을 뒤흔드는 대절규와 함께 주위에 있던 이들이 모조리 날아갔다. 중심지에 있던 미코토와 사미라는 물론 달려오려 했던 바벨라 전원이 폭격의 해일에 휩쓸렸다.
어떤 스미스가 사용하는 안티 매직 파이어처럼—— 외부에서 일으킨 강제폭파가 아니라, 의도적인 마력폭주.
'마력'을 제어하지 않고 폭주시켜버리는, 회피해야 할 사고 현상을 인위적으로 일으킨, 자폭을 넘어선 **자결공격**.

영창을 마치기 전까지는 마법은 발동하지 않는다는 적의 상상을 넘어선, 생명의 불꽃이었다.

"컥———!!"

대폭발에 휘말려 상공으로 높이 날아올라갔던 사미라의 몸이 정원 한구석에 추락했다. 온몸이 시커멓게 그을린 채 흰자위를 까뒤집은 아마조네스의 몸은 다시 일어나지 못했다. 폭발에 휩쓸린 바벨라의 절반 이상이 포석 위에 내팽개쳐져 재기불능에 빠졌으며, 직격을 면한 프뤼네, 아이샤, 그리고 다른 아마조네스들에게도 흉악한 후폭풍이 밀려들었다. 중앙 제단에서 아연실색한 하루히메의 피부를 소녀의 마력 잔재를 띤 열풍이 휩쓸었다.

광대한 공중정원에 홍련의 굉화(轟華)가 흐드러지게 피어났다.

"———아……."

미코토는 떨어지고 있었다.

자신이 일으킨 '이그니스 파투스'에 의해 몸은 상공으로 치솟아, 사미라와는 반대 방향, 공중정원으로부터 까마득히 아래쪽 지면을 향해 거꾸로 떨어져갔다.

바람을 가르는 몸에서는 연기가 피어났으며 피부는 안쪽부터 타 새까맣게 그을렸다.

몸에서 모든 감각이 사라져갔다. 생명을 불태운 반동처럼 의식이 깎여나가는 가운데, 미코토는 흐릿해진 눈으로 입술을 떨었다.

"벨, 공……."

마음을 날리려는 듯 소년의 이름을 불렀다.

자신의 말은 하루히메에게는 닿지 못했다.

자신은 하루히메를 구해주지 못했다.

자신은, 그 달밤의 추억처럼, 하루히메의 '영웅'은 되지 못했다.

뿌옇게 흐려져가는 두 눈을 질끈 감았다. 분함과 슬픔, 그리고 그 이상의 마음과 갈망을 맡기고자, 미코토는 떨리는 두 눈에 온 힘을 담았다.

부디, 부디.

그녀에게서 주박을.

그녀에게서 파멸을.

그녀에게서 눈물을—— 거두어주십시오!

부디, 부디!

그녀에게 다시 한 번 웃음을!!

닿아라—— 닿아라!!

"벨 고오오옹!!"

달렸다.

생명의 불꽃이 타오른 순간, 누구보다도 빠르게 달렸다.

닿았다.

폭염 저편에서 울려 퍼진 소녀의 외침은, 그녀가 맡긴 마음은 분명히 와 닿았다.

폭풍이 휘몰아치는 가운데 탑 뒤에서 뛰쳐나간 벨은 전심전력을 다해 질주했다.

돌진했다.

『————————————————!!』

순백색 탄환이 된 벨에게 아마조네스들은 반응하지 못했다.

다가온다는 사실을 느낀 순간 소년은 시야에서 사라지고, 그녀들이 만든 한순간의 틈바구니로 파고든 후 멀어졌다.

추종을 불허하는 초속질주. 제단을 향해 일직선으로 약진하는 흰토끼에게 추월당한 바벨라들은 그의 모습을 눈으로 쫓아가지도 못했으며, 아이샤조차 돌아보는 것이 고작이었다.

혼신의 질주를 따라잡는 이는 아무도 없었다.

"——께게게게게게게게게게게게게게게겍!!"

그렇다, 그녀를 제외하고.

"어딜 감히이이이이이이이이이이이이이이이이이이이이이!!"

"크윽!!"

신속으로 자신의 진로상에 나타난 개구리 여왕에게, 벨은 두 눈을 일그러뜨렸다.

역시 유일하게 반응해낸 제1급 모험자.

소녀의 생명이 피워낸 불꽃과 벨의 전심전력을 걸었는데도, 너무나도 높은 벽은 앞길을 가로막았다.

입가를 찢으며 홍소를 터뜨리는 프뤼네는 그 쇳덩어리와도 같은 오른팔을 쳐들었다.

"넌 끝났어어어어어어어어어어어어어어어어어어어어!!"

허리를 틀며 정면으로 날리는 거대한 수평 일격.

진로 전방을 가로막고 선 그녀와 충돌하기까지 남은 한 순간, 눈앞에 육박하는 거구를 보며 벨은 선택의 기로에 섰다.

오른쪽이냐, 왼쪽이냐, 정지냐.

아니면 위냐.

진로를 가로막은 거구 너머에는 이미 붉게 빛나는 제단이, 사슬에 묶인 소녀가 보이고 있었다.

가슴속의 포효가 내린 찰나의 결단.

다음 순간 벨은 그 루벨라이트색 눈동자를 치켜세웠다.

앞으로 숙인 자세를 더욱 앞으로 눕히며── **전진했다.**

"?!"

가속한다.

발을 박차 석판을 박살내며, 앞을 가로막은 벽을 향해 정면으로 뛰어든다.

우직하기 그지없는 의지를 질주에 실어 벨은 프뤼네에게 돌격했다.

생각지도 못한 직진에 그녀의 짧은 동요가 몸에 전해져, 휘두르려 했던 굵은 팔의 일격이 흔들렸다.

거대한 수평 공격을 펼치고자 벌어진 적의 오른쪽 옆구리로 돌격한 벨은 속도가 실리지 못한, 위력이 최소한도인 일격과 정면으로 격돌했다.

"끄윽?!"

허공에 떠오르는 벨, 충격에 비틀거리는 프뤼네.

수평 일격에 튕겨져나간 벨은, 그러나, 넘어섰다.

프뤼네의 대각선 후방, 멈추지 않는 전진의 기세는 제단 바로 앞으로 몸을 떨어뜨렸다.

한쪽 엉덩이를 땅에 짚은 거녀는 당황해 뒤를 돌아보며 절규했다.

"샬레이, 하루히메를 해치워어어어어어어어어어어어어어어어어어어어어!!"

프뤼네의 외침에 얻어맞은 것처럼 흠칫한 아마조네스가 의식용 검을 쳐들었다.

소녀의 심장을 꿰뚫으려는 찌르기의 자세. 이미 완성된 보름달의 빛을 받아 석제 제단은 처절한 진홍색 빛을 뿜어냈다.

온몸을 붉게 물들인 하루히메는 아연실색해, 광채가 최고조에 달한 '살생석'과 제단 앞에 떨어진 소년을 바라보았다.

그는 첫 걸음에 불안정하게 착지하고, 다음에 내디딘 두 번째 걸음으로── 뛰어올랐다.

"아아아아아아아아아아아아아아아아아아아아아아아아아!!"

화살처럼 공중을 돌진해 벨은 제단으로 뛰어들었다.

무릎을 꿇고 이쪽을 바라보는 소녀, 날아들려 하는 검, 선혈의 빛을 뿜어내는 살생석.

그저 오로지 붉은 돌만을 노려보며 벨은《헤스티아 나이프》를 뽑았다.

뒤로 물러났던 의식용 검이 소녀의 가슴에 빨려 들어가려는 그 찰나.

벨은 몸받기를 감행하며 혼신의 참격을 날렸다.

"어디이이이이이이이이이이이이이이이이이이이이이이이이이이이이이이이이이이이일!!"

진남색 검광이 칼자루에 달린 '살생석'을 스치고── 분쇄했다.

주인과 함께 포효한 신의 칼날은 충격만으로 붉은 돌을 산산이 박살냈다.

두 눈을 크게 뜨는 하루히메, 충격에 튕겨나가는 아마조네스, 그리고 날아든 기세 그대로 제단을 넘어가는 벨.

옥색 눈과 루벨라이트색 눈이 얽히는 가운데, 날아간 소년은 제단의 돌기둥을 부순 끝에 머리부터 지면에 처박히고 정원 구석까지 굴러갔다.

이윽고, 제단 위에 부서져 흩어진 붉은 돌의 파편에서.

흘러넘친 기분 나쁜 빛이 사방으로 흩어지더니, 완전히

사라졌다.

"으, 윽……?!"

공중정원 깊숙한 곳까지 포석을 깎으며 굴러간 벨은 온통 찰과상을 입은 손을 짚으며 몸을 일으켰다.

정원 전체의 석판은 여전히 불그스레한 빛을 띠었다. 그러나 벨의 몸받기로 돌기둥이 부서진 제단에서는 끊임없이 방출되던 빛의 입자가 끊어졌으며, 어딘가 으스스하던 붉은 빛도 수그러들기 시작했다.

숨을 헐떡이며 나이프를 칼집에 꽂은 벨에게 이내 수십 명의 발소리가 다가왔다.

천천히 고개를 들자, 그곳에서는 50명도 넘는 여걸들이 노기를 머금으며 벨을 에워싸고 있었다.

정원 구석에 있는 자신을 놓치지 않겠노라 반원형 포위망을 짠다.

"감히 이런 짓을 했겠다아……?!"

땅을 쿵쿵 울리며 거대한 여자가 아마조네스들의 사이에서 앞으로 나왔다.

그 통나무처럼 불거진 팔에는 사슬을 억지로 뜯어낸 하루히메가 들려 있었다.

머리카락을 붙들린 르나르 소녀에게 벨은 눈을 크게 뜨

며 몸을 내밀려 했지만 프뤼네를 필두로 한 바벨라들의 분노 어린 시선에 움직임을 멈추었다.

"이 꼬맹이가, 감히……!"

"아앗……!"

머리카락을 붙들린 하루히메를 지면에 내던지고 프뤼네는 두 눈에 핏발을 세웠다.

"하루히메 씨!"

지면에 쓰러진 소녀에게 벨은 소리를 질렀지만, 다음 순간 프뤼네의 노성이 쩌렁쩌렁 울려 퍼졌다.

"어떻게 이 대가를 치를 테냐아! '살생석'이고 뭐고 죄다 부숴먹고오!!"

피부를 찌릿찌릿 흔드는 고함에 벨의 몸이 뒤로 젖혀졌다.

'살생석'을 잃은 프뤼네 이하 수많은 아마조네스들은 분노를 몸으로 뿜어내고 있었다.

몇 년에 걸쳐 준비했던 의식을 벨과 미코토가 모두 망쳤다.

미코토의 '이그니스 파투스'에 공중정원 한쪽은 파괴되어 지금도 연기를 피웠고, 석제 제단도 벨의 돌격에 일부가 파손되었다. 정원 주위에는 50명 정도 되는 바벨라들이 시체처럼 쌓여 재기불능에 빠졌다.

자신을 에워싼 아마조네스들 중에서도 감정을 내비치지 않는 표정의 아이샤를 본 다음, 벨은 정면에 있는 프뤼네에게 시선을 돌렸다.

"또 원점으로 돌아가버렸잖아아……!!"

"……."

프뤼네에게서 험악한 눈빛을 받아, '살생석'을 파괴한 벨의 얼굴도 굳어졌다.

그렇다. 원점으로 되돌렸을 뿐이다.

돌을 파괴한 벨이 대놓고 좋아할 수 없는 이유. '살생석'은 새로 마련할 수 있다.

아이샤 때도 그랬듯, 벨과 미코토가 돌을 파괴했다지만 지금 이 순간을 모면했을 뿐이다.

아직 아무것도 끝나지 않은 것이다.

……하루히메를 지키려면.

지금 프뤼네의 발밑에 쓰러진 채 이쪽을 올려다보는 소녀를 구하려면.

모든 인과를 끊고, 그녀를 【이슈타르 파밀리아】에서 해방시켜야만 한다.

"……하루히메 씨를 놓아주세요."

공포를 억누르고, 벨은 자신을 에워싼 50명의 군세에게 또박또박 요구했다.

바벨라들에게서 한층 노기가 치솟는 가운데 소년을 바라보던 하루히메의 눈이 흔들렸다.

아이샤 또한 눈을 가늘게 뜨고, 오로지 프뤼네만이 웃음을 터뜨렸다.

"께게게게게게게게게겍!! 재미난 소릴 하는구나, 【리틀 루키】!"

한 박자를 두고, 그 거대한 눈알로 벨을 쏘아 죽일 듯이 노려본다.

"어디서 기어오르고 앉았냐, 이 망할 꼬맹이가아!! 네가 뭔데에에?!"

다시 하루히메의 머리카락을 움켜쥐고 일으켜 세우며 자신의 거대한 얼굴 옆에 바짝 끌어당긴다.

"아윽……?!"

"이건 우리 도구야!! 프레이야 놈들을 밟아버리기 위한 도구우! 다른 파벌 놈이 어디서 참견이야아!!"

투쟁에 굶주려 미궁도시의 왕좌를 손에 넣으려 하는 아마조네스들은 하루히메의 '힘'을 놓아줄 생각이 없었다.

고통에 얼굴을 일그러뜨린 하루히메를 보고 벨이 그만두라고 외쳐도 프뤼네는 듣지 않았다.

"애초에 창부로도 쓸모가 없는 이 호박을, 밥벌레를 길러준 게 누구였는데에……? 이 녀석한테는 우리에게 몸을 바쳐 충성할 의무가 있다고오."

"윽……."

"그렇지 않냐아, 하루히메에? 너도 한마디 해주려언."

아무리 간드러지게 말하려 해도 목쉰 개구리 소리밖에 안 되는 목소리에, 하루히메는 어깨를 떨었다.

귓가에서 속삭이고 머리카락을 놓아, 그녀는 벨과 마주

섰다.
“크라넬, 님…….”
아직까지 프뤼네의 손이 닿는 곳에서 하루히메는 두 눈에 온갖 감정을 일렁거리며 가슴에 두 손을 모았다.
“돌아가, 주시옵소서……. 하루히메는, 괜찮사옵니다…….”
“…….”
“소녀에 대해서는………… 부탁이오니, 더 이상 마음에 두지 마시옵소서.”
이슈타르 파에게, 무언가에 겁을 먹은 듯 고개를 숙이고 거절의 말을 입에 올리는 하루히메를 보며, 뒤에 있던 프뤼네와 아마조네스들은 싱글싱글 웃었다.
그런 가운데, 벨은 그저 소녀만을 향해 입을 열었다.
“영웅담.”
“예……?”
“당신이 말했던 영웅 이야기를 떠올리고, 결심했어요.”
갑작스러운 말에 하루히메가 고개를 들고, 벨은 흔들림 없는 목소리로 말을 이었다.
“당신을 구해내고 말겠다고.”
“무슨, 말씀을…….”
“구해내서, 당신의 말은 틀렸다고…… 그렇게 말해주기로 결심했어요.”
——그런 비천한 소녀를 영웅님들이 구하러 와주시겠사

옵니까?

——영웅님들께 창부란 파멸의 상징이옵니다.

유곽에서 소녀가 말했던 그 말을 부정하기 위해, 자신은 이곳에 서 있다고.

당황하는 하루히메에게 말하고, 벨은 외쳤다.

"나와 당신이 동경했던 '영웅'은—— 그렇지 않다고!"

고개를 갸웃거리는 프뤼네와 아마조네스들에게, 눈을 크게 뜨는 아이샤에게, 멍하니 눈을 뜬 하루히메에게 목소리를 내던졌다.

"설령 창부라도, 파멸이 기다리고 있어도 '영웅'은 버리지 않아요!"

"거, 거짓말이옵니다, 그런 건……."

"무시무시한 적이 기다리고 있어도 '영웅'은 싸우러 가는 법이에요!"

"아니에요, 왜냐면……."

"그런 '영웅'을 동경했던 내가! 우리가 당신을 지키고 말겠어요!!"

"?!"

단언했다.

공포도, 두려움도, 불안도 모두 떨쳐버리고 그렇게 큰소리를 쳤다.

자신이, 소녀가 동경하던 '영웅'처럼, 그 손을 잡아주겠노라고.

지금 막 그들처럼, 영웅담 속의 영웅처럼 손을 내밀려 하는 벨을 보고, 하루히메의 몸이 떨렸다.

"꼐게게게게게게겍!! 꼬맹이 주제에 영웅 행세냐아?!"

홍소를 터뜨리는 프뤼네에게는 아랑곳 않고, 벨은 가슴에 깃든 의지를 눈동자에 실었다.

소년의 눈에 겁을 먹은 듯 하루히메는 고개를 가로젓고 자신의 몸을 끌어안았다.

"소녀는…… 난 창녀예요!!"

다음으로는 자신에게 부여했던 주박의 말을 터뜨렸다.

"여러분에게 짐이 되고 싶지 않아요!! 더럽혀진 나한테는, 그럴 가치가 없단 말예요!!"

그런 소녀의 통곡에 벨은 눈에 힘을 주었다.

"우리가 아무것도 못한다느니, 자기한테 가치가 없다느니 단정하지 마!!"

"——?!"

처음으로 터뜨린 노성에 하루히메가 입을 다물었다. 벨은 말했다.

"바보 취급을 받든 손가락질을 당하든, 더럽혀졌다고 해도, 그런 건 부끄러운 일이 아니야!"

할아버지의 가르침을.

지금도 마음에 새겨놓은 말을, 벨은 하루히메에게 내던졌다.

"가장 부끄러운 건 아무것도 결정하지 못한 채 움직이지 않는 거라고!!"

하루히메의 눈동자가 한껏 크게 뜨였다.

"난 아직도 당신의 바람을 한마디도 듣지 못했어!"

마음을 전한 벨은—— 손을 내민 벨은, 하루히메에게 외쳤다.

"당신의 진짜 마음을 가르쳐 달란 말예요!!"

연기와 불꽃이 솟아나는 공중정원에, 소년의 목소리가 울려 퍼졌다.

발밑의 석판에 깃든 붉은 빛과 머리 위의 푸른 달밤 사이, 허공의 틈새에서, 무언가를 뒤흔드는 듯한 목소리는 어디까지고 울려 퍼졌다.

그 메아리에 아마조네스들이 입을 꾹 다문 가운데, 소년의 앞에 선 하루히메는.

조용히, 눈물을 흘렸다.

"……하루히메에."

그때.

"알고 있겠지이~?"

프뤼네가 등 뒤에서 소녀의 이름을 불렀다.

흠칫 어깨를 떤 하루히메는 시선 너머에 있는 소년을 바라보고, 고개를 숙였다.

몸도, 금색 머리카락도, 꼬리까지도 떨면서.

천천히 입을 벌린다.

"【——커져라 뚝딱】."

그리고 **영창**을 시작했다.

"께게게게게게게겍!! 그래, 그렇게 나와야지이!"

소년의 외침에는 대답하지 않고 노래를 시작하는 소녀에게 프뤼네는 희열과 조롱의 웃음소리를 터뜨렸다.

"하루히메 씨……!"

눈을 감고 주문을 읊는 하루히메의 모습에 벨도 얼굴을 일그러뜨렸다.

"【그 힘에 그 그릇. 수많은 재물에 수많은 바람. 종소리가 알릴 그 순간까지 부디 영화와 환상을】."

무언가를 바치듯 두 손을 가슴 앞에 내밀고, 르나르 소녀는 옥구슬 같은 목소리를 이어나갔다.

"영웅 행세하던 말발도 소용없게 됐네에~? 께게게겍! 이제부터 듬뿍 빚을 갚아주지이!"

하루히메의 노랫소리가 울려 퍼지는 가운데, 프뤼네는 아마조네스 한 사람에게 대형 배틀액스를 받아들었다. 그녀에게 호응하듯 벨을 에워싼 바벨라들이 전투태세를 취했다.

"【——커져라 뚝딱】."

무기 소리를 철컹 울리는 여전사 군단을 향해 벨도 창졸간에 자세를 잡았다.

오로지 소녀를 바라보던 아이샤만이, 그 노랫소리의 이변을, '마력'의 흐름을 알아차렸다.

"【신찬을 먹어치운 이 몸. 신들께 바친 이 빛. 메에 이르러 뫼로 돌아가, 부디 그대에게 축복을】."

이어져나간 주문은 【파밀리아】의 동포들 사이를 그대로 흘러나가, 소년에게로 나아갔다.

그리고 영창이 완성에 다가감에 따라 엷은 안개 형태의 '마력'이, 빛의 구름이 생성되었다.

"너희들 하루히메를 막아!!"

흠칫한 아이샤가 단원들에게 명령한 직후.

벨의 머리 위에, 매직 서클과 분간이 가지 않는 문양의 소용돌이가 출현했다.

놀란 그가 머리 위를 올려다보자 형태를 이룬 것은 거대한 빛의 기둥—— 아니, 틀림없는 빛의 망치였다.

쏟아지는 따뜻한 빛. 소년이 시선을 내려 돌아보자, 소녀는 눈물을 흘리며 미소를 짓고 있었다.

"【——커져라 뚝딱】."

사태를 파악한 아마조네스들이 벨과 하루히메에게 달려들었지만, 때는 이미 늦었다.

다음 순간, 소녀의 입에서 마법의 이름이 흘러나왔다.

"【도깨비 방망이】."

찬연하게 빛나는 빛의 망치가 떨어지고, 벨의 온몸을 감쌌다.

빛의 분류가 그에게 가져다준 것은 몸과 마음을 각성시

켜주는 활력, 그리고 순수한 '힘'.

섬광이 뿜어져 나오고, 벨에게 엄청난 양의 빛의 입자가 맺혔다.

"으, 으아아아아아아아아아아아아아아아아아아아아아아아아아!!"

달려들었던 바벨라들은 경악과 망설임을 버리고 그대로 무기를 내리쳤다.

대검이 정면에서 자신의 머리를 부수려 날아들자 벨은 두 눈에 힘을 주며── 그립을 **움켜쥐었다**.

"엑?!"

검신을 회피하고 적의 칼자루를 쥔 벨은.

전율하는 그녀와 함께 대검을 휘둘러, 사방에서 몰려들었던 바벨라들을 단숨에 날려버렸다.

"끄악?!"

다섯 명의 바벨라가 돌바닥 위로 나뒹굴고, 그 사이에 벨은 아마조네스에게 빼앗은 대검을 장비했다.

자신을 에워싼 이 빛의 입자가 던전에서 보았던 아이샤의 부여 광채와 같은 것임을 알아차린 벨은 솟아나는 힘을 체감하고 모든 것을 깨달았다.

하루히메의 마법【도깨비 방망이】.

효과는 대상 인물의【**랭크 업**】.

제한시간 내에 한해 레벨을 한 단계 상승시켜 모든 능력을 폭등시킨다. 이슈타르가 철저히 정보를 은폐해온,【프레이야 파밀리아】를 치기 위한 비밀병기── '레벨 부스트'.

미의 신을 환희케 하고, 존재를 철저히 은닉하게 만들었던 '최강의 요술'이었다.

프뤼네가 하루히메를 놓아주려 하지 않았던 것도 수긍이 갈 만한 반칙 수준의 레어 매직. 길드에서 들었던 에이나의 이야기, 아이샤의 능력폭등, 하루히메야말로 파벌의 비밀병기라는 이슈타르의 말까지, 모든 점이 선으로 이어졌다.

프뤼네와 바벨라들이 아연실색하는 가운데, 빛의 입자가 이루는 소용돌이 속에서, 하루히메의 은혜에 휩싸인 벨은 넘쳐나는 전능감을 곱씹었다.

"부, 붙잡아아아아아아아아아아아아아아아아!!"

포효와 함께 달려드는 바벨라들에게, 벨은 맹위를 떨쳤다.

"──흐읍!!"

대검이 여러 명의 아마조네스를 한꺼번에 휩쓸었다. 무기 위로 얻어맞은 그녀들은 어마어마한 굉음을 연속으로 뿌리며 허공을 날아가거나 지면에 처박혔다.

어떤 공격도 포착할 수 없는 한층 드높아진 속도. 노도처럼 밀려드는 적의 돌격은 모조리 빗나갔으며, 오히려 거대한 쇳덩어리로 펼쳐지는 무수한 참격에 잡아먹혔다. Lv.2 바벨라들은 순식간에 박살이 났고, 원래 벨과 같은 계위였던 Lv.3 아마조네스들도 모조리 일축당했다.

하루히메가 준 Lv.4의 힘을 벨은 유감없이 발휘했다.
"하, 하루히메에에에에에에에!!"
"으윽!!"
눈앞에서 펼쳐진 광경에 프뤼네는 격앙했다. 달려든 여걸들에게 짓눌린 소녀의 목을 한 손으로 움켜쥐고 허공에 들어올렸다.
"우리를 배신했겠다아?! 냉큼 풀어, 이 덜떨어진 창녀야아!!"
한번 발동한【도깨비 방망이】는 본인이 해제하지 않는 한, 설령 하루히메가 기절하더라도 제한시간 내에는 풀 수 없다. 프뤼네는 욕설을 퍼부으며 해제를 강요했으나 르나르 소녀는 결코 고개를 끄덕이려 하지 않았다.
발은 지면에서 떨어지고 목은 뿌득뿌득 소리와 함께 조여들었으며, 고통에 꽉 닫힌 눈에서는 눈물이 흘러나왔다.
의식이 아득해졌지만 떨리는 목소리로 말했다.
"이젠, 몸을 팔고 싶지 않아……!"
말했다. 그녀가.
"이젠, 아무도 상처 주고 싶지 않아……!"
다른 이들을 두려워하고, 세상에 겁을 먹고, 모든 것을 체념하고, 자신의 의지를 입에 담지 않으려 하던 약한 소녀가.
"죽고 싶지 않아……!"
자신의 바람을 입에 담았다.

"구해주세요……!"

소년에게, 도움을 청했다.

"크으윽!!"

하루히메의 바람을 들은 벨은 눈꼬리에 힘을 주었다.

몰려드는 아마조네스들을 단숨에 날려버리고 탄환이 되어 프뤼네에게 돌격했다.

"아앗?!"

"이야아아아아아아아아아아아아아아아아아아아아아아아아!!"

고속의 대검 일격을 도끼로 아슬아슬하게 막아낸 프뤼네는 뒤로 튕겨져 날아갔다. 그녀의 손에 붙들렸던 하루히메는 둥실 허공에 떠올라 벨은 팔을 내밀었지만, 그 직전에 옆에서 달려든 그림자가 그녀를 붙들었다.

"아이샤 씨……!"

"……."

까만 장발을 흩날린 아이샤는 기절한 하루히메를 끌어안고 날카로운 눈으로 벨을 노려보았다.

그녀가 뒤쪽으로 뛰어 간격을 벌리자, 멍청히 서 있던 바벨라들이 다시 덤벼들었다.

벨이 하루히메를 되찾고자 격렬한 활극을 펼치는 동안, 멀리 튕겨났던 프뤼네는.

"사, 상처어……?!"

대검의 충격을 전부 막아내지 못해 도끼날에 베인 자신의 뺨을, 굵은 손가락으로 쓰다듬으며.

"내 아름다운 얼굴에, 상처어어……?!"
부들부들 온몸을 떨고는, 격앙해 포효를 질렀다.
"비켜어어어어어어어어어어어어어어어어어어어어어어어!!"
대포알이 되어 일직선으로 달려들어선 아군을 날려버리고, 경악하는 벨에게 육박했다.
대각선으로 내리친 대형 배틀액스와 즉시 반응한 벨이 휘두른 대검이 충돌해 불꽃과 폭음이 발생했다.
"크윽……?!"
"점찍어두긴 했지만 이젠 용서 안 해에!! 죽어서 속죄해라아아아아아아아아아아아아아!!"
이성을 잃은 프뤼네는 괴력 일격으로 벨을 그 자리에서 튕겨냈다.
공중정원 구석으로 날아간 그에게 쾌속의 추가공격을 가했다.
"아, 아이샤, 어떡하지?! 둘 다 정원에서 나가는데?!"
"저 두꺼비…… 완전히 머리에 피가 쏠렸군."
요란하게 칼 부딪치는 소리를 내며 이동을 거듭해, 마침내 구름다리를 지나 궁전까지 벨을 몰아붙이는 프뤼네를 보며 아마조네스 소녀가 지시를 요구했다.
두 사람이 사라진 방향을 쳐다보던 아이샤는 잠시 품안에 있는 하루히메를 내려다보았다.
정신을 잃은 채 뺨에는 눈물자국이 남은 그녀의 얼굴을 한동안 보다가, 눈을 내리깔았다.

처음으로 자기 의지를 가지고 도움을 청한 소녀를 석판 위에 천천히 눕히고, 곧바로 일어났다.

그리고 상처 입고 당황하는 바벨라들에게 지시를 내리려 했을 때—— **폭음**이 쩌렁쩌렁 울려 퍼졌다.

"아니…… 폭발?!"

——어디서?!

아이샤는 소리가 울려 퍼진 방향, 환락가 쪽을 돌아보았다.

"벨프 님, 조금 전의 폭발은……?!"

공중정원에서 피어난 거대한 폭염의 불꽃은 환락가를 달리던 헤스티아 일행에게도 똑똑히 보였다.

모두를 경악케 하는 폭발음을 떨친 홍련의 커다란 꽃에 릴리는 옆에서 달리던 청년의 얼굴을 올려다보았다.

"이그니스 파투스……!"

눈에 익은 마력광에 벨프가 신음하듯 중얼거렸다.

'마력'이 폭주한 무언가가, 저만한 규모의 이그니스 파투스를 발생시킬 전투가 저 거대한 궁전에서 일어나고 있다.

저곳에 틀림없이 벨이 있다고 판단한 헤스티아 일행은 벨리트 바빌리로 돌진했다.

"너희들 거기 서!"

"쳇, 또야……?!"

제3구역의 대로를 따라 나아가던 헤스티아 일행에게 몇 번째인지도 알 수 없는 아마조네스들의 방해가 끼어들었다.

좀처럼 앞으로 나아가지 못하는 상황에 오우카가 투덜거리고 도끼를 들며 교전에 들어갔다.

"하지만 상대는 벅찰 정도로 강하지는 않아요!"

"응, 분명 싸울 사람이 부족해서겠지……!"

핸드 보건으로 엄호하는 릴리의 목소리에, 중견 위치에서 가볍게 창을 내지르며 치구사도 고개를 끄덕였다.

'살생석' 의식을 치르고 벨 일행을 생포하기 위해 병력 대부분을 궁전 내에 집중시켰는지, 환락가 주변에서 경비하는 단원들은 그나마 【스테이터스】가 낮았다. 기껏해야 Lv.2인 바벨라에 수인을 비롯한 Lv.1 전투원들을 상대로 오우카와 벨프가 정면에 서서 길을 열어나갔다.

벨프의 기발한 안티 매직 파이어나 타케미카즈치의 권속들이 펼치는 우수한 연계 플레이로, 숫자에서 유리한 적의 세력을 어찌어찌 퇴치하고 나아갔다.

"이 정도면 갈 수 있으려나?!"

오우카를 비롯한 권속들에게 경호를 받는 타케미카즈치의 목소리를 옆으로 들으며 헤스티아는 홀로 묵묵히 생각에 몰두했다.

'어쩌다 이렇게 됐지……?'

아폴론과의 워 게임도 끝난 지 얼마 안 되었는데, 왜 벨은 이렇게까지 신들의 표적이 되는 거지?

급성장을 거둔 그에게 신들의 흥미가 쏠렸다고 한다면야 그럴지도 모르겠지만…… 정말로 우연일까?

일련의 소동을 의심스럽게 생각하는 헤스티아. 그러는 한편 벨프를 비롯한 아이들은 다시 전투에 들어갔다.

"비켜어!!"

길을 가로막는 아마조네스들에게 소리를 지르던 그들은——

퍼엉.

"어……?"

헤스티아도, 릴리도, 벨프도, 타케미카즈치 파도, 적 단원들조차도 아연실색 올려다보았다.

그 시선 너머, 자신들이 일으킨 것이 아닌 폭발의 불꽃과 시커먼 연기가 밤하늘에 솟구치고 있었다.

우연찮게도 공중정원에서 아이샤 일행이 반응한 것과 같은 타이밍에 그들이 멍청히 서 있으려니…… 곧바로.

퍼엉! 퍼엉! 퍼엉!

환락가 안쪽, 아니, 제3구역 곳곳에서.

한 발로 그치지 않은 폭음이 비명과 함께 울려 퍼지기 시작했다.

"무슨 일이 일어난 거야?!"

궁전 내에서 도망친 벨을 쫓던 이슈타르는 잇따라 울려

퍼지는 폭발음에 목소리를 높였다.

탐무즈가 자리를 비워 상황을 알 수 없었던 그녀가 소리를 지르자 통로 저편에서 황급히 달려온 단원이 무릎을 꿇으며 보고했다.

"누, 누군가가 환락가를 습격한 모양입니다……!!"

"습격……?!"

남성 단원의 보고에 경악한 그녀는 서둘러 통로 저편의 창문을 열고 환락가를 내다볼 수 있는 고층 발코니로 나갔다. 그리고 바깥으로 나간 순간 이슈타르의 갈색 피부를 쓰다듬은 것은, 열기였다.

환락가—— 파벌의 영역을 내려다본 여신은 경악했다.

달빛 아래 드러난 '밤의 거리' 곳곳에서 발생하는 폭음, 빛, 비명, 폭발.

불꽃이 터지고 불똥을 끌며 열기가 뺨을 후려치는 가운데, 환락가 제3구역에 침입한 수많은 사람들의 그림자—— 길을 따라 접근하는 모험자들의 무리를 발견하고 이슈타르는 할 말을 잃었다.

——자신의【파밀리아】가 침공당하고 있다.

무수한 창관 거리의 길을 수많은 모험자들이 나아가며 무기를, 마법을, '마검'을 휘둘러, 앞을 가로막는 이슈타르의 권속들을 격파한다.

발코니의 난간에 두 손을 짚은 채.

"이게 뭐야. 이게 뭐냐고."

불꽃의 색깔에 물들어가는 환락가에 이슈타르는 떨리는 목소리로 중얼거렸다.

"도, 도대체 어느 개뼉다귀가……!!"

자신은 이 음도의 왕이다. 자신의 파벌은 오라리오에 명성이 자자한【이슈타르 파밀리아】다.

도시에서 손꼽히는 대형 파벌에게, 선전 포고도 없이, 폭거에 가까우리만치, 부조리할 정도로 싸움을 걸어 온, 체면 따위 내팽개친 바보 같은 상대가 대체 누구이기에——

여기까지 생각한 그녀는.

얼굴을 창백하게 물들였다.

"서, 설마……?!"

"스, 습격이다아———!!"

"꺄아아아아아아아아아아아아아아아아아아아아아아악!!"

교차하는 절규와 비명.

달빛 아래, 그리고 마석등 광채 아래 드러난 것은 황금색 목걸이로 장식된 발키리 프로파일—— 파벌 엠블럼이었다.

【파밀리아】의 엠블럼이 새겨진 갑옷이, 무구가 거리를 질주하며 밤공기를 뒤흔들었다. 은색 섬광과 함께 검이 날아들 때마다 바벨라가 베여 쓰러졌다.

그것은 유린이었다. 엘프, 드워프, 수인, 파룸, 아마조네스, 온갖 데미휴먼과 휴먼이 사방팔방에서 환락가로 침입해 점거하고, 노상의 나무통을 걷어차고, 지붕 위를 달려나가며 잇따라 바벨라들을 재기불능에 빠뜨렸다. 무시무시한 진격속도를 자랑하는 그들 그녀들은 맨얼굴을 감추려고도 하지 않은 채 자신의 주신에게 간택받은 미모와 힘을 주위에 과시했다. 엘프 소녀의 창이, 수인의 '마법'이, 드워프의 워해머가 앞을 가로막는 모든 이들을 격쇄했다.

곳곳에서 일어난 일방적인 전투에 비전투원 창부들은 찢어지는 목소리를 내며 도망쳤다. 창관을 뛰쳐나와선 앞을 다투어 피난하는 그녀들을 습격자들은 거들떠보지도 않았다. 많은 남성 손님들이 겁을 먹고 벌벌 떠는 가운데 무장한 그들은 저항하는 방해자들만을 제거해나갔다.

"에, 에이나, 에이나아—! 큰일 났어, 큰일——!!"

——환락가에서 북서쪽에 위치한 길드 본부에서도 그 유린극은 관측되었다.

건물 앞뜰에 나와 멍청히 서 있는 다른 길드 직원들과 마찬가지로 에이나도 마법의 빛과 요란한 불꽃에 타오르는 도시 남동쪽의 붉은 하늘을 올려다보았다.

"저 방향은, 환락가……? 설마, 벨리트 바빌리가 불타고 있는 거야?!"

대혼란에 빠진 직원들 속에서 미샤도 당황해 우왕좌왕했다. 안경 안에서 에이나의 에메랄드색 눈동자가 동요로 이리저리 흔들렸다.

"항쟁일까? 그럴 수가, 【이슈타르 파밀리아】에 쳐들어가는 파벌이 있다니……?!"

그리고 여기까지 말한 에이나는.

조용히, 얼굴을 굳혔다.

"서, 설마……."

"설마……."

오라리오에 사는 신들 또한 격렬히 타오르는 남동쪽 하늘을 올려다보고 있었다.

"설마……."

어떤 이는 자신의 홈에서, 어떤 이는 높은 건물 옥상에 나와서.

"설마……."

번화가에서, 공업지구에서, 교역소에서, 남녀노소를 불문하고 수많은 신들이 그 광경을 보았다.

"설마…… 가네샤인가?!"

도시 곳곳에서 에이나와 똑같은 중얼거림이 흘러나오는 가운데, 붉은 머리 붉은 눈의 여신 로키는 홈 '황혼관' 탑 꼭대기에 뛰어나와 남동쪽을 응시했다.

아래쪽의 저택 창문에서 무슨 일인가 싶어 단원들이 고개를 내밀고 소란을 피우는 가운데 그녀는 중얼거렸다.

"설마…… 프레이야가?"

혀를 차며 로키는 가느다란 눈을 크게 떴다.
"그 문디 가스나가 사단을 내삤네……."

뚜벅, 뚜벅.
주위에서 비명이 끊이질 않는 가운데 가느다란 구두 소리가 울려 퍼졌다.
불길이 치솟고 아마조네스들이 퍽퍽 쓰러져가는 전장에서, 오로지 아름다운 그녀는 특이한 존재였다.
전사들이 그녀의 진로에서 모든 장애물과 위험을 제거하는 가운데 당당히 환락가를 가로질러갔다.
"환락가는 포위했습니다."
"오탈 님 일행은 이미 적의 본진에."
"그래."
남녀 두 명의 단원을 대동한 여신, 프레이야는 그들의 보고에 짧게 대답했다.
이 사태의 방아쇠를 당긴 그녀는 전혀 위축되는 기색도 없이, 어찌 보면 불손하게, 혹은 그 어떤 생각도 없이 절대적인 신의를 내세우고 제3구역의 대로를 따라 북상했다.
"너희도 가려무나. 그 아이는 저곳에 있으니."
은색 눈동자가 바라본 전방, 금색으로 빛나는 외장을 가진 대궁전.
조금 전 공중정원에서 발생한 대폭발은 헤스티아 일행만이 아니라 프레이야에게도 소년이 있는 곳을 가르쳐주고 말았다.

“하지만 경호는…….”

“필요 없어.”

단원의 말을 가로막고 프레이야가 말했다.

“방해하는 아이들은 모두 해치워버리렴.”

그리고 어떻게든 소년을 찾아내라고 전했다.

“분부 받들겠습니다.”

고개를 숙이고 단원들이 흩어지는 가운데, 프레이야는 계속 걸어 나갔다.

은색 장발을 파스스 흔드는 전장의 바람, 끊일 줄 모르는 칼 부딪치는 소리. 그런 것들에 파묻히며 여신은 유유히 대로 한복판을 나아가, 이윽고 벨리트 바빌리 정면에 도착했다.

탁 트인 앞뜰에서 ‘마법’에 터져 나간 흔적이 있는 정면 현관을 본 그녀는 갑자기 고개를 들었다.

은색 두 눈이 고층 발코니에서 이쪽을 내려다보는 갈색 여신을 보았다.

매의 눈처럼 시선을 마주한 여신은 요염한 눈을 가늘게 뜨고―― 절대영도의 미소를 지었다.

시선 너머에서는 같은 미의 여신이 얼굴을 새파랗게 물들이고 있었다.

――그리고 【프레이야 파밀리아】의 습격이 표면화되기

겨우 몇 분 전.

"……."

거구를 자랑하는 보어즈 무인은 두 팔로 한 소녀를 안아들고 있었다.

머리장식이 날아가 긴 흑발을 늘어뜨린 소녀는 이 궁전 뒤쪽의 상공에서 추락했으며, 마침 그 자리에 있었던 그가 받아주었던 것이다.

"……자신을 희생해 동료를 지켰군."

이그니스 파투스── 자폭한 화상의 흔적이 남은 소녀를 내려다보며 오탈은 간파했다.

머리 위에서 거대한 폭염이 일어난 직후에 떨어진 그녀는 눈을 감은 채 꼼짝도 하지 않았다.

소녀의 의지를 깨달아버린 타고난 무인은 경의를 표하듯 조용히 지면에 그녀의 몸을 눕히고, 허리춤에서 꺼낸 엘릭서를 뿌려주었다.

빈사의 중상을 입었던 소녀는 눈 깜짝할 사이에 치유되어 목숨을 건졌다.

"야, 오탈. 그만 놀고 이리 와."

그런 계집애에게는 신경 쓰지 말라는 등 뒤의 날카로운 목소리에 돌아보니 창을 든 캣 피플 청년── 아렌이 싸늘한 눈으로 오탈을 노려보고 있다.

잠시 후 간격을 두고 키 120C 정도의 네쌍둥이 파룸, 그리고 엘프와 다크엘프 청년도 다가왔다.

"확실히 말해두겠는데, 오탈."

"그분의 총애를 독점하는 벨 크라넬은 마음에 안 들어."

"적을 제거한다는 신의에는 따르겠어."

"하지만 우리는 놈을 구하지 않을 거야."

"……마음대로 해라."

단장인 오탈에게 네쌍둥이 파룸이 주눅 들지도 않고 떠들어댔다. 나머지 세 사람도 말할 것 없다는 양 같은 의견인 것 같았다.

자아가 강한 단원들에게 표정 하나 바꾸지 않은 오탈은 허가와 함께 지시를 내렸다.

"단, 신 이슈타르는 놓치지 마라. 여신의 퇴로를 차단해라."

"방해하는 놈들은?"

"——근절한다."

냉담하게 내뱉고 오탈은 일곱 단원들과 함께 눈앞에 우뚝 솟은 궁전으로 향했다.

도시 최강, 제1급 모험자 파티는 벨리트 바빌리로 침입했다.

잃어버린 마석등의 불빛 대신 불똥이 치솟는 환락가.

포위망을 펼친 수많은 모험자가 퇴로를 봉쇄한 그 제3구역의 광경은 마치 성새를 함락시키는 것 같았다. 간헐적인 폭발음은 아직 전투가 끝나지 않았음을 알려주었다.

광대한 오라리오 내에서 욕망과 간음의 거리가 달빛을 차단할 정도로 새빨갛게 물들어갔다.

"이런 일이 벌어지다니……."

도시를 에워싼 거대 시벽의 남동쪽에서 환락가를 내려다보던 여리여리한 남신은 비탄에 잠겨 중얼거렸다.

깃털 달린 모자를 쓴 헤르메스는 등 뒤에 종자 아스피를 두고 시벽 위에서 도시를 내려다보고 있었다.

"벨의 존재를 이슈타르에게 알리고 말았던 건 다름 아닌 나였어……."

지금도 계속 변해가는 환락가를 향해 헤르메스는 중얼거렸다.

흉벽 앞에 선 그는 등황색 머리카락과 눈을 불길에 붉게 비추며 떨리는 가슴으로 중얼거렸다.

"내가 원인의 일말을 짊어지다니…… 아아, 이럴 수가, 가슴이 아파……!"

과장되게 두 팔을 펼쳤다가 가슴을 움켜쥐고 고개를 숙이는 헤르메스.

그런 주신의 등에 아스피는 싸늘한 시선을 보냈다.

한층 커다란 폭발음이 빛과 함께 퍼져나가는 가운데 그녀는 천천히 입을 열었다.

"그래서 어디까지가 **계산**이셨는지요?"

권속의 물음에 고개를 푹 숙이고 있던 남신은 입술을 틀어 올렸다.

돌변하는 분위기. 그때까지의 연극적이던 몸짓을 그만두고 아스피에게 휙 몸을 돌렸다.

"미리 말해두지만 처음부터 이렇게 되기를 바랐던 건 아니야. 다만 재미난 일이 일어날 것 같아서 불씨를 던져두었을 뿐…… 그게 전부지."

"말씀은 잘 하시는군요."

아스피는 안경 안쪽의 푸른 눈을 날카롭게 떴다.

헤르메스는 씨를 뿌렸다.

어디까지나 본의 아니게 심문을 받아 할 수 없이 벨의 정보를 이슈타르에게 건네주었을 **뿐**.

어디까지나 자신의 보신을 위해, 벨이 표적이 되었다는 정보를 프레이야에게 흘렸을 **뿐**.

어디까지나 그뿐이다. 그런 소소한 씨를 뿌렸을 뿐이다.

헤르메스는 다시 정면으로 돌아서더니 항쟁이 일어나는 한밤중의 환락가를 내려다보았다.

"내 손바닥 위에서 놀아나라니, 그런 소리를 할 마음은 없어. 그래, 모든 것이 예상 밖이야. 그저 이슈타르의 질투가 내 예상을 배신할 만큼 훨씬 크고 무시무시했고, 프레이야 님의 사랑이 내 예상을 배신할 만큼 훨씬 크게 소년에게 기울었던 거지."

모두 자신의 예상을 웃돌아 이렇게도 일찍 사태가 벌

어지고 말았다고.

말과는 달리 웃음을 지으며 남신은 그렇게 말을 이었다.

"야아~ 진짜 세상 뜻대로 안 되는걸. 여자의 질투는 무서워. 그치, 아스피?"

"……."

진심으로 우습다는 듯한 목소리로, 돌아보려고도 하지 않는 주신의 등을 바라볼 뿐 아스피는 아무 말도 하지 않았다.

"그리고 무엇보다…… 내가 생각한 것보다도 벨은 훨씬 사람이 좋더라고."

제3구역에 우뚝 솟은 거대한 궁전을 바라보며 헤르메스는 눈을 가늘게 떴다.

헤르메스가 소년에게 가져다준 것은 '살생석'의 정보뿐.

명확한 조언은 아무것도 주지 않은 채, 소년의 의지에 모든 결정을 맡겼다.

벨이 이슈타르에게서 도망쳤다면 프레이야는 움직이지 않았을 것이다. 벨의 행동에 따라―― 본인이 알 리 없는 곳에서 상황은 몇 번이고 바뀌었을 것이다. 이렇게는 되지 않았을 것이다.

그러나 그는 행동했다. 한 르나르 소녀를 버리지 못하고, 구하기 위해.

만용이 아니라, 모든 것을 잃지 않을 각오로.

헤르메스의 이야기에 귀를 기울이던 아스피는 잠시 후

물었다.

"불온분자인 【이슈타르 파밀리아】의 궤멸이 목적이었습니까? 아니면 오락 때문에? 아니면…… **시련**입니까?"

권속의 물음에.

헤르메스는 대답하지 않고 그저 웃었다.

"인간도, 신들도…… 저런 계집아이도 원하지. 누구나 다."

시벽 아래.

소란을 알아차리고 번화가에서 대로로 나오는 헤아릴 수 없는 휴먼과 데미휴먼.

곳곳에서 환락가 방향을 바라보는 많은 신들.

그리고 공중정원에서 지금도 정신을 잃고 있을 르나르 소녀.

두 팔을 벌린 채 그러한 광경을 바라본 후—— 마지막으로 궁전 옥상에서 거대한 여자와 무시무시한 전투를 펼치는 소년을 바라보며 헤르메스는 핵심에 접근했다.

"세상은 '영웅'을 원하고 있어."

남은 '3대 퀘스트'중 하나, 애꾸눈 흑룡.

도시에 준동하는 어둠.

그리고 모든 원흉인 던전.

평화로운 일상의 이면에 도사린, 재앙과 파멸로 향하는 폭탄.

세상이 지금도 갈망하는 '영웅'이 한시라도 빨리 탄생해야 한다고 헤르메스는 단언했다.

"세상이 바라는 비원을 위해…… 나는 벨을 선택했지."

"【로키 파밀리아】도, 【프레이야 파밀리아】도 아니고요?"

"그러엄."

한밤의 어둠을 두른 채 헤르메스는 등 뒤의 아스피가 건넨 물음에 긍정했다.

"대신(大神) 제우스, 당신이 이루지 못했던 사명은 이 헤르메스가, 아니, 이 오라리오가 이룰 것이오."

입가에 웃음을 새기고 남신은 드높이 선언했다.

"우리가, 그를 마지막 영웅으로 밀어내고 말겠소."

그리고.

헤르메스는 모자챙을 한 손으로 슥 들어올리고 아래의 광경을 내려다보며 눈을 가늘게 떴다.

"그러기 위해…… 여신 이슈타르와 그의 권속들이여. 초석이 되어다오. 아니 뭐, 분명 죽지는 않을 거야."

영웅을 위해서라면.

헤르메스는 미의 여신이 품은 질투와 아집조차 이용하리라.

소년을 둘러싼 동란의 장이 된 환락가를 바라보며 그는 냉혹한 웃음을 지었다.

"어이쿠…… 역시 그녀는 다 내다본 모양인걸. 본격적으로 분노를 사기 전에 그만 물러나야겠어."

아득히 먼 곳, 궁전 정면에서 은발의 여신이 이쪽을 돌아보았다.

똑똑히 이쪽을 쳐다보았던 여신의 은색 눈동자에 헤르메스는 모자를 깊이 눌러 시선을 차단했다.

어이쿠 무서워라. 웃음을 지으며 한 걸음 그 자리에서 물러났다.

"……제우스, 난 그 흰빛에 모든 걸 걸겠소."

계층 터주를 쓰러뜨렸던 순백색 극광. 소년이 보여준 영혼의 광채.

헤르메스에게 예감을 느끼게 했던 소년의【파밀리아 미스】.

떠나가며 그 한마디를 남기고, 신은 전장에 등을 돌렸다.

도시 하늘을 붉게 물들인 전쟁의 불길은 높이, 성대하게 타올랐다.

7장 가디스 워

아비규환에 휩싸여가는 환락가.

이국의 정서로 넘쳐나던 거리에서는 수많은 건물이 부서지고 폭파되었으며, 마법의 잔재로 가득 찬 유곽에도 파괴의 상흔이 새겨졌다. 길가에 인접한 푸른 벚꽃이 불똥에 섞여 흩날리는 가운데 주위의 길에서는 인기척이 사라지고, 무기를 잃은 채 비참하게 쓰러진 여걸들만이 방치되었다.

아직도 이리저리 도망치는 창부들의 비명과 저항하는 자들의 노성이 울려 퍼졌다. 환락가에서 터져 나오는 전투의 소리는 제3구역의 중심부, 벨리트 바빌리를 향해 모여들었다.

겨우 대궁전의 현관 홀에 도달한 헤스티아 일행은 그 광경에 흠칫 숨을 멈추었다.

주위에는 부서진 백대리석 바닥과 벽, 기둥, 그리고 순식간에 쓰러진 것으로 보이는 중상의 아마조네스들이 시체처럼 널브러졌다. 궁전 주위에서는 여전히 칼날 부딪치는 소리가 울려 퍼졌다. 낭패한 치구사나 다른 멤버들을 대표해 릴리가 아연실색해 중얼거렸다.

"무, 무슨 일이 일어났던 거죠……?"

"아마도 항쟁이겠지. 이슈타르와 원한이 있는 파벌이……."

릴리의 목소리에 눈살을 찡그리고 있던 헤스티아가 곁에 있는 타케미카즈치를 올려다보니, 그도 딱딱한 표정을 지으며 대답했다.

오는 도중에 목격했던 습격자들의 무장, 그곳에 새겨진 휘장을 떠올리며 그녀는 말했다.

"프레이야가 움직였다……!"

참격 소리와 핏줄기 튀는 소리가 궁전 안을 지배했다.

"사, 살려줘……!!"

아군을 잃고 고립된 바벨라의 애원이 시커먼 검에 베여 나갔다. 목숨을 구걸하는 자들의 목소리에 전혀 귀를 기울이지 않는 다크엘프 전사는 묵묵히 피바다를 펼쳐나갔다.

"회그니, 죽이지 마라."

그렇게 말하는 엘프 또한 일방적인 유린을 벌이고 있었다. 비명을 지르는 아마조네스들에게 가차 없이 초단문형 마법을 쏘고 통로와 함께 벼락으로 태워 궁전에 바람구멍을 뚫어나갔다.

다른 층에서는 경악한 직후 아마조네스의 온몸에 네 자루의 투창이 꽂혔다.

"브, 【브링가르】 4전사……?!"

순식간에 네 개의 물미에 얻어맞은 Lv.3 바벨라는 바닥에 쓰러졌다. 투구며 갑주로 무장한 네 명의 파룸이 그녀의 옆을 질주해 지원하러 달려온 적 단원들을 순식간에 퇴치했다. 외부로 이어지는 계단을 발견한 순간 조그만 몸에 어울리지 않을 정도로 거대한 워해머를 든 한 명이 굉음과 함께 이를 박살냈다.

"20층까지 가는 뒷문 계단은 전부 박살냈어."

"이제부터는 단원들을 해치우자. 신 이슈타르가 밖으로 나가지 못하게."

담담히 말을 나눈 네쌍둥이 파룸은 그 자리에서 화살 같은 속도로 흩어졌다.

광대한 궁전에 남은 바벨라가, 이슈타르의 정예들이 속수무책으로 절규를 질러댔다.

그리고 또 다른 층에서, 대도와 도끼를 걸머진 벨프와 오우카는 통로를 달리고 있었다.

"——야, 떡대!! 이 길이 맞는 거야?!"

"몰라! 계단이 모두 부서졌잖나!!"

습격을 당한 환락가와 궁전의 참상을 보고 벨 일행의 안위를 걱정한 그들은 헤스티아에게서 떨어져 앞서 나왔던 것이다. 다행히 수수께끼의 습격자들은 벨프와 오우카에게 눈길조차 주지 않았으므로, 두 사람은 주위의 혼란을 틈타 창관 거리에서 단숨에 궁전 안까지 주파했다.

"앗?!"

"바벨라!!"

어찌어찌 적과 조우하지 않고 이곳까지 왔던 벨프와 오우카 앞에 여걸 하나가 나타났다.

피와 열상에 물든 그녀는 숨을 헐떡이며 왼손에는 곤봉

을 들고 오른손은 옆구리를 쥐고 있었다.

"으, 으아아아아아아아아아아아아아아아아아아아아아!!"

그녀는 충혈된 눈으로, 마치 공황을 일으킨 것처럼 달려들었다.

그녀가 휘두른 곤봉을 창졸간에 막아낸 오우카의 거구가 흔들리고 크게 뒤로 물러났다.

"아, 떡대!!"

"이 녀석 Lv.3이다!!"

마비된 두 손에서 도끼를 떨어뜨릴 뻔한 오우카와 함께 벨프는 상대에게 압도되었다.

워 게임 직후라 대장간 환경이 갖추어지지 않아 '마검'은 한 자루도 없었다. 부상을 입은 적에게도 밀리는 꼴이었다.

"빌어먹을, 이게 뭐야!"

벨프가 레벨의 차이를 불평하고 있으려니—— 느닷없이 통로 벽이 박살났다.

"?!"

벨프와 오우카, 그리고 바벨라가 함께 경악하는 가운데 커다란 구멍이 뚫리고.

무수한 파편과 함께 통로로 굴러들어온 것은 너덜너덜해진 한 명의 아마조네스였다.

"어디서 사람 애먹게 만들고 앉았어, 창녀가."

빈사상태의 그녀에 이어 캣 피플 청년 하나가 지금 막 뚫린 커다란 구멍에서 나타났다.

"흐, 흐아아아아아아아아아아아아아악!!"

곤봉을 내팽개치고 도망치려 하는 그녀에게 청년은 단 한순간 움직였다.

벨프와 오우카가 알아차리지도 못할 속도로 적의 등 뒤에서 장창을 휘둘러 자루로 어깨를 후려쳤다. 옆에서 얻어맞은 여자는 벽에 격돌하면서 조금 전의 광경을 재현하듯 커다란 구멍을 뚫었다.

자신들이 고전하던 상대를 문자 그대로 날려버리는 모습에 벨프와 오우카가 멍청히 서 있으려니.

캣 피플 청년은 흘끔 노려보았다.

"뭐야, 늬들은."

날카로운 시선의 칼날에 입을 열지 못하는 가운데, 청년은 벨프가 띤 분위기가 기술자의 것임을 간파했는지 혐오를 입에 담았다.

"스미스 주제에…… 얌전히 쇠붙이나 조물딱거리고 있어, 삼류."

"뭐…… 이, 이 새끼가?!"

스미스의 긍지에 상처를 입어 고함을 지르는 벨프. 그러나 청년은 이젠 쳐다보지도 않고 이동했다.

가벼운 발소리와 함께 구멍 안쪽으로 사라져가는 그 모습에, 전율하던 오우카가 중얼거렸다.

"Lv.6, 【바나 프레이아(여신의 전차)】…… 아렌 프로멜."

제1급 모험자인 아렌의 별명을 중얼거린 후,

"【프레이야 파밀리아】……."
그렇게 덧붙였다.
조용히 숨을 죽이고 있는 오우카의 곁에서, 굴욕과 무력감에 휩싸인 벨프는 벽을 퍽 후려쳤다.

"서, 설마……. 이건 말도 안 돼."
망연자실해 발코니에서 한동안 움직이지 못하던 이슈타르는 조바심에 가득 찬 발걸음으로 궁전에 돌아갔다. 동요하는 주위의 단원들에게 고함을 지른다.
"프뤼네는?! 아이샤는?! '살생석'은 어떻게 됐어?!"
"그, 그게 연락이 안 돼요!! 전령이 하나도 돌아오질 않아서……!!"
측근들의 말에 혀를 찼다. 짜증과 동요에 휩싸여 그녀는 필사적으로 머리를 굴렸다.
애초에 프레이야는 왜, 어째서 지금 쳐들어온 거지?
설령 헤르메스가 '살생석'의 존재를 프레이야에게 누설했다 한들 하루히메의 '요술'—— 레벨 부스트의 효과와 정체는 탄로 나지 않았을 터. 자신의 위기를 감지하고 쳐들어올 이유는 되지 않는다.
"……벨 크라넬 때문에?"
그 은발 여신은 그렇게까지 집착했단 말인가.

절대로 이슈타르에게 소년을 빼앗길 수는 없다고, 전쟁을 감행할 정도로.

"정말로, 꼬맹이 하나 때문에 그 여자가……?!"

——몰상식해!! 장난하는 거야?!

격렬하게 뛰는 심장을 끌어안고 이슈타르는 마음속으로 외쳤다. 그저 앙갚음일 뿐이었던 자신의 행위가 여신의 역린을 건드렸음을 그녀는 뒤늦게 이해했다.

——어쩌지? 어쩌지?!

자문했다. 먼저 '살생석'과 하루히메를 확보해 프뤼네와 합류해야 할지, 아니면 침공을 당한 홈을, 아니, 숫제 오라리오를 버리고 탈출해버려야 할지—— 그리고 그 자리에 멈춰 서서 판단을 망설이던 이슈타르는.

자신의 주위에서 소음이 끊어졌다는 사실을 깨달았다.

"어, 어? 이봐, 어떻게 된 거야?!"

주위에서 갈팡질팡하던 단원들의 목소리가, 바벨라들의 목소리가 들리질 않았다.

31층, 대계단 앞. 우연찮게 벨과 두 번째 해후를 가졌던 30층 홀을 아래에 두고 이슈타르는 난간에서 몸을 내밀며 아래층에 외쳤다.

기둥머리에 화분 모양 장식이 가미된 커다란 기둥이 늘어선 홀이 으스스할 정도로 침묵을 관철하는 동안.

이윽고,

또각. 또각.

가느다란 구두 굽 소리를 내며 한 여신이 통로에서 모습을 나타냈다.

"아니……?!"

자수정색 눈동자를 한껏 크게 뜬 이슈타르의 시선 너머에서 여신, 프레이야가 웃음을 지었다.

이슈타르를 똑바로 올려다보며, 은색 장발을 귀 뒤로 쓸어 넘긴다.

"신회 이후 처음이지, 이슈타르? 그동안 잘 지냈어?"

"프, 프레……?!"

"만나자마자 미안하지만 할 말이 있어. 아니—— 작별 인사라고 해야 할까?"

목이 꽉 잠겨 말을 잇지 못하는 이슈타르에게 프레이야는 웃음을 거두지 않고 처연하게 고했다.

경호병조차 대동하지 않고 홀로 찾아온 여신에게 이슈타르는 머리를 이리저리 흩날리며 고함을 질렀다.

"그, 그 여자를 붙잡아, 이것들아!!"

곁에 있던 남녀 단원들에게 명령했다. 그때까지 갈팡질팡하던 두 사람은 주신의 호령에 따라 계단을 뛰어내렸다.

홀 중앙에 서 있던 프레이야에게 돌격해—— 다가가기 직전, 눈에 뜨이게 감속했다.

"?!"

처음에는 남자 단원이었다. 여신의 은색 눈이 바라보자 그는 경련을 일으키더니, 바닥에 무릎을 꿇었다.

다음으로 프레이야가 엷게 웃음을 지어주자 여성 단원이 마치 도취감에 빠진 것처럼 비틀거렸다. 그리고 스스로 다가가 프레이야의 귓가에 무언가를 속삭이는가 싶더니 그 자리에 꿇어앉았다.

필사적으로 일어나려 하던 남성 단원은 여신이 손으로 뺨을 쓰다듬자 허물어졌다.

"내, 내 아이들을……?!"

——'매료'시켰어!

이슈타르는 신음을 흘렸다.

이곳에 오기까지 같은 광경을 되풀이했단 말인가. 앞을 가로막는 자를 모조리 '매료'시켰단 말인가.

너무나도 화려한 솜씨로, 프레이야는 남녀를 가리지 않고 단원들의 심신을 녹여버렸다.

"아이들이 귀여운걸, 이슈타르?"

"흐윽……?!"

재기불능에 빠진 두 단원을 뒤로 남겨놓고 계단을 올라오는 은발의 여신.

이제는 그 모습에 두려움을 감추지 못한 이슈타르는 가느다란 비명을 지르며 혼자 궁전 상층으로 도망쳤다.

"환락가가……."

공중정원에서 내려다보이는 전장의 경치에 아마조네스 소녀가 힘없이 중얼거렸다.

처음에 들린 폭발로부터 아직 시간이 얼마 지나지도 않았다. 곳곳에서 전투가 발발한 제3구역은 곳곳에서 연기가 치솟았고, 이미 포위되어 궁전까지 침공을 허용했다.

아군이 모조리 쓰러진 자신들의 영역에서, 정원에 남은 바벨라들은 동요했다.

"어, 어떡해, 아이샤……."

긴 머리카락을 한데 묶은 아마조네스 소녀가 아이샤에게 울먹이는 목소리를 냈다.

"이슈타르 님께도 연락이 되질 않아……. 가는 도중에 전부 다 당했나 봐."

"【프레이야 파밀리아】가…… 프레이야 자신도 궁전에 침입했대."

다른 사람들도 떨면서 비보를 알리는 가운데, 아이샤는 눈을 감았다.

정원 구석에 모여 환락가를 지켜보던 아마조네스들은, 그녀가 입을 열기를 기다렸다.

"……이제 【이슈타르 파밀리아】는 끝났어. 레나, 너희는 도망쳐."

프레이야 파에게 먼저 침공을 당한 이상 자신들은 진 것이다.

초연하게 말하는 아이샤에게 바벨라들이 고개를 푹 숙

였다.

"너희는, 이라니…… 아이샤는 어쩌고?!"

레나라고 불린 조금 전의 소녀는 한데 묶은 장발을 출렁이며 다가섰다.

"난 기다릴 거야."

소녀에게서 시선을 떼고, 아이샤는 제단 옆으로 눈을 돌렸다.

석판 위에 누운 채 아직도 의식을 되찾지 못한 하루히메를 바라본다.

"결판을 내야 할 상대가 있으니까."

그리고, 격렬히 무기를 부딪치는 소리가 울려 퍼지는 궁전 옥상으로 시선을 돌렸다.

푸른 밤하늘과 달을 향해 은빛 쇳덩어리가 부딪치는 소리가 울려 퍼졌다.

지붕을, 외벽을, 발판을 무너뜨리며 이동하는 두 개의 그림자는 무기를 들고 몇 번이나 교차했다.

올려치고 내려치는 대검과 대형 배틀액스가 어마어마한 불꽃을 뿜어냈다.

"크윽?!"

"으라아!!"

벨리트 바빌리 최상층, 환락가에서도 가장 하늘에 가까운 궁전 옥상에서 벨과 프뤼네는 교전하고 있었다.

식재와 인공연못이 갖추어진 건물 최상층은 신의 정원이라고 부르기에 손색이 없는 경치가 펼쳐져 있었다. 콜로세움에 필적할 정도로 넓은 옥상을 한껏 누비며, 그리고 파괴하며 망루처럼 솟은 이슈타르의 방 주변을 몇 번이나 오갔다.

벨은 날아드는 배틀액스를 과감하게 쳐내고, 몸을 엄습하는 막대한 충격에 지지 않겠노라 팔다리에 힘을 주어 반격으로 회전베기를 날렸다.

프뤼네는 이를 순식간에 받아내고 한층 더한 공세를 펼쳤으며, 벨도 이를 모두 막아냈다.

"께게게게게게게엑!! 제법이구마안!!"

뺨에 새긴 상처와 함께 얼굴을 일그러뜨리며 프뤼네는 핏발 선 눈알을 뒤룩뒤룩 굴렸다.

아직까지 수그러들지 않은 분노에 물든 두 눈은 살의와 희열로 벨을 꿰뚫어 보았다.

"어때에, 멋지지이이이~~~~!! 하루히메의 요술으은!!"

마법 【도깨비 방망이】 덕에 벨은 프뤼네와 어찌어찌 맞설 수 있었다. 그녀가 환호한 대로 하루히메의 레벨 부스트 효과는 엄청났다.

하지만 힘 그 자체가 완벽하지는 않았으며, 한없이 폭등한 속도도 상대에게 한 수준 미치지 못했다.

반칙 수준의 은혜를 입었으면서도 제1급 모험자의 높은 경지는 넘을 수 없었다.

급증한 【스테이터스】에 감각이 따라가질 못해 필사적으로 제어하며, 벨은 오라리오의 최전선급 실력을 가진 프뤼네에게 어금니를 악물었다.

"그 힘만 있으면 Lv.6이든 뭐든 상관없어어!! 【검희】인지 뭔지 하는 계집애도 말이다아!!"

"!"

발을 최대한 살려 방어하던 벨에게 거구가 가공할 기세로 짓쳐들었다.

분노가 치솟는 대로 휘두른 공격과 함께 어떤 소녀에 대한 원념을 터뜨린다.

"그딴 인형년이 최강이고 아름답다고오?! 웃기지 말라고 그래에!!"

"……!"

"보고 있으면 열이 받는다고오, 네 전법으은!! 계속 그 여자의 모습이 보이잖아아!!"

프레이야를 질투하는 이슈타르처럼, 그녀 또한 최강의 일원이라 칭송을 받는 여검사에게 적개심을 품고 있었다.

여신과도 같은 금발금안의 미모, 그리고 자신을 제치고 Lv.6에 이른 소녀의 실력에 증오의 불꽃을 태운다. 그런 아이즈에게 사사한 벨의 움직임에서 그녀의 흔적을 보았는지 프뤼네는 분노의 마음을 그대로 드러냈다.

"그 힘만 있으면 그딴 호박은 아무것도 아니라고오오오오오오오오오오오오오!!"

벨의 안에서 보이는 아이즈를 짓밟으려는 듯 프뤼네는 커다란 수직 일격을 날렸다.

옥상 일부를 통째로 파쇄해버린 대형 배틀액스를 옆으로 뛰어 피한 벨은 눈꼬리를 치켜세웠다.

동경하는 존재가 멸시당해 마음이 어지러워져, 격앙된 채 상대에게 달려들었다.

"으아아아아아아아아아아아아아아아아아아아아아아아아!!"

"으윽?!"

벨이 노도의 러시를 감행하자 프뤼네가 처음으로 방어에만 집중했다.

어마어마한 양의 빛 입자를 끌며 뿜어져 나오는 연속베기에 삐걱거리는 소리를 내는 배틀액스. 온 사방에서 꽂히는 무수한 참격에 그 거구가 흔들렸다.

되갚아주겠다는 양 날린 혼신의 수직베기가 회피한 프뤼네의 발밑을 부수었다.

"——이게 어디서 기어오르고 앉았어어!!"

"윽?!"

공세로 나선 벨의 대검을 튕겨내고 프뤼네의 거구가 휙 돌았다.

무기와 함께 상체가 뒤로 젖혀진 소년의 몸통에 통렬한

앞차기를 꽂는다.

"커억?!"

창졸간에 무릎으로 방어했지만 벨의 몸은 뒤로 날아가 옥상 철책을 부수었다.

완만한 각도의 빠른 포물선을 그리며 날아간 그의 몸은 궁전 꼭대기에서 아래로 떨어졌다.

"께게게게게게게게게게게게게겍!!"

개구리의 홍소를 터뜨리며 추격하려는 프뤼네.

그러나 그때 그녀를 부르는 목소리가 날아들었다.

"프, 프뤼네!! 이슈타르 님이 위험해, 도와줘!!"

"……아앙?"

그녀를 불러 세운 것은 계단을 뛰어올라 옥상에 나타난 두 명의 바벨라였다.

숨을 헐떡이는 그녀들이 조바심을 내며 다가온다. 프뤼네는 코웃음을 치며 무시하려 했지만, 문득 옥상에서 보인 광경에 움직임을 멈추었다.

"뭐야 이게에……."

간신히 가라앉아가던 분노가 수없이 연기를 피우는 환락가로 눈을 돌리게 했다. 그제야 그녀는 홈 주변이 이상 사태에 빠졌음을 깨달았다.

"한참 찾았잖아! 너 대체 뭘 하고 있었던 거야?!"

"나한테 명령하지 마아, 이 호박들아아. 그래서, 대체 무슨 일이 일어났는데에."

"호, 홈이, 환락가가 공격당해서……!!"
달려온 두 아마조네스에게 사정을 들은 프뤼네는.
그때 문득, 또 다른 누군가가 옥상으로 올라온 것을 알아차렸다.
"……?"
바벨라들이 올라왔던 서쪽 계단과는 반대쪽, 후방의 동쪽 계단에서 누군가가 나타났다.
달빛이 구름에 가려져 그 인물에게 검은 그림자를 드리웠다.
"——이게 마지막이로군."
나직한 목소리로 중얼거리는 남자의 그림자는, 거대했다.
2M이 넘는 프뤼네보다도 키가 더 컸다. 멀리서 봐도 다부지고 굴강한 체구가 완전히 파괴된 옥상 위를 조용히 걸어왔다.
그림자의 윤곽은…… 수인이었다.
"마, 망할, 빌어먹을……!!"
"으, 으아아아아아아아아아아아아아아아아!!"
의아해하는 눈길을 돌린 프뤼네의 곁에서 두 바벨라는 자포자기한 것처럼 달려 나갔다. 몸에 흐르는 아마조네스의 피가 그렇게 시켰는지, 이 옥상까지 온 침입자에게 덤벼든다.
무기를 뽑아 달려드는 그녀들에게, 그림자를 드리운 인

물은 주먹을 옆으로 휘둘렀다.

"———"

폭음이 터졌다.

팔만 움직여 날린 백너클은 처음에 맞붙은 바벨라를 분쇄했다. 봇물 터진 기세로 옆을 향해 날아가 옥상의 샘에 꽂혀버렸다. 프뤼네조차 눈으로 따라갈 수 없는 속도로 주먹을 휘두른 거한은 경악과 공포에 움직임이 둔중해진 또 다른 바벨라의 안면을 왼손으로 붙들었다.

머리를 움켜쥐고, 마치 검이라도 쳐들듯 가볍게 들어올려, 지면에 패대기친다.

"———컥."

옥상을 함몰시키는 일격에 머리가 포석 속에 처박힌 바벨라는 고통의 파편을 뿌리며 팔다리를 힘없이 늘어뜨렸다. 이윽고 아마조네스가 처박히면서 솟아올랐던 샘의 물보라가 쏟아져 철퍽철퍽 주위를 적셨다.

뻣뻣이 선 프뤼네의 시선 너머로, 구름이 걷히면서 다시 달빛이 내리쪼였다.

그녀의 안구에 뛰어든 모습은 보어즈 무인.

"오——오탈?!"

녹슨 강철색 단발에 멧돼지 귀.

거석, 혹은 강철과도 같은 근골을 가진 거구.

그 정한한 얼굴에 일체의 감정을 내비치지 않는 보어즈 무인은 조용히 이쪽을 향해 발을 돌렸다.

"프뤼네 자밀……. 남은 것은 너뿐이로군."

엄숙한 목소리와 위압감으로 오탈은 다가왔다.

프뤼네의 손가락이 떨렸다. 압도당했다고, 겁을 먹었다고 해도 과언이 아니었다.

"네, 네가 여기는 왜?!"

비명처럼 소리를 지르면서 프뤼네는 홈을 에워싼 현재의 상황을 신속하게 깨달았다.

자신의 파벌이 쳐들어갈 때까지 기다리지 않고, 적의 파벌이 쳐들어왔음을.

넙데데한 얼굴에서 온통 식은땀을 흘리며 그녀는 목을 꼴깍 울렸다.

애초에── 항쟁을 시작했다 하더라도 오탈에게만은 면밀한 대책이 필요했다.

'살생석'으로 자신들을 강화하는 것은 물론, 상태이상 마법이나 저주를 거듭 걸어 한껏 약화시켜야 했다. 그만한 짓을 하지 않고서는 이 남자만은 공략할 수 없었던 것이다.

【검희】아이즈 발렌슈타인을 눈엣가시로 여길 수는 있어도.

지금 눈앞에 있는 이 사내에게만은 반항의 의지를 관철할 수 없었다.

방어구도, 무기도 아무것도 장비하지 않았음에도 중압을 흩뿌리는 이 무인은.

【프레이야 파밀리아】의 두령.

도시 최강의 모험자.

오라리오에서 단 하나뿐인—— 유일한 Lv.7.

'정천(頂天)'.

【맹자(猛者)】 오탈.

"끄, 끄…… 끄, 극……?!"

서서히 접근하는 두 눈의 안광에 꿰뚫려, 대형 배틀액스의 자루를 뿌득뿌득 소리가 나도록 움켜쥐었다.

'심층'의 계층 터주를 눈앞에 두었을 때와 똑같은 감각.

겁을 먹고 움츠러들어, 등을 보인 그 순간 끔찍한 죽음을 맞는다.

Lv.5 프뤼네 자밀의 선택지는 전진밖에 존재하지 않았다.

"끄극, 끄오오오!!"

온몸으로 포효하며 프뤼네는 먼저 질주했다.

오른손에 든 배틀액스를 높이 쳐들고 쇠뇌처럼 달려가 대각선 상단베기를 날렸다.

"……."

【안드로크토노스】라는 별명대로 수많은 모험자들을 장사 지낸 혼신의 일격을 향해.

오탈은 말없이, 왼손을 내밀었다.

"?!"

도끼자루를 쥔 프뤼네의 오른손을—— 왼손이 받아냈다.

완전방어. 은색의 거대한 칼날이 피부에 닿기도 전에 그 바위 같은 손바닥으로 주먹을 움켜쥔다.

가공할 충격에 몸이 살짝 가라앉은 오탈의 반응은, 그것으로 끝이었다.

녹슨 강철색 두 눈을 날카롭게 뜨고, 손바닥으로 받아낸 프뤼네의 오른손을, 짓이겨버린다.

"끄——기아아악악악!!"

뼈와 함께 도끼자루를 압쇄해버리는 소리가 오탈의 손안에서 터져 나왔다.

오른손 주먹이 부서진 프뤼네는 목쉰 절규를 지르며 한껏 몸을 젖혔다.

자루가 부러진 배틀액스가 발치에 떨어지고, 오탈은 고함을 질러대는 프뤼네의 거구를 반 바퀴 돌려 뒤로 집어던졌다.

"~~~~~~~~~~~~~~~~~~~~~~~~~~~~?!"

짓이겨버린 프뤼네의 오른손을 붙잡은 채 팔 하나로 던진 것이다. 포석 위를 활공하다 금세 데굴데굴 소리를 내며 굴러가는 그녀의 몸은 인공 샘에 처박혀서야 겨우 멈추었다.

격통에 몸부림치던 프뤼네는 문득 수면에 비친 자신의 얼굴을 보았다.

세상에서 가장 아름답다고 프뤼네가 자화자찬하던 넙데데한 얼굴에는 피가 배어 나는 상처가 수없이 새겨져 있었다.

“내, 내에, 내에에 아름다운 얼굴이이익~~~~~~~~~~~?!”

허공을 향해 포효한 프뤼네의 안구가 시뻘겋게 충혈되었다. 젖은 피부에 흑발을 붙인 채 길길이 날뛰던 거대한 아마조네스는 이성을 잃은 채 오탈을 향해 돌진했다.

“이 멧돼지 자식아아아아아아아아아아아아아아아아아아아아아아!!”

박살난 오른손까지 쳐들며 프뤼네는 두 손으로 상대를 붙잡으려 했다.

걸음마다 포석을 폭쇄하며 돌진하는 아마조네스를 향해 오탈은 왼손 주먹을 부르쥐었다.

“시끄럽다.”

그리고 강권을 그 거대한 얼굴에 꽂았다.

“께헥?!”

안면 한복판에 꽂힌 보어즈의 주먹은 프뤼네를 저 멀리 날려버렸다.

폭풍 같은 기세로 광대한 옥상을 가로지른 거구는 그대로 궁전에서 낙하했다.

귀를 틀어막고 싶어지는 바람 소리와 함께 아득한 지면으로 추락했다.

“끼히이익……!!”

간신히 낙법을 한 프뤼네는 궁전 정면, 앞뜰 한복판에서 신음했다.

궁전 40층 이상의 높이에서 추락했음에도 어지간한 몬

스터보다 훨씬 튼튼한 Lv.5의 내구력으로 목숨은 건졌다. 멋지게 부러진 콧대에서는 코피가 콸콸 넘쳐나 그녀의 수렵복을 새빨갛게 물들였다.

프뤼네는 눈물을 흘리며 손으로 얼굴을 붙들었다.

그리고 보어즈 무인은 따라왔다.

궁전 옥상에서 뛰어내려 외벽을 박차고, 강인한 두 다리로 포석을 부수며 착지했다.

"으, 으히익?!"

엉덩방아를 찧은 채 필사적으로 후퇴하려 했지만——나타난 것은 오탈만이 아니었다.

등 뒤에서, 양옆에서, 사방에서.

도합 일곱 번의 착지 소리를 내며 캣 피플, 엘프와 다크엘프, 그리고 네 명의 파룸이 출현했다.

자신을 에워싼 모험자들의 얼굴을 보고, 프뤼네는 이번에야말로 온몸에서 핏기가 빠져나가는 것을 느꼈다.

"【바나 프레이야】에, Lv.6 회그니와 헤딘, 【브링가르】 걸리버 형제까지……?!"

도시 최대 파벌 【프레이야 파밀리아】의 최강전력에 에워싸여 프뤼네의 전의는 흔적도 없이 사라졌다.

궁전 안에 있던 모든 적 단원을 무력화시킨 제1급 모험자들은 마지막으로 남은 【이슈타르 파밀리아】의 두령에게 모여든 것이다.

정면에서 다가오던 오탈까지 포위망에 가담하자 그녀의

마음은 마침내 균형을 잃고 꺾였다.

"흐, 흐아아아아아아아아아아아아아아아아아아아아아아아아아아아아아아아아아악?! 요, 용서해줘어!"

얼굴을 한 손으로 붙든 채 프뤼네는 체면 가리지 않고 목숨을 구걸했다.

"애초에 내가 뭘 했다는 거야아?! 이런 짓을 당할 이유가 없다고오!!"

"네가 계속 숨을 쉬는 것 자체가 해악이지."

독설가 캣 피플이 내뱉었지만 울부짖는 그녀에게는 들리지 않았다.

"뭐, 뭐든 할게! 뭐든 할 테니까 살려줘어!! 그, 그래, 모, 몸으로 갚을게, 나랑 자게 해줄테니까 제발 살려줘어!!"

쩌적.

제1급 모험자들에게서 살의가 치솟는 소리가 울려 퍼졌다.

"나만큼 멋진 여자가 어디 있겠어?! 이 몸에 이 외모에, 여신도 맨발로 도망칠 거라고오! 이런 나를 마음대로 할 수 있다니까안! 자자 어때, 땡기지이?!"

합계 여덟 쌍의 눈에서 심상찮은 살기가 뿜어져 나왔지만 교태를 부리느라 정신이 팔린 프뤼네는 알아차리지 못했다.

모두에게서 표정이 사라지고, 정면에 서 있던 오탈은 턱을 끌어당겨 고개를 숙였다.

그리고—— 프뤼네는 결정타라는 양 추악한 웃음을 지었다.
"너네 주신 같은 건 상대도 안 되지이!!"
그 순간.
지면으로 향했던 보어즈의 시선이 올라왔다.

"우워어어억!!"
오탈이, 빡쳤다.
"히이익?!?!"
"네년은 우리의 숭고한 여신을 더럽혔다!!"
비유가 아니고 두 눈으로 시뻘건 안광을 뿜어내며, 분노의 대포효를 터뜨렸다.
주위의 아렌을 비롯한 동료들도 오탈과 완전히 똑같은 상태로 변해 격노를 폭발시켰다.
"네년의 말로는 단 하나!!"
『사형, 사형, 사형!!』
오탈의 고함에 이어지는 죽음의 제창.
창백해진 프뤼네에게 육박해 좁아지는 흉전사들의 원.
제지하는 목소리 따위에는 전혀 귀를 기울이지 않고, 여덟 명의 시커먼 그림자는 프뤼네의 몸을 뒤덮었다.
"으, 으끼야아아아아아아아아아아아아아아아아아아아아아아아아아아아아아아악!!"

환락가 상공에, 처절한 단말마가 터져 나왔다.

"……안 쫓아오네?"

옥상에서 추락해 궁전 뒤쪽, 고층 지붕에 착지한 벨은 머리 위를 올려다보며 중얼거렸다.

온몸에서 빛의 입자를 뿜어내며 긴장했지만 상공에서는 아무런 움직임도 없다. 추격이 없는 것을 이상하게 여기면서도 그는 대검을 내렸다.

주위를 둘러보니 환락가에서는 무수한 연기가 솟아나고 있었다. 제1급 모험자와의 싸움에 집중하지 않을 수 없었던 벨은 불똥이며 전류를 비롯한 마법의 잔재가 가득 찬 그 광경에 흠칫 숨을 멈추었다.

적대세력에게 습격을 당해—— 프뤼네도 그쪽에 대응하러 나간 걸까?

여기까지 생각한 벨은.

'그렇다면…….'

이 혼란을 틈타 하루히메를 구해야겠다고, 지붕 위를 달려 나가 다시 별관 공중정원으로 향했다.

임시로 얻은 Lv.4의 각력을 한껏 발휘해 높은 연속도약으로 지붕에서 지붕으로 뛰고, 40층에서 뻗어나간 구름다리를 지났다. 주위에서 습격하지는 않을지 세심한 주의를 기울이며 전력으로 정원을 향했다.

그리고 도달한 공중정원은, 이미 인기척이 사라진 상태였다.

시산혈해처럼 쌓여 있던 수많은 바벨라들도 이미 어딘가로 옮겨져 한밤의 정적에 휩싸여 있었다. 월탄석 석판은 산산이 부서져나간 탓인지, 혹은 상공의 만월이 이지러지기 시작한 탓인지 살짝 푸른빛을 띨 뿐이었다.

처참한 폭발의 흔적이며 전투의 상흔을 남긴 의식장에 발을 들이자.

인기척이 없었던 정원 한복판, 제단에, 그녀가 있었다.

"……왔구나."

제단에서 장발의 여걸, 아이샤가 일어났다.

그녀의 바로 곁에는 하루히메도 있었다. 의식을 잃고 제단 앞의 석판 위에 누워 있다.

마치 자신이 오기를 확신했던 것 같은 아이샤의 말에 벨은 잠자코 발을 내디뎠다. 흠집이 나고 갈라진 대검을 들며 아이샤의, 하루히메의 앞까지 나아갔다.

바닥에 커다란 박도를 꽂아놓은 여걸과 간격을 남겨둔 채 대치하고, 벨은 말했다.

"하루히메 씨를 데려가겠어요."

똑바로 말하는 벨의 얼굴을 빤히 바라보며, 아이샤는 눈을 가늘게 떴다.

"……얼굴이 좋아졌는데."

신념을 관철하려는 남자의 얼굴── 결연한 수컷의 표정을 띤 벨에게.

아이샤는 기쁨이 담긴 목소리로 중얼거렸다.

"그래도 말이지, '예, 그러세요' 할 수는 없단 말이야."

잘록한 허리에 한 손을 대고 그녀는 대담한 미소를 지었다.

긴 흑발과 진남색 의상을 출렁거리며, 맨발로 석판을 자르륵 울렸다.

"【파밀리아】는 피의 규칙. 뜻에 반하는 자에게는 대가가 따른다…… 알지?"

"……."

신혈 '이코르'로 은혜를 받은 권속은 쉽게 신에게서 벗어나지 못한다.

설령 파벌에 고통을 느낀다 해도, 다른 파벌 사람이 데려가려 해도 호락호락 보내줄 수는 없다고, 아이샤는 그렇게 말하는 것이다.

이미 알고 있는 사실에 벨은 입을 다물었다.

"그러고 보니 그 말을 못 들었네. 넌 왜 애를 그렇게까지 해서 구하려는 거야? 반했어?"

태도를 홱 바꾸어 재미있다는 듯 묻는 아이샤에게 잠시 말문이 막혔다.

당황하면서도 입을 열었다.

"……하루히메 씨는, 창부 일을 진심으로 괴로워했어요.

그러니까 구하겠어요."

"……뭘 착각한 건지는 모르겠지만, 얘는 남자를 전혀 몰라. 숫처녀야."

"넥?!"

정조를 지키고 있다는 발언에 벨은 눈을 껌뻑거렸다.

"맨날 거사 치르기 전에 남자 알몸을 보고 기절해버렸거든, 이 바보는."

"……."

"그저께도 손님 가슴팍 보고 거품을 뿜었다니깐. 손님이 질려서 반품해버렸어."

강렬하게 짐작 가는 바가 있는 벨.

처음 만났을 때도 하루히메는 자신의 쇄골만 보고도 정신을 잃지 않았던가…….

"그, 그래도?! 하루히메 씨는 몇 번이나…… 그 뭐냐, 남자를 상대했다고!"

"정신 잃은 다음에 이상한 꿈이라도 꾼 거 아냐? 그 에로여우."

어이없다는 투로 말하는 아이샤. 벨은 기절한 하루히메를 무어라 형언할 수 없는 시선으로 쳐다보았다.

"……어쩌면 현실과 꿈의 구별이 가지 않을 정도로 절박했는지도 모르지."

"!"

집에서 쫓겨나, 강제로 고향을 떠나.

아는 이도, 무엇도 없는 땅에 팔려 나온 하루히메의 인생은 파란의 연속이었다.

창부로서의 행동거지도 배우고, 때로는 맨살을 드러내고, 남자의 손에 닿기도 하며.

억압되었을 것이다. 순식간에 눈앞이 캄캄해진 하루히메는 고통에 휩싸였을 것이다.

현실과 망상의 경계에서 끊임없이 자아를 잃어버렸던 것이라면.

역시 그녀는 데리고 나와야만 한다.

그 감옥 같던 하리미세 안에서 선망의 눈빛으로 바라보던, 이 바깥세상으로.

"——하지만 창부로서는 실격이어도 이 아이에게는 가치가 있지."

벨이 자신의 결의를 재확인할 동안 아이샤 또한 분위기를 바꾸었다.

"이【파밀리아】에서 도망쳐도, 어차피 또 다른 놈이 하루히메의 힘에 대해 알아내 오늘 같은 일을 저지를걸. 더 못돼먹은 놈들에게 붙잡히느니, 차라리 여기 있는 편이 나아. ……이슈타르 님의 저주도 내게 말하고 있어. 그 녀석을 넘겨주지 말라고."

덜컥. 살짝 떨리는 오른손을 내밀며 아이샤는 그렇게 말했다.

그리고 그 날카로운 눈은—— 네가 하루히메를 지킬 수

있겠느냐고 묻는다.

그녀는 석판에 꽂아두었던 대형 박도를 오른손으로 뽑아, 은광을 뿌리는 칼끝을 벨에게 향했다.

"자세 잡아. 남자가 여자를 데리고 갈 때는 당연히 힘을 쓰는 법이지."

웃음기를 띤 아이샤를 보며, 벨은 싸울 수밖에 없다고 각오했다.

그녀의 의지에 호응하고자 대검을 두 손으로 고쳐 들며 자세를 잡았다.

아직도 멀리 환락가에서는 전투의 소리가 들리는 가운데, 벨과 아이샤는 서로를 노려보았다.

"1분."

갑자기 아이샤가 말했다.

"그냥 돌봐주기만 했던 게 아니라, 하루히메하고는 파티를 짠 적도 있거든. 그 '마법'의 효과는 앞으로 1분이야."

벨에게 부여된 무수한 빛의 입자를 보고 요술의 제한시간을 언급한다.

몇 번이나 하루히메와 콤비를 짜 마법효과를 숙지했을 그녀는, 소녀가 벨을 위해 모든 마인드를 쏟아부은 이 레벨 부스트가, 빛의 양과 발광 정도를 보건대 앞으로 1분이면 해제된다는 사실을 털어놓았다.

벨은 자신의 온몸을 에워싼 따뜻한 빛을 흘끔 내려다보았다.

"지금의 너라면 나를 쉽게 무릎 꿇리고 이 아이를 데려갈 수 있어."

곁에 누운 하루히메를 쳐다보고, 아이샤는 그렇게 말했다.

두 눈에 힘을 준 벨은, 조용히 대검을 내밀고 자세만을 유지했다.

시간이 지나가도록 내버려둔 채.

"바보구나……."

그런 벨에게 어이가 없다는 듯, 그러면서도 유쾌하다는 듯 아이샤는 눈을 가늘게 떴다.

서로를 바라보는 두 사람. 활시위처럼 팽팽하게 긴장을 띠는 공기. 벨의 몸에서 희미해져가는 빛.

그리고 다음 순간, 빛의 입자가 완전히 사라지고 그와 동시에 온통 균열이 일어난 제단의 돌기둥이 무너졌다.

그 소리가 신호였던 것처럼 두 사람은 단숨에 뛰어나갔다.

"하지만 싫진 않아!!"

대검과 대형 박도를 충돌시키며 아이샤는 입술을 틀어올렸다.

교차시킨 칼날 너머에서 웃는 여걸을 향해 벨은 눈에 의지의 빛을 불태웠다.

호쾌한 소리를 내며 무기를 맞부딪치는 소년과 여걸은 더욱 가속하며 격렬하게 참격을 날려댔다.

"하하하하하하하하하하하하하하하하하하하!!"

질주와 함께 교차하고, 종횡무진 칼을 놀리며 아이샤는 가가대소했다.

그칠 줄 모르는 격돌의 음향과 불꽃을 흩뿌리며 뱃속에서부터 우러나는 환호를 터뜨렸다.

"그래. 이러니까 수컷하고 붙지 않을 수 없는 거야!!"

검과 도를 맞부딪치는 벨의 얼굴을 노려보며 여걸은 사납게 웃었다.

"오만하고 거칠고, 강해……!"

벨의 몸을, 벨의 시선을, 벨의 힘을 온몸으로 받아내며.

아이샤는 터져 나오는 희열에 몸을 떨었다.

"우리의 피를 들끓게 만드는 건 언제나 너희들이지!!"

환희의 목소리를 터뜨리며 박도를 내리찍는다.

석판을 분쇄하는 참격에 벨 또한 포효하며 대검으로 받아쳤다.

공중정원을 고속으로 이동하며, 일격과 일격을 충돌시켜 드높은 전장의 노래를 퍼뜨리며 일진일퇴의 공방이 이어졌다.

이윽고 아마조네스의 본성에 온몸이 타오른 아이샤는.

"——【오너라, 만용의 패자】!"

영창을 개시했다.

숨을 헐떡이며 최상층의 계단을 뛰어오른다.

불길에 달아오른 온몸을 에워싼 밤공기가 달빛에 젖어 들었다.

"어디까지 가려고 그래, 이슈타르?"

"프, 프레이야……!!"

자신의 뒤를 따라 동쪽 계단에서 나타난 프레이야를 보고 이슈타르는 얼굴을 두려움으로 일그러뜨렸다.

폭군과도 같이 초연히 웃으며 자신을 따라오는 은발 여신에게 이슈타르는 적개심도 잊고 공포에만 속박되었다.

자신의 영역을 짓밟고, 권속들을 물리치고, 이슈타르의 모든 것을 유린하며, 심상찮은 신의와 함께 다가오는 그녀에게서 계속 도망쳤다. 도끼와 대검의 참격에 볼품없이 박살이 난 자신의 정원을 가로질러, 망루처럼 솟은 자신의 방으로 뛰어들려 했다.

"아……?!"

그러나 의도는 덧없이 무너졌다.

샘과 연못을 우회해 자신의 방으로 들어가는 길, 궁전 옥상의 한 모퉁이가 마치 단애절벽처럼 송두리째 잘려나가고 없었다. 그 흔적이 프뤼네가 휘둘렀던 수직참격에 의한 것임을 이슈타르가 알 도리는 없었다.

멍청히 선 그녀에게 또각, 또각 구두 굽을 울리며 프레이야가 마침내 다가섰다.

"술래잡기도 끝났구나. 나 이제 피곤해."

"히익……?!"

황급히 돌아서서 비명을 억누른다.

웃음을 짓는 프레이야의 뒤에는 이슈타르의 뒤쪽과 마찬가지로 무너져버린 흔적이 있었다. 이쪽은 벨의 수직베기가 갈라버린 것이다.

열 걸음도 안 되는 거리에서 이슈타르와 프레이야는 대치했다.

"하……한순간의 충동이었어, 프레이야! 네가 그 아이에게 그렇게까지 집착하는 줄 모르고…… 다, 다시는 안 그럴게, 용서해줘."

궁전 안에 자신의 단원들은 없다. 모두 프레이야의 아이들에게 제거되었다.

체스 말을 다 잃은 이슈타르는 뻣뻣한 웃음을 지으며 용서를 빌었다.

밤바람에 아름다운 운발을 흩날리며 프레이야는, 미소를 지었다.

"이슈타르? 이제까진 네가 치는 장난을 웃으며 넘어가주었지만…… 이번만은 안 된단다. 용서할 수 없어."

조금도 웃지 않는 눈으로 미소를 짓는다.

"그 아이는 무조건, **내 것**으로 만들 거야."

감추어진 격정의 편린을 내비치며 미소 짓는다.

"내 것에 손을 대는 여자는 절대 용서하지 않아."

숫제 횡포나 다를 바 없는 독점욕과 벨에 대한 집착을 드러내는 프레이야에게 이슈타르는 말문이 막혔다.

마치 거울 같았다. 프레이야에게 질투했던 이슈타르가 눈동자에 시커먼 불꽃을 태웠듯, 프레이야 또한 은색 눈동자에 집념이라는 이름의 시커먼 불꽃을 띠고 있었다.

조용한 분노를 뿜어내는 프레이야는 눈을 가늘게 뜬 채 입술을 움직였다.

"널—— 짓이겨버리겠어."

여신의 사형선고에 이슈타르는 낯빛이 창백해졌다.

'——병행영창?!'

전투를 펼치며 울려 퍼지는 노랫소리에 벨은 경악했다.

"【웅대한 전사여, 다부진 호걸이여, 탐욕스러운 외도의 영걸이여】!"

입술에서 고속으로 흘러나오는 주문의 음성은 힘찼다.

박도를 휘둘러 이쪽의 공격에 맞서면서도 흐트러짐 없이 전투와 영창을 양립시키는 아이샤의 담력과 기술에 벨은 눈을 크게 떴다.

공격, 이동, 회피, 방어를 전혀 손색없이 실행하는——마치 노래하며 춤추는 것 같은 아이샤는 그야말로 명성에 손색이 없었다. '병행영창'을 마스터한 이 여걸은 역시 히아킨토스보다 강하다.

"【여제의 허리띠를 탐하려거든 증명하라】!"

——위험해.

벨의 마음이 조바심에 불탔다.

몇 번이고 튕겨나는 검격은 장발의 끄트머리를 자르기는 했지만 아이샤 자신의 몸에는 닿지 않았다. 수비에 들어가기는커녕 긴 다리를 섞어가며 벨을 쓰러뜨리려 하는 상대에게 공격을 펼치지 못했으며, 나아가서는 궁전 내에서 벌인 수많은 전투의 부상과 피로에 몸이 허덕였다.

"【나의 몸에 충만하여 나의 몸을 꿰뚫어 나의 몸을 죽여 증명하라】!"

이대로 가다간……!!

시시각각 이어지는 영창에 벨의 이마에서 땀이 흘렀다.

이대로 가다간 '마법'에 당한다. 마음이 조급해져 견디지 못하고 대검을 쳐들어 돌격했지만 그때 긴 다리에 통렬한 카운터를 맞았다.

"크윽!!"

안면을 걷어차여 석판 위로 굴러가는 벨.

"【굶주린 나의 칼날은 히폴뤼테】!!"

그리고 크게 거리가 벌어진 사이에 영창을 완성시킨 아이샤.

휘몰아치는 '마력'의 규모, 게다가 처음 보는 '마법'에 긴급회피를 하려던 벨은── 피아간의 위치관계를 깨닫고 흠칫 발을 멈추었다.

공중정원의 한복판, 제단 정면. 자신의 등 뒤에는 정신을 잃은 하루히메가 있다.

아이샤의 포격을 회피하면 소녀가 말려들고 만다.

정말로 쏠 생각이냐고 아연실색했지만 아이샤의 눈을 보고 숨을 멈추었다.

『지켜내봐.』

그 날카로운 눈은 그렇게 말하고 있었다.

빼앗아갈 거라면 그 정도는 해내라고.

아이샤의 그 진의를 앞에 두고—— 벨은 눈에 힘을 주었다.

"크으윽!!"

【아르고노트】.

회피해선 안 될 일격이라고, 차지를 개시했다.

아이샤의 전력을 받아내기 위해 벨은 대검에 순백색 빛의 입자를 수렴시켰다.

"기, 기다려어!!"

프레이야의 정면에 뻣뻣이 서 있던 이슈타르는 그 광경을 보고 외쳤다.

여신의 등 뒤, 벨의 참격에 무너졌던 옥상의 끝.

그곳에서 손 하나가 덥석 포석을 붙들더니, 다음에는 갈색의 미청년이 얼굴을 드러냈다.

탐무즈였다. 피를 토하고 너덜너덜하게 부상을 입은 그는 오탈 일행에게 당하고도 주신의 위기를 구하고자 달려왔던 것이다.

내심 환희하며 이슈타르는 필사적으로 시간을 끌려

했다.

"프레이야, 재미있는 걸 가르쳐줄까?!"

무너진 옥상 가장자리에서 탐무즈는 이미 상반신을 끌어올리고 있었다.

"그 아이에게는, 벨 크라넬에게는 우리의 '매료'가 통하질 않아! 비밀을 알고 싶지 않아?!"

꿈틀. 프레이야가 가느다란 눈썹 한쪽을 움직이고, 탐무즈는 완전히 모습을 드러냈다.

"만약 그게 사실이라면 더더욱 멋지다는 생각이 드는걸. 어떻게든 내 것으로 삼고 싶어졌어."

웃음을 짓는 프레이야의 뒤에서 탐무즈는 숨을 죽이고, 소리도 없이 다가섰다.

"하지만 그걸 네 입으로 들을 필요는 없지."

그렇게 말하며 프레이야가 다가서려 한 순간, 탐무즈는 단숨에 달려들었다.

——바보 같은 년!

이슈타르는 흉흉한 조소를 보내주었다.

그리고 탐무즈가 붙잡기 직전—— 프레이야는 처음부터 알고 있었다는 양 돌아섰다.

눈앞에 나타난 여신의 미모에 눈을 크게 뜬 탐무즈는, 우뚝, 완벽하게 몸을 멈추었다.

이슈타르가 경직하는 가운데 프레이야는 탐무즈에게 다가가 뺨을 쓰다듬으며 웃음을 지었다.

"아, 아아……!"

그 순간, 탐무즈가 주저앉았다.

상기된 뺨에 반쯤 벌어진 입, 황홀하게 물든 눈동자.

이슈타르의 총애를 받아왔던 청년 종자는 눈 깜짝할 사이에 프레이야에게 '매료'되었다.

"저쪽으로 가련."

프레이야의 목소리에 몇 번이나 고개를 끄덕이며, 탐무즈는 힘이 빠져나간 하반신을 질질 끌고 그 자리를 떠나갔다.

그 광경에 이슈타르의 시간이 얼어붙었다.

자신의 남자를 빼앗겼다는 데에 멍청히 서 있었다.

여신의 '아름다움'에 이끌려 충성을 맹세했던 청년 종자는 총애를 한 몸에 받아 자신에게 심취했다. 이미 이슈타르가 '매료'시켜 완벽한 노예로 만든 몸이었다. 이 이상의 '매료'를 받을 여지는 없다.

그럼에도, 프레이야는 그를 복속시켰다.

설마 '매료'를 덧씌울 수 있다니.

그것은 다시 말해 프레이야의 '아름다움'이 이슈타르의 '아름다움'을 웃돈다는 것과 같은 뜻이다.

이슈타르의 내면에서 긍지가 부서져나가는 소리가 울려 퍼졌다.

"…………서야."

중얼거리고, 부들부들 떨었다.

이를 부서져라 악물고, 두 손을 힘껏 부르쥐었다.

그 갈색 피부도, 풍만한 몸도, 미모도 분노로 물들였다.

"어째서야!!"

온몸을 새빨갛게 물들이며 이슈타르는 외쳤다.

주위의 명성도, '아름다움'을 칭송하는 남자의 수도 자신보다 프레이야가 위.

자신의 총아까지도 다시 '매료'당해 그녀에게 빼앗겼다.

같은 '미의 신'인데도 왜 이렇게까지 다르단 말인가.

눈앞에 서 있는 프레이야에게 이슈타르는 노성을 터뜨려댔다.

"나랑 네가, 뭐가 다르단 거야?!"

"품성."

단언.

"———"

굳어버린 이슈타르를 놀리듯 프레이야는 웃음을 지었다.

"그것 말고는 있을 수 없잖아?"

공백은 한순간.

눈 깜짝할 사이에 무시무시한 분노가 여신의 몸을 불태웠다.

"으——으아아아아아아아아아아아아아아아아아아아아아!!"

짐승처럼 노성을 지르며 이슈타르는 프레이야에게 달려들었다.

스킬 【아르고노트】의 트리거, 머릿속에 떠올린 동경의 존재는 '일촌동자'.

몸집은 작지만, 단 한 명의 여자아이를 지키기 위해 천 마리의 오우거를 물리쳤던 극동의 무사.

하루히메가 사랑한 영웅에게 힘을 빌리며, 벨은 대검을 어깨 위로 걸머졌다.

"하아아아아아아아아아아아아아아아아아아!!"

그리고 전방, 아이샤가 찢어지는 포효와 함께 박도를 지면에 내리쳤다.

여걸이 혼신의 힘을 다한 '마법'이 발동되었다.

"【헬 카이오스】!!"

석판에 내리친 박도에서 뿜어져 나온 참격파.

수면을 가르는 상어의 등지느러미처럼, 진홍색으로 물든 참격의 충격파가 지면을 약진했다.

자신의 몸보다도 훨씬 거대한 붉은 참격파를 향해 벨은 희게 빛나는 대검을 거머쥐었다.

5초 분량의 차지.

지릉지릉 울려 퍼지는 차임 소리와 함께, 벨은 은색으로 빛나는 검을 내리질렀다.

"크, 우우우우우우우우우우우우우우우우우우우우우우!!"

붉은 참격파와 백광의 대참격이 맞부딪쳤다.

빛과 빛이 맞버티고, 공중정원에 섬광의 물보라가 터져 나갔다.

——차지가 불충분했어.

압도적인 출력부족. 거대한 붉은 참격파 앞에 벨의 백광 대검이 밀려났다.

그 마법의 맹위에 피부가 불타는 가운데,

——쩌적.

검신에 균열이 일어났다.

루벨라이트색 눈을 한껏 크게 뜬 벨은—— 등 뒤에 있던 하루히메의 기척을 느끼고 질끈 이를 악물었다.

미코토가 맡긴 마음이 있다. 관철해야 할 마음이 있다. 웃어주었으면 하는 소녀가 있다.

팔다리에 힘을 주어, 마음을 끌어올려, 등의 【스테이터스】를 불태워.

벨은 혼신의 힘을 다해 대검을 내리쳤다.

"아아아아아아아아아아아아아아아아아아아아아아아아아아아아아!!"

굉음을 내며 폭쇄.

붉은 참격파와 흰 참광이 상쇄되었다.

"날려버렸어……?!"

자신의 마법을 멋들어지게 분쇄한 벨에게 아이샤가 밉살스럽다는 듯 웃음을 지었다.

튕겨나간 헬 카이오스는 아르고노트를 길동무 삼아 무수한 붉은색과 순백색 입자가 되어 흩어졌다. 마력을 머금은 폭풍이 피어나는 가운데—— 백발 소년은 뭉게뭉게 피어나는 연기를 뚫으며 질주했다.

"———!!"

차지 공격의 반동으로 검신이 부서져나간 대검을 버리고, 일직선으로 아이샤에게.

맨손으로 달려드는 벨을 향해 아이샤 또한 사나운 웃음을 지으며 박도를 내팽개치고 돌격했다.

'——느려!!'

【아르고노트】의 반동.

체력과 마인드를 깎아내는 '스킬'의 대가 때문에 소년의 몸놀림은 너무나도 둔중했다.

굵은 땀방울을 뿌리는 벨의 모습에서 승산을 발견하고 아이샤는 그 긴 다리를 휘둘렀다.

격돌한다.

"끄윽——"

장대한 리치를 자랑하는 아마조네스의 우상단차기가 접근을 허용하지 않고 소년의 옆머리에 꽂혔다.

머리를 꿰뚫는 듯한 반응. 직격한 족도에 아이샤는 회심의 미소를 짓고—— 얼어붙었다.

소년의 전진이 멈추질 않았다.

발차기를 머리에 얻어맞았으면서도 한 걸음, 아이샤의

© Suzuhito Yasuda

품으로 파고든다.

방어를 내팽개친 **결사의 일격**.

스킬 【아르고노트】 때문에 잃어버린 힘을, 몸에 남은 온 힘을, 공격에만 쏟아부었다.

경악하는 아이샤의 눈앞에서 벨은 오른손 주먹을 부르쥐었다.

루벨라이트색 눈을 치켜세우며 주먹의 탄환을 내질렀다.

"으아아아아아아아아아아아아아아아아아아아아아아아!!"

흰토끼의 이빨. 보팔 팽.

"끄으윽?!"

복부에 작렬한 일격에 아이샤의 몸이 꺾였다.

발이 지면에서 떨어질 정도로 가공할 충격이었음에도 그녀가 이를 악물고 견뎌낸 그 순간.

벨은 그 상태에서 다시 포성을 올렸다.

"파이어볼트ㅇㅇㅇㅇㅇㅇㅇㅇㅇㅇㅇㅇㅇㅇㅇㅇㅇㅇㅇㅇㅇㅇㅇㅇㅇㅇㅇㅇㅇㅇㅇㅇㅇㅇㅇ!!"

밀착 거리.

"끄어억!!"

복부에 꽂힌 주먹의 탄환에서 뿜어져 나온 접사포격.

배에서 터진 염뢰에 이번에야말로 아이샤의 몸이 허공으로 치솟았다.

모든 마인드를 쏟아부은 벨의 최대화력. 초지근거리의

폭발에 벨 자신도 밀려나면서 지면을 발로 깎았다.
소년의 오른팔은 손목 위쪽이 시커멓게 타버려 연기를 뿜어냈다.
복부가 불탄 아이샤는 크게 뜬 눈을 앞머리로 가리며, 천천히 웃음을 지었다.
이윽고 허공을 춤추던 그녀의 몸은 등부터 떨어지고, 침묵했다.
격파.

"으아아아아아아아아아아아아아아아아아아아아아아아아!!"
'미의 신'이 부르짖었다.
바람이 휘몰아치는 신의 정원에서, 미의 신에게 어울리지 않는 얼굴로 달려들려 하는 이슈타르에게 프레이야는.
그녀가 눈앞에 육박한 순간 휘릭, 몸을 피했다.
"?!"
은색 장발과 자신의 등을 드러낸 채, 이슈타르의 돌격을 받아 흘리듯 회피해버렸다.
프레이야의 등 뒤에 펼쳐져 있던 옥상의 가장자리까지 돌진해버린 이슈타르는 눈을 크게 뜨고, 헛발을 디디다 간신히 정지했다.
그러나.
──또각, 또각.

"히익——"

가느다란 구두 굽 소리가 등 뒤에서 다가와 이슈타르가 당황해 돌아본 순간, 퍼억 가슴을 떠밀었다.

오른손으로 이슈타르를 밀친 프레이야는 다시 한 번 오른손으로 떠밀었다.

후퇴하는 몸. 낭떠러지 가장자리까지 밀려나는 발. 이젠 뒤가 없다.

궁전 아래에 펼쳐진 까만 지상이 이슈타르를 삼키고자 입을 벌렸다.

"기다——"

기다려줘, 프레이야.

그 말은 메마른 소리에 가로막혔다.

짜악.

프레이야의 왼손이 이슈타르의 뺨을 후려쳤다.

"——아."

무자비하게 얼굴을 맞아 휘청 기울어진 이슈타르의 몸은, 낙하했다.

궁전 최상층에서 아득한 아래의 지면으로 떨어져, 순식간에 작아진다.

아연실색 이쪽을 올려다보는 '미의 신'에게 프레이야는 생긋 웃어주었다.

이윽고,

——콰직.

신의 몸이 짓이겨지는 소리가 지상에서 울려 퍼졌다.

그리고 치명상을 입은 신의 육체는 죽지 않기 위해 금세 '아르카넘'을 발동시켰다.

하계의 그 무엇보다도 아름다운 빛의 광채가 발생하는 가운데—— 이 순간 이슈타르는 하계의 규칙을 어겼다.

그 광경을 지켜보며, '아르카넘'의 파동을 감지한 프레이야는 결판을 내기 위해 손가락을 딱 울렸다.

다음 순간, 이슈타르의 낙하지점에서 빛 덩어리가 무수히 치솟고——

퍼엉!!

무시무시한 굉음과 함께 거대한 빛의 기둥이 밤하늘에 치솟았다.

역행하는 대폭포처럼 천공을 찌르는 빛기둥.

'천계'로 송환되는 신.

하계라는 이름의 게임에 패배한 신들은 두 번 다시 하계로는 돌아오지 못한다.

하계를 떠나는 여신의 말로에 프레이야는 잔혹한 표정으로 웃음을 흘렸다.

"혼이 났으니 더 이상 장난은 못 치겠지, 이슈타르? 하기야 이제는 늦었을지도 모르지만."

키득 웃고, 은발의 여신은 빛의 기둥에 등을 돌렸다.

결판.

아이샤를 격파하고, 휘청거리는 몸으로 하루히메의 몸을 안아 일으킨 벨은.

하늘로 치솟는 빛의 기둥을 목격했다.

"저건……?"

설마── 하는 마음에 시선이 흔들렸지만, 그 신성한 광경에 이내 확신해버렸다.

신이 천계로 송환된 것이다.

아직 짧은 생애 속에서 한 번도 본 적이 없는 거대한 빛의 기둥. 무시무시한 힘의 파동과 환상적인 광경에, 많은 이들이 그러했듯 눈길을 빼앗기고 말았다.

영웅담이나 동화에 나오는 '정령'들의 성가, 혹은 대지마저 뒤흔드는 몬스터들의 포효. 아마도 그런 것들에 비견할 만한 빛의 장관이 벨의 마음에 새겨졌다.

구름을 찢으며 하늘을 넘어가는 신의 기둥에 침을 삼키는 것도 잊고 있으려니, 이윽고 세계를 비추던 광휘는 사라졌다. 지진과도 같은 천지의 진동도 그치고 하계에는 정적이 돌아왔다.

하루히메를 끌어안은 채, 두 무릎을 석판에 꿇고 한동안 멍하니 있으려니.

벨의 시야에 그녀가 나타났다.

"……여신님?"

궁전 옥상.

뒷문 쪽 별관에 위치한 이 공중정원에서도 보이는 위치에서 벨은 한 여신을 목격했다.

멀리서도 알 수 있는 뛰어난 몸의 조화. 과도할 정도의 미모는 이슈타르와는 달리, 그렇다, 지금도 등 뒤에 있는 저 달처럼 조용한 '아름다움'이었다. 그곳에 있기만 해도 계속 올려다보게 되는 그 아름다움은, 그야말로 마성. 은색 장발은 바람에 사르륵 나부끼며 은사처럼 빛난다.

시간의 흐름도 잊고 굳어버린 벨을 향해 그 은발 여신은, 분명히 웃음을 지었다.

동시에 벨의 몸에 오싹, 오한이 엄습했다.

기억이 난다. 이제까지 몇 번이나 느꼈던, 온몸을 핥는 듯한── **가차 없는 은색 시선**.

말을 잃은 벨에게 마치 속삭이듯, 그녀는 그 입술을 천천히 움직였다.

『사랑해.』

목소리는 들리지 않지만 입술의 움직임이 벨에게 사랑의 속삭임을 들려주었다.

──저 사람이다.

이제까지 자신을 계속 관찰했던 시선은 저 여신의 것이었음을 벨은 확신했다.

벌컥벌컥 하는 심장 소리가 귀에 달라붙어 넋을 놓고 있으려니…… 그녀는 어느 사이엔가 모습을 감추고 말았다.

마치 꿈을 꾸었던 것 같은 기분에 사로잡힌 벨은 떨리는 호흡을 겨우겨우 가라앉혔다.

"우웅……."

이윽고 품안에 있던 하루히메의 눈꺼풀이 떨렸다.

옥색 눈을 살짝 뜬 소녀는 멍하니 벨의 얼굴을 올려다보았다.

"크라넬, 님……?"

소녀의 두 눈과 벨의 시선이 얽혔다.

점점 의식이 또렷해져가는 하루히메를 내려다보다가, 문득 어떤 사실을 알아차리고 그녀의 금색 머리카락에 손을 가져다댔다. 하루히메가 흠칫 몸을 굳혔지만 신경 쓰지 않고 머리 뒤에 손을 돌려, 끌어안듯 자신의 가슴에 얼굴을 기대게 했다.

여우 귀와 꼬리가 펄쩍 뛰었다. 소녀의 옆얼굴이 분홍색으로 달아올랐다.

벨은 하루히메의 몸을 가슴에 기대게 해 자유로워진 두 손을 써서, 그녀의 가녀린 목을 매만졌다.

목에 찬 까만 목줄을, 힘껏 잡아당겨 우두둑 뜯어냈다.

"아……."

무슨 짓을 당한 것인지 알아차린 하루히메는 멍하니 자신의 목을 손가락으로 매만졌다.

몇 년 동안이나 소녀를 옭아맸던 까만 주박은 지금, 완전히 사라졌다.

부드러운 웃음을 짓는 상처투성이 벨을 보고, 모든 것을 이해한 하루히메의 눈이 젖어들기 시작했다.

안아 일으켜준 자세로 하루히메를 두 손으로 받친 채 벨은 멍하니 생각했다.

'이럴 때는, 뭐라고 하면 되나…….'

그녀가 좋아할 법한 영웅담을 떠올리며 참고해보았다.

그리고……결국.

너무나도 흔해빠진, 가장 단순한 말을 입에 담았다.

"당신을, 구하러 왔어요."

크게 뜨인 하루히메의 눈이 눈물을 떨구고,

다음에는 환한 미소를 꽃피웠다.

덧없던 그늘이 사라진 소녀의 진짜 미소에 벨도 다시 한껏 환한 웃음을 지었다.

"고맙, 습니다…… 영웅님."

그 말에 뺨을 붉힌 벨은 어린아이 같은, 티 없는 웃음으로 대답했다.

울면서 웃는 르나르 소녀와 함께 기쁨과 환희를 나누었다.

"베~엘~!"

"벨 니임—!"

소녀의 가족이 마중을 올 그 순간까지.

달빛이 내려다보는 가운데 두 사람은 서로의 온기에 몸을 기대고 있었다.

에필로그 다정함에 에워싸인다면

【프레이야 파밀리아】와 【이슈타르 파밀리아】의 항쟁으로부터 이틀 후.

도시에서는 여전히 충격이 가시지 않았다. 환락가를 지배하던 대형 파벌이 문자 그대로 완전히 소멸한 사건은 온갖 이들에게 막대한 영향을 미쳤다.

모험자, 【파밀리아】, 상인, 길드, 신들 등등 예는 이루 다 열거할 수도 없다.

『『『『무슨 짓을 한 겁니까요 프레이야 니이이이이이이이이이이이이이임……!!』』』』

그중에서도 환락가에 늘 신세를 지던 남신들이 터뜨린 영혼의 통곡은 애절했다.

숱한 가게들이 전손 내지는 반파된 제3구역 앞에서 털썩 엎드린 채 주먹으로 땅을 퍽퍽 치는 그들의 모습은 시민들의 기억에 남게 된다. 수치와 분노로 얼굴을 시뻘겋게 물들인 권속들에게 끌려간 남신들은 처음으로 은발 여신을 원망했다고 한다.

사망자까지는 나오지 않았지만 환락가의 항쟁이 남긴 상흔은 깊었다. 음도의 주인이 사라져, 상인들이 운영하든 무소속 창부들이 가게를 일으키든 제3구역 일대를 복구하려면 시간이 걸릴 것이다.

도시 최강 파벌이라 해도 책임은 추궁해야 하는 만큼 벌금은 물론 막대한 페널티가 【프레이야 파밀리아】에 부과되었지만, 길드에 소환된 주신은,

"그래."

한마디 대답으로 끝냈다고 한다.

이슈타르를 하계에서 물리친 신 프레이야와 그녀의 권속들에게는 인간도 신도 관계없이 이제까지보다도 더 큰 외경심과 공포가 모이게 되었다. 혼이 난 기색도 보이지 않는 미의 여신은 백색 거탑 최상층으로 돌아가 오늘도 미궁도시의 정점에 군림하고 있다.

그리고 주신을 잃은 【이슈타르 파밀리아】의 단원들은.

일찌감치, 많은 이들이 각자의 길을 걷기 시작했다.

"하루히메, 정말 괜찮겠느냐?"

화창하고 눈부신, 눈물이 나올 정도로 따뜻한 햇빛을 받으며.

하루히메는 마주 선 타케미카즈치의 말을 듣고 있었다.

"네가 바란다면 극동으로 돌려보내주마. 그야 저택에는 돌아갈 수 없겠지만…… 우리의 신사로 가면 츠쿠요미나 다른 여신들이 기꺼이 맞아줄 텐데."

팔짱을 끼며 이쪽을 내려다보는 무신의 눈동자에는 몇 년이 지나도 다를 바 없는, 자식들을 생각해주는 신의 자비가 있었다. 동시에 전혀 변하지 않은 그 각진 머리와 조금 빈티 나는 분위기도 맞물려, 재회한 하루히메는 웃음을 터뜨리고 싶을 정도로 기쁜 심정이었다.

"고맙습니다, 타케미카즈치 님. 하오나 소녀는 괜찮사옵니다."

가슴에 두 손을 모으고 꽃처럼 미소를 짓자 타케미카즈치는 머리를 북북 긁은 후 미소와 함께 음음 고개를 끄덕였다.

"알았다. 그렇다면 이제부터는 다시, 말하자면 이웃사촌이 된 게지. 언제든 놀러오거라."

"네!"

고개를 끄덕이고 그의 뒤에 서 있던 치구사와 오우카 같은 단원들에게 다가갔다.

"저기 하루히메. 이야기하고 싶은 게 정말, 정말 많이 있어. 그러니까……."

"네, 치구사 님. 꼭 찾아뵙겠사옵니다."

"……미안하다, 하루히메. 네가 괴로워하는 줄도 모르고 우린……."

"아니옵니다, 오우카 님. 소녀는, 하루히메는 여러분과 다시 만나 행복하옵니다."

앞머리 안으로 눈물을 지으며 웃는 치구사에게 웃음으로 대답하고, 고지식한 오우카에게는 고개를 가로저었다.

다른 사람들하고도 기쁨의 말을 나눈 하루히메는, 반드시 만나러 가겠다고 약속하고 타케미카즈치 일행 앞에서 달려 나갔다.

정문 앞에서 안뜰 안쪽으로 가니 신축이나 다를 바 없는 저택 앞에는 어린 여신과 그의 권속들, 그리고 아이샤가 이야기를 나누고 있었다.

"벨 크라넬, 너 똑바로 해. 그렇게까지 폼을 잡았으니, 저 못난이한테 만약 무슨 일이 생겼다간 그냥 안 둘 거다."

"네, 네헥……!"

"뭐, 사실은 너도 있으니…… 나도 이 【파밀리아】에 들어오고 싶었지만."

"너, 너만은 절대로 안 된다—!"

백발 소년의 빰을 쓰다듬으려 하는 아이샤에게 어린 여신이 두 팔을 벌리며 앞을 가로막았다. 벨이 잡아먹히겠다며 눈물을 머금고 외치는 여신에게 쌀쌀맞다고 웃음을 짓던 아이샤는 하루히메가 달려오는 것을 보고 말했다.

"다 끝났어?"

"아, 하루히메 씨!"

웃음을 짓는 아이샤, 그리고 기뻐하는 표정을 짓는 소년 벨에게 하루히메도 웃으며 대답했다.

"예. 타케미카즈치 님과도 이야기는 마쳤사옵니다. ……저, 아이샤 씨. 이제까지 정말로……."

"답답한 소리는 집어치워. 그런 거 싫으니까. 게다가 난 하고 싶어서 했을 뿐이야. 너한테 감사 받을 이유는 없어."

이제까지 있었던 일을 감사하려는 하루히메의 말을 가로막고 아이샤는 코웃음을 쳤다.

갈팡질팡 당황하는 하루히메에게, 그녀는 진지한 표정을 지었다.

"간부나 바벨라 애들에게는 입막음을 해뒀어. 우리 말고는 모르고, 네 마법은 간단히 밝혀지지는 않을 거야. 만약 쓰게 되는 일이 있어도…… 부디 사람들 눈은 피해라."

"아이샤 씨……."

"저, 저기요……. 그러고 보니 결국 프뤼네 씨는 어떻게 됐나요……?"

벨이 조심스레 프뤼네에 대해 묻자, 아이샤는 프레이야 파에게 호되게 당한 것 같다고 깔깔 웃으며 이야기해주었다.

"그 두꺼비는 앞뜰에서 걸레가 된 채로 발견됐어. 얼굴이 더 끔찍해졌던걸."

밖에 나다닐 수 없을 정도로 처참한 꼴을 당했는지 부들부들 떨며 여관에 틀어박혀 있다고 한다.

"자, 나도 냉큼 동료로 맞아줄 법한【파밀리아】를 찾아봐야겠다.【스테이터스】를 봉인당한 채로는 누구한테 공격을 당할지 모르니까 말이지."

이슈타르가 천계로 송환되면서 '매료'의 주박도 사라진 아이샤는 어딘가 홀가분한 표정을 지으며, 화창한 푸른 하늘을 올려다보았다.

하루히메는 지금 이 기분을 모르겠지.

자신에게 이슈타르는 매우 무서운 존재였다. 그러나 그녀가 거두어주지 않았다면 지금쯤 어떻게 되었을지 알 수 없다. 그녀가 세운 감옥은 도망칠 수 없을 정도로 튼튼했으며, 동시에 하루히메를 지켜주기도 했으니까.

안도, 슬픔, 허무함, 어느 것 하나 딱 맞아떨어지지 않는 감정을 품으며 하루히메도 하늘을 올려다보았다.

"……뭐, 무슨 일 있으면 오라고. 의논 정도는 해줄 테니까."

"……고맙습니다, 아이샤 씨! 이제까지 정말 고마웠습니다!"

등을 돌리며 떠나가는 아이샤는 하루히메의 말에 돌아보려 하지도 않고 손만 흔들며 저택 부지를 떠나갔다.

그 뒷모습이 사라진 후로도 한참을 바라보던 하루히메는, 천천히 벨 일행 쪽으로 몸을 돌렸다.

"그, 그러면…… 소녀는 산죠노 하루히메라고 하옵니다. 이, 이번에 헤스티아 님의【파밀리아】에 입단하게 되어……!"

"아~ 딱딱한 인사치레는 됐고. 나도 입단한 지 얼마 안 됐지만 잘 부탁해. 벨프 크로조다. 성으로는 부르지 말아줘."

"저야말로 잘 부탁드려요, 하루히메 님. 릴리루카 아데예요."

붉은 머리 휴먼과 밤색 머리 파룸이 자기소개를 했다.

"네!"

모르는 사람들과 이름을 교환하는, 단지 그 행위가 매우 기뻐서 하루히메는 웃으며 고개를 끄덕였다.

"어험…… 그러면 마지막으로 내가. 어제는 이것저것 일이 많았으니 알 거라 생각하지만, 내가 헤스티아다. 너를 권속으로 환영한다. 잘 부탁한다."

하루히메보다도 조그만 여신은 그 커다란 가슴을 펴며 말 그대로【파밀리아】의 일원으로 맞아주었다.

"잘 부탁드리옵니다."

굽실굽실 고개를 숙이고 있으려니 그녀가 불쑥 다가왔다.

"그래서 하루히메 군. 자네는 보아하니 벨에게 **위험한 감정**을 품고 있는 모양인데…… 벨은 내가 기른 아이이니 결코 이성을 잃고 행동해서는 안 된다!"

"네, 네헥?"

"바보 같은 소리 하지 마세요. 누가 벨 님을 길렀다고요?! 헤스티아 님은 빚만 졌지 벨 님 덕에 살아온 거나 다름없잖아요!!"

"이, 이놈이—?! 신입단원 앞에서 신의 위엄을 깎아내리는 소리는 하지 말거랏—!"

"아, 그냥 흘려들어도 돼."

주신과 릴리가 말다툼을 시작하고, 벨프는 헛웃음을 지으며 손사래를 친다. 벨은 두 사람의 대화에 놀라 땀만 삐질삐질 흘렸다.

아아. 어쩐지 잘 해나갈 수 있을 것 같아.

굉장히 사이가 좋아 흐뭇한 그들의 모습을 보고 하루히메는 그런 생각이 들었다.

——그리고 그때, 철컥 현관문이 열리는 소리가 났다.

"미, 미코토 씨?!"

"어라. 야, 움직여도 되는 거야?"

"괘, 괜찮습니다. 이제는 마인드다운의 반동밖에 남지 않았으니…… 저, 저도 하루히메 공의 새 출발을 축하하고자……!"

벨과 벨프의 걱정을 받으며 비틀비틀 걸어 나온 사람은 미코토였다.

궁전에서 있었던 전투 때 누군가에게 치료를 받은 흔적이 있었던 그녀는 마인드다운 특유의 권태감——어제 하루 푹 곯아떨어졌을 정도로——에 사로잡혔을 뿐 순조롭게 회복되고 있었다.

하루히메도 아연실색하고 있으려니, 미코토는 걸어오다 말고 현관 계단에서 흐악 소리와 함께 넘어져 이쪽으로 쓰러졌다. 황급히 자신의 몸으로 떠받치는 하루히메.

"소, 송구스럽습니다, 하루히메 공."

"아, 아뇨……."

모두가 놀라 지켜보는 가운데 미코토와 서로를 끌어안은 꼴이 되었다.

한동안 눈앞에서 바라보던 두 사람의 침묵은, 하루히메가 입을 열 때까지 이어졌다.

"면목이 없사옵니다, 미코토 님…… 저 때문에, 많은 민폐를, 많은 부상을……."

"하, 하루히메 공……."

몸을 뗀 미코토는 그 사죄에 갈팡질팡 우왕좌왕했다.

눈을 내리깐 하루히메는 잠시 후.

용기를 내, 꼬리를 긴장으로 뻣뻣하게 세우며, 미코토의 얼굴을 바라보았다.

"구해줘서…… 고마워, 미코토."

눈을 촉촉하게 적시며, 가느다란 목소리로 감사하는 하루히메의 모습에.

눈을 크게 떴던 미코토는 입술에 힘을 빼고 천천히 말을 걸었다.

"웃으십시오, 하루히메 공."

"어……?"

"저는…… 어릴 적처럼 당신과 진심으로 웃음을 나누고 싶습니다."

놀란 것은 잠시뿐이었다.

젖어드는 듯한 미코토의 자청색 눈을 보고, 마침내 옥색 눈에서 눈물을 쏟으면서 하루히메는 활짝 웃었다. 미코토도 눈물을 흘리며 만면에 미소를 머금었다.

태어난 고향에서 많은 추억을 함께 나누었던 그 무렵처럼, 소녀들은 어린아이처럼 웃음을 나누었다.

"……벨 님, 정말로 감사드리옵니다."

마지막으로 백발 소년과 마주 서서 하루히메는 감사를 입에 올렸다.

낯간지러운 듯 멋쩍은 듯 뺨을 긁던 벨은 예의 그 티 없는 웃음을 지었다.

"오늘부터 우리는 가족이에요. 잘 부탁해요."

하루히메는 눈을 감고 다시 한 번 눈물을 흘렸다.

등에 새겨진 여신의 '은혜'에서 온기를 느끼며, 그리고 다정한 세계에 감싸여, 넘쳐나려는 만감을 질끈 가슴 속에 담았다.

"저야말로…… 벨 님, 부디 앞으로도 평생 잘 부탁드리옵니다."

깊이 숙였던 고개를 들고, 하루히메는 벚꽃 같은 웃음을 활짝 피웠다.

"잠깐 기다려보거라, 하루히메 군! 지금 이상한 말을 하지 않았더냐?!"

"맞아요, 뭔가 이상했어요!!"

"그, 그랬사옵니까?"

"고, 고정하십시오, 헤스티아 님? 릴리 공?"

"그보다도…… 새 입단자가 들어왔으니 오늘은 고삐를 좀 풀어도 되지 않겠어?"

"오! 뭘 좀 아는구나, 벨프 군. 좋았어, 오늘은 하루히메 군의 환영 파티다!"

"제. 발. 그. 만. 하. 세. 요!! 이 이상 낭비벽이 이어졌다간【파밀리아】가……!"

"그러니까 딱딱한 소리 하지 말란 말이다! 벨도 파티를 열어야 한다고 생각하지 않느냐?!"

"그렇, 겠죠? 하루히메 씨를 위해, 역시."

"벨 니임――!!"

"그, 그래도 괜찮은 것이옵니까?!"

"괜찮습니다, 하루히메 공! 이렇게 됐으니 타케미카즈치 님네도 부르지요!"

붉은 기모노를 입은 소녀를 중심으로 요란한 웃음소리가 퍼져나갔다.

르나르인 그녀도 또한 눈물을 머금은 채, 덧없음 따위 잊어버리고, 진심으로 웃었다.

하늘은 쾌청. 맑디맑은 창공이 신과 권속들을 내려다보았다.

새로운 동료를 환영하듯, 저택에 장식된 엠블럼이 햇살을 받아 빛났다.

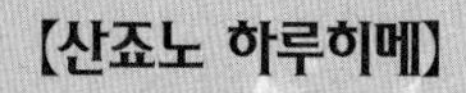

【산죠노 하루히메】

소속: 【헤스티아 파밀리아】
종족: 수인(르나르)
직업: 창부(수습)
도달 계층: 제45계층
무기: 없음
소지금: 0발리스

스테이터스

Lv.1

힘: I8　내구: I32　기교: I15　민첩: I23　마력: E403

《마법》

【도깨비 방망이】

- ·레벨 부스트.
- ·발동대상은 1인 한정.
- ·발동 후 일정 시간의 인터벌 필요.
- ·술자 본인에게는 사용 불가.

《스킬》

【없음】

《모미지(紅楓)》

- 기모노. 붉은색.
- 방어력 없음. 선배 유녀들이 하루히메에게 선물한 창부 의상.
- 사실은 아이샤가 손을 써준 물건. 극동 제품. 180,000발리스.

후기

"이번 이야기는 어쩐지 극장판 같네요."

이번 제7권의 플롯(스토리의 줄거리)을 제출했을 때 담당 편집자님께 그런 말을 들었습니다.

처음에는 무슨 소리냐고 생각했지만, 써가면서 점점 그럴지도 모르겠다는 생각이 들었습니다. 본편에 나오는 세계관을 집필하는 데서 보자면 미궁도시라는 이야기의 무대는 변하지 않았지만 이번에는 다른 도시, 다른 세계를 그린다는 생각으로 묘사를 해보았습니다. 아마도 이제까지 나온 이야기들과는 분위기가 달라지지 않았나 생각합니다.

환락가, 그리고 창부, 창관이라는 단어가 이번 7권에서는 빈번히 등장합니다. 던전던전을 한번 털어내면서까지 그녀들을 이야기에 집어넣고자 생각한 이유는 모험자라는 무법자들이 활개를 치는 도시에서 정말로 이러한 시설이나 직종이 존재하지 않을 수 있을까, 하는 의문을 가진 것이 계기였습니다. 그리고 마지막까지 생각한 결과, 피해갈 수 없는 길이라는 결론을 내리고 이 이야기의 세계에서 살짝 어두운 부분이 보이게 된다는 것을 알면서도, 조심조심 작품 초기 단계부터 구상을 해두었습니다.

개인적으로는 창관이나 창부들의 존재감은 이세계 판타지에서는 빼놓을 수 없는 것이라고 생각합니다. 본편에서는 깊이 묘사하지 못했습니다만 창부들 중에는 내일을 살아갈 돈을 얻기 위해, 사랑하는 반려의 꿈이나 생활을 지탱하기 위해 등등 다양한 이유로, 때로는 고통을 수반하는 하룻밤의 꿈을 파는 사람들도 있을 거라 생각합니다. 혹은 손님과의 사이에서 태어나버리는 비애도 포함해 그녀들의 삶은 아무래도 마음에 와 닿는 것이 있을 테고, 또한 매우 답답하게만 여겨질 때도 있습니다. 방석 위에서 무릎을 끌어안고 보던 사극 드라마, 그 안에서 등장하던 유곽 '요시와라'에도 많은 영향을 받지 않았나 생각합니다.

이야기가 조금 달라지지만 이번 7권에서는 스토리의 내용에 흔히 말하는 서비스 신을 열심히, 여봐란 듯이 채워 넣어봤습니다. 이제까지 나온 이야기와 비교하면 기분상 한 세 배쯤. 써나가면서 서비스 신, 이 아니라 러브코미디는 심오하구나 하는 깨달음을 얻는 경지까지 이른 기분이 듭니다. 7권은 '창작의 고통'도 포함해 여러 가지로 배운 것 같습니다. 넵, 마지막까지 심각한 전개가 이어지지 않아 죄송합니다.

그러면 여느 때처럼 감사 인사에 들어가기 전에, 한 가지 보고.

2015년 4월부터 이 작품의 애니메이션 방영이 결정되었습니다.

처음에 들었을 때는 펄쩍 뛰고 주먹을 부르쥐었으며, 지금은 흥분과 긴장에 안절부절못하고 있습니다. 이것도 모두 《던전에서 만남을~(후략)》이라는 작품을 응원해주신 모든 분들 덕입니다. 여러분, 정말로 고맙습니다. 이 기쁨을 많은 분들과 나누고 싶다는 마음은 꾹 참고, 이 마음을 한층 작품에 담아 여러분께 보답할 수 있으면 좋겠습니다. 애니메이션 방영과 함께 앞으로도 원작소설 집필에 매진하고자 합니다.

그러면 정말로 감사 인사를.

담당편집자 코다키 님, 이번에도 아름다운 그림으로 본편을 장식해주신 야스다 스즈히토 선생님, "쓰고 싶은 내용이 너무 많아 페이지 수가아!" 하고 번민하던 작가에게 "됐으니까 맘껏 쓰세요"라고 등을 밀어주셨던 키타무라 편집장님, 관계자 여러분, 힘을 빌려주셔서 고맙습니다.

또한 7권 한정판 부록인 드라마CD에서는 스태프, 캐스트 여러분께 많은 신세를 졌습니다. 깊이 감사드립니다.

마지막으로 이 책을 읽어주신 독자 여러분께 가장 큰 감사를.

본편 5, 6, 7권에서 노도 같은 전개가 이어지지 않았나 개인적으로는 생각하므로(칼로리를 너무 소비해 체중이 줄었으므로) 다음 권인 제8권은 조금 느긋한 일상편이 될 예정입니다. 재미있게 읽으실 수 있도록 노력하겠습니다.

여기까지 읽어주셔서 정말 고맙습니다.

그러면 이만 실례합니다.

오모리 후지노

역자후기

안녕하세요, 역자입니다.

스포일러가 다수 포함된 역자후기이므로, 아직 본문을 읽지 않으신 분은 1페이지로 돌아가주시기 바랍니다.

던전만남 7권입니다. 여느 때와는 달리 조용히 시작해봤습니다.

번역용 소재본이 도착하기 전, 7권을 미리 구입해 읽으면서(이 때문에 작업이 끝나면 제게는 늘 원서가 두세 권씩 생깁니다) 독자로서 생각했습니다. ──작가님 질렀구나. 그리고 다음은 역자로서 생각했습니다. ──이거 어떻게 번역한다.

본문을 읽고 오신 분들은 아시겠지만, 이번 7권에서는 오라리오의 어두운 부분, 성노동자에 대한 이야기를 주요 소재로 삼고 있습니다. 때로는 차별이나 모독으로 받아들여질 수도 있는 창부나 창관 같은 단어가 여과 없이 등장하고 있습니다. 그래도 일단은 소년물인데 이런 단어가 그대로 쓰이다니 괜찮은 걸까 하는 걱정과, 우리나라에 번역할 때는 어떻게 여과해야 할까 하는 고민이 함께 들었습니다.

얼마 후 소미미디어에서 소재본이 도착한 뒤로 번역을 하면서도 그런 고민은 이어졌습니다만…… 작업 도중, 2015 라이트노벨 페스티벌 with SICAF의 초대손님으로 한국에 오신 오모리 후지노 선생님과 만날 기회를 얻었습니다. 역자이기 전에 한 명의 팬으로서 얼마나 기뻤는지 하는 이야기는 일단 접어두고^^; 마침 담당 편집자님도 함께 오셨기 때문에, 7권에 대해 생각했던 것을 물어보았습니다.

"창부니 창관이니 하는 단어가 그대로 나오는데, 편집 입장에서는 괜찮았던 건가요?"

그리고 담당 편집자님의 코멘트는 작가후기에 나온 말과 크게 다르지 않았습니다. '오라리오에는 이런 측면도 있을 수밖에 없다는 걸 이해했고, 피해가선 안 될 길이라고 생각했다. 따라서 OK.' 역시 좋은 작품에는 좋은 편집자가 있구나 감탄하는 한편, 역자의 고민은 여전히 남아 있었습니다. 이번에는 옆에 계신 소미 대표님께. "그렇다고 하시는데 이런 단어 그대로 써도 되나요?" 이제까지 대화를 듣고 계셨던 대표님도 흔쾌히 OK.

――신들의 윤허는 떨어졌다. 번역자는 날개를 얻었다.

그런고로 유달리 '얼굴을 붉혔다'는 묘사가 많이 나왔고 그럴 수밖에 없었다고 수긍도 가는 던전만남 7권 되겠습니다. 책이 두툼두툼한 만큼 쓰고 싶은 말도 많아지네요. 작가후기보다 두 배는 더 써버릴 기세로. 그야 어제오늘 이야기는 아니지만.

사실 위에서 말씀드린 고민이 해결된 후로는 작업이 일

사천리였기 때문에, 본편에 나왔던 소재에 대한 설명이랄까 잡담 같은 이야기가 이어질 예정입니다. 넘어가셔도 무방합니다만 알아두시면 재미있을지도요.

•프뤼네는 고대 그리스에 실존했던 고급 매춘부의 이름입니다. 마음에 드는 남자에게는 싸게, 싫은 남자에게는 비싸게 값을 불렀다죠. 유명한 철학자 디오게네스는 공짜였다나요. 아프로디테 신상을 만들 때 모델이 될 정도로 아름다웠다고 하네요.

사실 '프뤼네'는 본명이 아니고, 피부가 노랗다고 동료 매춘부들이 붙여준 별명이라고 합니다. 두꺼비라는 뜻이죠.

덧붙이자면 본문에 나온 프뤼네의 별명 '안드로크토노스'는 그리스어로 '살인자'라는 뜻입니다.

•아이샤의 별명인 '안티아네이라'는 유명한 아마존으로, 트로이 전쟁에서 전사한 펜테실레이아의 뒤를 이어 여왕이 됐습니다. 또한 아이샤가 종반부에 사용한 마법 '헬 카이오스'의 주문은 아마도 헤라클레스의 12가지 과업 중 9번째인 '히폴뤼테의 황금 허리띠'에서 따온 것으로 보입니다. 자세한 내용은 렛츠☆구글링.

•하루히메의 설정은 일본 설화 '잇슨보시(일촌동자)'에서 모티브를 따온 것으로 보입니다. 키가 1촌(약 3센티미터)밖에

안 되는 아이가 커다란 오니를 물리치고 재상의 딸을 구해낸다는 이야기입니다. 이 설화는 재상의 딸이 오니의 요술 방망이를 써서 동자를 훤칠한 청년으로 만들어주고 둘이 결혼하면서 끝이 나는데요, 하루히메의 레벨 부스트 요술과 빗대 생각해보면 참으로 멋진 해석이 아닌가 싶습니다.

•그런데 잇슨보시에는 여러 가지 파생버전이 존재합니다. 그중에는 잇슨보시가 재상의 딸을 노리고 계략을 꾸미는 이야기도 있는데요…… 재상의 딸이 자는 사이에 자신의 밥을 딸의 입가에 묻혀놓고 '재가 내 밥 훔쳐먹었대요' 하고 고자질을 한 것입니다. 이 때문에 재상의 딸은 쫓겨나고, 잇슨보시가 이를 거두고…… 요즘 같으면 범죄죠. 이쪽 잇슨보시는 파룸 관리가 된 모양입니다.

•애니메이션 '던전만남'에서는 풍요의 여주인 웨이트리스 아냐의 풀네임이 공개되었습니다만 '아냐 프로멜'이더군요. 이번에 등장한 아렌 프로멜과 성이 같습니다. 혹시 남매인 걸까요. 이 술집은 프레이야 파밀리아와 연관이 있는 모양이니. 개인적으로는 아냐가 누나라면 재미있을 것 같습니다.

•'미코토'의 이름은 한자로 '목숨 명(命)' 자를 씁니다. 그래서 미코토가 공중정원 전투에서 이그니스 파투스로 '생

명의 불꽃'을 터뜨렸다는 묘사는 중의적인 의미를 담고 있습니다……만 역자의 실력이 모자라 이 절묘한 내용을 전해드릴 수 없었습니다. 죄송합니다!

•헤스티아 나이프의 가격이 공개되었습니다. 무려 2억 발리스. 발리스는 본문에서 나왔던 몇 가지 생활 서비스의 가격을 생각해보면 대충 원화의 백 배, 엔화의 열 배 정도 가치가 있는 것 같은데, 암만 헤파이스토스 파밀리아가 잘 나간다고 해도 일개 알바에게 지불할 액수라면……

결론: 도망쳐요 주신님.

이 작업을 하는 동안 일본에서는 던전 외전《소드 오라토리아》4권이 나왔고, 그걸 작업할 때쯤이면 아마도 본편 8권이 나올 것 같습니다. 작가님의 집필 속도가 역자의 번역 속도를 능가할 기세네요. 제 손가락과 체력에 팔나를 내려주실 주신님이 간곡하게 필요한 시점인데 과연 강림은 언제쯤 이루어질지.

그럼 저는 다음 작품에서 뵙겠습니다.

2015년 6월

김완

던전에서 만남을 추구하면 안 되는 걸까 7

2015년 7월 1일 1판 1쇄 발행
2023년 2월 7일 1판 15쇄 발행

저 자 오모리 후지노
일러스트 야스다 스즈히토
옮 긴 이 김완
발 행 인 유재옥
본 부 장 조병권
담당편집 정영길
편 집 1 팀 김준균, 김혜연
편 집 2 팀 정영길, 조찬희, 박치우, 정지원
편 집 3 팀 오준영, 이해빈, 이소의
미 술 김보라, 박민솔
라이츠담당 김정미, 맹미영, 이승희, 이윤서
디 지 털 박상섭, 김지연
발 행 처 ㈜소미미디어
인쇄제작처 코리아피앤피
등 록 제2015-000008호
주 소 서울 마포구 토정로 222, 403호(신수동, 한국출판콘텐츠센터)
판 매 ㈜소미미디어
마 케 팅 한민지, 최정연, 박종욱, 최원석
물 류 허석용
전 화 편집부 (070)4164-3962, 3963 기획실 (02)567-3388
판매 및 마케팅 (070)4165-6888, Fax (02)322-7665

ISBN 979-11-5710-163-3 04830
ISBN 979-11-950162-0-4 (세트)